KB153686

• 이 도서의 국립중앙도서관 출판시도서목록(CIP)은 e-CIP홈페이지(http://www.nl.go.kr/ecip)와
국가자료공동목록시스템(http://www.nl.go.kr/kolisnet)에서 이용하실 수 있습니다.
(CIP제어번호: CIP2015035779)

태
양
의
그
늘

2

박 종 휘   장 편 소 설

은행나무

✳ 차례

제1장

흩어진 가족

교장의 말이 떨어지는 순간 기준은 포대 안에서 도끼를 꺼내 교장의 책상을 내리찍었다. 책상 상판이 도끼에 찍혀 갈라지고 위에 있던 사무용품들이 바닥으로 주르르 떨어졌다. 안으로 들어온 소사는 겁에 질려 말릴 엄두를 못 내고 뒤로 물러섰다.

"불량배라고요? 아무 잘못도 없는 어린 학생 볼을 잡아 흔든 당신은 제대로 된 교장 선생이고요? 오늘 교장 선생님 죽고 나도 죽고 하십시다."

"누, 누구야, 당신?"

얼굴이 새파래진 교장이 마른침을 힘들게 삼키면서 태도를 바꾸었다.

카일루아 코나 해변

"남 과장! 내일 영부인 손님 좀 모셔!"

대통령 집무실에서 나온 의전실장이 근우를 보고 말했다.

"예, 알겠습니다."

"내방객 인적사항은 경호실에 가서 수령하고."

근우가 자리에서 일어나려 하자 실장은 모처럼 한가해졌는데 서두를 필요 없다면서 잠깐 앉으라는 듯 눈으로 의자를 가리키면서 말을 이었다.

"북한군 놈들이 쫓겨 가고 있으니 이제 전쟁이 끝나겠지?"

"각하께서는 정말 대단하신 분이십니다. 미지근한 태도를 보였던 미군을 끌어들이신 걸 보면요."

"무초 대사에게 빨리 미군을 참전시키지 않으면 우리나라에 있는 미국 민간인들을 다 죽여버리겠다고 엄포를 놓으셨다지 아마?"

"죽게 놔두겠다는 뜻이겠지만 각하의 배포도 어지간하십니다."

실장도 그 말이 맞다며 미국을 어쩔 수 없이 끌어들이긴 했지만 앞으로 시시콜콜한 마찰을 피할 수 없는 것도 사실이고 소련이나 중국에서 어떻게 나올지도 걱정이라고 했다.

"고육지책이지요."

"자네의 충정은 알아줘야 해."

실장이 미소 짓고 일어서서 근우의 어깨를 부드럽게 짚으며 나갔다. 근우는 경무대 뜰을 지나면서 문득 이승만과 함께했던 하와이에서의 일을 떠올렸다.

* * *

"지금 우리 조선의 입장에서 대일 선전포고가 무슨 의미가 있습니까?"

"그렇다면 같은 처지에서 외교적으로 나라가 찾아집니까? 뿐만 아니라 남의 힘으로 독립을 하게 되면 그건 이미 또 다른 나라에게 주권을 빼앗기는 셈이 되고 말아요."

이승만과 김구의 대화 분위기는 진지하고 팽팽했다. 당시 미국 지역의 독립운동 단체는 방법론과 인맥으로 분열되어 있었으며 대한인동지회는 1924년 외교독립론을 주장하는 이승만이 주축이 되어 대한인국민회를 탈퇴하고 조직된 독립운동 단체였다. 그 후 흩어진 미주 독립운동 단체를 통합하자는 의견으로 1941년 4월 하와이 호놀룰루에서 해외한족대회를 개최하여 재미한족연합위원회가 구성되었다.

동지회는 연합회에서 핵심 단체로 활동하였고 이승만의 외교 활동 지원과 독립 자금 모금운동에 앞장섰으며 미일전쟁 발발 이후 하와이 정부가 집회 및 결사 활동을 제한하자 1942년 6월 시카고에서 북미동지회 총지부를 결성했다. 이후 연합회의 지원을 받은 대한민국 임시정부가 대일 선전포고를 하고 맹호군과 중국에 있는 광복군의 연합전선을 구상

했으나 국제 외교적 방식으로 나라를 되찾고자 하는 이승만의 방해로 실패했다.

그 후 연합회 집행부의 김호와 이승만이 주미 외교위원부 확장 문제로 갈등을 빚기 시작하였다. 동지회 북미총지부는 연합회 집행부의 처사에 반발하며 이승만을 독자적으로 후원하다가 1943년 9월 연합회를 탈퇴하였고 이어 하와이동지회도 그해 12월에 결국 연합회에서 탈퇴하고 말았다.

"우리는 국제 여론의 힘으로 독립을 해야 합니다. 따라서 독립을 위한 후원도 국제적으로 위상이 높은 이승만에게 모든 힘을 실어줘야 합니다."

동지회는 이처럼 설립 때부터 외교 확대 방식으로 독립을 쟁취하고자 하는 이승만을 중심으로 조직되었고 활동의 주된 임무도 그의 대외 활동을 적극 후원하는 데 있었던 만큼 미주 한인 사회 내 여타의 단체와는 뚜렷하게 구분되어 있었다. 또한 이처럼 국제적 여론을 만들어가고 있는 이승만은 조선을 지배하고 있는 일본의 골치 아픈 존재가 되기도 했다.

이승만이 수행원 세 사람과 하와이 호놀룰루에 있는 연합회 건물에서 나와 차를 타기 위해 건물 벽을 따라 가로수가 있는 중앙 인도 쪽으로 향하는 모퉁이를 돌고 있을 때였다.

탕!

난데없는 총소리와 함께 앞서가던 수행원이 총을 맞고 쓰러졌다.

탕! 그의 뒤를 이어 앞으로 나가던 또 다른 수행원이 재빨리 방향을 바꿔 뒤쪽으로 피신하려다가 다시 총을 맞고 쓰러졌다. 남은 두 사람은 더 이상 앞으로도 뒤로도 도망칠 수 없는 상황이 되고 말았다.

"박사님! 몸을 낮추십시오."

"미스터 남, 저들이 노리는 건 날세. 여기서 같이 죽을 필요는 없으니까 우리 헤어져서 가운데 길로 각자 달려가세."

건물 모퉁이 기둥과 기둥 사이에 디귿 자로 홈이 파여 만들어진 공간에 간신히 몸을 피하고 있던 이승만이 곁에 있는 수행원 남근우에게 말했다.

"아닙니다, 박사님! 박사님의 모자와 두루마기를 벗어서 저에게 주십시오."

"그리 되면 자네는 앞뒤에 있는 저들의 표적이 될 걸세."

"저는 걸음이 빠르니까 저 뱅갈나무를 방패 삼아 도망칠 수 있습니다. 박사님은 우리 조선을 위해서라도 절대로 불상사가 생겨서는 안 되시는 분입니다. 어서 주십시오!"

"미스터 남……."

근우는 이승만의 두루마기를 입고 모자를 썼다.

"제가 정면을 향해 달리면 박사님은 잠시 기다리셨다가 저자들이 저를 쫓아오는 걸 확인하신 다음 건물 안으로 되돌아가십시오."

그가 말을 마치고 뱅갈나무를 향해 지그재그로 쏜살같이 달려나갔다. 그 뒤를 두 사내가 쫓아갔다.

탕! 탕! 탕!

이어 그를 쫓는 자들이 발사한 세 발의 권총소리가 들렸다. 이승만은 잠시 후 건물 안으로 되돌아가 목숨을 구할 수가 있었고 쓰러진 수행원 중 한 사람은 목숨을 잃었다. 그 후 하와이 경찰에 의해 그들은 일본의 사주를 받은 자객으로 밝혀졌으나 범인은 잡지 못하고 말았다.

"미스터 남이 아니었으면 우리 조선의 독립이 요원해질 뻔했네."

"박사님이 무사하신 건 우리나라의 행운입니다."

"그런데 미스터 남은 몸이 총알보다 빠르니 어떻게 된 일인가?"

"어려서부터 저희 아버님을 통해 배운 택견으로 몸을 단련시켜 왔습니다."

"택견?"

"예, 박사님. 택견은 우리 조선의 전통 무술입니다."

"독립을 하고 나서 나에게도 좀 전수해주게."

이승만이 호탕하게 웃었다.

"알겠습니다. 영광스러운 마음으로 전수해드리겠습니다."

그날 이후 이승만은 남근우를 더욱 신임하였으며 항상 자신과 가깝게 두어 때론 임시정부와의 통신원 역할을 하게도 하고 수행비서 역할도 하게 했다. 근우 또한 이승만을 진심으로 존경하였으며 수행원으로서 최선을 다했다.

어느 날 연합회 집행부 간사인 김호의 휘하에 있는 김영준이 남근우를 찾았다. 연합회와 동지회는 껄끄러운 관계이면서도 서로 단절할 수는 없었다. 영준과 근우는 나이도 서로 같고 과거 안창호가 옥고를 치른 후 유증으로 사망하기 전인 흥사단 시절에 함께 활동하면서 개인적으로 유난히 가깝게 지냈던 사이였다.

"근우! 옛정을 생각해서라도 간혹 찾아주지 않고……."

영준이 근우와 어깨동무를 하면서 반갑게 인사를 나눴다.

"어쩌다 보니 그렇게 되었네."

"나는 지금도 간혹 흥사단 시절이 그립기도 하다네."

근우가 연합회 일이 복잡해 그러느냐고 묻자 영준은 일 자체보다도 독립후원단체 간의 갈등이 너무 많아서 자신의 마음까지 혼란스러울 때가 많다고 심정을 털어놨다.

"하지만 큰 뜻을 살려 소신껏 노력해야지 어쩌겠는가?"

"그야 그렇지. 나도 자네 활동을 쭉 눈여겨보고 있었지."

영준이 어깨동무한 팔을 풀면서 말했다.

"나를 눈여겨보고 있었다고? 아아, 행동 조심해야겠는걸!"

"자네 같은 수재가 그토록 단순하게 오로지 주군만을 위해 최선을 다
하기도 쉽지 않은 일이지."

"무슨 말인가? 단순은 뭐고 주군은 또 뭔가?"

"맞지 않은가? 연합회에 자네 머릴 따라갈 사람이 어디 있는가?"

"가당찮은 소릴세."

근우가 펄쩍 뛰자 영준은 진심이라며 이 박사에게 그토록 충성을 다
하는 사람 또한 다시 없을 거라고 애매모호한 칭찬을 하기 시작했다.

"충성은 무슨 충성인가? 최선이지."

"자네 지난번에 목숨 바쳐 이 박사 구한 얘긴 정말 감동적이었어. 진심
일세."

영준이 고개를 돌려 근우를 바라봤다.

"그 상황에 다른 방법이 또 있는가?"

"아무리 그래도 내 목숨을 지키고자 하는 것은 인간의 본능 아닐까?"

"그거야 나라를 위하고 싶은 자네의 마음이 본능적인 거나 마찬가지
아닌가."

"이 사람, 사람을 묘하게도 놀리는구면. 그럼 자네의 나라는 이승만이
되는 셈인가?"

"크게 다를 것도 없네."

근우가 웃음을 띠면서 대답했다.

"이 사람 근우! 자네는 이승만 회장이 그렇게도 좋은가?"

"그러는 자네는 이 박사님이 싫기라도 한 모양이지?"

"이 박사가 독재 기질이 강하다는 것은 누구보다 자네가 잘 알고 있지 않는가?"

"그러시긴 하지만, 그건 자네 말대로 기질이지 나쁘다고만 말할 수도 없네."

"나도 이 박사님을 존경하고 싶기는 하네."

영준은 근우를 슬쩍 보면서 이승만의 한인동지회 영구 회장, 단독 의사결정권, 독자적 활동 등을 보고 다수주의이고 의회주의인 미국 사회에서 의아하다는 듯 수군거릴 때는 같은 한인으로서 부끄럽기까지 하다고 말했다.

"나도 충분히 이해하네. 하지만 상황이 급박할 때는 예외도 있는 법이잖나?"

"목적을 위해서는 방법이 어떻든 문제되지 않는다는 얘긴가?"

영준이 언짢은 내색을 하며 물었다.

"너무 긴박할 때는 불합리가 오히려 합리가 되기도 하지."

"머리 좋은 자네가 그런 말을 하다니, 그건 너무 편의 위주 아닌가?"

"하긴 내가 원래 한번 정하면 다른 걸 볼 줄 모르는 우둔한 점이 있긴 하지. 우리 집안 내력일세."

말을 마친 근우가 소리 내어 웃었다.

"농담이 아닐세. 이제 두고 보게. 앞으로 해방이 되어서 그분이 집권이라도 하게 된다면 전무후무한 독재자가 될 걸세."

"지금 우리 조선에 나라를 찾아오는 것 이상 더 중요한 일이 어디 있겠나. 나머지 일은 그다음에 생각해도 늦지 않네."

"자네 완전히 이 박사에게 빠졌구먼."

김영준은 근우의 어깨를 흔들어대며 실소하듯 웃음을 터뜨렸다.

"뚝심도 애국심만큼이나 강한 분이시네."

"국내에도 마찬가지겠지만 여기 하와이에 있거나 미국 본토에 있거나 상해에 있는 사람 누구 하나 애국심 없는 사람이 어디 있나?"

영준이 그거야 당연하다는 듯 말했다.

"애국심이야 누구나 가질 수 있지."

근우도 물러서지 않고 바로 말을 받았다.

"그런데?"

"나라를 구하는 일은 역량이 뒤따라주어야 하는 걸세. 내가 보기에는 지금 우리나라에 그분만 한 역량을 가진 사람이 없다고 보네."

"자네 같은 천재가 그렇게 빠지는 걸 보면 그 양반의 설득력이 대단한 건 분명하구만."

"내가 그분을 설득하고 있는지도 모르지. 오로지 한 길만 가시도록 말이야. 나는 온 국민이 다 그분에게 힘을 실어드렸으면 좋겠네."

"내가 오늘 완전히 말을 잘못 꺼냈구먼…… 이 사람 정말!"

이승만이 하와이 빅아일랜드에 거주하는 한인 모임에 초대를 받았다. 호놀룰루에서는 비행기로 사십 분 정도면 충분한 거리였다. 그의 강연은 한인들로부터 폭발적인 호응을 받았다. 강연이 끝난 다음 한인동지회에서는 그가 낚시를 즐긴다는 사실을 알고 하와이 빅아일랜드에서 낚시터로 유명한 카일루아 코나 해변의 낚시를 주선해 주었다.

"박사님! 오늘 조용한 곳에서 우리 조국을 찾을 수 있는 멋진 구상을 해주시기 바랍니다. 낚시도 물론 즐기시면서요."

빅아일랜드 한인번영회 문호성 회장이 정중하게 청했다.

"다른 건 몰라도 낚시라면 사양하지 않겠습니다. 감사합니다."

이승만이 눈을 감는 듯한 얼굴로 빙그레 웃으면서 좋아했다. 그는 낚싯대를 물에 담그고 생각에 몰두할 때면 시간 가는 줄 모르고 집중해 답을 찾아낼 수 있다며 곧잘 낚시터 구상을 활용하는 것으로 널리 알려져 있었다.

"불편하시지 않도록 저희가 함께 가서 준비를 해드리겠습니다."

문 회장은 다른 사람에게 낚시도구를 챙기도록 지시하면서 이승만을 직접 안내하려고 했다.

"아닙니다. 오늘은 모처럼 우리 미스터 남하고 단둘이만 다녀오겠습니다. 미스터 남, 괜찮겠는가?"

"예, 박사님!"

근우는 전날 밤부터 이어진 몸살기로 몸이 몹시 지쳐 숙소로 돌아갈 시간만 기다리고 있었으나 내색하지 않고 대답했다. 이승만은 다른 수행원 없이 남근우만을 단독으로 대동하고 낚시터로 향했다.

카일루아 코나 해변은 바람 한 점 없이 호수처럼 잔잔했다.

"미스터 남, 컨디션이 좋지 않은 것 아닌가? 얼굴색이 안 좋아 보이는구먼! 오늘 낚시 가방은 각자 들기로 하세."

이승만이 특유의 웃는 얼굴로 한쪽 눈을 약간 감으면서 말했다.

"아닙니다. 가방은 제가 다 들겠습니다. 그 대신 고기를 저랑 반으로 나누시면 어떻겠습니까?"

근우가 양손으로 가방을 챙겨들었다.

"그건 세 사람이 모두 좋아할 멋진 흥정이구나."

"세 사람이라니요, 박사님?"

"잘 계산해보게. 머리 좋은 사람이 몰라서 묻나?"

"열심히 세어보겠습니다, 박사님."

"프란체스카는 조선 백성에게라면 뭐든지 주는 것을 워낙 좋아해서 말이야."

"제가 뵈어도 언제나 그러셨습니다."

"아 그리고, 고기는 나누자마자 바로 방생하는 것도 잊지 말게."

"그럼 다시 두 사람으로 줄었습니다."

근우가 큰 소리로 웃었다.

두 사람은 해변을 따라 한적한 자리를 찾아 앉았다. 이승만은 해가 지도록 낚싯대를 던져놓았을 뿐 상념에 빠진 채 일어날 줄을 몰랐다. 맑고 푸른 바닷물 속에서 가냘프게 흔들거리고 있는 낚시찌는 흡사 풍전등화가 되어 있는 조국의 운명과도 같아 보였다. 독립이라는 숙제가 여전히 머리를 무겁게 압박해왔다. 그는 어금니를 꽉 깨물고 입을 굳게 다물었다. 자신에게 방해가 되지 않으려고 일부러 조금 떨어진 곳에 자리를 잡은 남근우가 손으로 입을 막은 채 조심스럽게 기침하는 소리가 간간이 새어나오고 있을 뿐, 주변은 파도 소리는 물론 날아드는 새소리 하나 없이 조용했다.

근우는 몸살기가 있는 데다가 바닷바람을 그대로 안고 하루를 보내면서 증세가 급격히 악화되었다. 그날 낚시를 끝낸 다음 차를 운전하고 돌아오던 중 시야가 어른거렸던 기억을 끝으로 근우는 정신을 잃고 말았다. 눈을 떴을 때는 빅아일랜드 호텔방에 누워 있었는데 그의 눈에 뜻밖에도 아버지 상백의 모습이 보였다. 상백은 근우의 이마에 물수건을 갈아주고 있었다.

"아버님!"

근우가 몸을 일으키려 하자 상백이 부드러운 손으로 그의 어깨를 잡아 다시 눕혔다.

"그래 정신이 좀 드는가, 미스터 남?"

정신을 차린 근우의 눈에 자신의 이마에 물수건을 갈아주고 있는 이승만의 모습과 팔에 꽂힌 링거가 보였다.

"아, 박사님! 제가 방금 헛소리를 했던 것 같습니다. 죄송합니다."

순간 당황한 근우가 재빨리 사과하자 물수건을 들고 있던 이승만이 그의 얼굴을 빤히 바라봤다.

"그게 어디 죄송할 일인가? 자네 덕에 모처럼 고국에 온 느낌에 푹 빠졌었네. 내 아들 봉수를 데리고 말일세."

이승만이 크게 너털웃음을 웃었다.

"박사님……."

"의사가 다녀갔는데 열대성 말라리아라고 하는구먼. 푹 쉬면서 약 먹으면 괜찮아질 거라고 하네. 오늘은 여기서 나랑 같이 자게나."

"감사합니다, 박사님!"

"그 대신 방값으로 물고기 반을 나누는 동업은 끝난 셈이네."

고열과 감동으로 빨개진 근우의 두 볼에 눈물이 주르륵 흘렀다. 이후 해방이 되어 귀국한 다음에도 남근우는 이승만이 대통령이 되기까지는 물론 경무대에 입성한 후에도 그를 보필하며 맡은 바 소임을 다했다.

도피

"태극기다!"

차부에서 차를 기다리고 있는 사람들은 하나같이 말이 없었고 코가 질질 흘러나온 꼬마 아이 하나만 맞은편 면사무소에 다시 걸린 태극기를 가리키면서 왔다 갔다 부산을 떨었다. 상백이 물끄러미 바라보자 어미가 아이 팔을 잡아 끌어당겼다.

"가만히 좀 있어. 이리 와 코나 풀어. 흥!"

아이 어미가 두 손가락으로 코를 짜내서 바닥에 휙 뿌리고 치마폭에 손을 훔쳤다. 버스를 타고 가는 내내 상백은 눈을 가늘게 뜨고 창밖만 바라보고 있었다. 멀리 사선대가 보이는 차창 밖 누런 들녘이 풍요로우면서도 쓸쓸해 보였다. 버스에서 내린 상백이 오원강 물가로 바쁘게 걸음을 옮겼다. 깔판을 깔고 앉아 낚시를 하던 춘식이 일찌감치 상백을 발견하고 씩 웃었다.

"어서 오게."

"나비는 어쩌고 낚시여?"

"그것도 좀 쉬어감서 박아야 살아 있는 놈이 만들어지더라고."

상백은 이제껏 숱한 자개함을 봤지만 춘식의 것처럼 당장에 함을 떠나 하늘로 날아올라갈 것 같은 힘 있는 나비는 본 적이 없다고 치켜세웠다.

"고맙네, 좋게 봐줘서……."

"헌디 자네는 왜 나비만 그리는가?"

"훨훨 날려 보내는 재미가 있어."

춘식이 웃으며 낚싯대를 내려놓았다.

"그 나비도 날아가는 거여?"

"그런 느낌이 들어."

"자네 마음 이해헐 수 있겠네. ……고기는 좀 올라와?"

상백이 잠시 눈을 감았다 뜨면서 물었다.

"이놈들이 인자 나허고 놀기가 싫은지 영 입질도 안 혀."

"맨날 잡았다 놔주기만 헐 거 뭐허러 그렇게 잡으라고 혀?"

"그거야 땡기는 손맛으로 허지, 고기 먹을라고 허는 것이 아니잖여."

"땡기는 맛이 그렇게 좋은가?"

"아, 좋지! 그 순간 물에 빠진 나를 건져내는 느낌이여."

"강태공은 낚시로 세월을 낚는다더만 자네는 자네를 건지느만."

"그런 셈이지……. 여기 앉게."

"마령서 버스 기다리다 자네 동생을 봤는디 요새 바쁜갑더만."

상백의 말을 듣고 입을 다문 춘식의 얼굴이 보일 듯 말 듯 일그러졌다.

"왜 그러는가? 동생과 뭐 안 좋은 일이라도 있는 거여?"

"해방 전부터 순사쟁이 허다 지서장까지 혀먹었음 인자 그만혀도 되잖여? 저 먹고살 만큼은 충분히 있겄다 말여."

"그것도 감투여. 좋은 일 많이 허믄 되지 뭘 그러는가?"

"순사질 험서 좋은 일 헐 것이 뭐가 있어? 혀봐야 남 못헐 짓, 욕먹을 짓이지."

"다 지 허기 나름이여."

"갸가 어렸을 적엔 안 그렸는디 사람이 많이 변혔어."

함춘호 지서장은 춘식과 열한 살이나 나이 차이가 나는 동생이다. 어렸을 적부터 춘식이 업어 키우다시피 했으며 그 역시 형을 아버지처럼 의지하고 살아왔다.

"나이 들어서도 어렸을 적허고 똑같다믄 그놈이 이상헌 놈 아녀?"

"그런가? 그건 그렇고…… 자네 뭐 걱정 있어?"

춘식이 눈을 크게 올려 뜨고 상백의 낯꽃을 살펴보면서 물었다.

"자네 멍석 깔아야 쓰겄고만."

"아 이미 깔았잖여?"

춘식의 말에 두 사람 모두 큰 소리로 웃었다.

"실은 저…… 우리 큰아들 말여."

상백이 한숨을 쉬며 강물을 바라봤다.

"그려. 자네 그 효자 말인가?"

"효자는 무슨……. 미련혀서 애비 속 썩이는 놈이지."

"죽어도 늙은 애비 혼자 두고는 집을 못 떠나겄다는디 세상에 드문 효자 아니고 뭐여?"

춘식이 상백의 표정을 살피며 부드럽게 말했다.

"그래서 내가 이렇게 속을 썩고 있잖나."

"인민군헌테 쌀 갖다 준 건 뺏긴 걸로 인정 받았담서?"

"그 일 말고도, 사상범으로 처형된 즈 동생 일로 두 차례나 예비검속 받았다가 보도연맹인지 뭔지 가입허기만 허믄 괜찮다고 혀서 도장 찍고 나왔잖여?"

"글쎄, 그렸다믄서."

"아, 그럴 때는 언제고, 인자 또 잡아들이는 건 뭔 짓거리냐 이거여. 정부라는 데서 허는 짓거리가 아무려도 수상혀서……."

"혹시 싸그리 잡아가기 위헌 작전 아녀?"

"낚싯대 흘러가."

상백이 떠내려가려는 낚싯대를 잡아주면서 말을 이었다.

"그런 거 같기도 혀. 헌디 마령에서는 인자 더 못 숨어 있겄어."

"한곳에 오래 숨어 있기도 쉬운 일이 아닐 테지."

상백은 그것도 그거지만 남의 집 다락에서 꼼짝도 못 하고 있으니 그게 어디 할 짓이냐며 한숨을 토했다.

"지는 조사까지 받고 나왔응게 그냥 자수를 허겄다는디 말여."

"그건 아닌 거 같네. 내가 앉은뱅이 귀로 들어봐도 요즘 세상은 완전히 미친 세상여. 검찰보다 더 무서운 게 치안대나 특무대랴."

"그려서 나도 시방 못 하게 허고 있는 중여."

상백이 걱정스러운 표정을 지었다.

"그러게……. 동생 놈헌티 물어보는 것도 거시기허고 말여."

"그렇고말고. 어? 고기 물은 거 아녀?"

"미늘도 없는데 먹고 가라지 뭐. 아무튼 제 발로 찾아가서 나 왔소, 헐 일은 아닌 거 같어."

"자네 생각도 그려야 쓰겄지?"

"그려. 그리고 지금 있는 곳이 영 불편허믄 말여. 우선 내 집 헛간 방이라도 들어와 있으라고 허지."

"자네 집에?"

"응. 사선대 아랫동네에 살 때보다 이짝 집이 한산하고 널찍혀. 잠깐 나다녀도 괜찮을 텐게 답답허지도 않을 거고……."

"허긴……."

"오는 사람도 없으니께 마음 편허게 있을 수 있고 말여."

"그려도 되겄는가?"

상백의 표정이 다소 밝아졌다.

"그려. 아 우리끼리야 자네 아들이 내 아들 아녀?"

"물론이지. 헌디 그러다가 자네 동생이 와서 보고 잡아가믄 어쩌지?"

상백의 농담에 춘식은 동생이 마음에 들진 않지만 자기 형의 손님을 잡아갈 만큼 나쁜 놈은 아니니 걱정 말라면서 멋쩍게 웃었다.

"농담일세. 언제 데리고 올까?"

"오늘 내가 준비 좀 헐 텐게, 아무 때나 오라고 혀."

"그럼 하루라도 빨리 데리고 오는 거이 낫겄네. 내일 내가 데리고 와도 되겄는가?"

춘식은 얼굴 한번 더 볼 겸 그러라고 했다. 상백은 활기찬 음성으로 곧바로 자신의 계획을 말했다.

"소달구지에다 땔감으로 쓸 왕겨랑 쌀허고 소금 좀 실어서 함께 오겄네."

"그려, 혼자 몰래 오다가 이상한 사람으로 보이는 것보담은 자연스럽게 같이 오는 게 낫지. 그런디, 마령서 여그까지 달구지로 오믄 멀 텐디?"

"잉, 마령서부터 같이 오는 건 안 되지. 좌산에 내 친구도 되고 즈그 처갓집 친척도 되는 이가 하나 있잖은가?"

"그려 알지. 한영문 씨 아닌가?"

"잉, 거그까지는 조심혀서 자전거 타고 오라 허고 거그서 내가 미리 보내둔 거 싣고 함께 데리고 오믄 될 거 같어."

"좌산서 여그까지는 산길인게 그러믄 되겄네. 자네 머리는 아무튼 제 갈공명이 보믄 형님 헐 정도여."

"할배, 안 허고? ……이제 답답헌 마음이 조금 풀리는구만."

상백이 모처럼만에 환하게 웃었다.

"진작 그렇게 헐 거인디."

"우리 손주 놈허고 같이 오겄네."

"기준이? 그려. 지서 앞에서는 잠시 조심허고 삼대가 오순도순 얘기험서 오믄 되겄구만."

"내사 여그 자주 드나드는 사람인게 넘들이 봐도 그런갑다 헐 거 아녀?"

"아무튼 조심허서 오게. 먹을 거도 많이 가져오고 말여."

"제발 많이 먹고 자네 몸이나 좀 챙기게. 먹고 싶다믄 고양이 뿔이라도 구해올 텐게."

"그려, 알았네. 나는 그럼 미리 가서 방 좀 치워두겄네."

"고맙네."

"고맙긴, 몇십 년 만에 내 집에서 함께 살 사람이 오니게 나는 아주 기분이 좋기만 허구만. 자네가 좋아허니까 또 좋고 말여."

춘식은 깔판을 바쁘게 밀면서 집으로 돌아갔고 상백은 좌산에 사는 친구이자 인순의 친척인 한영문의 집에 들러 자초지종을 설명하고 소달구지까지 빌려뒀다.

* * *

"어르신 안녕하신가요?"

상백이 주장에 들렀다가 집에 들어서는데 사찰계 민 형사가 마루에 걸터앉아 있다가 벌떡 일어났다. 그는 이웃 장수에서 전근 왔지만 이전부터 상백을 웬만큼은 알고 있는 사람이다.

"어쩐 일이신가?"

"아, 예. 지나가다가 물 한 사발 얻어먹고 갈라고 들렀습니다."

"물은 드셨는가?"

"시원허게 마셨구만요. 헌디 어디 댕겨오시는감만요?"

"그렇다네."

"어딜 다녀오셨습니까?"

민 형사가 상백의 표정을 은근히 살폈다.

"남이사 어딜 다녀오건 뭐이 그리 궁금헌가? 보고라도 허고 다니란 말인가?"

상백도 표정을 싹 바꾸면서 눈썹을 곤두세우고 민 형사를 마주봤다.

"아닙니다. 그냥 여쭤봤습니다. 그럼 가보겠습니다."

그가 엉거주춤 일어나면서 말을 이었다.

"그런디 남원우 씨는 아직도 집에 안 들어오셨더만요?"

"아는 사람이 왜 묻나?"

상백이 마루에 걸터앉아 구두를 벗으면서 물었다.

"제 직업 아닙니까."

"그나저나 한번 조사받고 나왔으믄 됐지 왜 또 오라고 혀?"

"보도연맹원은 오라 헐 때 바로 와야 헙니다. 아시잖여요."

"무슨 놈의 법이……. 나 원!"

민 형사가 나간 다음 상백은 툇마루 다듬잇돌 위에 올라가 발꿈치를 들고 그가 멀어지는 것을 확인했다. 부엌문 뒤에서 상백과 민 형사의 이야기를 걱정스럽게 듣고 있던 인순이 밖으로 나왔다.

"에미야! 너 조심혀서 상철이 당숙네 집에 좀 다녀와라."

상백이 인순을 보고 부드럽게 말했다.

"기준이 애비헌테요?"

"잉. 이따가 저녁나절에 말여. 좌산 니 큰아버지 집에서 만나자고 혀라."

"어디 함께 가시게요?"

인순이 의아한 듯 물었다.

"잉. 관촌 아저씨네로 옮겨야 쓰겄어. 갸가 너무 답답헐 것 같어서 말여..니 생각은 어떠냐?"

"그게 좋을 것 같습니다."

상백은 인순의 표정을 살피고는 속옷이랑 잠시 필요한 것을 준비해서 넉넉한 바구니에 담고 위에다 파나 뭐 먹을거리를 올려서 별거 아닌 것처럼 보이게 해야 한다고 세심한 당부를 했다.

"그리고 저어…… 아버님!"

"뭔지 말혀 봐라."

"……형사헌테 돈 좀 주믄 어쩔랑가 혀서요."

"나도 그 생각을 안 혀본 건 아닌디, 그건 나 죄 졌소, 허는 거가 될 수도 있으니께 좀 더 두고 보자."

"예, 아버님!"

"너무 걱정 말그라. 애비도 다 생각이 있응게."

"관촌은 어떻게 가실라고요? 밖은 위험허지 않을까요?"

"소달구지로 갈란다. 내가 아침에 좌산 니 큰아버지 집에다 이것저것 좀 갖다놨응게 이따 거그서 달구지 몰고 갈 거다."

인순은 상백의 세밀한 관심에 다소 안심이 되는 표정을 지었다.

"기준이 애비더러는 큰길로 오지 말고 둑길로 자전거 타고 오라고 혀라. 내가 미리 가서 기다리고 있을 테니께. 그리고 기준이랑 같이 갈라고 헌다."

"기준이헌티는 말씀허셨어요, 아버님?"

"잉, 아까 말혀놨다. 애비랑 간다니께 좋아허더라."

길모퉁이에서 원우를 기다리던 기준이 상백에게 쫓아왔다.

"할아버지! 저기 아버지 오셔요."

"그려? 그러믄 니가 얼른 자전거 받아서 큰 외할아버지 집에 갖다 놓고 와라."

원우는 자전거를 받아 안으로 들어가는 기준의 머리를 쓰다듬고 달구지에 올라타면서 상백의 안색을 살폈다.

"아버님, 별일 없으십니까? 관촌 가신다면서요?"

"응, 관촌에 내 친구 함춘식 아제네 알쟈? 니가 너무 답답헐 거 같아서 말여. 거기 가 있어도 괜찮겄냐?"

상백이 맞잡은 손등을 어루만지면서 원우의 얼굴을 들여다봤다.

"예, 그쪽이 한결 마음이 편허지요. 아버님이 저 때문에 마음고생이 많으십니다. 주장 일도 한창 바쁜데…… 죄송합니다."

"아니다. 니가 죄송헐 게 뭐 있냐? 세상이 그런 것을. 그리고 주장은 공씨가 알아서 잘 하고 있응게 걱정 말그라."

상백이 두리번거리는 소 고삐를 당기면서 말을 이었다.

"가다가 관촌지서 부근쯤 혀서는 논길로 쫓아오든지 아니믄 여기 가운데 엎드려 있어라."

"예, 아버님."

기준이 나와 달구지에 오르자 상백이 이랴! 하고 소를 몰았다.

"니 말대로 조사도 끝났응게 자수허는 것도 일리는 있겄지만 나는 평우 그렇게 되고 나서부터는 정부를 통 믿을 수가 없다."

"저도 그렇긴 헙니다."

"아무튼 간에 좀 참고 기다려보자. 본시 소내기는 피허고 보는 법 아니냐?"

그리고는 어제 함춘식과 이야기를 나누었던 대로 정부가 고삐를 늦춰 느긋하게 만든 다음 어느 날 잡아다 갑자기 뭔 짓을 할지 모르지 않느냐며 고개를 흔들었다.

"온 국민을 위로허고 다독이믄서 하나로 뭉쳐야 헐 판에…… 뭔가가 잘못되어도 한참 잘못되어 있습니다."

"전쟁이라는 것은 정말 지옥보다 더헌 것이라는 생각이 든다. 아무리 전쟁 중이라고 혀도 무고헌 사람을 다치게 해서는 안 되잖느냐?"

이런저런 얘기를 하는 동안 소는 큰 눈을 껌벅거리며 부지런히 달구지를 끌고 갔다. 어느새 구름에 덮인 해가 누렇게 물들어가는 들녘 뒤로 둘러쳐져 있는 성미산 능선을 넘어가면서 붉은 노을이 깔리기 시작했다. 기준이 갑자기 상백의 팔을 잡고 흔들었다.

"어, 할아버지! 저 앞에 군인이 있어요. 두 명여요."

"워 워!"

달구지를 멈추고 바라보자 저쪽에서 인민군 복장을 한 두 사람이 걸어오고 있었다.

"가만 가만……. 그냥 가거라. 큰아야, 너는 거기 누워 가만히 있거라."

상백이 속삭이며 다시 천천히 소를 몰았다.

"괜찮을까요?"

"둘이니께 여차허믄 내가 하나 맡고 또 하나는 니가 맡어라. 기준이는 아버지를 돕고 말여."

"잠깐 멈추시라우요!"

스물도 안 되어 보이는 앳된 인민군 둘이 총을 들고 다가왔다.

"무슨 일이오?"

상백이 태연히 앉아 물었다.

"이거 뭡네까?"

"보이는 것처럼 왕겨허고 배추랑 푸성귀요."

"이거 쌀가마 아닙네까? 우리 해방군에서 징발하갔소. 모두 내리시오!"

"나는 그리는 못 허겄소!"

인민군들이 서로 바라보면서 어이없는 표정을 지었다.

"이 자리에서 당장 총 맞아 죽어도 좋다 이거요?"

볼이 벌겋고 여드름이 잔뜩 있는 인민군이 말했다.

"이보시오! 지금 당신이 총을 쏘면 당장 요 앞 지서에서 달려올 텐디 그려도 괜찮겠소?"

"그거사 당신들 죽고 난 다음의 일 아니갔소?"

키가 작고 좀 뚱뚱한 인민군이 총을 들이대며 말했다.

탁! 타닥!

그자의 말이 떨어지는 순간 상백이 한 명의 가슴패기를 팔꿈치치기로 공격하고 원우가 발차기로 또 한 명을 올려치자 총이 땅바닥에 떨어졌다. 기준은 재빨리 떨어진 총 하나를 주워들었다.

"어이쿠!"

가슴패기를 맞은 사람이 쓰러지긴 했으나 상백의 발에 목을 눌린 채 이를 악물고 총을 붙잡았다.

"아, 아! 이거 이 총 못 내놓갔소?"

"놓으면 바로 우릴 쏠 거 아닌가?"

상백도 총을 맞잡았다.

"당신들도 마찬가지 아니오?"

"이보시오, 젊은이! 내가 사람을 죽일 것처럼 보이나? 그리고 총을 쏠 거믄 저 총으로 이미 쐈을 거 아닌가?"

"그럼 우리 이거 총 놓고 합의를 합시다."

"내가 비록 영감탱이지만 니놈들헌테 호락호락 뺏기진 않을 것이다."

"그러니까 합의를 하자 이거요."

"내가 총을 놓으면 어쩔 테냐?"

"그냥 보내주갔소."

"나는 자네가 총을 놓으면 쌀과 소금도 반은 주고 총도 주고 가겄네."

인민군은 뭐라고 말을 해야 할지 판단이 서지 않는 듯 보였다. 상백이 아이한테 말하듯 물었다.

"그거이 남는 장사 아닌가?"

"정말이오? 그럼 그렇게 하기요."

"자, 총을 놓게."

"속이기 없기요?"

인민군이 총을 잡은 손을 놓자 상백이 총을 들었다.

"기준아! 쌀이랑 소금 작은 거 한 포대씩 내려 놓그라. 총은 아버지한테 맡기고."

"예, 할아버지!"

"그리고 이 총은 당신들이 한 포대씩 어깨에 메고 저쪽 산 입구에 도착혔을 때 여기다 놓고 떠날 테니까 그때 다시 와서 가져가게."

"알겠습니다, 노인장!"

"노인장이 뭔가? 할아버지라 불러보게."

"알겠습니다, 할아버지!"

인민군이 멋쩍어하면서 씩 웃었다.

"그리고 앞으로 민간인은 절대 해치지 말게."

"내는 아직 사람을 향해 총을 쏴본 적이 한 번도 없습네다."

"그런가?"

모두 소리를 내서 한바탕 크게 웃었다. 인민군들은 어깨 위에 쌀과 소금을 올린 채 연신 뒤쪽을 바라보면서 멀리 산 밑으로 달려갔다. 그들이 산 입구에 도착했을 때 이를 지켜보고 있던 상백 일행은 총을 내려놓고 다시 달구지를 몰았다.

"이랴!"

멀리 인민군들이 다시 돌아와 총을 들고 가는 모습이 보였다. 달구지는 이미 어두워지기 시작한 오원강 옆길을 바쁘게 달렸다.

"큰아야, 너는 인자 뚝방 밑으로 내려가 저쪽 동네 못 미처 보이는 낟가리 옆에서 기다리고 있거라."

상백이 관촌지서 앞으로 달구지를 몰고 가는데 유리창으로 밖을 내다보고 있던 지서장이 천천히 밖으로 나왔다.

"아니, 어르신! 다 저물었는디 또 오십니까?"

그와는 오래전에 마령지서장 함춘호와 함께 있던 자리에서 통성명을 한 사이라 만나면 서로 인사정도는 나눈다.

"잉, 친구헌티 먹을거리 좀 갖다줄라고요."

"쌀허고 배추인가 보네요. 두 분의 우정은 대단허십니다."

"이깟 거 좀 나눠 먹는 거이 뭐 그리 대단타고요."

"그게 어디 쉬운 일입니까? 정미소도 한창 바쁘실 땐디?"

"모처럼 손주허고 달구지 여행도 좀 험서 재미로 허는 겁니다."

"예, 그럼 살펴 가십시오!"

한참을 가자 낟가리 옆에 원우가 서 있다가 달구지를 보고 걸어왔다. 마을 쪽에서 고춧대 타는 연기가 코를 자극하면서 일행을 맞이했다.

부활

정달이 죽고 채봉도 떠난 가야산은 적막하기 이를 데 없는 무주공산(無主空山)이 되었다. 능선 위의 가을 하늘은 조각구름 하나 허락지 않은 채 끝없이 넓고 고독한 파란 바다를 연출하고, 빨래줄 기둥 위에는 언제 날아왔는지 모를 노란 개똥지빠귀 한 마리가 꼬리질을 하며 울고 있다. 평우는 햇빛이 정면으로 비추는 한낮까지 꼼짝도 하지 않은 채 마루에 앉아 있었다.

짹짹! 짹 짹 짹!

정달에게 아침마다 먹이를 얻어먹던 뱁새 몇 마리가 마당 위를 폴짝폴짝 뛰어다니다가 평우의 눈치를 살피면서 은근슬쩍 마루 위까지 올라와 돌아다닌다. 평우가 마루 한편에 놓아둔 나무통 안의 먹이를 한 움큼 꺼내 마당을 향해 휙 뿌리자 삽시간에 수십 마리로 늘어난 새들이 정신없이 쪼아댔다.

'야 이놈아! 그렇게 한꺼번에 뿌려버리면 새들이랑 놀 수가 있냐? 조금씩 주어야 저놈들도 먹는 재미가 있고 사람이랑 교감도 생기고 친해

지지?'

정달이 웃으면서 말했다.

"아버님 말씀이 맞습니다."

정신이 혼미해져 있던 평우가 깜짝 놀라 대답하면서 흐느꼈다. 먹이를 다 먹은 뱁새들이 돌아가지 않고 전에 없이 가까이 다가와 주위에서 왔다 갔다 했다. 평우는 다시 기둥에 기대어 앉아 정달의 웃는 모습을 끝없이 그리워했다. 산골의 거친 바람 소리는 움막을 더욱더 적막하게 만들고 있었다. 평우는 흩날리는 낙엽의 회오리 소리를 자신을 이해하고 함께 울어주는 친구의 울음소리로 받아들이면서 마음을 달랬다.

'당신이 그렇게 약해지면 저는 어떻게 혀요? 우리 약속을 벌써 잊은 거여요?'

계곡을 타고 올라온 바람 소리 속에서 문득 채봉의 슬픈 음성이 들려왔다. 평우가 벌떡 일어나 쫓기듯 방으로 들어가자 뱁새들이 놀라 모두 달아났다. 뒤주 위 선반에서 까만 바구니를 꺼내 정달이 잘 챙겨두라고 말한 허운악의 신분증을 찾아 꼼꼼히 살펴보았다. 사진 속 운악의 눈동자가 평우의 시선과 겹쳐졌다.

'친구! 나약하게 굴지 말고 꼭 살아남게. 세상에 결실 없는 번민처럼 미련한 건 없다네.'

평우는 허운악의 신분증에 기록되어 있는 내용을 반복해서 살피고 암기한 다음 언젠가 정달이 보여준 적 있는 빛바랜 사진첩을 생각했다. 바구니를 뒤져 정달의 사진을 찾았으나 적지 않은 사진이 빼곡히 들어 있던 사진첩은 보이지 않고 창호지에 싸놓은 한 장의 사진만이 눈에 띄었다.

"아버님!"

평우는 정달에 대한 그리움에 휩싸여 눈을 감고 양손으로 자신의 가슴을 힘껏 눌렀다. 새로운 삶을 권한 정달이 허운악을 알아야 한다며 가족사진 한 장을 골라 보여주면서, '이 사진은 정말 너를 쏙 빼닮았구나. 봐라! 안 그러냐?' 하고 신기해했던 그 사진이다. 정달은 만약의 경우를 대비해 다른 사진은 모두 버리고 그 사진 한 장만 바구니에 남겨두었던 것이다.

"아버님! 운악의 삶을 성실하게 살아가겠습니다."

평우는 방바닥에 엎드려 양손을 힘껏 움켜쥐었다.

* * *

풀잎이 바스락거리는 소리가 들리고 십여 명의 군인들이 조심스럽게 주변을 살피면서 평우가 있는 집 방향으로 내려왔다.

"중대장님! 여기 집이 있습니다."

대열의 앞에서 주변을 살피던 군인이 고개를 돌려 말했다.

"사람도 있습니다."

하사가 평우를 보자 흠칫 놀라며 외쳤다.

"아저씨 여기 사세요?"

평우를 흘낏 바라본 대위가 다가와 집 안을 들여다보면서 물었다. 평우가 대위를 비롯한 다른 군인들의 거동을 물끄러미 바라보면서 힘없이 그렇다고 대답하자 그가 마루에 걸터앉았다.

"아저씨 말고 아무도 없어요?"

대위가 의아한 듯 다시 물었다.

"아버님이 계셨는데 어젯밤에 돌아가셨습니다."

"어제 돌아가셨다고요? 왜요?"

대위가 고개를 갸우뚱하며 물었다.

"인민군 놈들이 죽였습니다."

평우가 북받쳐오르는 눈물을 참으며 대답했다.

"인민군들이 죽었다고요? 시신은 어디 있습니까?"

그는 울음을 삼키며 대답 대신 손가락으로 묘지를 가리켰다.

"아저씨는 괜찮으셨던 모양이지요?"

대위가 철모를 벗고 머리를 뒤로 쓸어넘긴 다음 다시 쓰면서 물었다.

"묶여서 사살되기 직전에 살려줬소."

"노인을 죽이고 아들을 살려줬다는 말인가요?"

대위가 입을 동그랗게 벌린 채 물었다.

"아버지께서 낫으로 인민군 한 명을 찍어 죽일 때 나는 말렸다고 해서 풀어줬소."

"아버지께서요? 아버지께서 왜 인민군을 죽였습니까?"

평우는 정달이 인민군을 죽이게 된 과정을 상세하게 설명했다. 대위는 몇 차례 질문을 하긴 했지만 이내 고개를 끄덕이면서 꼼꼼하게 들었다.

"죽은 인민군은 어떻게 했습니까?"

"저쪽 언덕 위 철쭉꽃 나무 밑에 묻었습니다."

"저 키 작은 나무요? 최 하사! 저쪽 확인해봐!"

대위의 말을 듣고 몇몇 군인들이 흙을 헤치고 인민군 시체를 확인했다.

"인민군 맞습니다. 나이는 이십대 중후반쯤으로 보입니다."

"어떻게 죽었어?"

"낫이나 칼에 찔린 것 같습니다. 저쪽 묘지도 확인할까요?"

"아니 묘지는 놔둬!"

대위가 평우를 슬쩍 보면서 부하에게 말하더니 마루에서 일어나며 다시 물었다.

"나중에 온 인민군은 몇 명이나 왔었습니까?"

"열다섯 명 정도 됩니다."

"아저씨는 여기서 화전하신 지 얼마나 되셨어요?"

"산에 들어온 지는 삼 년 정도 되었습니다."

"성함이 어떻게 되십니까?"

"허운악입니다."

"허운악 씨요? 신분증 있어요? 제가 정보장교라서요."

순간 평우의 눈에 대위의 가슴에 붙어 있는 한석봉이라는 명찰이 보였다. 평우는 자기도 모르게 피식 웃었다.

"아, 이름이 좀 특이하죠?"

평우의 표정을 본 대위가 금방 소리 내어 웃으며 알은체를 했다.

"어머님이 훌륭하신 분이신가 봅니다. ……잠깐만요. 찾아보면 있을 겁니다."

평우는 방에 들어가 시간을 조금 끌면서 신분증을 꺼내들고 나왔다.

"서울 사람이 산에는 어떻게 들어오셨습니까?"

"서울에서 몸이 좋지 않아 세브란스 병원에 입원해 있었는데…… 치료비도 떨어지고 먹고살기도 힘들게 돼서 들어왔습니다."

"몸이 어디가 안 좋으셨어요?"

대위가 부드럽게 물었다.

"머리가……."

평우가 손가락을 펴서 자신의 머리를 콕콕 찍어보였다.

"정신병이었어요?"

"그런 셈이죠."

대위는 평우를 위아래로 다시 쳐다봤다.

"지금은 괜찮으신 모양이지요? 원래 서울분이신가요?"

"예. 부모님이랑 계속 서울에서 살았고 일본에서 공부한 후 귀국해서도 서울에서 살았소."

"입원하시기 전에는 뭐 하셨어요?"

"대학교에서 강의를 했었습니다."

대위의 표정이 눈에 띄게 부드러워졌다.

"예, 그러시군요. 제가 사람은 웬만큼 보는데 선생님은 왠지 화전할 인상이 아닌 거 같아 이것저것 여쭤본 겁니다."

대위가 웃으면서 말했다.

"그럼 인민군 같습니까?"

평우도 웃는 표정을 지으면서 물었다.

"어찌 보면 이념도 팔자라는 생각이 들기도 합니다."

평우는 말을 삼가면서 미소만 지었다. 평우가 말이 없자 대위는 이내 웃으면서 이제 전쟁은 끝나가지만 인민군에 빨치산에 여기는 위험할 수밖에 없는 곳이니까 될 수 있으면 내려가서 사는 쪽이 안전할 거라며 화제를 돌렸다.

"예, 그래야 할 거 같습니다."

대위가 수첩을 꺼내 이름과 몇 가지 내용을 적었다.

"그럼, 조심하십시오!"

대위는 철모를 바르게 고쳐 쓴 다음 가볍게 경례를 하고 산 아래로 내려갔다. 군인들이 떠난 후 평우는 정달의 무덤 앞에 무릎을 꿇었다.

'운악으로 살아갈 수 있다는 것을 깨달았으니 이제부터 뭘 할 거냐?'

정달이 일어나 앉아 웃는 얼굴로 물었다.

'아직 아무것도 정할 수가 없습니다. 허지만 시간을 낭비하지는 않겠습니다, 아버님.'

'그러기에 내가 뭐라더냐, 이놈아. 진즉부터 애비 말을 듣고 준비를 해두지 않고……'

'그것도 아버님 말씀이 옳았습니다.'

'네 녀석이 이제 백기를 드는 게 몸에 배었구나.'

'허지만 뭘 하든 최선을 다해 풀어나가겠습니다.'

'공부 머리하고 세상 머리는 다르다고 내가 얘기해준 거 잊지 말아라. 알았지?'

'예, 아버님. 제발 어린애 취급 좀 그만하십시오.'

'그래, 알겠다.'

정달이 웃으면서 사라졌다. 평우는 두 손을 불끈 쥐었다.

"그래, 다시 시작하는 거야!"

가야산 숲에 어둠이 찾아들자 온갖 그리움이 소복이 담긴 별들이 하나둘 나타나기 시작했다. 일그러진 달이 움막을 내려다보는 가운데 그리 멀지 않은 숲 속에서 길게 우짖는 산짐승을 따라 부엉이가 연신 울어댔다.

황금 들녘 너머

산길을 따라 내려오자 가을 햇살과 함께 노란 벼가 출렁이는 벌판이 채봉의 눈을 향해 한달음에 밀려들어왔다.

"벌써 추수철이네."

아직 평우의 곁에 머물러 있는 자신의 마음을 추스르고 이마에 흐르는 땀을 닦아내면서 채봉은 평화로웠던 어린 시절 속에 빠져 들었다.

'오빠 나 잡을 수 있어?'

'쬐끄만 것이……. 내가 너를 못 잡을 것 같어?'

이맘때면 대문 바로 앞에 줄지어 있는 낟가리를 빙빙 돌면서 재중 오빠와 곧잘 술래잡기를 했다. 재중은 일부러 못 잡을 정도로 달리면서 채봉을 뒤쫓곤 했었다.

"쉿!"

앞서가던 한길이 잽싼 걸음으로 다가와 멍한 눈으로 황금 들녘을 바라보는 채봉을 숲 속으로 이끌고 들어가 나무 뒤에 몸을 숨겼다.

"왜요, 아저씨?"

깜짝 놀란 채봉이 속삭이듯 물었다. 엎드려 보이는 맞은편 언덕길에 가을바람을 맞아 흔들리고 있는 노란 벼 이삭 사이로 인민군 대여섯 명이 보였다. 그들은 경찰 복장을 한 한 사람과 민간인 옷을 입은 둘의 손을 뒤로 묶어 끌고 가고 있었다.

"인민군이잖어요."

"맞아! 혹시 죽이려고 그러는 거 아녀?"

잠시 후 언덕배기를 내려가자 인민군들은 끌고 가던 사람들을 둔덕 앞에 세웠다. 쏟아지는 햇빛이 총 끝에서 반짝였다.

이어서 인민군들은 개머리판을 휘둘러 머리를 쳐 묶인 사람들을 쓰러트린 다음 다시 총대를 세워 마구 찍어댔다. 묶여 있던 세 사람은 짧은 비명을 지르면서 쓰러져 바동거리다가 계속해서 내리찍는 개머리판을 맞고 그대로 엎어졌다. 아직 숨이 넘어가지 않은 한 사람이 묶인 팔을 등위로 치켜들고 달아나다가 다시 거세게 내려친 개머리판을 맞고 또다시 쓰러졌다. 멀리서 봐도 피가 솟구치는 모습이 보이는 듯했다.

채봉이 온몸을 부들부들 떨면서 손으로 입을 틀어막은 채 연거푸 구역질을 했다.

"동무들, 서둘러 출발합시다!"

인민군들은 시신을 확인한 다음 앞뒤에 간격을 두고 두 줄로 서서 건너편 산등성이 방향으로 걸어갔다.

"조카댁! 괜찮은 거여?"

한길은 계속 구역질을 하고 있는 채봉을 걱정스러운 눈으로 바라봤다.

"어서 여그서 떠야겄어. 가지."

채봉이 다시 올라오는 구역질을 참은 다음 입을 닦았다.

"아저씨, 잠깐만요. 저기 한 사람이 움직이는 거 같아요."

파랗게 질린 채봉이 떨리는 손가락으로 가리키는 곳에 조금 전 그 자리에서 쓰러졌던 민간인 복장의 사람이 일어서려다가 다시 고꾸라졌다. 채봉이 달려가려 하자 한길이 붙잡았다.

"그러다가 그놈들이 다시 돌아오믄 어쩔라고?"

한길은 인민군들이 떠난 방향을 좌우로 둘러봤다.

"움직이는 거 보고 그냥은 못 가겠어요."

채봉이 부들부들 떨면서 정색을 하고 말했다. 한길이 어떻게 하려고 그러느냐고 묻자 도와주면 살 수 있을지도 모른다면서 나뭇가지를 잡고 앞서 내려가기 시작했다. 두 사람은 조심조심 내려갔다. 채봉이 후들거리는 다리로 계곡 아래쪽으로 내려가다 주르륵 미끄러졌다. 한길이 재빨리 손을 뻗어 채봉의 팔을 붙잡았다.

"괜찮어 조카댁?"

"예, 괜찮어요."

"다행이구만. 조심혀."

쓰러져 있는 사람들의 머리에서는 아직도 피가 흘러내리고 있었고 모두 눈을 부릅뜨고 있었다. 그중 민간인 복장을 한 한 사람이 쓰러진 채 그녀를 보자 몸을 뒤틀며 구원을 호소했다. 조금 전에 움직이던 사람 같았는데 목 아래 어깨와 정수리에서 피가 계속 흘러나오고 입안에는 피가 가득 고여 있는 듯했다.

"아저씨, 여기여요. 뒤에 묶인 손부터 풀어주세요."

채봉은 재빨리 쓰러져 있는 사람의 머리를 들어올려 입을 아래쪽으로 향하게 한 다음 등을 가볍게 쳤다. 남자가 입안에 가득 고였던 선지피를 토했다. 채봉은 속치마 자락을 길게 두 가닥으로 뜯어 피가 흐르고 있는 머리를 동여맸다. 목덜미 아래 어깨는 더 이상 피가 흐르지 않았다. 다시 남자의 머리를 낮춰 엎드리게 한 다음 등을 계속 쳐주자 붉은 피를 한 움큼 더 뱉어내며 가쁜 숨을 몰아쉬었다.

"아저씨! 빨리 물 좀 떠다주셔요."

채봉이 멍하니 내려다보고 있는 한길에게 말한 다음 다시 남자를 가볍게 흔들었다.

"여보셔요, 제 말 들리셔요?"

남자는 실눈을 뜬 채 고개를 끄덕였다. 채봉은 한길이 가져온 물을 남자의 입에 조금 흘려 넣어주었다.

"물을 넘기지 말고 입을 헹구셔요."

입안을 헹구고 난 남자가 눈을 껌벅이며 두 사람을 바라봤다.

"아저씨, 이 사람 잠깐 안고 계셔요. 머리를 받치시고요."

채봉이 다른 두 사람을 살핀 다음 되돌아왔다. 그들은 모두 숨을 거둔 상태였다. 그녀는 다시 남자의 머리를 받쳐들고 상태를 보며 물었다.

"정신이 드셔요? 물 한 모금만 드셔요. 많이 드시지 말고요."

물 한 모금을 마신 남자가 처음으로 말을 했다.

"고맙…… 습니다."

"말씀허실 수 있으시네요?"

고개를 끄덕인 남자는 이내 얼굴빛이 돌아오고 호흡도 안정되어 보였다.

"서둘러 병원으로 가셔야 혀요. ……아저씨! 이 사람 좀 업으실 수 있어요?"

"그러엄. 그러자고!"

"부축해주시면…… 걸을 수 있겠습니다."

"무리허시지 말고 업히셔요. 천천히 갈 텐게요."

한길이 남자를 업고 천천히 내려갔다.

"……다른 사람들은 어떻게 되었습니까?"

"모다 숨을 거뒀어라우."

한길이 대답했다.

"그자들은 사람이 아니라 인간의 탈을 쓴 악마여요. 어떻게 사람을 그렇게 죽일 수가 있어요?"

채봉이 몸서리를 치면서 말했다.

"저는…… 서산경찰서 수사과장입니다."

"다른 사람들은요?"

"……같이 근무하고 있는…… 동료 직원들입니다."

"더 무리혀서 말씀허시지 마셔요."

수사과장이 힘들게 말하려 하자 채봉이 제지했다. 한참을 지나 평지길로 들어섰다.

"여기서부터는…… 부축만 해주시면 갈 수 있겠습니다."

한길의 부축을 받으며 천천히 발을 옮기는 그의 정수리에서는 여전히 피가 방울방울 배어나와 이마 위로 흘러내렸다.

"조카댁! 피가 계속 나오는 거 같은디, 괜찮을까?"

"피가 조금씩 흐르고 있는 편이 덜 위험헐 거여요. 이대로 천천히 가시는 편이 좋겄어요."

"정말 고맙습니다. ……아까 거긴 어떻게 오시게 되었습니까?"

수사과장이 다시 낮은 목소리로 말했다.

"일락사에서 내려가는 길에 목격혔어라우. 이제 좀 괜찮으시당가요?"

한길이 채봉에 앞서 대답하면서 물었다.

"예, 정신이 드는 것 같습니다."

수사과장이 채봉을 물끄러미 바라보면서 대답했다.

"정말 운이 좋으셨어요. 목덜미는 옷만 찍힌 것 같아요."

채봉은 치맛자락을 한 번 더 뜯어 수사과장의 머리를 돌려싸맸다. 일행이 산자락이 끝나는 지점에 다다랐을 때였다.

탕! 타당! 타다다탕!

바로 맞은편 산 밑에서 수백 발의 총소리와 함께 푸른빛을 머금은 연기가 피어오르고 화약 냄새가 바람에 실려 왔다. 채봉과 한길이 깜짝 놀라 숲 쪽으로 들어가려 하자 수사과장이 팔을 붙잡았다.

"괜찮습니다."

"총소리가 들리잖아요?"

"저건 인민군이 아니라 이곳 경찰하고 치안대입니다."

"누구랑 싸우는데요?"

"싸우는 것이 아니라 인민군을 도운 부역자들을 처단했을 겁니다."

"예? 부역자라고요? 사형받은 사람들이여요?"

채봉이 긴장하면서 물었다.

"사형은 안 받았지만 뻔한 사람들이라 그냥 처형하는 겁니다. 오늘이 사흘쨉니다."

채봉과 한길이 놀라면서 가던 걸음을 멈추었다.

"재판도 없이 사흘째 사람들을 끌어다 죽이고 있다는 거여요? 그건 불법이잖여요."

"불법은 맞지요."

"몇 명이나요?"

"수백 명이 넘을 겁니다."

"수백 명이 넘는다고요? 억울헌 사람들도 있을 거 아녀요?"

채봉이 믿을 수 없다는 듯 다시 물었다.

"물론 있겠지만 워낙 악에 받쳐서요."

"결국 보복 살해네요?"

채봉은 바닥에 털썩 주저앉아 큰 소리를 내며 울었다. 수사과장과 한길이 깜짝 놀라 그녀를 바라봤다.

"조카댁! 왜 그려?"

"어떻게 사람이 사람을 그렇게 쉽게 죽일 수가 있어요? 세상이 완전히 미쳤어요."

"이성을 잃은 행동인 건 맞습니다."

수사과장이 자신의 머리를 한 손으로 감싸면서 낮은 소리로 말했다.

"큰 죄를 지은 사람들이 작은 죄를 지은 사람들보다 더 자기 죄를 모르고 있잖여요. 방금 겨우 목숨을 구헌 아저씨도 그렇고요."

채봉이 계속 흐느꼈다.

"경찰의 한 사람으로서 마음이 무겁습니다."

"적군도 아니고 같은 고장 사람들이 서로 이렇게 죽이고 정상적으로 돌아갈 수 있을까요?"

일행은 한동안 아무 말 없이 걸었다.

"요 앞에 지서가 하나 있을 겁니다."

수사과장이 무겁게 말했다. 지서 앞에 다다르자 그가 발을 멈추고 다시 말을 꺼냈다.

"아주머니! 은혜 잊지 않겠습니다."

"정상적인 사람이면 누구든 그렇게 했을 거여요."

"아닙니다. 용기 없이는 할 수 없는 행동이셨습니다."

"죽어가는 사람을 보고 그냥 지나가는 사람이 어디 있겠어요. 저에게 고마워하실 거 없이 치료받으신 후 부디 이성을 잃지 않는 경찰이 되시기를 바랍니다."

"명심하겠습니다. 두 분 성함이 어떻게 되십니까?"

"저는 장한길이라 허고 조카댁은 윤채봉이라고 헙니다."

"어디 사시는지요?"

"전북 진안에서 삽니다."

수사과장은 더 묻고 싶은 말을 자제하는 듯했다. 지서 앞에 서자 밖에 서 있던 경찰과 안에 있던 지서장이 달려나왔다.

"아니 과장님, 어떻게 된 일이십니까?"

지서에서 나온 경찰들은 수사과장을 부축하며 물었다.

"그 이야기는 이따 합시다."

"바로 병원에 가셔야 합니다. 감염되면 위험해져요."

채봉이 걱정스러운 얼굴로 말했다.

"알겠습니다. 저는 강태진이라고 합니다. 꼭 연락 한번 주세요."

그는 두 사람에게 거듭 인사하고 지서 안으로 들어가면서 손을 흔들었다. 돌아서가던 한길이 갑자기 잠깐만! 하더니 지서 안으로 뛰어들어 갔다가 나왔다. 채봉이 눈을 크게 뜨면서 무슨 일이냐고 묻자 한길은 별거 아니라는 듯 대답했다.

"잉, 손전등을 돌려주고 왔어. 어제 그 순경은 지서에 없어서 전해달라고 혔지."

"아 깜박할 뻔했네요. 잘 하셨어요, 아저씨."

채봉과 한길은 서둘러 차부 쪽으로 걸어갔다.

"조카댁! 밤새 한잠도 못 잤을 건디 괜찮은 거여?"

한길이 채봉의 얼굴을 살피며 물었다.

"아까 마구잡이로 처형허는 것을 보고 났더니 아버님이랑 아주버님 일이 너무 걱정되어요."

"그렇다고 행여 무작정 내려올 생각은 말어. 대전이 생각보다 안전헌 거 같은게 당분간은 그대로 있는 것이 좋겄더구먼."

채봉은 생각에 잠긴 채 고개만 끄덕였다.

"그리고 혹시라도 갑자기 마령으로 내려오게 되믄 일단은 우리 집으로 와."

"아저씨 댁에요?"

"다는 아니겄지만 못 믿을 게 사람 인심이여. 일단 우리 집에 와 있다가 잘 판단혀서 움직이는 것이 좋을 거여."

"고맙습니다, 아저씨."

"고맙긴 뭘……. 우리 집은 알제?"

"강정리 다리 지나서 뚝방 끝에 있는 대나무 집이잖어요."

"조카댁이 언제 와봤던가?"

"아니요. 기환이 아버지하고 지나가다 들은 적이 있어요."

"그려? 버스에서 내려갖고 방천길로 돌아서 오면 좀 멀긴 혀도 안전헐 거여. 내가 이번에 조카댁을 봄서 참말로 느낀 것이 많어."

한길은 깊은 숨을 들이쉬고 말을 이었다.

"나는 인자껏 살면서 말여. 사람 산다는 것이 다 그냥 그런 것이거니 험서 살아왔는디, 그게 아니더라고."

한길은 평소와 다르게 진지했다. 그러면서 산다는 것이 너무나 허무하다는 생각이 들고, 아무리 살려고 발버둥치고 몇백 년 살 것처럼 아등바등해도 너 나 할 것 없이 죽음을 등허리에 지고 사는 격이더라며 세상을 한탄했다. 채봉도 고개를 끄덕이며 듣고 있다가 입을 열었다.

"더구나 지금 같은 세상에서는 뭐가 뭔지도 모르고 살다가 왜 죽는지도 모른 채 죽곤 허잖어요."

"그리고 곰곰이 생각혀보믄 참말로 사람만큼 악헌 짐승도 없다 싶어."

"정말여요. 사람이 너무 무서워요. 아무리 전쟁이라지만 사람이 얼마나 더 악헌 모습을 보여줄지 생각만 혀도 소름 끼쳐요."

"그렇당게. 인간이 이런 거구나 허는 것을 깨닫게 허는 것이 바로 전쟁인 것 같당게."

"그런가 허믄 극한 상황에서 허정달 어르신처럼 정말 아름다운 사람들도 볼 수 있잖여요."

"참말이여. 똑같이 한세상 살다 가는 인생이지만도 사람마다 가치가 다르더란 것을 절실히 깨달았구먼."

"아저씨도 참 훌륭한 분이셔요."

"그런 소리 말어. 그런 말은 내가 조카 내외나 조카 구혀준 허씨 어르신이나 우리 상백 형님 같은 분을 보고서 해야 허는 말이여."

"아녀요. 아저씨처럼 신의가 있고 책임감이 강허고 올바른 사람만 산다면 전쟁은 물론 법도 필요 없고 살맛 나는 세상이 될 거여요."

"그렇게 말혀주니께 정말 고맙고만, 조카댁."

한길이 큰 소리로 껄껄 웃었다.

"세상은 대단히 잘난 사람들 덕택에 좋아지고 있는 줄 알지만 사실은 그들 때문에 백성들이 죽어나가고 고통받으믄서 사는 경우가 더 많잖어요."

"조카댁 말을 듣고 본게 참말로 그렇고만잉!"

소식

"아버님! 이제 오세요?"

인순이 대문 밖에서 서성이다가 주장에서 집으로 돌아오는 상백을 맞이했다.

"잉, 어디 가냐?"

고개를 숙이고 생각에 잠겨 걸어오던 상백이 인순을 보자 부드럽게 물었다.

"오수 아저씨가 다녀가셨어요, 아버님."

"뭐여? 너 시방 뭐라고 혔냐? 한길이 동생이 왔었다고?"

상백은 반사적으로 주변을 둘러보면서 목소리를 낮춰 물었다.

"예, 아버님."

인순도 목소리를 낮춰 말했다.

"에미야! 어여 들어가자. 들어가서 얘기허자."

상백은 주변을 살핀 다음 앞장서 대문 안으로 들어가 인순이 들어서자마자 물었다.

"언제? 아 좀 기다리라고 허지. 주장으로 연락을 허던지."

"그러시라고 혔는디 뭘 빠뜨리고 오셨다믄서 이따가 그걸 가지고 다시 오신다고 허셨어요."

"그려? 아는 만났다냐?"

상백이 토방으로 올라서면서 뒤에 서 있는 인순에게 목소리를 더욱 낮춰 물었다.

"예. 만나셨대요, 아버님."

인순이 상백의 눈을 바라보며 속삭였다.

"그려? 만났다고? 평우를 참말로 만났다 이거여?"

상백은 두 주먹을 불끈 쥐고 잠시 눈을 감았다.

"그러고……."

인순이 막 무슨 말을 하려고 하는데 대문 여는 소리가 들리는 바람에 흠칫 놀라면서 입을 다물었다. 한길이었다. 그는 목소리를 낮춰 상백을 부르면서 들어왔다.

"형님! 오래 기다리셨지라우?"

한길이 달리듯 토방으로 올라와 상백의 손을 붙잡았다.

"동생! 얼마나 고생이 많았는가?"

두 사람은 손을 잡고 서로를 살폈다.

"자, 여그서 이럴 것이 아니라 어서 들어가세."

"방문을 닫을까요?"

인순이 함께 방으로 들어서면서 물었다.

"아니다. 방문은 열어두거라. 그리고 너도 거그 앉아라."

"그간 안녕허셨습니까, 형님!"

다시 인사하는 한길의 목이 메었다.

"나야 뭐 편허게 있었네만 자네 고생이 얼마나 심혔는가?"

"너무 늦어서 정말 죄송허구만요. 일 년 반이나 지나 인자사 만나갖고 어젯밤에 왔어라우."

"그래 우리 평우를 만났다고?"

상백이 말을 마치고 침을 꼴깍 삼키면서 맞잡은 한길의 손을 꼬옥 움켜쥐었다.

"예, 만났구만이라우."

"잘 있던가? 잘 데려다줬고?"

"잘 있긴 헌디 저쪽으로 넘어가지는 않겄답니다."

"왜? 지가 그려? 안 간다고?"

상백이 되묻긴 했으나 오히려 안심하는 듯한 표정을 지으면서 다그쳐 물었다.

"저쪽으로 갈 이유가 없다네요, 형님."

"이유는 무슨, 살기 위혀서 가는 거지."

"조카의 의지도 그렇고 여그서 살아갈 수 있는 방도를 찾고 있어라우."

"어떻게?"

"허운악이라는 남의 이름으로요."

한길이 눈물짓고 있는 인순과 상백을 번갈아 바라보며 말했다.

"그거이 무슨 소린가? 남의 이름으로 산다니?"

상백의 표정에 생기가 돌면서 두 눈이 반짝였다.

"일이 그렇게 된 게 천만다행헌 일이여라우, 형님."

"그려? 허기사 무슨 방법이든 북으로 안 가고 살 수 있다믄 그보다 더 좋은 것이 어디 있었는가. 어차피 죄도 없는디."

"예, 물론 그렇지요. 그리고 형님! 말씀드릴 게 너무 많아서 뭐부터 시작혀야 좋을지 모르겠습니다."

"내가 너무 조급허게 안달을 혀서 미안허네. 찬찬히 하나씩 얘기허게나. ……에미야! 나 물 한 사발 줘야겄다."

"예, 아버님. 아저씨는 차 한잔 올릴까요?"

"아니, 나도 물 한 사발 마시고 싶고만. 그러고 우선…… 평우 조카를 조카댁이랑도 만났어라우."

밖으로 나가려던 인순이 주저앉았다가 다시 바쁘게 나갔다.

"잉? 그건 또 뭔 소리여? 그럼 자네가 우리 며늘아도 만났단 말여 시방? 평우 만나러 간 사람이 기환 에미랑 만나다니?"

"예, 지금 식당에서 남의 일 도와줌서 있어라우."

"갸가 남의 집 일을 혀주고 있다고?"

"예, 형님!"

상백은 인순이 가져온 물을 바로 들이켰다.

"쯧쯧! 곱게 자란 아가 자식들 넷 데리고 남의 집 일을 허고 있단 말여? 근디 갸도 자네랑 함께 평우를 만났다고?"

한길이 우선 채봉을 만나 함께 산에 가게 된 과정 얘기를 간단히 하자 상백은 연거푸 방바닥을 치며 놀라워했다.

"에미야, 세상에 이런 일도 있구나! ……그럼 지금 어디에들 있어?"

상백이 인순을 바라보다가 다시 한길을 바라보며 물었다.

"조카는 운장산에 있다가 지금은 서산 가야산으로 자리를 옮겨 있고라우. 조카댁은 대전에 있어라우."

"내가 지금 정신이 좀 혼란스럽고 정리가 잘 안 되느만. 처음부터 다시 찬찬히 설명 좀 혀주게."

한길의 긴 설명을 다 들은 상백이 옷소매로 눈물을 찍어내면서 결국 기환 에미가 안 갔더라면 평우는 그 자리에서 총 맞아 죽을 뻔했다는 말이잖느냐며 벅찬 마음을 주체하지 못했다. 헤어질 때의 얘기를 들으면서는 한참 알콩달콩 살아가야 할 나이에 그렇게 헤어졌으니 얼마나 가슴이 찢어졌겠느냐며 울먹거렸다. 곁에 있던 인순도 눈물을 훔치느라 정신이 없었다.

"그려도 조카댁 정신력이 참말로 대단혀요, 형님."

"암! 갸가 보통 아는 아니지. 아니고말고."

상백이 고개를 크게 끄덕이면서 생각에 잠기다가 또다시 목이 메었다.

"임자! 임자가 갸 땜시 그렇게 애달퍼허다 죽었는디…… 조금만 참지 그렸는가, 이 딱헌 사람! 이렇게 만나고 온 사람도 있는디……."

울먹이면서 이어가던 상백의 말은 어느덧 울음소리로 바뀌어 있었다.

"그러게 말입니다. 누님이 살아 계셨다믄 얼마나 기뻐허셨겠어요."

"평우에게 즈 에미 얘기도 혔는가?"

한길이 잠시 대답하지 않고 있다가 지금 당장 저 살아 있기도 힘든 조카가 충격을 받을 것 같아 못 했다고 하자 상백은 맞다면서 눈을 지그시 감고 고개를 끄덕였다. 그런 다음 연옥의 명이 거기까지였던 모양이라며 서러움을 토했다.

"생각허믄 헐수록 우리 며늘아가 참말로 대단한 일을 혔구만. 고생도 심혔고잉?"

"저는 이번에 조카댁을 봄서 인생을 다시 배웠어라우."

"그려, 갸가 나보담도 생각이 깊은 아여."

상백은 채봉의 이런저런 심성 얘기를 하고 나서 앞으로 어떻게 할 계획이라더냐고 물었다.

"아직 정확헌 계획은 못 세웠는디 조카댁은 시방 형님이랑 큰조카 겸

정 땜시 못 견뎌하더만요.”

“어허, 그렸어? 지 걱정이 코앞인디도?”

“당장 내려오고 싶어 허는 걸 제가 말렸고만이라우.”

상백은 연신 고개를 끄덕이면서 잘한 일이라고 대답했다.

“그러고 혹 오게 되믄 일단 우리 집으로 먼저 오라고 혔고라우.”

“정말 잘혔고만. 거그는 남의 눈이 없응게. ……그러고 기환이랑 애들
은 다 건강허단 말이지? 만나도 봤어?”

“제가 직접은 못 봤지만 잘 있다고 헙니다. 조카댁이 어련히 알아서 잘
데리고 있을라고요.”

한길은 이어 채봉에게 들은 대로 처음에 애들 넷 데리고 빨치산 따라
산으로 도망다니느라 엄청 고생했고 죽을 고비도 많이 넘겼다더라는 말
을 했다.

“그렸겄지. 아그들 두고 갈 것을 다 끌고 다니느라 월매나 고생혔어.”

“예, 그러고 제 생각에 필시 형님 걱정 땜에라도 조만간 올 거 같더만요.”

상백은 한길에게 다가가 다시 손을 잡았다.

“혹 기환 에미가 오게 되믄 잘 좀 숨겨주고 나헌테 바로 알려주게. 그
러고 나가 인자 우리 원우 얘기도 자네헌티 혀야 쓰겄고만.”

“원우 조카요? 그러잖어도 어째 안 보인다 혔고만이라우.”

“갸도 지금 피혀 있는 중이고만.”

“무슨 일로 그런디요? 세상에 법 없어도 살 조카가요?”

한길이 깜짝 놀라면서 물었다.

“일이 그렇게 되었네.”

상백은 한숨을 내쉬면서 원우에 대한 얘기를 했다. 내용을 다 들은 한
길이 말했다.

56

"형님! 참말로 잘하셨고만이라우. 지금 자수허는 것은 죽으러 가는 거나 매한가지여라우."

"동생 말이 맞네. 나도 그리 생각혀."

"제가 서산 얘기 말씀드렸잖어라우, 형님."

"잉! 자네 말을 들으니 더더욱 내가 잘혔다는 생각이 드는구면."

"아까 오다가 전파사 앞에서 라디오를 들어보닝게 국군이 삼팔선 넘어 양양까지 올라갔다더만요."

"그렸다는 소리는 나도 들었고만."

한길은 거듭 전쟁이 끝나고 계엄이 해제될 때까지 절대로 붙잡혀서는 안 된다고 귀띔했다.

"그려야겠지? 동생이랑 이렇게 상의를 허니께 참 든든허구만."

"아이고 내 정신 좀 봐요. 아까도 이 약재를 빠뜨리고 왔다가 다시 가서 가져왔음서 또 잊어버릴 뻔했어요. 여기요, 형님. 평우가 보낸 약재구만요."

"우리 평우가 보낸 거라고?"

한길은 보따리를 풀면서 평우가 편지를 쓰고 싶어도 혹시 무슨 일이 있을지 몰라 못쓰겠다면서 마음만 보낸다고 했던 말을 전했다. 상백이 약재를 받자마자 풀어보려고 할 때였다. 대문을 빠끔히 열고 민 형사가 들어왔다. 두 사람은 입을 다물었다.

"아이고 이게 누구신가? 장한길 씨 아니셔?"

한길의 당황하는 표정이 역력했다. 상백도 적지 않게 긴장했다.

"안면은 있으신디 누구시지라우?"

"의뭉허긴……. 장한길 씨, 나를 정말 모르신다 이거요?"

민 형사가 눈을 떼지 않고 한길을 바라보면서 가까이 다가왔다.

"의뭉혀서가 아니라 낯은 있는디 잘 모르겄다 이겁니다."

"어르신! 이 장한길 씨허고 어떻게 되시는 사이지요?"

"내 이종 동생인디 이 사람이 지금 무슨 죄라도 졌소?"

"그거야 아직 밝혀지지는 않았지만 어째 좀 수상허구만이라우."

"모처럼 형님 집에 찾아온 사람헌티 무슨 말이십니까?"

한길이 불쾌한 듯 언짢은 표정으로 물었다.

"남원우 씨 심부름으로 온 것이 아니고?"

민 형사의 말을 들은 상백의 표정이 다소 여유를 찾았다.

"원우 조카요?"

한길은 어처구니없다는 표정을 지었다.

"민 형사가 우리 집 앞에서 아예 진을 치고 있는 모양인디 아무리 그렇다 혀도 사람이 어째 그리 무경우헐 수가 있소?"

"제가 무경우혔다믄 영장 없이 집에 쳐들어온 것뿐이고 나는 지금 공무를 보고 있는 사람입니다. 말씀을 가려서 허셔야지요."

"공무 보는 사람은 아무나 붙잡고 근거도 없이 남의 집에 쳐들어와 이래라저래라 헐 수 있는 건가?"

"근거가 있고 없고는 조사를 혀보믄 알겄지라우."

"그럼 어디 근거를 대보시게. 그리고 원우 갸가 뭔 나쁜 짓을 혔다고 내 집에 찾아온 손님헌티까지 이러는 겐가?"

"여기서 수사를 헐 수야 없지요. 장한길 씨 같이 좀 갑시다."

"아무 잘못도 없는 사람을 왜 데려갈라고 그러는 거여요?"

"여보시게, 민 형사! 꼭 그렇게 혀야만 허겄는가?"

"어르신은 빠지십시오. 몇 가지만 확인허고 돌려보낼 텐게요."

"형님, 아닙니다. 제가 다녀올 거고만요. 가십시다, 형사 나리!"

한길이 자진해서 민 형사를 데리고 밖으로 나갔다. 상백은 문밖으로 나가 민 형사랑 한길이 큰길로 접어드는 것을 지켜본 다음 들어와 평우가 보낸 약재를 꺼냈다. 보따리를 풀어본 상백은 홀린 듯 종류별로 묶은 약재 띠마다에 적혀 있는 평우의 단정한 글을 읽었다.

– 여인의 신경통에 좋은 희렴초입니다. 마음 편히 드시면 항상 건강하시고 몸에 좋습니다.

– 말린 산삼입니다. 차로 우려서 아침저녁 드시면 어르신의 정신과 기력이 좋아집니다.

– 삼십 년 된 더덕입니다. 장년 남자분께 아주 좋습니다.

– 우슬초입니다. 산모에게 좋습니다.

평우는 한 사람도 빠뜨리지 않고 온 가족의 안부를 물으며 챙기고 있었다.

"내 착한 아들아!"

상백은 고개를 젖혀 눈물을 삼켰다. 밤하늘을 밝히기에 너무 부족한 초승달의 가는 달빛은 구름이 비켜주기를 기다려 어둠을 미끄럼 타듯 타고 내려와 상백의 가슴에 살며시 안겼다.

연좌제

　평우의 사건이 있은 후 한동안 심정을 추스르지 못해 삶의 방향을 잃고 있던 남철우는 동생이 살아 있다는 사실을 알고 다시 교수직에 열정을 쏟았다.

　"교수님! 경제학 외의 질문을 하나 드려도 괜찮겠습니까?"

　"나는 과외 질문을 별로 좋아하지 않는데……. 실력이 달려서 말이지."

　학생들이 왁자지껄 한바탕 웃어젖혔다. 남철우 교수가 책을 덮으면서 질문한 학생을 바라보자 학생이 다시 물었다.

　"중공군이 북한을 도와 내려올 수 있습니까?"

　"경제학과 학생으로서 국제 시장의 여파가 궁금해서 묻는 건가?"

　다들 웃음을 삼키면서 그 학생을 바라보자 그가 불만스러운 듯 대답했다.

　"국민의 한 사람으로서 국가 보위 차원에서 여쭤본 것입니다."

　"나는 개인 보위 차원에서 불확실한 견해를 강단에서 말하고 싶지는 않네."

남철우 교수가 웃음 섞인 표정을 지으며 대꾸했다.

"남한 내에 그들이 내려오기를 기다리고 있는 세력들이 많이 있잖습니까?"

"글쎄…… 사실일 수도 있고 예측일 수도 있겠지. 설마 자네가 그렇다는 말은 아니겠지?"

강의실은 다시 한 번 웃음바다가 되었다.

"통계와 사실과 예측은 모두 다를 수도 있고 같을 수도 있네. 내가 아는 것도 그 정도에 불과하기 때문에 나 역시 아는 것도 되고 모르는 것도 되기에 명확히 답변해줄 수가 없네."

"교수님! 그럼 전쟁도 보이지 않는 손이 작용한다고 보십니까?"

"전쟁도 인간의 이기심에서 출발한 것이란 말이지? 그래도 시장경제에서처럼 자율적으로 해결될 거라 생각해서는 안 된다네."

웃고만 있던 학생들의 표정이 어리둥절했다.

"전쟁은 우리 모두가 책임을 통감해야 하니까……. 게임이론을 적용해보는 것은 어떤가?"

"참가자들의 상호작용을 어떻게 분석해야 할까요?"

"그것은 과제일세. 이 난국을 타개할 방법으로 게임이론에 확률론을 도입해서 전쟁이 최소의 손실로 갈 수 있는 전략을 제시하도록! 결자해지(結者解之) 차원에서 말이야."

"아, 교수니임!"

강의실이 투덜거리는 학생들의 음성과 한바탕 웃음소리로 떠들썩했다.

"다음 강의에서 토론합시다. 오늘 강의는 이상입니다."

상경대학 남철우 교수가 강의를 마치고 돌아와 분필 가루가 묻은 손을 씻고 있는데 교수실을 노크하는 소리가 들렸다. 학장실 여비서였다.

"왜? 날 도와주러 왔다면 옷걸이에서 수건 좀 던져줄 텐가?"

남철우가 웃으면서 물이 뚝뚝 떨어지는 손을 들어 보이자 여비서는 재빨리 수건을 들고 와 건네준다. 그가 수건을 받으면서 무슨 용무냐는 듯 고개를 들고 바라봤다.

"학장님이 찾으십니다. 별말씀은 안 하셔서 무슨 내용인지는 잘 모르겠습니다."

"금방 찾아가 뵌다고 말씀드려줘요."

그는 옷에 묻은 분필가루를 수건으로 마저 털어냈다.

"학장님! 찾으셨습니까?"

철우는 학장실로 들어서면서 노의성 학장의 표정을 살폈다.

"아, 남 교수님! 들어오세요. 강의 마치셨습니까?"

굳은 얼굴로 파일을 보고 있던 학장이 표정을 가다듬으며 철우를 맞이했다. 철우가 잠자코 무슨 일이냐는 듯 바라보자 그가 다시 부드러운 말투로 입을 열었다.

"남 교수님! 학생들한테 인기가 아주 좋으시더구먼요. 앉으세요."

"인기 있는 교수치고 사이비 아닌 놈 없다고 들었는데요?"

철우가 말을 하면서 큰 소리로 웃었다.

"지난번 학생 따귀를 치셨던 사건으로 높아졌던 악명이 이제 가셔졌다는 얘기이기도 합니다."

"그때 말씀을 하시면 저 또 열 받습니다."

철우가 두 손을 들어 좌우로 흔들었다.

"아, 아닙니다. 그 일은 우리 교수들 사이에서도 통쾌한 분위기였습니다."

"위로의 말씀이신가요, 학장님?"

"아닙니다. 세상에 학생이 교수한테 여보슈 당신! 하는 놈을 가만둘 수야 없지 않겠습니까?"

"학교에 경위서까지 제출은 했지만 같은 일이 벌어지면 저는 또 그럴 것 같습니다."

"이해합니다. 아무튼 요즘에 남 교수님 인기가 좋아진 건 사실입니다."

"뒷조사를 많이 하신 모양입니다?"

"남 교수님도 참……. 수강 학생이 늘어나는 것을 보면 알 수 있잖습니까?"

학장과 철우 모두 웃었다.

"공부를 덜 시켜서 그런가 봅니다."

"그럴 리가요? 남 교수님의 원칙주의를 모르는 사람은 우리 대학 사람이 아니지요."

"그건 애덤 스미스를 공산주의자로 모는 것과 같은 중상모략인데요?"

"그럼 요즘 자유방임 교육을 하고 계신 모양이지요?"

두 사람이 한참을 소리 내어 웃은 다음 철우가 차분하게 말했다.

"한동안 경직되었던 심정도 추스르면서 전보다 다소 융통성 있는 강의를 하고 있을 뿐입니다."

"그것도 남 교수님한테는 큰 변화라고 할 수 있지요."

"그럴까요? 그건 그렇고, 무슨 일로 저를 찾으셨습니까?"

"저…… 남 교수님!"

노의성 학장의 표정이 다소 굳어졌다.

"예, 말씀하십시오."

"댁에는 별일 없으십니까?"

학장이 팔짱을 끼면서 조심스럽게 물었다.

"저희 집이라면⋯⋯ ?"

철우는 순간 긴장하는 낯으로 학장을 바라봤다.

"좀 더 큰 범위로 말씀드렸습니다."

"큰 범위라고요? ⋯⋯예, 별일 없습니다만 무슨 내용이신지요?"

"내가 조금 전 총장님을 뵙고 왔습니다."

학장은 편치 않은 표정으로 알다시피 아직도 전시이고 계엄 중이다 보니까 경찰에서 교수들의 사상적 성향에 대한 사찰이 있었던 모양이라며 다른 방향의 운을 떼었다.

"그럴 수 있겠지요. 그런데 제가 문제가 되었습니까?"

"남 교수님 가족의 문제가 도마에 올라 있습니다."

노의성이 간결한 음성으로 할 말을 했다.

"제 가족 말씀이신가요?"

철우의 미간이 일그러지면서 어색한 표정을 지었다.

"가족분들 중에 문제가 있으신 분들이 많더군요."

"문제 있는 사람들이 많다고요? 구체적으로 말씀해주십시오."

학장이 일어서서 책상 위에 있는 메모지를 가지고 와 철우를 바라봤다.

"동생분이 처형되셨다는 얘긴 이미 다 아는 비밀입니다. 그리고⋯⋯."

말을 하려던 학장이 철우의 눈치를 살폈다.

"예, 뭐든 들으신 내용을 말씀해주십시오."

"들은 그대로 편하게 얘기하지요."

학장은 고개를 수그려 메모를 보면서 동생 말고 형님 일도 문제가 되어 있고 또 동생의 부인되시는 분도 그렇더라고 비교적 딱딱한 말투로 얘기했다.

"문제로 삼는 것과 문제가 있는 것과는 다릅니다."

음성이 격해진 철우가 말을 계속했다.

"제 동생 얘기가 나왔으니까 짧게 한 말씀 드리겠습니다."

"예, 말씀하시지요."

노의성이 철우를 향해 시선을 고정하고 눈을 깜박거렸다.

"동생이 얼마나 어처구니없는 일로 처형되었는지를 말씀드리고 싶어서입니다. ……제 동생이 1942년도 신인 사진작가 작품상을 타게 되었지요."

철우가 감정을 억제하느라 심호흡을 했다.

"그런데 그 사진을 여순반란 패거리들이 전단 표지로 사용했습니다. 동생은 물론 모르는 일이고요."

"어떤 사진이었습니까?"

"가난한 모자의 사진입니다. 그게 시작이고 끝입니다."

"그게 무슨 말씀이시지요?"

"더 이상 말씀드릴 것이 없다는 겁니다. 그 사진을 찍은 사람이 제 동생이라는 이유 한 가지로 처형된 겁니다. 이게 있을 수 있는 일입니까? 제 동생은 정말 순수하고 올바른 사람이었습니다."

학장은 등을 소파에 기대고 팔짱을 낀 채 철우를 빤히 바라보다가 그게 사실이냐고 물었다.

"다 끝나버린 일인데 제가 뭐하러 헛소리를 하겠습니까?"

"또 다른 이유는 전혀 없었고요? 정말 어처구니없는 일이군요."

"결국 그 일로 해서 우리는 처형된 자가 있는 일급 공산당의 가족이 된 셈이지요."

"너무나 억울한 사건이네요."

철우는 계속 그 이후 집안에 꼬리를 물고 이어진 원통한 사연을 담담하게 말했다. 말하는 중간에도 몇 번이나 하던 말을 중단하고 잠시 호흡을 조절하며 감정을 억제했다.

"그렇다면 문제의 발단은 사진이 아니라 최초의 누명이었군요."

"그야 보기에 따라 다르겠지요."

철우는 고개를 갸우뚱하는 학장을 바라보며 이 사건은 수사관 놈의 문제일 수도 있고 그런 누명이 실제가 되는 이 나라의 문제일 수도 있지 않겠느냐고 했다. 그러면서 순수하게 들어주어 감사하다는 말로 이야기를 마무리했다.

"아닙니다. 학문을 하는 사람이 흑백을 반대로 말할 수는 없지 않겠습니까?"

학장은 철우의 붉어진 눈시울을 못 본 척하고, 소문을 들으면서도 이제껏 묻지도 얘기를 꺼내지도 않았었는데, 정작 내용을 알고 나니까 그런 상황임에도 불구하고 의연하게 학생들을 지도하는 남 교수가 정말 존경스럽다고 자신의 심정을 말했다.

철우는 손을 저으며 자신은 결코 의연하지 않으며 억울하게 죽은 동생의 형으로서 그자에게 언젠가는 꼭 복수를 해주겠다고 동생의 제삿날 굳은 약속을 했지만, 지금 이렇게 아무 행동도 하지 못하고 있을 뿐이라면서 어금니를 꽉 깨물었다.

"남 교수님! 학교 측에는 누가 뭐라 해도 제가 해명할 수 있습니다. 허지만 동료 교수로서 말씀드리는 겁니다만…… 잠시 침묵하시고 어디에가 계시는 것이 어떨까 싶습니다."

학장이 한숨을 담아 조심스럽게 말했다.

"사태가 생각보다 심각한 모양이군요."

그는 말을 마치고 눈을 감았다.

"만약을 대비하시는 게 좋을 듯해서 드리는 말씀입니다."

"그 말씀은 잠시 피해 있으라는 말씀이시지요?"

철우가 되물은 다음 계속 말을 이었다.

"……제가 사직을 하겠습니다."

"아니, 그럴 것까지는 없습니다."

"괜찮습니다. 자격 없는 사람 때문에 학교에 누가 되고 싶지는 않습니다."

"남 교수님 심정은 제가 충분히 이해합니다. 허지만 교수의 자격을 군인들이 정하게 놔둘 수는 없지요."

철우는 침묵하고 노의성을 응시했다.

"부당한 법은 반드시 바뀌게 되어 있습니다. 아무 말씀 마시고 잠시만 휴직하시고 어디든 잠시 가 계십시오."

"학생들에게는 뭐라고 말해야 합니까?"

"적당히 말씀하시지요. 몸이 편찮으시다든가……."

* * *

철우는 전주시 교동 도로변 작은 적산가옥에 살고 있다. 대문에 연결된 작은 방 위에 다락방이 있어 밖에서 보면 이층집으로 보이기도 한다. 도로 쪽 안채 앞으로 점방 자리가 만들어져 있어 철우의 아내 남숙이 문방구를 운영하고 있다.

"학교 늦겠어요."

아침 일찍부터 신문을 뒤적이기만 할 뿐 출근할 생각이 없어 보이는 철우를 보고 남숙이 한마디 했다. 철우는 한동안 들은 척도 안 하고 있다가 불쑥 입을 열었다.

"나 오늘 아버님한테 좀 다녀와야겄어."

"학교는 어떻게 하실라구요?"

남숙이 물었으나 철우는 여전히 대답 대신 신문을 건성으로 넘겨가며 생각에 잠겨 있었다.

"어서 식사부터 허셔요."

철우의 표정이 예사롭지 않다고 느낀 남숙은 더 이상 묻지 않았다. 식사를 하면서도 말이 없던 철우가 한참 만에 입을 열었다.

"학교는 당분간 나가지 않을 계획이여."

남숙이 하던 일을 멈추고 철우를 바라보며 다음 말을 기다렸다.

"……어저께 휴직허고 왔어."

"왜 쓸데없는 농담을 허시고 그런대요, 교수님께서?"

남숙이 웃는 얼굴을 지어 말하면서 곁눈질로 철우의 표정을 살폈다.

"그런 쓸데없는 농담을 뭐헐라고 혀?"

철우의 음성이 곤두섰다.

"당신이 왜요?"

철우는 애써 아무 일도 아닌 듯한 말투로 대학에서 있었던 일과 그 밖의 이런저런 시국 얘기 등을 평소 말수가 적은 사람답지 않게 소상히 설명했다. 설명을 다 들은 남숙은 불안에 떨었다.

"요즘 세상에는 잡혀만 가믄 다 죽는다는디 빨리 어딘가로 도망가야지 아버님한테 가면 뭘헌대요?"

"도망가믄 어머니 제사 때도 아버님을 뵐 수가 없을 거 아녀?"

"……나도 갈까요?"

"아니 당신은 집에 있어. 좀 이따 제사 때나 가서 뵙고……. 점방도 봐야 하잖여."

"아닌 밤중에 홍두깨도 아니고……. 가실 때 이거 좀 갖다드려요."

남숙은 침통한 표정으로 잠시 생각에 잠겨 있다가 장롱 서랍에서 보따리 하나를 꺼냈다.

"내복인디 엊그제 당신 거 살 때 같이 샀어요."

"잘혔구만. 자주 찾아뵙지도 못혀서 죄송헌디……."

버스를 타고 가다 상관 검문소에서 한차례 검문이 있었다. 신분증을 꺼내는 철우의 손이 약간 떨렸다. 마령에 도착해 상백의 집에 들어갈 때 대문 건너편에서 서성대는 남자와 눈이 마주쳤으나 그대로 지나치고 안으로 들어갔다.

"안녕하세요, 형수님!"

장독대에서 장아찌를 꺼내고 있던 인순이 반갑게 맞이하면서 상백의 방을 향해 철우가 왔음을 큰 소리로 알렸다.

"어서 오니라!"

상백이 마당 쪽으로 난 작은 문을 열고 철우를 본 다음 대청으로 나왔다.

"자주 찾아뵙지 못혀서 죄송헙니다."

"아니다. 니 형편 다 아는디 뭐 꼭 얼굴을 봐야 인사냐?"

"어디 편찮으신 데는 없으셔요?"

"잉, 나는 괜찮은디 너 낯빛이 안 좋아 뵌다. 어디 아프냐?"

"아니, 괜찮습니다. 그런디 대문 건너편에 어떤 남자가 서성대고 있던디요?"

"사찰계 형사일 거다. 우리 집이 어쩌다가 이렇게 형사들이 망보는 집이 되었는지 모르겄다."

"전시에는 후진국일수록 정부가 적군보다 더 악랄한 짓을 하기 마련입니다."

"나쁜 놈들 같으니라구! 니 말이 정말 딱 맞는 말이다. 가뜩이나 힘들어하는 국민들헌테 도대체 왜 그려야 허는 거여?"

내용 못지않게 가시가 솟아 있는 철우의 음성에 상백이 재차 그의 얼굴을 살펴보면서 말했다.

"정부의 명분은 언제나 올바르지요. 국가와 국민을 위해서니까. 억울한 사람은 부득이한 희생이고."

철우가 어금니를 꽉 물었다.

"으음, 그려도 다행히 우리는 니 성도 그렇고 니 동생도 그렇게 살아 있응게…… 나는 요즘 그나마라도 다행이다 여김서 산다."

상백이 짧게 한숨을 내쉬었다.

"예, 아버님. 그나마 천만다행이긴 허지요."

"학교 일은 잘 허고 있고?"

"……사직서를 냈지만 일단 휴직으로 처리했을 겁니다."

"사직서는 뭐고 휴직은 뭐여? 니가 왜?"

"……저, 형님은 지금 어디 있어요?"

철우가 묻는 말에는 대답하지 않고 목소리를 낮춰 원우의 거처를 물었다.

"니 성은 상철이 아제네 집에 있다가 지금 관촌 내 친구네 집으로 갔다."

"관촌 함씨 어르신 댁에요? 거기는 있을 만혀요?"

"상철이 아제네보담은 편허게 있을 거다. 그나저나 휴직은 왜 혔냐께?"

70

상백의 표정이 굳을 대로 굳었다.

"연좌제 아시지요? 연대 책임을 묻는 이조시대적 법요."

"응, 듣기는 했다만 그것이 너헌테 왜?"

"첫째는 평우 건 때문이고, 그담엔 제수씨랑 형 일 때문에 싸잡아서 요주의 인물이 되는 겁니다."

철우가 말을 마치고 상백의 표정을 살폈다.

"아 그건 그거고, 니가 교수 허는 거허고는 뭔 상관여?"

"그러니께 그게 연대책임을 지라는 벌이지요."

"연대책임의 벌? 그게 느 성 보도연맹원 만드는 거나 마찬가지 수법 아녀?"

상백이 다리를 고쳐 앉으면서 물었다.

"예, 그런 셈이죠. 이 모든 것이 평우헌테 누명을 씌운 그놈 때문에 벌어지고 있는 일이잖요."

"내 꿈속에서도 그놈을 잊은 적이 없다. 특수3부 우경석이라는 놈 말이여."

상백은 한참을 생각에 잠겼다가 철우를 보고 말을 이었다.

"어허! 그럼 너도 당장 피해 있어야 허는 거여?"

"저는 그 정도는 아닌디 그려도 당분간 어디 좀 가 있어야겠어요."

"어디로? 뭔 이런 일이 다 있다냐. 죄 없는 자식들이 둘 다 숨어살아야 허다니 말여. 응?"

"믿을 만헌 친구 하나가 서울에 있습니다."

"그려서 서울에 가 있겠다고?"

"예, 아버님."

"서울에 가 있겠다니 그나마 마음이 조금 놓인다마는, 정말이지 나는 이 나라가 원망스러워 견딜 수가 없다."

신음 소리 같은 탄식을 한 상백은 두 눈을 힘주어 감고 다시 생각에 잠겼다. 상백의 얼굴이 점점 어두워지자 철우가 표정을 바꿔 얘기했다.

"급허실 때 연락허기도 괜찮고, 또 이런 시기에는 아무래도 서울이 나을 테니께요. 그냥 잠시 휴식헌다 여기세요."

"너야 뭐 워낙 빈틈이 없으니께 믿기는 헌다마는 그려도 아무튼 조심 혀라. 잉?"

"제가 너무 힘이 없는 자식이라서 죄송헙니다, 아버님."

"아니다. 이게 어찌 느들 잘못이냐? 자식들이 억울허게 당허고 있는디 속수무책으로 보고만 있는 무능헌 애비 잘못이지. ……어쨌든 넌 기죽을 거 없이 니 말대로 잠시 쉰다 생각혀라. 자빠진 김에 쉬어 간다고 허잖여?"

"예, 아버님. 이번 어머님 제사에는 못 올 듯합니다."

"잉, 그려그려. 니 어머니도 다 이해헐 것이다."

"아버님! 요즘 많이 야위어 보이십니다. 아버님이야말로 마음 편히 계시고 굳건하셔야 저희도 힘을 낼 수 있잖습니까?"

"나는 아적 씽씽헌게 내 걱정일랑 말거라. 너나 잘 챙기고."

이팝나무 학교

"야아, B29다!"

"저것이 미국 비행기여?"

"바보야, 너는 그것도 몰르냐?"

비행기 한 대가 높디높은 가을 하늘 꼭대기에서 하얀 솜을 뽑아내듯 실타래 같은 선을 그리며 천천히 날아간다. 등 뒤로 책보를 멘 아이들이 땟통으로 얼룩진 머리를 뒤로 젖힌 채 손바닥을 이마에 올려놓고 파란 하늘에 점점 굵어지면서 흐려지는 선을 따라가며 구경을 했다.

"엄니! 석태가 나랑은 안 논디야. 빨갱이 자식이람서."

초가집으로 들어선 아이 하나가 책보를 내던지며 투덜거렸다.

"뭐시여? 석태가?"

아낙이 소리치자 아이는 입을 있는 대로 내밀면서 고개를 끄덕였다.

"누가 누구보고 빨갱이라냐, 시방? 인민군헌티 조합장 숨은 데 찔러갖고 죽게 만든 년이 누군디 그딴 소릴 지껄여? 내가 이 여편네를……?"

아낙은 팔을 걷어붙이고 대문 밖으로 빠르게 걸어나갔다.

"엄니! 어디 가? 같이 가!"

허겁지겁 진흙길을 걸어가다 고무신이 흙 속에 박힌 채 안 빠지는 바람에 하마터면 넘어질 뻔했다.

"에이, 이건 또 뭐시여?"

아낙은 씩씩거리며 되돌아서 고무신을 다시 집어들었다. 집어든 고무신을 다시 신고 막 걸음을 옮기려 할 때 삐이익 삐익 소리를 내며 군내 마이크 방송이 나오기 시작했다.

"아 아, 마이크 시험 중! 마이크 시험 중……."

아낙이 걸음걸이를 늦추면서 귀를 기울였다.

"마령지서에서 알려드립니다. 어젯밤 지서를 습격하다 사살된 빨치산으로 보이는 자들의 시신이 지금 지서 뒷마당에 있으니 연고자를 알거나 가족 되시는 분은 바로 연락주시기 바랍니다."

"잉?"

방송에 귀를 기울이던 아낙의 발걸음이 느려지고 얼굴에는 수심이 가득했다.

"마령지서에서 다시 한 번 알려드립니다……."

"설마 아니겄제?"

아낙은 허리끈을 동여매고 급히 발길을 돌렸다. 지서 뒷마당에는 여섯 구의 시신이 하늘을 향해 눕혀져 있었다. 가슴에 어린아이 주먹만 한 구멍이 나 있는가 하면 콧등의 총 맞은 구멍에 피가 까맣게 굳어 있어 눈이 셋으로 보이는 시체도 있었다. 시신의 온몸에는 푸른빛 쇠파리들이 덕지덕지 달라붙어 윙윙거렸다. 포대기에 젖먹이를 업은 아주머니 하나가 코를 막고 고개를 수그려 들여다보다가 웩! 하고 구역질을 했다.

학교가 끝나고 집에 가던 아이들이 턱걸이 하듯 담장에 매달려 마당에 있는 시체들을 구경했다.

"봐! 거짓말 아니지? 저것이 다 시체랑게!"

"왜 죽인 거여?"

"빨치산이라고 허잖여, 인마!"

* * *

"십 분 있다가 종례헐 테니까 변소 갈 사람 갔다 와!"

우체국 탑에서 오포 소리가 나고 선생이 나가자 아이들이 교실 밖으로 뛰어나갔다. 아이들은 이팝나무 가지에 거꾸로 매달려 하늘을 바라보기도 하고 운동장에서 쭈그리고 앉아 사금파리로 그림을 그리면서 놀기도 했다.

원우는 첫 번째 부인이 아들 기준 하나를 낳고 세상을 떠나는 바람에 오랫동안 부모님을 모시면서 혼자 살았다. 그러다가 상백의 강력한 권유로 인순과 다시 결혼을 하게 되어 딸 셋과 아들 하나를 두었다. 기준은 인순을 친어머니 이상으로 따르며 어린 동생들을 무척 귀여워했는데 기숙은 인순이 낳은 첫째 딸로 기준과는 아홉 살의 나이 차이가 난다.

기숙의 교실 칠판에 누군가가 낙서를 해 놓았다.

김시영, 남기숙 아버지 빨갱이, 유일남 할아버지 매국노 악덕 지주

"저것이 먼 말이여?"

"진짜 말만 썼고만 뭐."

5학년 1반 교실로 아이들이 하나둘 들어와 자리에 앉으면서 칠판에

또박또박 적힌 글을 보고 킬킬대면서 소곤거렸다. 남기숙이 들어와 칠판을 보더니 앞에 나와 팔짱을 끼고 아이들을 둘러봤다.

"느그들 우리도 나가갖고 서로 죽임서 전쟁 한번 허믄 좋겄어?"

급장의 쩌렁쩌렁한 목소리에 다들 기가 눌려 조용해졌다. 담임 선생이 종례를 하러 들어오다가 칠판과 기숙을 번갈아보면서 눈을 크게 뜨고 소리쳤다.

"누구냐? 칠판에다 이렇게 낙서한 사람이?"

교실은 숨소리도 나지 않았고 기숙은 제자리로 돌아가 앉았다.

"나오지 않을 거여? ……다들 눈감아! 눈을 뜨거나 움직이는 사람이 범인이다. 알았지?"

교실은 얼어붙은 듯 조용했다.

"실눈 떠도 선생님은 다 아니까 살짝 볼 생각하지 말어. 자, 이제 칠판에 낙서한 사람은 조용히 앉아서 손을 살짝만 들어. ……손을 들기만 허면 용서해주고 안 들면 오늘 아무도 집에 못 가니까 알아서들 혀!"

잠시 후 한 아이가 손을 살짝 들었다 놓자 선생이 교단으로 올라갔다.

"눈떠! 우리는 한 민족이여. 서로 위허고 감싸줌서 살아야 할 이웃이고 또 같은 학교에 다니는 친구들이다. 다시는 칠판에 이런 낙서 혀서 서로 미워하게 만드는 짓을 허면 안 되야. 알았지?"

아이들이 서로를 바라보면서 어설프게 대답하자 선생이 지휘봉으로 교탁을 탁탁 두드렸다.

"큰 소리로 다시 한 번 대답혀 봐!"

"예에!"

"자 오늘 공부는 여기까지 하고 끝난다. 지금은 농번기라 부모님 모두 바쁘실 때니까 집에 가면 놀지 말고 도와드려야 허는 거 알지? 급장!"

남기숙이 일어났다.

"차렷! 선생님께 경례!"

"선생님, 감사합니다!"

종례를 마치자 아이들이 우르르 뛰쳐나갔다. 유광이네 빵집은 앙꼬가 제일 많고 커서 조금 늦으면 한참을 기다릴지도 모른다. 교무실에 들어 갔던 선생이 빠른 걸음으로 되돌아와 복도를 쿵쾅거리며 나가는 아이들을 향해 큰 소리로 불렀다.

"남기숙! 남기숙!"

"기숙아! 너 선생님이 찾아."

아이들 중 하나가 바쁜 걸음으로 앞서가고 있던 기숙에게 말해주자 얼른 되돌아보고 선생을 향해 뛰어갔다.

"기숙이 거기 있었구나. 빨리 가고 싶어 뛰어나간 거여?"

"동생이 운동장에서 기다리고 있어서요."

"기윤이랑 같이 갈라고?"

기숙이 눈빛으로 대답하자 선생이 난색을 표했다.

"그런디 어쩌지? 선생님이랑 잠깐 교장 선생님한테 가야 허는디?"

"왜요, 선생님?"

"그건 선생님도 아직 몰라. 어쩌면 니가 공부를 너무 잘해서 칭찬해주 실라고 그러는지도 모르지."

"저만 잘혀요? 경숙이도 잘허는디?"

"그려도 너만큼은 안 되야. 같이 가보자. 빨리 갔다가 가도 되지?"

교장실 문을 연 선생이 낯선 사람을 보고 주춤했다.

"들어와, 기숙아!"

교장실에는 사찰계 형사 한 사람과 교장이 소파에 앉아 딱딱한 분위기로 얘기하고 있다가 기숙이 들어오자 둘 다 표정을 고치면서 바라봤다. 먼저 형사가 말을 꺼냈다.

"니가 남기숙이구나. 너 공부를 그렇게 잘헌다면서?"

"저희 반 아이들은 다 잘합니다."

기숙이 달갑지 않은 표정으로 또박또박 대답하자 형사는 멋쩍은 듯 교장을 향해 눈을 크게 떠 보이면서 다시 물었다.

"그려? 니가 급장이냐?"

기숙이 대답 대신 교장을 바라봤다.

"기숙아! 이 아저씨는 경찰서에서 오신 아저씬데 너헌테 한 가지 물어볼 것이 있다고 오셨다. 인사드려!"

교장이 다그치자 기숙은 아무 말 없이 고개만 꾸뻑 숙였다.

"너 빨리 집에 가야 허는디 방해혀서 미안허다. 이 아저씨랑 잠깐만 얘기허고 가도 괜찮겄어?"

"무슨 얘긴디요?"

기숙이 고개를 들고 형사를 바라봤다.

"응, 니 아버지 얘기여."

"어른이 어른들끼리 얘기허셔야지, 왜 어린 저헌테 그런 얘기를 허실라고 혀요?"

기숙이 찌푸린 얼굴로 정면을 바라보면서 또박또박 말했다. 순간 주춤해진 형사가 어설프게 웃음을 띠었다.

"니 말도 맞는 말이지만 말이다. 아버지가 뭔가 오해를 허고 계신 것 같아서 그러는 거여."

기숙은 아무 말도 하지 않은 채 정면을 바라보고 서 있었다.

"음…… 너 말여. 내가 하는 말을 아버지헌티 전해주기만 허면 되는디 그건 헐 수 있지? 아버지도 위허고 할아버지도 위허고 또 우리나라도 위혀서 말이여."

형사가 부드럽게 말하고는 기숙을 빤히 쳐다봤다.

"싫습니다."

"기숙아! 너 이 교장 선생님 말은 들을 거지?"

교장이 끼어들었다.

"……너 이 아저씨 말씀 들어라. 그것이 모두를 위한 일이라고 말씀허시잖어. 알었지?"

교장이 화를 참으면서 말하고 형사를 넌지시 바라봤다.

"싫어요! 저는 아무 대답도 안 헐 거고 전하지도 않을 거여요."

기숙이 말하면서 눈물을 머금었다.

"남기숙! 너는 교장 선생님 말씀도 안 들겠다 이거냐? 그러믄 쓰겄냐?"

형사가 인상을 험하게 만드는 척하면서 목소리를 높였다.

"그런 말은 듣고 싶지가 않어요."

"너 정말 못됐구나, 응? 어른들한테 버르장머리 없게 무슨 말대꾸여? 집에서 그렇게 가르쳤냐?"

교장도 약간 언성을 높였다.

"싫은 것은 싫다고 말하라고 허셨어요."

"누가?"

"우리 아버지가요. 전에 집에 계실 때 말여요."

"그 말은 말허자믄 지금은 느 아버지가 집에 없다 이 말 아니냐?"

교장이 머리를 흔들면서 형사를 바라봤다.

"예. 그리고 교장 선생님이 왜 학생헌티 공부도 아닌 이런 일을 시키셔요?"

"아니, 너 못허는 소리가 없구나. 보자보자 허니까!"

교장이 소리 높여 말하면서 소파 팔걸이를 내려쳤다.

"죄송합니다, 교장 선생님!"

담임 선생이 당황하면서 얼른 나섰다.

"담임이 애들을 어떻게 가르치길래 급장인 아까지 이 모양이여? 급장 당장 바꿔!"

"저한테 말씀해주시고 제가 따로 얘기허믄 안 될까요, 교장 선생님?"

"따로 전허고 자시고 헐 것도 없는 일이여. 몇 마디 말만 물어보고 전해달라는 말 전해주기만 허면 된다고 허시는디, 저 태도가 저게 뭐여?"

교장은 화가 풀어지지 않는지 기숙을 다시 불렀다.

"……그리고 너 남기숙! 당장 이쪽으로 와서 무릎 꿇어!"

기숙은 대답도 않고 움직이지도 않았다. 교장이 손을 들어가면서 크게 소리쳤다.

"못 혀?"

기숙은 그래도 꼼짝하지 않았다. 화가 난 교장이 앉은 채로 한쪽 손을 올려 기숙의 볼을 세게 꼬집어 흔들었다. 볼이 벌게진 기숙이 울면서 교장실을 뛰쳐나갔다. 담임 선생이 부르는 소리가 들렸으나 못 들은 척 복도를 뛰어나가 사람 드문 방천길을 달려 집으로 갔다.

"기숙아, 너 울었어?"

기숙은 때마침 집에 있던 오빠 기준에게 학교에서 있었던 일에 대해 울면서 얘기했다. 기준은 기숙의 말을 다 들은 다음 온몸을 부르르 떨면서 이를 악물고 광에 가서 도끼를 꺼내 비료 포대에 넣었다. 기숙이 소리 치며 달려갔다.

"오빠 왜 그려? 뭐헐라고 도끼를 거그다가 담어?"

기숙이 도끼 담은 포대를 잡고 울면서 물었다.

"오빠가 가서 니 대신 사죄 받고 올 것인게 너는 집에 있어."

기준은 울면서 매달리는 동생을 뿌리치고 자전거를 타고 학교로 달려갔다. 기숙이도 쫓아 뛰어갔다. 교문에서 기준을 이상하게 본 박 소사가 창문을 열고 바라보다가 쫓아나와 등 뒤에 대고 소리쳤다.

"학생! 어디 가? 학교에서 자전거 타믄 안 되야!"

기준은 교장실로 바로 뛰어들어갔다. 교장은 형사가 돌아간 다음 담임 선생에게 화풀이를 하고 있었다. 문을 거칠게 열고 들어오는 기준을 보고 깜짝 놀란 교장은 유리창으로 안을 기웃거리고 있는 소사 박씨를 보고 큰 소리로 불렀다.

"박 소사! 박 소사! 왜 이런 불량배를 내 방에 멋대로 들어오게 만드는가?"

교장의 말이 떨어지는 순간 기준은 포대 안에서 도끼를 꺼내 교장의 책상을 내리찍었다. 책상 상판이 도끼에 찍혀 갈라지고 위에 있던 사무용품들이 바닥으로 주르르 떨어졌다. 안으로 들어온 소사는 겁에 질려 말릴 엄두를 못 내고 뒤로 물러섰다.

"불량배라고요? 아무 잘못도 없는 어린 학생 볼을 잡아 흔든 당신은 제대로 된 교장 선생이고요? 오늘 교장 선생님 죽고 나도 죽고 하십시다."

"누, 누구야, 당신?"

얼굴이 새파래진 교장이 마른침을 힘들게 삼키면서 태도를 바꾸었다.

"나요? 나는 남기숙이 보호잔디요?"

"이보게! 진정허고 내 말을 들어 보게."

기숙의 담임 선생도 놀라 입을 막고 부들부들 떨면서 물러섰다.

"교장 선생님 말을 듣기 전에 먼저 사과부터 하십시오!"

기준은 교장의 희끗희끗한 머리를 보고 사죄 대신 사과라는 표현을 썼다.

"무슨 사과를 누구헌티 허라는 말인가?"

"내 동생한테 부당하게 야단치고 볼을 꼬집은 것 사과허라는 말입니다."

기준이 도낏자루를 고쳐 잡았다.

"내 말을 들어보라니까?"

교장은 두려움에 목소리도 제대로 나오지 않았다. 기준은 책상 위로 뛰어오를 듯한 기세로 다시 쾅! 하고 책상을 내리쳤다. 책상이 우지직 부서졌다. 그때 기숙이 숨을 헐떡이면서 뛰어들어왔다.

"정말 사과 안 허시겠습니까?"

기준이 들고 있는 도낏자루가 흔들거렸다.

"미안허네. 내가 사과허겠네."

교장이 엉거주춤한 자세로 말했다. 기숙이 달려와 도끼를 든 기준의 팔을 붙잡았다. 이어 소란스러운 소리를 듣고 서무과 직원이랑 다른 선생들이 허겁지겁 달려오자 박 소사는 그제야 기숙과 함께 기준의 팔을 붙잡았다. 잠시 후 기준은 직원들에게 붙잡혀 경찰서로 보내질 뻔했으나 뜻밖에도 교장의 만류로 그날의 사건은 일단락되었다. 기숙의 말을 듣고 뒤늦게 달려온 인순은 교장의 양손을 맞잡고 사죄하였음은 물론 시아버지 상백 몰래 파손된 기물을 보상하고 별도로 학교에 기부금까지 냈다.

제2장

어둠의 메아리

"누구시오?"

"몰라서 물으쇼? 경찰서에서 나왔습니다."

"그런디요?"

"오라는디 왜 안 웁니까?"

형사는 바로 원우의 손목에 수갑을 채웠다. 멀리서 이 광경을 지켜보고 있던 춘식이 벌떡 일어났다가 쓰

러졌다. 잠시 후 남원우는 대기 중인 차에 실려 곧바로 마령지서로 압송되었다. 원우가 붙잡혀가는 것을

보고 집으로 돌아온 춘식은 석유통을 꺼내 집 안 곳곳에 석유를 뿌리고 방 안으로 들어가 깔판을 밀쳐내

고 자신의 몸에도 쏟아부었다.

고향의 품으로

가야산에서 내려와 한길이 고향으로 돌아간 다음 채봉은 다시 대전 금정식당에서 허드렛일을 하기 시작했다.

국군이 평양을 점령했다는 긴급 뉴스가 활기찬 군가와 함께 나오고 이승만 대통령은 자신감과 기쁨에 넘친 담화를 발표하고 있었으나 피난과 굶주림에 지칠 대로 지치고 아닌 밤중에 가족을 잃은 상당수의 국민들은 이와 같은 사실에 무감각했다.

"국군이 평양을 먹었다야."

"평양을 먹든 서울을 먹든 죽은 놈헌티 먼 소용여? 안 그랴?"

저녁 늦은 시간에 손님 두 사람이 식당으로 들어오면서 중얼거렸다.

"좀 늦었는디 국밥 됩니까?"

"예, 그러믄요."

손님을 맞이하면서 문 쪽을 바라보던 채봉의 눈에 뒤꿈치를 세우고 유리창으로 식당 안을 들여다보고 있는 기웅이 보였다가 사라졌다.

"기웅아! 거그서 뭐 혀?"

채봉이 뛰어나가 식당 모퉁이에 숨어 보이지 않는 기웅을 향해 말하자 바지 주머니에 양손을 집어넣은 기웅이 어슬렁거리며 나와 손등으로 코를 문질렀다. 채봉이 다가가 양 볼을 감싸면서 우느냐고 묻자 아니라고만 하고 시선을 마주치지 않은 채 땅바닥을 발로 툭툭 차다가 물었다.

"엄니 아직 멀었어?"

"왜 그러는디? 엄니 금방 갈게. 성은 공부허고 있어?"

"아까부터 그냥 엎드려 있어."

"누님은?"

"강희 데리고 놀아. 맨날 둘이만 놀잖여."

"그려서 너 혼자 심심혀서 나왔어?"

기웅은 고개를 숙인 채 한 발로 몸을 빙그르르 돌리고 말을 얼버무렸다.

"집에 가 있어. 엄니가 군고구마 사갖고 갈게, 응?"

"여그서 기달리믄 안 되야?"

"춥잖여. 어서 가!"

"응, 그럼 엄니 빨리 와!"

채봉이 식당 안으로 들어가자 주인아주머니가 웃으면서 시계를 바라봤다.

"애들 눈이 더 정확혀. 지금이 딱 아홉 시구만!"

"쟈가 즈 성이랑 누님헌테 치여서 외톨이거든요."

"손님 식사 내가 낼 테니까 어서 들어가!"

채봉도 시계를 슬쩍 보며 멈칫거리자 주인아주머니가 주방으로 향하면서 들어가라는 손짓을 했다.

"그럼 들어가겠습니다."

집으로 가다가 드럼통에 연통을 달고 벌건 장작불에 고구마를 굽고 있는 아저씨 앞에 섰다.

"달고 맛있어유."

"예, 한 봉다리 주셔요."

방문을 열자 기웅이가 아무 내색도 하지 않은 채 제일 먼저 달려오고 엎드려 크레용으로 뭔가 열심히 그리고 있는 승희 앞에서 부러운 듯 구경하고 있던 강희도 엉거주춤 일어나 앉았다.

"야, 군고구마다!"

기웅이가 호들갑을 떨면서 기환과 승희를 바라봤다. 승희는 고개도 돌리지 않고 색칠을 계속하고 기환이는 공책을 펼쳐놓고 엎드린 채 꼼짝도 안 하고 벽 쪽만 바라보고 있었다.

"기환아! 너는 어머니 보고 알은체도 안 혀? 승희도. ……기환아! 너 엄니 말 안 들려?"

승희는 벌떡 일어나 채봉의 옆으로 다가오는데 기환은 여전히 입을 다물고 있었다. 채봉이 다가가 앉으면서 기환이를 들어 앉혔는데 얼굴이 눈물범벅이다.

"기환아, 너 왜 울어? 응?"

채봉이 기환의 볼에 묻은 눈물을 닦아주면서 물었으나 여전히 입을 꼭 다문 채 대답이 없다.

"왜 울어? 말을 해야 어머니가 들어줄 거 아녀?"

"……아버지 언제 와?"

기환이가 훌쩍거리며 말했다. 아이들은 일제히 기환과 채봉의 얼굴을 번갈아 바라봤다. 채봉은 기환을 한동안 바라보다가 엄한 얼굴을 지어 보였다.

"오빠고 성인 사내가 동생들 앞에서 그렇게 울면 되야? 사정 뻔히 알면서 갑자기 왜 그러는지 울지 말고 똑바로 말혀봐."

"……다른 애들처럼 친구들이랑 놀고 학교도 댕기고 싶어. 나랑 기웅이는 끼워주지도 않어."

채봉이 아무 말 없이 듣고 있다가 기환이를 꼭 안고 등을 따독였다.

"조금만 기다려. 너도 학교 보내줄 테니까. 그리고 아버지는 더 있어야 오신다고 혔잖여."

"마령에 가고 싶어. 가믄 안 되야?"

기환이 터지는 눈물을 간신히 참으면서 말하자 곁에서 지켜보고 있던 승희도 훌쩍거리면서 아버지가 보고 싶다고 가세했다. 기웅은 기환과 승희, 채봉의 얼굴을 살피느라 어쩔 줄 몰라 하고 강희는 몸을 기울여 채봉의 품속으로 들어갔다.

"니들 이러믄 엄니 속상혀, 안 속상혀?"

채봉이 화난 표정을 지으며 눈을 껌벅였다.

"엄니! 나 군고구마 먹을 거여."

기웅이 불쑥 군고구마를 먹겠다며 봉투를 열었다. 잠시 후 기환과 승희도 눈물을 닦고 고구마를 하나씩 꺼내들었다. 채봉이 군고구마를 먹고 있는 아이들을 물끄러미 바라보다가 다시 말을 꺼냈다.

"니들 마령에 가 있을 거여? 엄니는 조금만 더 있다 갈 텐게."

"같이 가믄 안 되야?"

기환이가 볼멘소리로 대답했다.

"느그들 먼저 가서 친구도 만나고 기환이는 학교도 다니고……."

"싫어! 나는 어머니랑 같이 갈 거여."

승희가 채봉에게 바짝 붙어 팔을 잡았다.

"나도!"

기웅과 강희도 채봉의 무릎 앞으로 당겨 앉았다.

"알았다. 같이 가자! 에미가 잡혀가든 말든 느그들 허고 싶은 대로 허자."

아이들을 빤히 들여다보고 있던 채봉이 옷을 벗어 벽에 걸면서 화난 투로 말했다.

"아니여, 어머니. 잘못혔어요. 안 그럴게요."

기환이 금세 다시 훌쩍거렸다.

"그럼 엄니가 허라는 대로 헐 거여?"

"예, 어머니!"

기환을 따라 아이들이 고개를 끄덕이며 채봉을 바라봤다.

"그럼 느그들이 조금 먼저 가고 엄니가 뒤따라 가믄 되지?"

"얼마나 있다가?"

"바로……. 열 밤 안에."

모두들 마지못해 대답하고 강희도 따라서 고개를 끄덕였다.

며칠 후 채봉은 금정식당 아주머니에게 그동안 한 가족처럼 보살펴준 것에 대한 고마움을 전함과 동시에 사정이 있어 이제 떠나야겠다고 말했다.

"일할 사람이야 많지만 참 서운하구만!"

"큰언니처럼 따뜻허게 대해 주셨는디 제 사정만 생각혀서 미안합니다. 정말 고마웠습니다."

"잘해준 거이 뭐 있나? 공짜로 있었어? 그럼 잘 가고 잘 살어!"

* * *

채봉은 아이들을 데리고 대전역을 출발해 전주역에 내렸다. 완행을 탔더니 열차는 한 시간이나 늦게 도착했다. 한참 전부터 다리를 꼬고 서서 오줌이 마렵다고 하던 기환이 기차에서 내리자마자 화장실을 찾았다. 기웅도 덩달아 급하다고 수선을 떨었다.

"변소 갔다가 이따 이쪽으로 와. 알았지?"

채봉은 강희만 안고 화장실로 갔다. 기환이와 기웅은 재빨리 달려가 각자 줄을 섰다. 먼저 자리에 돌아온 채봉이 강희와 함께 의자에 기대고 앉아 화장실로 나가는 문 쪽을 바라보며 아이들을 기다리고 있는데 모자를 쓴 젊은 사람 하나가 고개를 수그린 채 눈을 위로 치켜뜨고 채봉을 바라보면서 걸어오고 있었다. 어딘지 낯익은 얼굴이긴 하지만 느낌이 좋지는 않았다. 그녀는 순간 허리를 쭉 펴고 함께 바라봤다.

'아! 저 흘겨보는 눈…… 어깨를 흔들고 건들거리며 걸어오는 걸음걸이!'

그 순간 채봉의 머리에 또렷이 떠오르는 얼굴이 있었다. 그는 분명 예전 남문옥에서 자신 때문에 돈 통을 털지 못하고 상백에게 혼찌검까지 당했던 그 소매치기 중 하나였다. 채봉은 그가 가까이 다가올수록 섬뜩하고 불안해졌다.

"안녕하쇼? 시집가셨고만요!"

사내 뒤쪽으로 기웅이가 바지를 엉성하게 입은 채 뛰어오며 채봉을 부르고 그 뒤에 기환이도 바지를 추키며 걸어오고 있었다. 다섯 발자국 정도 앞까지 다가와 알은체를 하던 사내가 아이들 소리가 들리자 고개를 돌리고 팔짱을 낀 채 기웅이와 기환이를 번갈아 바라봤다. 그때 멀리서 채봉을 바라보며 뛰어오던 승희가 기환이 있는 곳 바로 뒤에서 시멘트가 파여 울퉁불퉁해진 바닥에 발이 걸려 앞으로 넘어지려는 순간 그 자가 재빨리 안았다. 그 바람에 승희는 넘어지지 않게 되었다.

"고맙습니다."

채봉이 벌떡 일어나 승희를 빼앗듯 끌어안자 사내는 아무 말 없이 아이를 넘겨주고 그녀를 지나쳐 어깨를 으쓱하면서 정문 밖으로 나갔다. 채봉은 승희를 받아 안는 순간 손목이 어딘지 이상한 느낌이 들었다. 기환이가 질겁하며 소리쳤다.

"어머니! 어머니 손에서 피가 많이 나!"

"엄니! 손 왜 그려?"

기웅이도 깜짝 놀라면서 채봉의 손을 가리켰다. 언제 그렇게 되었는지 그녀의 손바닥 새끼손가락 밑에서부터 손목 쪽 가운데까지 뭔가에 베어 피가 계속 흘러나와 손을 늘어뜨리고 있던 의자 아래 바닥으로까지 뚝 뚝 떨어지고 있었다. 채봉은 재빨리 손수건으로 상처를 싸매 감았다. 다행히 상처가 아주 깊지는 않은 듯했다.

"엄니! 많이 아퍼?"

기웅이가 금세 눈물을 줄줄 흘리면서 채봉의 손을 조심스럽게 만져보았다.

"괜찮여. 어서 가자!"

"엄니 손에서 피가 자꾸 나와."

강희를 안은 채봉의 손에서 계속 피 흘러나와 우선 눈에 띄는 약국에 들어가 붕대를 사서 감고 나왔다.

"인자 손 안 아퍼?"

기웅이 염려스러운 표정으로 채봉의 손과 얼굴을 번갈아 바라보며 물었다.

"응. 이제 안 아프니까 걱정 마."

"지금 외할머니 집에 가?"

"아니!"

"그럼 어디 가? 지금 마령으로 가는 거여?"

"아니야. 어디 좀 들렀다가 갈 거여."

채봉은 아이들을 데리고 중앙동 큰길 막다른 곳에 위치한 청수탕으로 갔다. 큰 출입문을 지나자 남탕과 여탕으로 갈라지는 길목에 내실과 연결된 카운터가 보였다. 훈훈한 습기와 비누 냄새가 훅 밀려들어왔다.

"여그는 왜 와? 우리 목욕혀? 좋겄다!"

유리창 안으로 의자에 앉아 뜨개질을 하고 있는 사십대 주인아주머니가 보였다. 해방 전 남편과 사별한 다음 혼자 살고 있는데 성격이 남자 같고, 재중의 아내인 박영희의 큰언니이기도 한 박영민이다. 얼마 전 윤태섭을 숨겨준 순실과도 가까운 사이고 채봉의 학생시절부터 그녀를 무척 귀여워했으며 그 인연으로 사돈 관계가 되기도 했다. 남동생 박영찬은 전주에서 누구나 다 아는 큰 주먹이고 대한청년단 전주지회 부회장을 맡고 있으며 한때 채봉을 은근히 좋아했었다.

"형님! 저여요."

"아니, 채봉아! 어서 이쪽으로 들어와라."

영민은 채봉을 보자 깜짝 놀라며 뜨개질 바구니를 내려놓고 카운터로 연결된 내실 쪽문을 서둘러 열었다.

"형님! 오랜만이여요."

"오랜만이고 뭐고 그 짐부터 이리 내라. 누가 보믄 딱 빨치산여."

채봉의 보따리를 받은 영민이 웃으면서 속삭였다. 빨치산 소리를 낼 때는 입모양으로만 말했다.

"형님은 정말 여전하시네요."

"아니 그리고 이 손은 또 왜 이려?"

"별거 아녀요, 형님. 좀 벴어요."

"야들아, 이리 들어와라. 어서! 어이구, 많이들 컸구나."

두 사람은 손을 맞잡고 한참을 서로 손등을 어루만졌다. 이맛살을 찡 그려가며 상처 난 손을 소독하고 가제와 반창고를 붙여준 다음 영민이 한숨을 내쉬었다.

"그동안 어떻게 지냈어? 지금 이렇게 다녀도 돼야?"

영민은 목소리를 낮추며 물었다.

"형님! 야들 먼저 목욕탕에 들여보낼까요?"

"응 그러자. 내 정신 좀 봐라. 기환아! 너 동생 데리고 목욕탕에 들어갈 수 있어? 옷 잘 넣고 들어가고 미끄러지지 않도록 조심혀, 응?"

영민은 남탕 쪽 입구 출입문이 보이는 작은 문을 열고, "남탕! 야들 잘 챙겨 줘!" 하고 소리쳤다. 승희까지 여탕으로 들여보내고 나서 채봉이 물 었다.

"순실 형님도 잘 계셔요?"

"아, 지금 형무소에 있어. 인자 한 열흘 되었을 거고만."

"왜요? 무슨 죄로요?"

깜짝 놀란 채봉은 왜냐고 물으면서 입을 다물지 못했다.

"무슨 죄라는 것이 어딨어. 과거 족보가 죄지……. 집에서 달러가 나왔 다나 어쨌다나!"

"세상에 그렇게 올바르게 사시는 분도 드문디 어떻게……."

"느그 신랑은 죄져서 죽었냐?"

"어떻게 될 것 같대요?"

"잘은 모르는디 오래는 안 있을 거라드만. 느 집 소식은 안 묻냐?"

"우리 집 소식 혹시 아셔요?"

"영희헌티 들었는디 국군 들어올 때까지 순실 언니네 집에서 숨어 계시다가 돌아가셔서는 별일 없이 지내시는갑더만. 다들 니 걱정이 태산이랴."

"연락할 길이 없었어요. 순실 형님한테도 너무 폐만 끼쳤는데……."

"상황이 그런디 어쩔 거여. 너 아직 집에는 기별을 못 했냐?"

두 사람은 손님이 들어올 때마다 대화가 끊겼다가 다시 이어지면서 서로 간의 궁금한 소식을 털어놨다.

"아주머니! 그 대야허고 빨래는 여기 맡기고 들어가요."

"이거 쪼깐헌 건디."

"알았응게 담부터는 빨래거리는 갖고 오지 마셔요, 잉?"

손님은 고맙다고 인사를 하며 얼른 함께 온 아이 손을 끌고 안으로 들어갔다. 채봉으로부터 그동안 있었던 일과 전주역에서 만난 사내 이야기까지 다 들은 영민은 긴장하면서 듣고 있던 얼굴을 펴고 새 수건이랑 목욕도구를 챙겼다.

"채봉아! 너도 들어가서 좀 씻고 나와라. 다친 손은 물에 담그지 말고……. 땀도 좀 푹 흘리고 나온 댐에 소독 한 번 더 허자. 쳐 죽일 놈 같으니……."

"그럴까요?"

"손 불편허니까 강희는 이따가 내가 씻겨주마. 강희야, 너는 이리 들어와서 이거 먹고 있어라."

영민은 강희를 내실로 데리고 가 바구니에서 캐러멜과 한과를 꺼내주고 다시 카운터로 나와 이런저런 말을 시키며 놀아주었다. 한참 후 채봉이 승희와 함께 나왔다. 영민이 좀 더 담갔다 나오지 왜 벌써 나왔느냐면서 채봉의 상처에 새 붕대를 꼼꼼히 감아주었다.

"형님, 부탁이 있어요."

"야들? 외할머니네 집에 데려다주라고?"

영민의 말에 채봉은 웃음 반 놀라는 표정 반으로 어떻게 단번에 아느냐고 물었다. 영민은 지금 상황에서 그거 말고 부탁이 뭐 있겠느냐면서 말을 이었다.

"그까짓 거 하나 못 혀주겠냐? 문제는 야들이 아니라 너잖여?"

"큰아이들 둘은 마령 고모네 집으로 보내서 기환이는 학교 1학년으로 좀 넣어주라고 허고요. 기웅이랑 강희는 함께 공주 언니네 집에 보내주라고 좀 전해주세요."

"너는?"

"저는 청수탕서 때 밀고요."

채봉이 웃으면서 말하자 영민은 때 미는 일을 아무나 할 수 있는 줄 아느냐며 같이 웃었다.

"기환이랑 승희 보내고 상황 봐서 저도 바로 뒤따라갈라고요."

"그려도 괜찮겠냐? 너도 배짱이 많이 늘었구나."

"도망 다니는 것은 아이들 교육 때문에라도 더 이상은 안 될 것 같어요. 봐서 자수를 허든지 어쩌든지 헐라고요."

"지금 자수허는 건 미친 개헌티 고기 던지는 식여."

영민이 목소리를 낮추면서 말하고 있는데 뒤에서 굵직한 남자 음성이 들렸다.

"이게 누구여?"

영민의 동생 박영찬이 마당 문으로 들어와 뒤에서 살짝 엿듣고 있다가 불쑥 말을 던졌다.

"아이 깜짝야! 어마 오빠!"

"채봉이 얼굴이 아직도 보송보송허네. 근디 자수니 뭐니 허는 생각은 꿈에도 허지 말어. 누님 말이 맞응게."

"오빠, 다 듣고 있었어요?"

"응. 내 말 명심혀. 근디 손은 왜 그려?"

영찬은 영민의 설명을 조용히 듣고 나서 뜬금없이 오늘 밥 먹고 갈 거냐고 묻더니 이따 그 자식 오면 따귀 한 대 올려붙이라고 했다. 뒤늦게 무슨 말인지를 알아챈 채봉은 지나간 일이니 그럴 필요 없다고 만류했다.

"지금이 문제가 아니라 다음에 또 무슨 일이 있을지 모르잖여. 대 놓고 싸울 처지도 못 되고……. 아무튼 내가 허란 대로만 혀."

"아니 오빠! 꼭 그려야 혀요?"

"그냥 허라는 대로 혀. 잔신경 쓰지 말고……."

"응 그려라. 그런 놈은 아주 혼찌검이 나야 혀."

영민도 채봉을 향해 가만히 있으라는 듯 눈을 찡긋하면서 거들었다.

"그러고 아까 듣다 보니께 아이들 보내는 얘기를 하더만."

"응. 너 그 말도 들었냐?"

"그려. 헌디 지금 같은 때 두 사돈이 만나게 허믄 쓰겄어? 마령에는 차라리 내가 데려다줄 텐게 그렇게 혀."

영찬은 이미 마음을 먹고 있었던 듯 말했다.

"오빠가요? 그렇다면 그보다 더 좋을 수는 없겠지만 너무 염치없는 부탁인 것 같어요. 오빠는 바쁜 분이잖여요."

"바쁘긴 허지만 곤경에 처한 동생헌티 그 정도 심부름 하나 못 혀주겄어?"

채봉이 상기된 얼굴을 하고 고마워 어쩔 줄 몰라 하자 그가 말을 이었다.

"기왕에 가는 거니께 뭐 또 전헐 말 있으믄 얘기혀봐. 심부름값은 후불로 허고 말여."

"기환이하고 승희만 고모네 집에 좀 데려다줘요. 그리고 제가 말씀드리는 오수 아저씨 댁에도 좀 들러주시고요."

채봉은 한길에게 전할 말도 이모저모로 부탁했고 영찬은 그 밖의 소식까지 알 수 있는 한 상세히 알아오겠다고 흔쾌히 수락했다. 아이들은 채봉과는 물론 자기들끼리도 떨어져 있어야 한다는 사실에 처음엔 무척 당황했으나, 그래야만 하는 이런저런 이야기와 함께 곧 다시 만날 수 있다는 말을 듣고 가까스로 마음을 추슬렀다.

영찬은 한 시간 정도 외출했다가 돌아와 바로 마령으로 떠났다. 그가 아이들을 데리고 떠난 뒤 얼마 지나지 않아 한 남자가 찾아와 영민과 채봉을 보자마자 카운터 앞에서 바로 무릎을 꿇고 고개를 숙였다.

"사모님! 용서하십시오. 죄송헙니다."

채봉의 손을 면도칼로 그은 그 소매치기였다.

"아니, 됐어요. 아까 우리 아이들한테 아무 짓도 허지 않아서 오히려 고마워요."

"그렇게 말씀허시지 말고 따귀라도 한 대 때려주십시오, 사모님. 진심입니다."

"아녀요. 나도 진심이어요. 허지만 이제 뭔가 다른 일을 하셔야 허지 않아요?"

"제일 처음 그 짓거리를 시작헐 때는 쪽바리 새끼들 돈 빼가는 재미로 시작했다가 어떻게 그 지경까지 갔습니다."

"그렇다고 소매치기가 정당화될 수는 없어요."

사내는 지금은 그 일에서 손 떼고 역전 모퉁이에서 중고 신발이랑 군복 장사를 하고 있는데 아까는 옹졸한 맘에 순간적으로 실수를 저질렀다며 어떤 처벌도 달게 받겠다고 했다.

"알았어요. 저도 진심으로 용서했어요. 밉든 곱든 우린 같은 민족이잖어요. 다음에는 정말 좋은 모습으로 만났으면 해요. 이제 가보셔요."

채봉의 음성은 차분했고 누가 들어도 진심이 서려 있었다.

"감사합니다, 사모님. 그리고 이건 약솜허고 붕대인디 받아주십시오. 아들헌티는 중고지만 깨끗헌 놈으로 운동화 한 켤레씩 선물했고요."

"운동화를요? 언제요?"

채봉이 놀라면서 돈을 쥐여주려 했으나 그는 끝내 신발값을 받지 않고 돌아갔다. 영민이 채봉의 손을 어루만지며 말했다.

"우리 동생 참 많이 어른이 되었고나!"

"부창부수 한번 혔어요. 누구 본떠서."

"느그 신랑?"

"예. 그 사람은 나 다음에 사랑허는 게 민족이거든요."

"너 지금 꼭 살아 있는 사람 얘기허는 것처럼 말헌다?"

"그려요? ……어서 오세요! 두 분이셔요?"

손님이 오자 채봉이 먼저 인사했다.

"카운터에 앉아야 쓰겄고만!"

감시

마당에 나와 야트막한 언덕길을 올려다보면, 마을 끝 산자락에 키 낮은 대나무밭을 등진 채봉학당과 평우와 채봉이 행복한 시간을 보내던 아담한 대청마루가 있는 상수리나무집이 쓸쓸하게 보인다. 흑갈색 양철 지붕 위까지 가지를 뻗친 감나무에 주황빛으로 물든 감들이 주렁주렁 매달려 있고 흙담 기와 위에는 떨어져 깨진 감이 가지런히 올려져 있다. 정순은 막내인 평우를 특히 사랑했으며 그가 잘못된 이후 아이들을 제 자식처럼 생각하고 무척 귀여워했었다.

"실례합니다!"

정순이 저녁 예배에 나가기 위해 가방을 챙겨 대문을 나서려고 문을 여는 순간 기환이와 승희가 고모를 부르면서 뛰어들어오고 이어서 젊고 건장한 체구의 남자가 들어왔다.

"아니, 야들아! 너그들이 어떻게 왔냐? 아이고 내 새끼들!"

남자가 들어오자마자 자기 손으로 대문 빗장을 걸면서 꾸벅 인사를 했다.

"어떻게 되시는 분이신디 이런 어려운 걸음을 해주셨습니까?"

정순이 아이들을 끌어안은 채 올려다보면서 말했다.

"저는 박영찬이라고 합니다."

"야들 에미는요?"

정순은 불안한 표정을 감추지 못하면서 아이들과 영찬의 표정을 살폈다.

"야들 어머니 심부름으로 왔습니다. 안심하십시오."

"아, 예. 안으로 들어가시지요. 야들아! 어서 들어가자."

정순이 다시 한 번 남자를 돌아보면서 앞장서 마루 쪽으로 안내했다.

"그런디 느그 동생 기웅이랑 강희는?"

"기웅이허고 강희는 야들 어머니허고 있습니다."

아이들 대신 영찬이 목소리를 살짝 낮춰 대답했다.

"아, 그렇습니까? 앉으세요."

"아니 괜찮습니다. 지금 나가시려던 참인 모양이던데."

정순은 별다른 일은 아니라면서 차를 내놓고 아이들을 무릎 위에 앉혔다.

"뉘신지 몰라도 정말로 감사합니다. 기환이 에미허고는…… 어떤 사이신지요?"

"제 여동생이 야들 막내외삼촌 윤재중의 처, 그러니까 기환이 외숙모입니다. 설명이 좀 거시기허지요?"

영찬이 웃는 얼굴로 자신을 소개한 다음 살짝 웃으며 고개를 수그려 보였다. 정순의 입에서도 웃음이 새어나왔다.

"아, 예. 그러신가요? 힘든 걸음 하셨는데 감사헙니다."

"전헐 말씀만 빨리 전허고 가봐야겠습니다. 좁은 지역이라 남의 눈도 있고 무슨 말이 들어갈지 몰라서요."

"예, 맞는 말씀이십니다."

영찬은 기환이를 바로 학교에 좀 보내달라는 말과 금명간에 어떻게든 다녀가겠다는 채봉의 말을 그대로 전했다. 정순이 잘 알겠다고 대답하자 그가 자리에서 일어서면서 다시 작은 목소리로 당부했다.

"아이들은 누가 데려왔냐 물으면 모르는 사람이 심부름으로 데려다주고 갔다고만 허십시오. 느그들도 삼촌 말 알아들었지?"

영찬이 소곤대듯 말하자 아이들은 대답 대신 서로를 바라보며 고개를 끄덕였다. 그때 밖에서 누군가가 대문을 두드리며 부르는 소리가 들렸다.

"실례합니다!"

"짜아식들, 냄새 한번 빨리 맡는다."

영찬은 당황하는 기색 없이 잽싸게 집 뒤로 돌아가면서 정순에게 나가보라고 엄지손가락으로 문밖을 가리켰다. 그러나 집 뒤에도 이미 경찰복장을 한 순경이 울타리 밖에 서서 지키고 있었다.

"누구십니까? 대문은 저쪽인디요?"

울타리 밖에 서 있던 순경이 말했다. 영찬이 앞쪽으로 되돌아가자 형사가 고개를 꺼덕꺼덕 흔들면서 다가섰다.

"잠깐 신분증 좀 봅시다. 남정순 씨! 이 사람 누굽니까?"

대문으로 들어온 형사가 영찬과 정순을 번갈아 바라보면서 물었다.

"나 말이오?"

영찬이 불쾌한 표정을 지었다.

"그럼 이 마당에 당신 말고 누구겠소. 당신 누구요?"

"그러는 당신은 또 누구시오?"

영찬이 다시 고압적인 말투로 되물었다.

"어럽쇼! 내가 누군지 보믄 모르겄소?"

"말을 안 허는디 어떻게 압니까?"

"나는 경찰서에서 나온 사찰계 형사외다."

"수고 많으십니다. 그렇게 말씀을 허셔야 알지……. 나는 박영찬이라는 사람이외다."

영찬이 신분증과 명함을 꺼내 건네주자 한참을 들여다보던 형사의 자세가 급격히 부드러워졌다.

"대한청년단 간부시구면요."

"나는 저 아이들 삼촌뻘 되는 사람입니다."

"삼촌뻘이면 어떻게……."

"내 여동생이 아이들 외숙몬디 윤채봉이가 우리 집에 누구 시켜 데려다줬더만요. 헌디 우리 집에서도 책임지기가 뭐혀갖고 이리 데려다주고 가려던 참입니다."

형사는 할 말을 잃은 듯 입을 다물고 있다가 한참 만에 어정쩡하게 대답했다.

"예, 그랬고만요."

"시간 나믄 서장님헌티 인사라도 허고 올라갈 참입니다. 그럼 수고하십시다!"

영찬은 경례하는 포즈를 취하고 밖으로 나와 한길의 집이 있는 강정리 방향으로 향했다.

* * *

"다들 자리에 앉아 계십시오!"

수요 예배 설교를 하려고 목사가 막 단상으로 올라가는데 밖에서 누군가 뛰어들어오면서 소리쳤다. 그의 손에는 권총이 들려 있었다. 은은하게 울려퍼지던 풍금 소리가 뚝 그치고 조용히 앉아 기도를 하거나 성경책을 보고 있던 교인들이 일제히 소리 나는 쪽을 바라보면서 어리둥절해했다. 그때 목사실 문을 박차고 한 남자가 뛰쳐나오더니 단상으로 올라가 목사의 뒤에 서서 목에 군용 단검을 들이댔다. 예배당 안은 삽시간에 아수라장이 되었다.

"당신들 나가지 않으면 목사님을 찌르겠소. 빨리 나가시오!"

사내가 소리쳤으나 함께 온 다른 경찰이 나가지 않고 조심스럽게 접근했다.

"당신 정말 죽고 싶어? 당장 그 칼 내려놓지 못해?"

경찰이 소리쳤다.

"목사님, 죄송합니다. 용서하십시오."

사내가 목사를 향해 낮은 목소리로 말한 다음 그를 풀어주고 옆으로 비켜서서 대신 자기 목에 칼을 겨눴다.

"더 가까이 오면 이 자리에서 자결하겠소!"

교인들은 숨소리조차 내지 못한 채 이 광경을 지켜보고 있었다. 경찰은 그에 아랑곳하지 않고 천천히 접근했다. 잠시 후 사내가 눈을 두리번거리다가 칼을 치켜드는 순간 탕! 하고 총소리가 울렸다. 교인들은 비명을 질렀다.

"어머! 아버지 하나님!"

총을 맞은 사내는 맥없이 앞으로 쓰러졌고 교회 바닥에는 붉은 피가 흘렀다. 달려온 군인들이 쓰러진 남자를 재빨리 끌어다 차에 실었다. 예배당은 여기저기 술렁거리기 시작했다. 몇몇 교인들이 재빨리 걸레를 가져와 길게 이어진 바닥의 핏자국을 닦아냈다. 분위기는 더욱더 소란해졌다. 교인들은 잠시 후 목사가 단상에 올라가 설교 준비를 하고 있는 것도 모르고 있었다.

"자, 다들 앉으십시다."

목사가 교인들을 향해 손을 들어 자리에 앉도록 권하면서 단상에 서자 제일 처음 교회로 들어왔던 남자가 다시 들어와 목사에게 다가갔다.

"목사님! 잠시 같이 가주셔야겠습니다."

남자가 단상 아래에서 올려다보고 말했다.

"알겠습니다. 그런데 예배가 끝나고 가면 안 되겠습니까?"

"안 됩니다. 기다릴 수가 없습니다."

남자가 단상으로 올라가려고 하자 목사가 천천히 내려왔다.

"목사님이 왜요?"

교인들이 항의하자 그가 부드럽게 말했다.

"별일 없으시면 금방 오실 겁니다."

그날의 예배는 그것으로 끝이 났으며 교인들은 술렁이면서 저마다 한마디씩 했다.

"아까 그 사람 죽었을까요? 가까이 오면 죽겠다고 혀도 안 봐주더만요, 잉!"

"죽진 않은 것 같던디요?"

"빨치산여요?"

교인들은 빨치산이 분명하고 잡히면 어차피 처형될 텐데 봐줄 리가 있겠느냐고 입을 모았다.

"씨알도 안 먹히는 짓이지요."

"제가 앞자리에서 들었는디 아까 목사님 풀어주믄서 용서해달라고 하던디요."

"그려도 양심은 있는게 비네요."

"난 불쌍하던디요."

"불쌍허긴 뭐가 불쌍혀요? 빨치산인디."

"빨치산은 사람이 아닌감요?"

"아, 즈들이 헌 일을 생각혀야지요."

교인들의 이야기가 분분한 가운데 평소에도 말이 많은 이 집사가 이상하다는 듯 슬그머니 다른 말을 꺼냈다.

"그런디 그자가 어떻게 목사실로 들어왔당가요? 누군가가 도와주지 않고는 들어갈 수 없었을 거인디."

"그러게나 말입니다."

"목사님이 숨겨주셨을까요?"

사람들이 모두 눈을 휘둥그레 떴다.

"설마 그럴 리가 있겠습니까? 그렇다면 큰일이지요."

이 집사는 자신의 말이 맞을 거라는 눈빛으로 사람들을 둘러봤다.

"아, 정말로 그렇다믄 목사님도 빨갱이라는 말이잖아요?"

"그건 경우가 다르지요. 성직자로서 성지에 들어온 사람을 어떻게 내쫓습니까?"

침묵을 지키고 있던 김 장로가 양미간을 찌푸리면서 말했다.

"아무리 그려도 빨갱이를 숨겨주믄 같은 빨갱이지요."

"목사님은 괜찮으실까요?"

"죄가 없으신데 뭐 금방 오실 겁니다."

누군가가 목사의 신변을 걱정하자 김 장로가 부드럽게 대답했다. 이 집사는 김 장로의 눈치를 살피면서 다시 화제를 바꿔 물었다.

"참! 남 장로님은 오늘 낮에 심방 끝나고 일찍 가셨지요?"

"예, 저녁예배에 오겠다면서 일찍 들어가셨습니다."

"그런데 저녁예배에 안 오셨잖요. 저…… 남 장로님 동생분 얘기는 아시지요, 장로님?"

"무슨 얘긴데요?"

김 장로가 내키지 않는 표정으로 되물었다.

"이번엔 남 장로님 큰동생 되시는 분도 잡혀가게 되었다는 것 같더만 요."

김 장로가 아무 대답도 하지 않자 옆에 있던 사람이 놀라는 표정을 지으면서 무슨 일로 잡혀가느냐고 물었다.

"뭐긴 뭐겠어요? 그분도 공산당 앞잡이 일을 혔잖어요."

"무슨 앞잡이요? 난 전혀 모르는 얘기입니다."

"아, 인민위원회에다가 남의 돈 뜯어다 바쳤다잖여요."

"우리 교회에 잘 나오시지는 않지만 헌금도 많이 하시고 효자로 알려 지신 분인데 그분이 남의 돈을 뜯어다 바칠 성품이 아녀요."

사람들이 하나같이 그럴 리가 없다고 반박하자 이 집사는 그건 모르 는 일이고 채봉학당인지 뭔지 차려놓고 공부 가르치던 막내며느리도 알 고 보니 마찬가지더라고 하면서 입을 삐죽거렸다. 다른 교인들이 고개를 갸우뚱하고 김 장로가 편치 않은 얼굴로 주여! 하다가 헛기침을 하면서 이 집사의 말을 끊었는데도 급기야 교회 걱정까지 했다.

"우리 장로님 집안이 그런디 교회허고는 상관없을까요?"

"그게 무슨 상관입니까? 그리고 남 장로님은 신앙생활에 지장이 있을 까 봐 혼인도 안 하신 독실하신 분이잖어요."

김 장로가 단호하게 말하자 이 집사는 잠시 주춤했다.

"저…… 그런디 문제가 뭐냐믄요, 장로님!"

이 집사는 중대한 비밀 이야기라도 되는 듯 침을 꼴깍 삼키고 조금 전 윤채봉의 아이들이 남 장로님 집에 숨어 있는 것을 봤는데 지서에 신고를 하는 게 옳은지 아닌지를 물었다.

"어린아이들이 무슨 죄가 있다고 숨고, 또 신고를 합니까?"

김 장로가 퉁명스럽게 말했다.

"아이들이 아니라 갸들 어머니허고 큰아버지지요."

"지금 아이들이라고 말씀허셨잖아요."

"제 말은 아이들이 있는 걸로 봐서 갸들 어미하고 남 장로님 큰동생도 있을 거라는 말입니다."

"하나님은 분명 곤경에 처한 자를 밀고하지 말라 하십니다."

"……장로님 말씀대로 혀야지요. 그냥 모른 척 있었습니다."

이 집사가 입을 샐쭉하면서 얼버무렸다.

"남 장로님이 다 알아서 허실 테니까요."

한참 후 목사가 돌아와 남아 있는 교인들과 함께 기도를 시작했다.

* * *

"할아버지, 안녕허셨어요?"

정순의 집에 상백이 찾아왔다. 대문 밖 도랑물에서 미꾸라지를 잡는다며 작대기를 휘젓고 있던 승희와 기환이가 상백을 보자 큰 소리로 인사를 했다.

"고기가 있어? 기환이는 학교 잘 갔다 왔고?"

상백이 쭈그리고 앉아 아이들을 안아준 다음 안으로 들어가자 정순이 부엌에서 일을 하다 말고 나와 맞이했다. 상백은 유난히 부드러운 말투로 물었다.

"야들 땜시 교회 못간 모양이구나?"

"예. 기환이 학교도 있고 혀서 옷 한 벌씩 사 입히느라고요. 지들 에미처럼 예쁜 옷은 못 사줘도 새것이니까 좋아들 허네요."

정순이 눈이 감길 만큼 웃으면서 뿌듯한 표정을 지었다.

"니가 애를 많이 쓰는구나. 고모가 새 옷 사줬어?"

"예, 할아버지!"

승희가 손으로 햇빛을 가리면서 상백을 바라봤다.

"그럼 나는 느그들 먹고 싶은 것 사 먹을 돈을 주꺼나?"

상백이 조끼 주머니에서 동전을 하나씩 꺼내주자 물끄러미 바라보고 있던 정순이 손수건으로 눈물을 훔치며 말했다.

"야들을 보고 있을랑게 평우가 생각나서 죽겠어요, 아버지!"

"암만! 갸가 어렸을 적부터 너를 좀 따랐냐?"

"기환 에미도 입은 게 엉망일 턴디 내가 옷을 좀 챙겨다 아저씨네 집에 갖다놀까요? 오면 오수 아저씨네 집에 올 거라던디."

"그건 절대 안 된다. 시방도 누가 여그까지 따라왔을 것이다."

상백이 목소리를 낮춰 채봉이 오더라도 자기는 물론 가족 중 누구든 한동안은 왕래할 생각을 하면 안 된다고 손을 흔들어가며 주의를 주었다.

"기환아! 승희야! 느들도 할애비가 무슨 말을 허는지 잘 알지? 명심허고 고모가 맛있는 거 혀주믄 먹고 할애비 집에도 자주 놀러 와라. 알겠지?"

상백은 한동안 아이들이 노는 모습을 멍한 눈으로 바라봤다.

"야야! 남 장로! 이거 기환이 학교 준비랑 이것저것 돈 드는디 보태 써라."

"아버지도 참! 싫어요. 요담에 다른 돈으로 줘요. 연시 좀 드세요. 달아요."

"알았다. 자, 그리고 이건 다른 돈이다. 됐냐?"

상백이 정순에게 돈을 쥐여주고 연시 하나를 먹은 다음 일어서려는데 대문 밖에서 누군가 다시 도랑에 나간 기환이랑 얘기하는 소리가 들렸다.

"누구쇼?"

상백이 대문을 열면서 물었다.

"경찰서에서 나왔습니다."

"그려요? 안면은 있구만. 기환아! 인자 그만 들어가그라."

"할아버지! 여기 진짜로 고기 있어요. 여기요."

기환이가 작대기로 물속을 가리키다가 형사를 바라보고 말을 중단했다.

"그려? 그려도 요담에 고기가 더 크면 잡어라. 어서 들어가!"

상백이 기환의 손을 잡아끌어 안으로 들여보냈다.

"윤채봉 씨 안에 계시믄 나오라고 혀주세요. 어차피 도망은 못 갑니다."

"엊그제도 다녀갔다믄서요?"

상백이 퉁명스럽게 말하자 형사는 여기저기서 신고가 들어와 다 알고 있다고 했다.

"야들은 사람 시켜서 데려다만 놓고 그냥 간 모양인디……. 내 말을 못 믿겠으믄 들어가서 찾아보시오."

"잠시 실례허겠습니다."

집 주위를 둘러보고 방에 들어갔다 나온 형사가 상백 앞으로 다가왔다.

"어르신! 저도 남원우 씨나 윤채봉 씨를 잘 압니다."

"그래서요?"

"큰 죄 지은 것도 아니잖여요."

"그런디 왜들 그렇게 난리 법석이시오?"

"그냥 좋게 한번 다녀가시라 혀주세요. 내 잘 처리헐 테니까요. 별것도 아닌 걸 가지고 여러 사람 고생시키지 말고."

"즈들이 안 가는 걸 내가 끌고 갈 수는 없잖소. 다시 오믄 내 그리는 전 허겄소."

상백의 말에 형사는 한참이나 땅을 바라보고 말없이 서 있다가 못마 땅한 표정을 짓고 그럼 믿고 가겠다며 문밖으로 나갔다. 형사가 나간 다 음 잠시 틈을 두었다가 정순이 가방을 들고 나서는데 돌아간 줄 알았던 형사가 다가와 물었다.

"남 장로님! 윤채봉 씨랑 남원우 씨 지금 이 마령에 있는 건 맞지요? 그렇죠? 손바닥으로 하늘을 가려도 유분수지, 가족이 모른다는 게 말이 됩니까?"

"제가 허고 싶은 말입니다. 손바닥으로 하늘을 가릴 수는 없는 일이지요."

"그렇게 말씀허시지 말고 제 말을 명심허세요. 내일까지 꼭 자진혀서 나오라 허셔요. 이번이 참말로 마지막입니다. 다음에 찾아와서 울고불고 허지 마시고요."

이발이 승태

"나는 아직 어린디 우리 둘이만 가?"

기환이와 승희가 마령 고모집으로 간 지 며칠이 지났다. 강희와 둘이서만 외할머니를 따라 공주 이모 집으로 간다는 사실을 뒤늦게 안 기웅이 놀라면서 채봉을 올려다보고 물었다.

"그러긴 혀도 너는 인자 애기가 아니잖여. 그리고 엄니 맘도 젤로 잘 알고…… 그렇지?"

채봉이 기웅의 앞에 앉아 두 손을 마주잡고 말했다.

"……응. 그런디 강희가 안 울까?"

"강희는 너만 있으면 되야. 엄니 곧 갈 텐게 이모 말씀 잘 듣고 동생도 잘 보호허고 있어, 응?"

"응. 그러믄 엄니 빨리 와!"

"알았어. 그리고 이모네 집은 외할머니가 데려다 줄 거여. 알지?"

강희는 울음을 참는 기웅을 올려다보면서 주먹으로 재빨리 눈물을 닦았다.

"강희도 울지 말고 오빠랑 쪼끔만 있어. 그럴 수 있지? 아이고, 우리 강희 착허네! 안 울고."

영민의 아는 사람 손에 이끌려 외할머니 집으로 떠나면서 기웅과 강희는 연신 뒤를 돌아봤다. 채봉은 손을 흔들면서 아이들에게 끝까지 웃음을 지어보였다. 기웅과 강희가 떠난 다음 채봉은 한길이 영찬에게 귀띔해준 대로 기차와 버스를 바꿔 타고 마령으로 향했다.

"아저씨, 강정리 들어가는 삼거리에서 내릴 수 있지요?"

"예, 짐 없어라우?"

"손에 든 거밖에 없어요."

"미리 준비허고 계셔요, 잉?"

"예. 고맙습니다."

채봉은 미리 보따리를 들고 앞으로 나와 차가 멈추기를 기다렸다. 삼거리에서는 나이 든 아주머니 한 사람이 더 내렸다. 채봉은 조금 신경이 쓰였고 아주머니가 흘끔흘끔 바라보긴 했지만 다행히 안면이 전혀 없는 사람이었다. 들판을 달려온 시원한 바람이 온몸에 휘감겼다. 채봉은 머리에 수건을 쓰고 숨을 깊이 들이마셨다.

"조카댁! 수건을 쓰고 있으니께 딴 사람 같어."

조금 떨어진 곳에 미리 와서 기다리고 있던 한길이 온 얼굴에 웃음을 가득 담고 다가와 채봉을 반갑게 맞이했다.

"아저씨! 안녕하셨어요?"

채봉도 활짝 웃으면서 다가가 인사했다.

"또 보니께 반갑구만! 조카댁, 어여 타!"

한길이 반가움에 싱글벙글하면서 자전거를 붙잡았다.

"아버님은 별일 없으시다면서요? 타도 괜찮어요?"

112

"그려, 걱정 말고 어여 타라닝게."

"당숙모님도 아저씨 보고 반가우셨었어요."

"잉! 죽은 귀신이 살아온 것처럼 울어대드만."

"왜 안 그러셨었어요. 일 년 반이 넘도록 연락도 안 허셨다가 나타나셨는디……. 그런디 아주버님이 그러서서 걱정이여요."

"그러게나 말여. 헌디 너무 걱정헐 건 없어. 잘 있웅게."

한길은 자전거를 몰면서 흘깃흘깃 뒤를 바라보고 말했다.

"지금 어디 계시는디요?"

"관촌에 있는 형님 친구분 댁으로 가 있다느만."

"아, 함춘식 어르신 댁요?"

"잉! 조카댁도 아는구만!"

"예, 잘 알아요."

"불편허지 않지? 사람 없는 길로 혀서 천천히 갈 텐게 편안히 앉아 있어."

"예. 괜찮어요, 아저씨."

"그리고 기환이 데리고 온 그 양반 말이여."

"영찬 오빠요?"

"그 양반 사람이 보통분이 아니더만잉?"

"좀 무섭게 생겼지요?"

"난 첨에 무슨 형사가 온 줄 알고 떨려서 혼났구만그려."

한길이 자전거 뒤를 잠깐 바라보면서 웃었다.

"그러셨어요?"

"응. 눈동자가 퍼뜩거리고 등치도 그렇고 한 가닥 한 분이더만."

"예, 좀 그런 면이 있으셔요."

영찬을 생각하며 채봉도 웃었다.

"기환이 외숙모네 오빠 되시는 분이람서?"

"예. 참 좋으신 분이여요. ……우리 기환이 학교는 들어갔어요?"

"응. 오빠 되시는 분 다녀가신 담에 집사람이 일부러 한번 가봤는 디……. 꽉 잡어, 조카댁!"

자전거가 덜컥거려 얘기가 잠시 끊어졌다. 채봉은 잠자코 아이들에 관한 다음 말에 귀를 기울였다.

"기환이는 다음 날 바로 학교에 넣는다고 혔다니께 들어갔을 것이구만."

"그려요? 고모님이 기환이를 좀 예뻐하셔야지요."

채봉의 목소리가 밝아지고 커졌다. 덩달아 기분이 좋아진 한길이 페달을 힘껏 밟으면서 그렇게 좋으냐고 물었다.

"예, 정말 좋아요. 그럼 벌써 며칠 동안 학교를 다닌 거잖여요."

채봉의 눈에 금세 눈물이 어른거렸다.

"그렇지 그럼!"

"제가 기환이 학교 땜에 얼마나 가슴이 미어졌었는지 몰라요."

길가에 피어 있는 하얀 들국화가 채봉을 지나치면서 앞을 다퉈 흔들거렸다.

"조카댁이 애들 땜시 속이 많이 문드러졌었구만잉!"

"그러믄 이것저것 학용품이랑 챙겨줘야 헐 텐디……."

"걱정 마! 애들 고모가 보통 꼼꼼헌 사람이 아니잖여."

"그렇지요. 승희도 잘 있을 테지요?"

"암만! 잘 있을 텐게 걱정 말어. ……근디 작은 아그들은 어떻게 혔어?"

"어머니헌티 보냈어요. 공주 이모 집으로 보내달라고요."

"조카댁이 맴이 많이 거시기허겄네. 상백 형님도 조카댁 얘길 듣고 얼마나 눈물을 흘리셨는지 몰라."

"아버님도 제가 지금 오는 거 알고 계셔요?"

"오늘 온다는 말을 허진 못혔는디 대강은 알고 계실 거여."

"어제오늘은 못 만나셨던 모양이네요?"

"잉. 아버님은 내가 여그 와서 담날 한 번 뵙고 그담에는 못 찾아뵀고만."

"왜요? 무슨 일이라도 있으셔요?"

"요즘 형님 집 앞에 형사 하나가 아예 진을 치고 있어갖고 말여."

"그려요? 오늘 갔다가는 바로 잡혀갈 뻔혔네요?"

"그렇다마다, 조카댁. 내가 첫날 형님한테 갔다가 그놈한테 붙들려서 경찰서꺼정 갔었당게."

"그놈이라니요?"

"집 앞에 지켜 서 있는 경찰서 형사 말여. 민 형사라는 작잔디."

"그런디 별일은 없으셨어요?"

"처음엔 쫄았었는디 즈들도 증거가 없다 보니께 몇 번 넘겨짚어 보다가 그냥 보내주긴 허드만."

"다행이네요. 헌디 지금 아버님이 많이 불편허시겠어요."

"그렇고말고. 그래도 형님은 아무 일 없는 듯 의연하고 배포 있게 잘 견디셔."

"당숙모님께 제 얘기 하셨어요?"

"우리 할망구? 아 그걸 말이라고 혀? 지금 밥혀놓고 눈이 빠지게 기달리고 있을 거여."

한길은 동네 건너편 뚝방길을 달려 그의 집으로 갔다. 한길의 말대로 가는 동안 단 한 사람도 만나지 않았다. 집에 도착하자 그의 아내가 채봉의 양손을 마주잡으며 반갑게 맞이했다.

"당숙모님 안녕허셨어요? 또 집까지 쫓아와서 폐를 끼쳐서 죄송혀요."

"뭔 섭헌 말을 그렇게 헌당가? 죄송허다니? 내는 반가워 죽겠고만."

"할머님도 계신디……."

"그런 소리 허덜 말고 시장헐 거인디 어여 씻고 저녁 먹자고."

"감사합니다, 당숙모님."

"그런 소리 말랑게. 음식이 입에나 맞을는지 모르겠네."

한길은 채봉과 함께 그의 아내가 정성껏 차려준 저녁을 먹은 후 잠시 다녀올 데가 있다며 나갔다. 모처럼 마음도 편해지고 따뜻한 식사를 한 채봉이 자신도 모르게 하품을 하자 한길의 아내가 웃으면서 말했다.

"조카댁, 피곤한갑만. 어서 들어가서 누워. 피곤헐 적에는 푹 자는 것 이상은 없응게."

* * *

채봉이 쏟아지는 졸음을 참지 못해 옷 보따리도 풀지 못하고 막 누우려고 할 때 누군가가 한길의 집 대문을 조심스럽게 두들겼다. 짧지 않은 간격을 두고 세 번째 연속 두드렸다. 한길의 아내가 방문을 조심스럽게 열고 살폈다. 채봉도 긴장한 채 일어나 앉았다.

"오수 아저씨!"

대답이 없자 이번에는 오수 아저씨를 불렀다.

"저 자전거포 승탠디요."

한쪽 다리가 짧은 이발이 승태였다. 순간 채봉은 안심했다. 그는 심성이 착할뿐더러 해방 얼마 전 평우가 약수터에 가다가 공동샘에 머리를 박고 기절해 있는 그의 어머니를 발견하고 병원으로 업고 달려가 목숨을 구한 적이 있었고, 일본인 자전거 점포에서 수리를 서비스로 해주는 바람에 생활이 난감해졌을 때는 근 일 년 가까이 남모르게 생계를 지원해 주기도 했었다.

"조카댁! 잠깐 어머님 방 다락에 좀 올라가 있어야 쓰겄어."

한길의 아내가 채봉의 귀에 속삭였다.

"승태 아저씨는 괜찮어요."

"잉, 나쁜 사람은 아닌디 그려도……."

"혼자 왔으믄 만나도 괜찮어요. 저는 뒤꼍에 있을게요."

문을 열어주자 이발이가 주변을 한번 살피고 절룩거리는 다리로 자전거를 재빨리 마당으로 들여놓았다.

"아주머니! 저, 기환 어머니 방금 들어왔지라우?"

"잉? 아닌디?"

"괜찮구만이라우. 내가 빨리 중요헌 말 좀 전혀드릴라고요."

이발이가 조급하게 말했다.

"혼자 왔어라우? 그럼 어여 들어와요."

뒤꼍에 숨어 있던 채봉은 이미 뒷문으로 들어와 앉아 있었다.

"승태 아저씨! 웬 일이여요?"

"기환 어머니, 빨리 나랑 함께 나가야 혀요. 빨리요!"

채봉이 왜 그러느냐며 한길의 아내와 이발이를 번갈아 바라보자 그는 안달을 했다.

"내가 가믄서 말헐 텐게 어서 나와라우. 곧 순사들 올 것이구먼요. 어서라우!"

"어디로요?"

"급헌 대로 자전거 뒤에 타고 우리 집으로라도 가요."

"당숙모님! 저 승태 아저씨 말대로 헐게요."

"그려도 쓸까?"

이발이가 채봉을 자전거 뒤에 태우고 캄캄한 한길의 집 앞 골목을 빠져나오자 속도를 늦추고 천천히 달렸다. 이발이는 고개를 살짝살짝 돌려가면서 채봉에게 이유를 설명했다.

"아까 제가요."

"예, 아저씨."

"소주 공장 뒤 우태길 씨 댁 리어카를 손봐드리고 가는디요."

채봉은 이발이가 긴 다리로 페달을 밟을 때는 속도가 유지되어 안정된 자세로 가다가, 짧은 다리 차례가 되면 자전거가 흔들려 그의 옷을 잡고 힘들게 뒷자리에 앉아 있었다.

"봉황관 앞에서…… 대추나무집 염씨 알지요?"

"알지요. 우리 기환이 아버지허고도 잘 아는 사이고 부인 이 집사님은 우리 형님하고 잘 아시고요."

"그런디 그 아저씨랑 사찰계 민 형사랑 얘기허는디요."

채봉은 말없이 귀를 곤두세우고 이발이의 말을 들었다.

"윤채봉 씨가 장한길 씨네 집에 있을 거라고 말허는 소리를 내가 분명히 들었어라우."

"예? 염씨 아저씨가요? 잘못 들으신 거 아녀요?"

"내 두 귀로 확실히 들었당게요. 그래서 못 들은 척허고 지나갔다가 냅다 달려왔어라우."

"염씨 아저씨가 어떻게 그럴 수가 있어요?"

"아마 지금쯤 오수 아저씨 댁에들 도착했을 거구만이라우."

"고마워요, 아저씨!"

"아녀라우. 내가 이렇게라도 남 선생님 은혜를 조금이라도 갚는 것 같어 기분이 좋아라우."

"어머님은 건강허시지요?"

"예. 그런디 누구헌테 들었는지 얼마 전에 남 선생님 얘길 듣고 몇 날을 우셨는지 몰라라우."

한길의 집에 민 형사와 다른 경찰 한 사람이 들이닥쳤다. 그들은 먼저 대문을 걸어잠갔다.

"아주머니! 윤채봉이 어딨어요?"

"그게 뭔 소리대요?"

"윤채봉이가 집에 있잖아요!"

민 형사가 말하는 동안 경찰복을 입은 사람이 방에 뛰어들어가 채봉을 찾았다. 한길의 어머니가 누워 있는 방까지 들어가 살피고 나왔다.

"안 보이는데요?"

"아 왜 없는 사람을 자꼬만 내노라고 헌디야, 시방?"

"이 집으로 윤채봉이가 들어가는 것을 본 사람이 있어요."

"들어가서 찾아봤잖여요. 어떤 잡것이 그딴 거짓말을 헸는지 그 인간 헌티 와서 찾아보라고 혀요."

형사는 다음에라도 만약에 윤채봉이가 이 집에 숨어 있었다는 것을 알게 되면 함께 잡혀가게 되는 줄이나 알라며 계속 엄포를 놓았다.

"아무리 그려도 없는 사람을 어떻게 내놔요? 그리고, 잡아 죽인다 혀도 친척인디 밀고헐 수가 있어라우?"

"아주머니, 그건 또 뭔 소리여? 지금 누굴 놀리는 거요?"

"놀리긴 누가 놀려라우? 경우가 그렇다는 거지. 참말로 야박스럽기도 혀요, 잉? 같은 동네 사람들끼리."

"아니 이게 뭔 일들여요?"

한길이 들어오다가 깜짝 놀라면서 물었다.

"장한길 씨, 당신 지금 어디서 오는 길입니까?"

"민 형사님은 왜 자꾸 저만 갖고 그러셔라우?"

"이 양반들이 난디없이들 쳐들어와서는 없는 윤채봉인지 뭔지 내놓으라고 난리여라우, 시방."

"윤채봉이를?"

"예. 어떤 잡것이 봤다냐 어쨌다냐 함서…… 당신 그 말이 무슨 말인지 알어라우? 난 도통 어째서 그런 말이 나오는지 모르겠어라우."

한길의 아내가 연신 호들갑을 떨면서 말했다.

"아니 말도 못 허는 노인네 아파가꼬 누워 계신디 왜 남의 집서 이렇게 소란을 피웁니까? 어떤 인간이 그딴 소리를 혔는지 당장 데리고 와봐라우. 모함을 혀도 분수가 있지."

한길도 큰 소리로 화를 내면서 말했다.

"아저씨는 요새도 또 집을 자주 비우신다면서요?"

"여기저기 돈벌이 될 거 없나 다녀보구 있구만요. 근디 왜요?"

"오늘도 나갔었어요?"

"예, 그렸으니께 지금 들어오지요."

"몇 시에 나가서 누구랑 있었는지 이름을 대봐요."

"저녁나절에 나갔다가 장터 한번 들르고 왔어요."

"누구랑요?"

"혼자 다니지 내가 뭐 얼라여요?"

"아저씨, 정말 안 되겠구만. 나랑 서(署)에 좀 갑시다."

한길은 다음 날 점심때쯤 만신창이가 되어 돌아왔고 그의 아내는 눈물을 훔쳐가며 남편의 멍든 온몸에 된장을 발라주었다.

"일정 때도 경찰서에 끌려가 맞아본 적 없는디……."

"뭐 죽을 만큼 맞은 것도 아녀."

"어젯밤에는 어디 갔었어라우?"

"잉, 상백 형님 텃밭으로 들어가서 조카댁 왔다고 살짝 얘기혀드렸더니 지금 왜 왔냐고 호통 쳐서 금방 되돌아오는 길이었구만."

"인자 누워서 좀 쉬셔요."

"그나저나 조카댁은 어디다 숨겼어?"

한길의 아내는 사립문 밖으로 나가 휙 둘러보고 들어와 이발이가 다녀간 얘기를 하더니 자기가 실수한 건 아닌지 걱정된다면서 한길의 반응을 살폈다.

"이발이가? 어디로?"

한길은 놀라면서도 그다지 걱정하는 기색은 아니었다.

"그건 모르지라우. 조카댁이 가겠다 허더라고요. 빨리 달아나느라고 자세헌 얘긴 못 혔는디 금방 형사가 잡으러 올 거람서 서둘러 자전거 태워갖고 갔어라우."

"그려? 천만다행이었고만. 형님네 자전거 수리 단골인 데다가 그 사람이 누굴 속일 사람은 절대 아닝게."

"그렇지라우? 나도 그럴 것이다 허면서도 혹여 잘못 보낸 건 아닌가 영 거시기혔었는디 안 보냈다가는 큰일 날 뻔혔잖아요."

한길의 아내가 가슴을 쓸어내리며 빙긋이 웃었다.

체포

　사선대 그림자를 띄운 오원강 물이 소리 없이 흐르는 가운데 원우가 함춘식의 집으로 피신한 지 한 달쯤 지났다. 함춘식은 낚시하는 시간을 줄이고 집 안에서 자개함 만드는 일에 집중하면서 원우를 지켰다.

　전북도경은 '보도연맹일제검거특별기간' 중의 마지막 독려를 위해 도경국장이 일선 경찰서 순회 방문을 하고 있었다.

　"시간 되았어?"

　경찰서 마당 팔각정에 간부들이 모여 담배를 피우면서 조금 전에 임실에서 떠났다는 도경국장을 기다리고 있다.

　"좀 남았어. 그런디 그쪽에 강 형사 아직 안 나왔어? 요새 안 보이더만."

　"옷 벗을 모양이여."

　"왜? 어쩐지 좀 이상허드만. 무슨 일이 있느냐고 물어도 대답도 안 허고."

　"엊그제 마령 교회 사살 건 있잖여?"

　"응. 자기 목에 칼 대고 위협했다는 그 순진한 빨치산 말여?"

"아, 죽여놓고 보니께 외삼촌이더라는 거여."

"뭐여? 원 저런! 즈 삼촌을 쐈단 말여?"

"그 외삼촌이 학비 대줘감서 공부도 시켜주고 그랬다느만."

모두들 한동안 할 말을 잃은 채 입을 다물고 있는데 한 간부가 입을 열었다.

"노래 가사가 따로 없어. 일을 잘혀도 슬프고 못혀도 슬픈 것이 경찰여."

"사는 게 뭔지 원! 요즘은 먹고살라고 경찰 허는지 경찰 헐라고 먹고 사는지 모르겄어."

"누가 아니랴. 나는 집에 들어가본 지도 열흘 되어가."

"누구는? 그나저나 중공군이 밀고 들어올 거라는 얘기 믿을 만한 정보여?"

"갸들이 지금 남의 나라 신경 쓸 겨를이 있겄어?"

중국은 일본이 패망한 후 국가 재건을 둘러싸고 장개석을 중심으로 한 국민당과 모택동이 이끄는 공산당 사이에 벌어진 국공내전(國共內戰)을 겨우 끝내고 자국의 정비에 여념이 없었다.

"모르는 소리 말어. 중공군은 이미 압록강을 건넜고 그놈들 오기만 기다리고 있는 것이 바로 보도연맹허고 빨치산 놈들이여."

"그러니까 그렇게 보도연맹 체포에 쌍심지를 켜느만!"

"그려. 그래서 이번 일제 단속도 군부대 주관이잖여."

한 사람이 어디가 주관이든 모조리 씨를 말려야 한다면서 침을 탁 뱉자 또 다른 사람은 아무리 그렇다고 해도 엊그제까지 함께 인사하면서 지내던 터인데 말을 그렇게 심하게 하면 되느냐고 씁쓰레하기도 했다.

"내가 말이 좀 심했나?"

"짐승도 아닌디 모조리 씨를 말려야 헌다는 건 심헌 말이지."

"성인군자 한 분 나셨네. 어! 저기 나타났어!"

형사들이 서성이고 있는 담장 밖에서 라이트를 켠 오토바이가 정문 쪽으로 들어오고 뒤를 이어 지프차 세 대가 들어왔다.

"아, 저쪽에 오신다!"

오토바이를 본 간부들이 잽싸게 도열해 신임 도경국장을 맞이했다.

"충성!"

도경국장은 일일이 악수를 나누면서 서장실로 들어갔다. 한 시간가량 경찰서장의 보고를 받은 도경국장은 부서별로 순회를 마친 다음 지프차에 올라탔다. 도열해 있던 간부들과 지서장들이 거수경례로 배웅을 한 후 무거운 발걸음으로 이 층 회의실을 향해 올라갔다.

"지서장들 다 왔어?"

얼굴에 잔뜩 힘을 주어 입은 일자로 다물어져 있고 양 볼이 치올라가 있는 표정으로 경찰서장이 단상에 올라섰다.

서장은 보도연맹 체포율을 일일이 점검하며 경찰서 간부들과 지서장들을 다그쳤다. 말하는 중간에 자신의 모자를 벗어 단상에 힘껏 내리쳐 쾅! 소리가 나자 모두 움찔했다. 서장은 먼저 뜸을 들인 다음 체포 실적이 좋은 지서장에게는 참석해 있는 모든 사람들이 일제히 박수를 치도록 하고 나머지 간부들을 향해서는 얼굴을 벌겋게 물들였다.

"내일모레 특별 기간 끝날 때까지 칠십 프로 못 넘으면 너나 나나 보따리 싸야 하는 건 불을 보듯 훤한 거, 다들 알아, 몰라?"

모두들 입을 다물고 고개를 숙였다.

"그리고 마령지서장!"

"예, 서장님!"

함춘호 지서장이 부동자세를 취하면서 서장을 바라봤다.

"당신 각오는 되어 있어?"

"예! 되어 있습니다."

"내가 지금 무슨 각오를 묻는 줄이나 알아?"

"어떤 방법을 써서라도 체포율을 칠십 프로 이상 높이겠다는 각옵니다."

"웃기고 있네. 옷 벗을 각오 말이야!"

서장이 다시 탁자를 쾅 치자 함춘호가 깜짝 놀란 눈으로 서장을 바라봤다. 한쪽에서는 킥킥대는 소리가 들렸다.

"당신은 재임용 지서장이야. 남과 처지가 또 다르다는 거 몰라?"

"잘 알고 있습니다."

"그런 사람이 고작 이거야? 오늘 중에 지난번 계획서 허위 작성한 시말서하고 수정안 보고해! 알았어?"

"알겠습니다, 서장님!"

"수사과장하고 사찰계장도 같이 내고!"

두 사람이 함춘호를 원망스러운 눈으로 흘겨봤다. 그는 얼굴이 홍당무가 되어 어찌할 바를 몰라 했다.

"왜 대답이 없어?"

"예! 알겠습니다."

"그리고 남원우하고 윤채봉이는 지금 우리 관내에 있는 것이 분명한데 왜 그거 하나도 못 잡아?"

"기간 내에 꼭 잡겠습니다."

수사과장이 고개를 수그리면서 대답했다.

"내 방에 와서 수사경위 별도 보고해!"

* * *

아침 일찍부터 책상 앞에 앉아 한참을 꼼짝도 하지 않고 생각에 빠져 있던 마령지서 함춘호 지서장이 자리에서 천천히 일어났다.

"지서장님 어디 가십니까?"

"나 관촌 좀 다녀올 테니까 서에서 물어보믄 탐문 나갔다고 혀."

함춘호는 벽에 붙은 차 시간표를 들여다본 다음 차부로 가서 관촌 가는 버스에 올라탔다. 버스에서 내려 관촌지서 앞에서 잠깐 멈칫거리다가 외면하고 걸음을 서두르는데 뒤에서 부르는 소리가 들렸다.

"함 지서장님! 어떻게 그냥 지나치십니까? 형님 댁에 가시는가 보군요."

춘호가 그렇다고 대답하면서 걸음을 멈추고 쭈뼛거리자 관촌지서장은 며칠 전 남원우 아버지가 다녀갔다고 묻지도 않은 말을 하고는 가라는 듯 손을 흔들었다. 얼핏 비웃기라도 하는 것처럼 보였으나 춘호는 내색하지 않고 가던 길을 갔다.

춘식은 자개함을 만들고 있다가 고개를 들고 의아한 눈으로 그를 바라보면서 돋보기를 벗었다.

"니가 웬일이여? 근무 시간에?"

춘식은 동생 춘호의 얼굴에 시선을 고정시키고 물었다.

"예, 그냥 들러봤어요."

"올라와라! 너 어째 안색이 안 좋아 보이는디?"

자개를 심고 있던 춘식의 손길이 방향을 잃은 듯 함 위를 맴돌았다.

"뭐 그럴 일 없는디요."

"그럼 다행이구나. 아무튼 너 그 일 허믄서 남 못할 짓은 허지 말그라."

"공무원이 정부에서 시키는 일을 허는디 그럴 일이 어디 있겠어요."

춘호의 어깨가 들리면서 가는 한숨 소리가 새어나왔다.

"그야 그렇지만……. 그려도 니 양심에 어긋나지 않도록 혀라."

"일을 허다 보믄 본의 아니게 내 생각과 다른 일도 허게 됩니다."

"니가 사람이지 기계나 꼭두각시는 아니잖느냐? 니 생각을 버리지는 말라는 얘기다."

"예. 무슨 말인지 알겠어요, 자개는 잘 들어가요?"

춘호가 여기저기 둘러보면서 건성으로 물었다.

"뭐 그저 그려."

"수백 개를 섞어놔도 형님 자개함은 찾을 수 있을 것 같아요."

"그려? 뭘 보고?"

"형님 자개는 우선 십장생은 없고 나비만 만드시는 데다가 거의 본패만 사용허시잖아요."

"니 눈썰미도 깡무식허지는 않구나."

춘식의 칼이 다시 자개 무늬 위에서 움직이기 시작했다.

"색상이 투박한 것 같으면서도 자세히 들여다보면 아주 영롱한 빛이 마치 움직이고 있는 듯 은은하게 흔들리고 있고요."

"어따, 니가 생각 밖으로 유심히 본 모양이구나."

"하나밖에 없는 형님의 작품인디 벌로 봤겠어요?"

"조금 기다려라. 내 이번에 하나 잘 만들어서 주마."

춘식이 칠을 벗겨내던 자개함 방향을 바꿔 놓으면서 춘호의 얼굴을 바라봤다.

"안 그러셔도 되는디 주신다믄 고맙게 받겠습니다."

"응, 알았다. 동생 주는 건디 뭔들 못 주겠냐?"

"고맙습니다. 형님, 그런디요……."

춘식은 춘호가 선뜻 말을 꺼내지 못하자 다시 고개를 들고 그를 바라봤다.

"응, 뭔디? 말혀봐라!"

"여그 관촌지서장헌티 들었는디 엊그제 남상백 어르신 다녀가셨다더만요잉!"

"그게 뭐 이상헌 일이냐? 이날 이때꺼정 내 살림 다 챙겨왔는디?"

"그거야 잘 알지만……."

"그런디? 뭔 말이 허고 싶어서?"

춘호는 춘식과 눈을 마주치자 시선을 어디에 둘지 몰라 하면서 얼굴이 붉어졌다.

"니가 시방 무슨 말을 헐라고 그러는지 어설프게 짐작은 가는디 말이다. 너 혹시 그 냥반 아들 얘기 같으믄 생각 달리혀라."

"제가 뭔 생각을 헌다고 그러셔요, 형님."

"만에 하나 내 집에서 무슨 일이 생기믄 나는 그날부터 이 세상 사람이 아닌 걸로 알믄 되야. 나가 빈말허는 사람이 아닌 건 니가 알 거여."

춘식의 '내 집에서'라는 말에 춘호는 마른 침을 꼴깍 삼켰다. 춘식은 목소리를 가다듬고 진지하게 말을 이었다.

"나헌테 혈육이라고는 세상천지 너 하나뿐이고 너 어렸을 적에 내 자식이라고 생각험서 키워왔는디……. 니가 내 맘을 누구보다 잘 알 거 아녀?"

웃음기는 물론 흔들림 하나 없는 춘식의 음성은 사뭇 비장했다.

"그러믄요."

굳은 표정으로 얘기를 듣고 있던 춘호는 다시 자개며 날씨 얘기로 시간을 끌다가 일어서서 인사를 하고 밖으로 나가 헛간 쪽을 흘낏 바라보고 돌아갔다.

　마령지서로 돌아온 춘호가 자리에 앉자마자 지서를 지키고 있던 순경이 그를 바라보며 수사과장으로부터 전화가 왔었다고 보고했다.

　"무슨 일로?"

　"남원우 건 때문인 것 같습니다. 들어오시는 대로 전화해 달라고 허시던데요?"

　춘호가 수화기를 들었다.

　"여기 마령지섭니다."

　"함 지서장님! 탐문 나갔었다면서요? 뭐 좀 알아냈습니까?"

　"뭐, 아직 별로……."

　"아, 지서장님! 아직 별로가 뭡니까? 인자 오늘이 마감인데? 부지런히 더 뛰셔요. 앉아있지만 말고……. 두 시간 내로 다시 연락줘요. 알았지요?"

　춘호는 아무런 대답도 하지 못하고 얼굴만 붉게 물들인 채 수화기를 들고 서 있었다.

　"제 말 알아들으셨냐고요?"

　"알았습니다."

　"아, 참! 그리고 서장님께서 마령은 남원우만 체포하면 이번에 목표 달성한 것으로 인정하겠다고 하셨으니까 남은 몇 시간 그쪽 방향으로 최선을 다해 보세요."

　"노력하겠습니다."

　밖으로 나온 춘호는 지서 앞에서 한참을 서성이다가 한 식당으로 들어갔다. 잠시 후 지서에 다시 돌아온 춘호가 전화기를 들었다.

　"저 마령입니다……."

* * *

춘호가 돌아간 다음 춘식은 한참을 생각한 끝에 깔판을 끌고 그의 집 뒤쪽에 있는 전봇대 옆 함석집에 잠시 들렀다. 다시 집에 돌아온 춘식은 원우가 있는 헛간 방으로 들어갔다. 옆으로 누워 책을 보고 있던 원우가 벌떡 일어나 앉았다.

"어서 오십시오, 어르신!"

"방바닥이 울퉁불퉁혀서 오래 있으면 엉덩이랑 등허리가 좀 배길 거여."

원우가 괜찮다면서 마령에서 숨어 있을 때보다는 한결 여유 있고 마음도 편하다고 대답했다. 춘식은 뭔가 할 얘기가 있는 듯 보였으나 답답할 때는 낚시라도 하라고 하는 등 다른 이야기만 이어갈 뿐 쉬이 꺼내질 않았다.

"저는 괜찮습니다만 어르신이 몸도 불편허신디 누워서 빈둥거리고 있기가 송구스럽습니다."

"이 사람 별소릴 다 허는구만. 그런 신경까지 쓸 필요는 없네."

"그럼 편안허게 빈둥거리고 있겠습니다."

원우가 웃으며 대답했다.

"그런디 말여. 내가 쪼까 찜찜헌 게 하나가 생겼고만."

"무슨 일이신디요?"

"우리 동생 놈이 마령지서장인 건 자네도 알지?"

원우는 잘 알고 있다면서 활짝 웃는 얼굴로 춘식을 바라봤다. 춘식이 슬그머니 한숨을 쉬면서 말을 이었다.

"방금 갸가 다녀갔는디, 오늘 본께 거동이 뭔지 모르게 수상혀서 말여."

"설마 동생분이 형님을 난처허게야 만드시겠습니까?"

원우는 여전히 웃는 표정이다.

"내가 내 동생을 의심헌다는 건 챙피허지만 갸가 좀 엉큼헌 점이 있어가지고 말이여. 아무려도 며칠은 어디 다른 디로 좀 옮겼다 오면 쓰겄고만."

"어르신을 너무 번거롭게 해드려서 어쩌지요?"

"그건 문제가 안 되야."

춘식은 집 뒤서 언덕진 쪽으로 조금 올라가다 보면 전봇대 옆 함석집이 하나 있는데 그 집에 믿을 만한 친구가 살고 있으니까 우선 급한 대로 며칠 가 있으라고 미안해하면서 말했다. 또한 그 친구에게는 이미 말을 다 해놓았다고 했다.

"예, 그렇게 하겠습니다."

원우는 밝게 웃으면서 대답하고 거듭 번거롭게 해드려 죄송하다고 했다.

"내가 먼저 밖에 나가서 살피고 있을 테니께 쪼끔만 있다 나오드라고."

춘식이 대문을 나와 큰길 쪽을 살폈으나 아무런 기척이 없었다. 잠시 후 원우가 나와 춘식이 말한 집으로 막 들어가려고 하는데 집 안에 미리 들어가 숨어 있던 누군가가 재빨리 달려나와 그의 뒷덜미를 콱 잡았다.

"남원우 씨! ⋯⋯어디 가십니까?"

"누구시오?"

"몰라서 물으쇼? 경찰서에서 나왔습니다."

"그런디요?"

"오라는디 왜 안 옵니까?"

형사는 바로 원우의 손목에 수갑을 채웠다. 멀리서 이 광경을 지켜보고 있던 춘식이 벌떡 일어났다가 쓰러졌다. 잠시 후 남원우는 대기 중인 차에 실려 곧바로 마령지서로 압송되었다. 원우가 붙잡혀 가는 것을 보고 집으로 돌아온 춘식은 석유통을 꺼내 집 안 곳곳에 석유를 뿌리고 방

안으로 들어가 깔판을 밀쳐내고 자신의 몸에도 쏟아 부었다.

"으흐흑! 이 사람 상백이! 미안허이!"

춘식은 방 한가운데 양반다리를 하고 앉은 다음 바로 성냥을 그었다. 불은 삽시간에 방바닥으로 번져 벽을 타고 올라가 천장과 지붕을 삼키고 활활 타올라 하늘을 벌겋게 물들였다.

"불이야!"

사람들이 소리쳤다. 불길은 이미 회색빛 하늘 높이 솟아 너울거리고 있었으며 열기로 주변 사람들의 얼굴을 붉게 물들이고 있었다.

"형니임!"

어디서 나타났는지 함춘호가 달려와 불속으로 뛰어들려고 몸부림쳤다. 부지직거리며 불타는 소리는 춘호의 울부짖는 소리를 그대로 삼켜버렸다.

"형님! 형님! 이건 너무 허시잖어요."

춘호는 불타오르는 연기 속에서 춘식의 얼굴을 찾았다. 춘식은 아무 말 없이 아무 표정도 짓지 않은 채 꼿꼿이 앉은 채로 한참을 떠 있다가 사라졌다. 불이 어느 정도 꺼진 후 집 안을 들여다본 사람들이 비명을 질렀다. 춘식은 양반다리를 한 채 꼿꼿이 앉아 마지막까지 자신을 새까맣게 불태웠던 것이다.

상백의 춤

하얀 소복을 입고 상여 뒤를 따르던 한 노인이 갑자기 팔소매로 바람을 일으키며 춤을 추기 시작했다. 고개를 수그리고 양손을 하늘로 뻗어 너울짓을 하고 있는데 얼굴은 푸른빛이 날 만큼 차갑고 근엄했으며 흡사 저승길을 올라가고 있는 모습이었다.

사람들은 어금니에 힘을 주면서 눈을 있는 대로 크게 뜨고 구경만 하고 있을 뿐 누구 하나 입을 열지 못했고 가뜩이나 흐린 하늘은 검은 연기 같은 먹구름에 뒤덮여 태양의 흔적조차 허락하지 않았다. 갑작스런 노인의 춤에 잠시 멈춰섰던 상여가 다시 움직이자 그제야 여기저기에서 웅성거리는 소리가 들리기 시작했다.

"엄니! 저 할아버지 미쳤어?"

몸을 떨며 지켜보고 있던 아이 하나가 힘겹게 물었다.

"쉿! 친구분이 하늘나라로 가셔서 슬퍼허시는 거여."

아이는 재빨리 입을 다물고 상여를 졸졸 따라가며 진지한 표정으로 구경했다.

"상여 나가는디 춤이라니, 저게 뭣이여?"

"무식허긴……. 아 한풀이 춤이라는 거여. 저걸 봐! 미친 듯이 슬퍼허는 것이잖여."

사람들은 그제야 알겠다는 듯 고개를 끄덕거리면서 춤을 추는 사람이 누구냐고 수군거렸다.

"죽은 사람 친구여."

"예전에 저 냥반허고 시방 죽은 냥반이 같이 있을 때 불나서 가족 다 죽고 혼자만 살었었는디 이번에는 자신이 불 질러서 죽은 거랴."

"불에 탄 시신을 본 얘길 들어보믄 정말로 끔찍혀. 아 글씨, 몸뚱이가 다 탈 때꺼정 꼿꼿이 앉아서 죽었디야."

"정말 그랬을라고?"

"다들 봤디야. 방 한가운데 앉아갖고 그랬다느만."

"왜 죽은 거랴?"

"글씨 저 냥반 때문이 아니었나 몰라……. 그러니께 저라지."

"그게 아녀. 모르믄 잠자코들 있어. 죽은 냥반 동생이 마령지서장인디 그이가 밀고해서 저 냥반 아들이 잡혀갔대잖여."

"아, 그려서 죽은 냥반이 불 질러 죽은 거고만. 자기 동생 때문에 친구 아들이 잡혀갔으니께 말여."

사람들은 쉬쉬 하면서도 계속 수군거렸다.

"근디 저 사람은 또 누구랴? 저러다가 쓰러져 죽겄어."

"저기 상여 잡고 통곡허고 있는 사람 말여?"

"저 사람이 죽은 냥반 동생이잖여. 정말이지 피눈물이 나겄네."

"그러니께 뭐허러 그런 짓거리를 혀?"

"말 조심혀, 이 사람아."

그 바람에 말한 사람이 움찔해져 입을 다물고 주변을 둘러봤다.

"어쨌거나 복잡허게 얽히고설켰고만!"

"그러게나 말여. 다들 불쌍혀서 어쩐디야."

사람들은 표정 없이 춤을 추는 상백과 상여를 부여잡고 통곡하는 춘호를 보면서 눈시울을 적셨다. 춘호는 서럽게 울부짖었다.

"형님이 이렇게 가시면 지는 누구헌티 사죄를 허란 말입니까."

신들린 사람처럼 춤을 추고 있는 상백을 바라보면서 그는 더욱 슬피 울었다.

"형님! 죄송혀요, 죄송혀요! 지가 잘못혔구만요."

원우가 잡혀가는 것만으로 자신의 형 춘식이 당장 그렇게 목숨을 끊으리라고는 전혀 생각지 못했던 춘호는 사고 다음 날 바로 경찰직을 사직했다. 검은 먹구름에 뒤덮인 하늘은 당장이라도 양동이로 눈물을 퍼부을 듯 슬픈 얼굴을 하고 있었다.

* * *

장례가 끝난 후 춘호는 슬픔과 죄책감에 빠져 물 한 모금 입에 대지 않은 채 상백을 찾아가 무릎을 꿇고 엎드려 사죄했다. 그는 며칠 사이 광대뼈가 툭 튀어나올 정도로 야위었고 두 눈은 벌겋게 충혈되어 있었다. 진한 슬픔에서 헤어나지를 못하고 있던 상백은 춘호를 보자 고개를 돌려 앉았다.

"어르신, 죄송합니다."

"⋯⋯."

"제가 잘못했습니다."

춘호가 흐느끼며 말했다.

"어르신, 뭐라 말씀 좀 해보세요."

"나는 할 말 없으니 돌아가게."

"제가 생각이 짧았습니다."

"자네 형님께서 자네더러 나헌티 엎드려 사죄허라시던가? 아니믄 자네 생각에 그리 허고 싶은 겐가?"

춘호는 아무 말도 하지 못하고 계속 흐느끼기만 했다.

"어찌 됐건 자네는 나 때문에 형님을 잃었고 나는 자네 때문에 친구를 잃었네. 혈육인 자네의 슬픔도 크겠지만 그 사람을 잃은 내 비통함은 말로다가 표현헐 수가 없으니, 이깟 죄송허다는 말로 슬픔에서 벗어나고자 허지 말게나."

상백의 음성은 싸늘했다.

"어르신! 제가 용서받고자 온 것이 아닙니다. 형님이 그리워서 어르신을 찾아뵌 것입니다."

"무슨 말인지는 알겠네만 나는 자네 형님을 대신헐 만한 인물이 못 되네. 이 세상에 자네 형님 같은 분은 다신 없을 걸세."

"어르신……."

"그리고 자네가 잡아는 갔지만 내 아들이 설마 죽기야 허겠는가? 허지만 자네 형님은 이제 다시는 볼 수 없잖은가. 내 아들 잡아간 것보다도 내 친구 춘식을 죽게 한 자네를 나는 용서헐 수가 없네."

말을 마친 상백도 끝내 눈물을 뿌리고 말았다.

＊ ＊ ＊

기숙이 마루에서 사촌동생 기환에게 공부를 가르쳐주고 있는데 모자에 노란 줄이 그려지고 어깨에는 무궁화가 그려진 경찰복을 입은 사람이 다른 경찰 한 사람을 대동하고 상백의 집을 찾아왔다.

"실례합니다."

"너희들 공부하는구나. 할아버지 계시냐?"

눈을 반짝이며 내방객을 바라보던 기숙이 재빨리 일어나 상백에게 알렸다. 기척을 듣고 방문 틈으로 밖을 내다보고 있던 상백은 시침을 뚝 떼고 누가 오셨느냐고 물으면서 대청으로 나왔다.

"안녕하십니까? 서장님이 어르신을 뵙겠다 하셔서 모시고 왔습니다."

경찰관이 거수경례를 한 다음 정중한 자세로 서장을 소개했다. 서장은 모자를 벗어 경찰관에게 건네고 상백을 향해 목례를 했다.

"안녕하십니까? 저는 이곳 경찰서장입니다."

"……서장님이 저희 집에 어쩐 일이십니까?"

어정쩡하게 서 있던 상백도 뜻밖에 정중한 서장을 보면서 예의를 갖춰 물었다.

"잠시 드릴 말씀이 좀 있어서 왔습니다."

"올라오시지요. 기숙아, 방석 좀 내오거라."

"이번에 아드님 일 하며 친구분 일로 해서 상심이 크시겠습니다."

"잡혀간 내 아들은 인자 어떻게 됩니까? 통 연락이 안 되니."

"헌병대 조사가 끝나면 곧 재판에 회부되거나 돌아올 겁니다. 너무 염려하시지 않아도 됩니다."

상백이 귀를 쫑긋 세워 들으면서 일단 앉으라고 자리를 권하자 자리에 앉은 서장이 다시 말을 이었다.

"지난번 함 지서장 형님 장례 때 남 사장님의 춤을 보고 눈물이 나서 혼났습니다. 지금도 눈에 선합니다."

서장이 상백의 눈을 바라보며 친근하게 말했다.

"내 평생 그래본 적 없었는디 친구가 나를 빌려 추었나 봅니다."

"저도 그날 어쩐지 울적해지고 저 자신을 돌이켜보게 되더구먼요."

"……그렇게 운을 떼시니께 허는 말인디 오신 용건이 뭔진 몰라도 내가 먼저 개인적인 질문 하나 혀도 괜찮겠습니까?"

양팔을 끼고 꼿꼿하게 앉아 있던 상백이 서장과 눈을 마주하면서 말문을 열었다.

"좋습니다. 말씀하시지요."

"서장님은 내 죽은 아들이 정말 죽을 짓을 했다고 생각허십니까?"

뜻밖의 질문을 받은 서장이 잠시 침묵을 지키다가 자세를 고쳐 앉았다.

"예? ……죽은 아드님이라면?"

"남평우 말입니다. 우리 막내 놈."

상백의 두 눈이 번쩍거렸다.

"그 건이라면 저도 약간은 압니다만 서장은 법관이 아니라 경찰관입니다. 죄를 판단할 권한은 없습니다."

"그럼 상식선에서 내 말 좀 들어주시지요. 그러실 수 있었습니까?"

"예, 말씀하시지요."

서장이 다소 난처해진 듯한 표정으로 대답했으나 상백은 개의치 않았다. 육 년 전에 입상한 사진이 자신도 모르게 여순반란 전단지에 실렸다고 해서, 사진 찍은 사람에게 반란을 선동하고 폭동을 계획했다고 누명을 씌우는 건 단군 할아버지가 쪽발이라고 하는 것보다 더 심한 중상모

략 아니냐며 울분을 터트렸다.

"그 사건에 관해서는 아까도 말씀드린 것처럼 제가 답변할 사안이 아닙니다, 남 사장님."

서장이 말을 끊듯 대답하자 상백은 다시 굳은 표정을 짓고 그를 바라봤다.

"책임을 논하는 것이 아니라 관내 치안 책임자로서 억울헌 하소연 정도는 들어주실 수 있지 않겠습니까."

"……말씀하시지요."

"그런디 갸가 사형 선고 받고 총살되어 죽었습니다."

"심정이 어떠실지 충분히 이해가 갑니다."

"……우리 큰아는 내가 봐도 오해의 소지가 있습니다. 지 손으로 정미소 곡간 열어서 쌀 서른 가마를 실어다 영세민 배급용으로 인민위원회에다 바쳤응게요."

서장은 아무 말도 하지 않고 상백의 말이 끝나기를 잠자코 기다리고 있었다.

"지 판단으로는 어차피 뺏길 쌀 애비 살리는 방안으로 자진혀서 주는 형식을 취혔는디 그것도 인민군 도운 죄가 될 수는 있겄지요. 그럼 그 죗값이 얼마나 될까요?"

"그 건은 방금 말씀하신 내용대로 경찰서에서 이미 종결이 된 건입니다."

"그럼 이번에 잡아간 건은 뭔가요?"

"수사 결과를 지켜봐야 알겠지만 이번에는 단순히 보도연맹원에 대한 소집으로 보시면 됩니다."

"단순헌 소집이라고요?"

"그렇습니다. 그런데 수사를 하다 보면 가족이 알고 있는 것과는 많이 다른 경우가 얼마든지 있습니다."

"물론 그럴 수도 있었지만 가족이니까 더 잘 아는 경우가 한결 많지요."

상백은 말을 중단하고 서장의 눈에 시선을 맞췄다. 서장은 입을 꼭 다문 채 고개를 끄덕였다.

"예, 이해가 갑니다."

"어쨌거나 만약에 서장님이 자식 하나를 잃은 지금의 나 같은 경우라면 죽든 살든 일단 가서 조사를 받으라고 허시겠습니까?"

"아마 저라도 도망가라 했겠습니다."

서장의 뜻밖의 말에 상백이 고개를 돌려 그를 바라봤다.

"서장님이 그리 말씀허시니까 고맙기꺼지 허느만요."

"알고 보면 사람의 마음은 다 같은 것 아니겠습니까?"

"그러시다믄 인자 내가 자식을 숨길라고 혔던 심정을 이해허신 걸로 알고 서장님의 말씀을 듣겠습니다."

"저도 경찰서장이기 이전에 한 가정의 가장입니다."

상백은 눈을 지그시 감은 채 서장의 말을 경청했다.

"요즘 제가 하는 일은 관내 주민을 돕는 일은 눈 씻고 봐도 없고 잡아가는 일만 합니다."

"……."

"저도 혼란스러울 때가 많고 못 해먹겠다는 말이 절로 나오기도 하지요."

"서장님도 오늘 의외의 말씀을 허시느만요."

상백이 눈을 크게 뜨고 서장을 똑바로 바라봤고, 서장은 하던 말을 계속했다.

"원래 법을 만든 것도 국민이고 법에 희생되는 것도 국민입니다. 프랑스에서 사람 목 자르는 기계를 고안한 사람도 그 기계로 목이 잘렸다잖습니까."

"그야말로 우리나라 관리들이 가슴 깊이 새겨들어야 헐 말인 것 같습니다."

"우리나라가 근대식 법을 만든 것도 처음이고 이처럼 잔혹한 전쟁도 처음이다 보니까, 만들어진 법이나 이를 집행하는 정부나 오류가 많은 것은 분명합니다. 게다가 전쟁통이다 보니 모든 일이 시간 다툼이고 뒤돌아볼 여유도 없는 실정입니다."

"나는 이날 생전 어떻게 허믄 남헌티 피해 안 주고 자식 잘 기르고 남부럽지 않게 살게 허느냐 이것이 숙제였는디…… 결과가 이렇게 되고 보니께 내가 무슨 잘못을 혔길래 이런 일이 생기는지 정말이지 모르겄고 세상이 원망스럽습니다."

상백의 눈이 순간 벌겋게 물들었다.

서장은 고개를 반듯이 세운 채, 죄를 짓는 것과 법을 어기는 것은 다르고 죄를 짓지 않아도 법을 어긴 게 되는 경우가 있는가 하면 죄를 짓고도 법하고는 아무런 상관이 없는 경우도 있다고 푸념하듯 말했다. 그러면서 세상이 혼란스러울 때는 좌우지간 법에 걸려들지 않는 것이 현명한 처신이라며 상백을 향해 고개를 돌렸다.

"법도 덫이나 매한가지로 걸리믄 잡아들이게 되야 있응게 안 걸리는 것이 상책이다, 이 말씀이신가요?"

"덫은 숨겨놓지만 법은 미리 알려두는 점이 다르긴 하지요."

"숨겨놓았든 알려두었든 법이 국민을 살리기 위혀서 있어야지, 잡아들이기 위혀서 있다믄 그 법이란 것은 염라대왕 아가리와 다를 것이 뭡니까?"

"지금 같은 전시 상황의 법은 더더욱 모순이 많이 있지요. 저도 공감합니다."

서장은 상백의 말에 동의하면서 낮은 한숨을 쉬었다. 상백은 서장을 흘깃 바라보고 물었다.

"그나저나 오늘 서장님이 나를 찾으신 용건은 뭔지요?"

"아드님에 관한 얘깁니다."

"우리 아들은 인자 어떻게 되는 겁니까?"

"남 사장님이 협조해주시는 거에 따라서 크게 좌우될 수도 있습니다."

"내가요? 자식은 이미 잡아가놓고 내가 뭘 어떻게 협조헙니까?"

"윤채봉 씨 얘깁니다."

"우리 며느리 말씀이신가요?"

"예. 사실 어찌 보면 윤채봉 씨가 아드님보다 더 심각한 문제입니다."

상백은 채봉이 부역하게 된 과정을 간략하게 설명했고 서장은 아버지와 오빠들 얘기는 처음 듣는 말이라며 딱한 표정을 지었다.

"그래서 가족을 살리려고 수락하게 되었다는 말씀이십니까?"

"그렇습니다. 서장님 따님이 그 입장이었어도 마찬가지였을 것입니다."

"물론 그러고도 남았겠지요."

"이해해주셔서 고맙구만요."

"그래서 며느님은 월북했습니까? 아니잖습니까?"

서장의 갑작스런 질문에 상백은 그 말의 진의를 파악하기 위해 잠시 입을 다물고 있었다.

"지금 우리 관내에 있는 거 맞지요?"

"정확히는 나도 모르지만 어쨌든 간에 그건 말해드릴 수가 없습니다."

상백은 잘라 말하고 고개를 세웠다.

"남 사장님, 정말 큰아드님 죽이고 싶으신 건 아니시지요?"

"세상에 멀쩡헌 지 자식 죽이는 애비 봤습니까?"

"그럼 빨리 며느님 자수시키세요. 며느님 자신의 일에나 아드님 일에 충분히 정상 참작이 될 겁니다."

"그러니께 서장님 말씀은 며느리 데려오믄 내 아들이 살고 아니믄 죽는다 이겁니까?"

서장은 꼭 그렇다고 단정 짓는 건 아니지만 죄를 물을 때는 정황을 참고하도록 되어 있다며 수사에 적극 협조하면 그만큼 유리하다면서 자신이 보장하겠다고 했다. 상백은 자세를 바꾸지 않았다.

"우리 며느리가 지 새끼들만 내 딸 집에 데려다놓고 나가서 지금 어디 있는지 나는 정말 모릅니다."

"정말 모르십니까?"

"모르는 것도 분명허거니와 설혹 안다 혀도 내 자식 살린답시고 며느리를 강제로 자수시킬 수는 없습니다. 지 스스로 나타난다면 모를까."

"좋습니다. 정 그러시면 이렇게 하십시다. 남 사장님이 며느리한테 자수하라는 방송을 하는 겁니다."

"방송이라니 무슨 말입니까?"

"경찰서 확성기로 말입니다. 내용은 제가 적어드릴 테니까요."

"그려도 안 나타나믄요?"

"제가 적어드린 대로 말씀만 하시면 며느리가 나타나든 안 나타나든 경찰 업무에 협조한 걸로 간주해서 검찰에 그대로 보고해드리겠습니다."

상백은 그날 오후 경찰서 확성기로 채봉에게 자수하라는 방송을 했다.

"진안경찰서에서 안내 말씀 드리겠습니다. 다음은 마령에서 정미소를 하시는 남상백 씨가 윤채봉 씨에게 전하는 말씀입니다. 다시 한 번 말씀드리겠습니다. 다음은 정미소를 하시는 남상백 씨가 윤채봉 씨에게 전하는 말씀입니다."

"허엄! 허엄!"

상백은 마이크를 들자 헛기침을 두 번 했다.

"아가! 나 기환이 할애비다. 몸성히 잘 있냐? 허엄! ……날씨는 매일매일 쌀쌀해져가는디 별일 없기 바란다. 기환이 큰애비는 자수해서 현재 너를 기다리느라 대기 중이다. 경찰서에서는 너나 큰애비에게 죄가 없음을 잘 알고 있다. 허엄! 허엄! ……이제 너만 자수허믄 절차를 거쳐 함께 석방하기로 약속을 혔으니 내 말을 믿고 자수허기 바란다. 허엄! 허엄!"

이발이가 집으로 돌아오자마자 채봉에게 물었다.

"기환 어머니! 확성기 소리 들었어라우?"

"예, 들었어요."

"어쩌실 거여라우? 그 말을 믿어도 될랑가 모르겠고만요."

"아버님이 나보고 자수허지 말라는 방송을 허신 거여요, 승태 아저씨."

"그런 내용이 아니던디요?"

이발이는 시종일관 이해할 수 없다는 표정을 지으며 한숨 섞인 목소리로 물었다.

"저허고 아버님허고 암호가 있어요."

"암호라우?"

"꼭 암호라고 할 수는 없지만 아버님의 의중을 제가 이해할 것 같아요."

"내가 듣기에는 그냥 말씀만 허시는 것 같은디요?"

"말씀하시면서 일부러 헛기침을 두 번씩 허셨잖아요."

"듣고 보니께 그러셨던 것 같기는 허고만이라우."

같은 내용의 확성기 방송은 그날 두 번, 다음 날 세 번을 반복했다. 채봉은 상백이 언젠가, '필요 이상으로 하고 있는 헛기침의 의미는 나는 지금 거짓말을 하고 있다는 귀뜸과 같은 거여'라고 했던 말을 잊지 않고 있었다. 채봉의 설명을 듣는 내내 이발이는 입을 벌리고 계속해서 고개를 끄덕였다.

아버님 전 상서

　형사들에게 붙잡힌 원우는 차에 태워져 관촌에서 마령지서로 끌려들어갔다. 마령지서는 아버지 친구인 함춘식의 동생이 지서장으로 있는 곳이어서 내심 뭔가 유리한 상황으로 바뀔 수도 있을 것으로 기대했다. 그러나 지서장은 보이지 않았다. 형사가 진안경찰서로 전화를 했다.

　"아, 여보세요? 여기 마령입니다. 과장님 부탁합니다. 예, 기다리겠습니다. ……아 예, 과장님! 저 민호식 형삽니다. 아닙니다. 남원우 체포했습니다. ……감사합니다. 그냥 순순히 응했습니다. 어떻게 할까요? ……여기에서요? 예 알겠습니다. 그렇게 하겠습니다."

　전화를 끊은 민 형사가 원우 쪽으로 의자를 빙 돌려 방향을 바꿔 앉았다.

　"아이, 남원우 씨! 한번 나오시라고 할 때 좀 더 일찍 그냥 왔으면 서로가 이 고생을 안 허잖어요."

　형사가 수갑을 풀어주면서 친밀한 말투로 말했다.

　"전주로 올라가는 공무 지프차가 곧 온다니까 그 차로 갑시다. 남원우 씨 호강허는 줄 알어요. 다른 사람들은 묶여서 트럭으로들 갔어요. 오늘이 실은 단속 기간 마지막 날입니다."

"또 전주로 갑니까?"

"전주로 가야지 여기서 종결이 됩니까?"

"전주법원으로 가나요?"

"법원은 지난번에 갔었잖아요. 이번에는 법원이 아닙니다."

"법원이 아니라고요? 그럼 어딥니까, 가는 곳이?"

원우는 불길한 예감이 스쳤다.

"가보면 압니다. 저도 거기 명칭은 잘 몰라요. 군부대라는 것 말고는……."

민 형사가 귀를 후벼 휙 불면서 말했다.

"군부대요?"

"예, 헌병대인 거 같더라고요."

"헌병대라고요?"

"헌병대라니까 왜 겁나요?"

"내가 군인이 아닌디 왜 헌병대로 가요?"

원우는 얼마 전 헌병대 수사에 관하여 들은 바가 있었지만 모른 척 물었다.

"지금은 계엄 중 아닙니까?"

"재판 끝난 사람도 그쪽으로 또 넘긴단 말여요?"

"이번 건은 엄밀허게 말허믄 옛날 재판받은 예비 검속 건이 아니라 그냥 보도연맹 일제 단속 건이라고 혀야 맞을 거여요. 그쪽에서 아마 재분류를 허는갑더라고요."

"경찰이 헌병대 지시를 받아요?"

"지금은 우리도 군인 지시를 받을 수밖에 없어요. 말이 협조지, 경찰서장보다 육군 대위가 더 쎄다니까……. 내 원 참!"

원우는 지서를 둘러보면서 지서장을 찾았다.

"……여기 지서장님이 안 보이시네요?"

"지서장요? 아마 오늘은 안 나타나실 겁니다. 입장이 있잖어요."

"무슨 입장입니까?"

"잘 아는 사람이 잡혀 있는디 입장이 곤란허지 않겠어요?"

"나랑 같이 수배되었던 사람들도 다 헌병대로 갔어요?"

원우가 헌병대 일을 다시 묻자 형사는 귀찮다는 듯 그렇다고 짧게 대답하고 다시 귀를 후볐다.

"헌디 그 사람들은 조사받고 돌아오지를 않었는디?"

"그걸 남원우 씨가 어떻게 알아요? 허긴 서로 간에 정보가 없을 리 없지. 아무튼 그다음에 어디로 보내졌는지는 우리도 몰라요. 군 형무소로 보냈는지, 막말로 어디로 데려다 뭘 허는지……. 오늘이 일제 단속 마감 날이니까 뭔가 계획이 있었지요."

형사는 표정이 싹 어두워진 원우를 흘깃 바라봤다.

"너무 걱정허지 말어요. 솔직히 말혀서 나는 남원우 씨가 무슨 죄를 진 사람이 아닌 것을 인정헙니다. 아니 말씀 안 허셔도 그냥 압니다."

"그런디요?"

"허지만 어쩝니까. 수배자 명단에 들어 있고 왜 안 잡아 보내느냐고 야단들을 치니……."

그때 함춘호 지서장이 들어오면서 흠칫했다. 다시 나갈까 하는 듯 어정쩡한 자세였으나 원우와 눈이 마주치자 그대로 들어왔다.

"아, 남원우 씨! 주민 제보가 있어서 알게 되었는디…… 뭐 별일 없을 거네."

원우는 뭔가 말을 할까 하다가 입을 다물었다. 이때 전화벨이 울렸다.

"마령지서입니다. ……뭐라고요? 우리 형님 댁에 불이라고요?"

춘호가 다급하게 전화를 끊고 달려나갔다.

"저기 차 오느만!"

원우는 민 형사와 둘이서 지프차에 올라탔다.

"수갑 안 채워도 괜찮겠습니까?"

차를 운전하고 온 젊은 경찰이 차에 타는 그들을 돌아보면서 말했다. 원우는 민 형사 옆자리에 앉았다.

"도망가면 허는 수 없지. 이 순경! 자 가자고!"

원우가 민 형사 쪽을 슬쩍 봤으나 그는 모른 척 앞을 바라보고 있었다. 차가 출발해 구불구불한 산길을 돌아갈 때 원우는 차라리 차가 전복이라도 되었으면 좋겠다는 막연한 기대를 하기도 했다.

"저쪽 인계 마감 시간이 다 되어 가는데 빨리 가야겠습니다."

"시간이 뭐 그렇게 촉박혀? 좀 늦을 수도 있는 거지."

"헌병대에서 몰고 온 트럭으로 보내야 하거든요."

"직접 데리고 가도 되는 거 아녀?"

"그곳이 어딘지를 정확히 모릅니다. 그리고 그걸 싫어하는 눈치더라고요."

원우는 가는 동안 눈을 감고 뭔가를 아무리 생각하려 해도 머리가 말을 듣지 않았다. 마음은 급한데 머릿속이 텅 빈 것 같기도 하고 생각할 거리가 없는 것 같기도 하면서 아무것도 떠올릴 수가 없었다. 다만 평우가 처형된 후 두 차례 지금처럼 법원에 실려갔던 생각이 났으나 지금은 왠지 그때와는 다른 상황이 기다리고 있을 것 같은 불안한 느낌만 계속 머릿속을 파고들었다.

잠시 예전에 잡혀갔던 생각을 해봤다. 첫 번째는 처형된 자의 형이고 같은 곳에 살고 있다는 이유로 예비 검속 대상이 되어 법원의 판결을 받아 삼십 일간을 진안경찰서에 구금된 적이 있었고, 두 번째도 이유는 같은데 전주검찰청 유치장에서 일주일간 갇혀 있다가 나왔었다. 첫 번째 예비 검속 되었을 때는 아버지와 아내, 그리고 기준과 기숙이, 기윤이까지 어미의 손을 잡고 나왔었다.

난생처음 이유도 모른 채 붙잡혀 유치장에 갇혀 있다가 법원으로 이송되어 재판정에 들어가는데, 일본 만화에서나 봤던 주머니 같은 용수를 얼굴에 씌운 채 줄줄이 묶여 법정으로 끌려들어갔었다. 긴 나무 의자에 앉힌 다음 얼굴에 씌운 용수를 벗기는 바람에 자신도 모르게 방청석을 바라봤을 때, 온 가족이 다 나와 있었던 것을 그제야 알게 되었던 것이다. 다시 생각해도 그때는 두려움도 두려움이려니와 가족들에게 초라한 자신의 모습을 보여주고 있다는 자체가 몹시 부끄러웠으며 어린 기숙이와 기윤이까지 데리고 온 아내를 원망했었다.

만약 이번에도 미리 알고 가족이 오려고 한다면 어떻게 연락을 해서든 오지 않도록 해야겠다고 다짐을 해봤다. 그리고 온다고 해도 아이들은 데려오지 못하도록 해야겠다고 마음먹었다. 아이들 생각을 하자 아직 한참 어린 기영과 기택이가 생각났다. 만약에 자신에게 무슨 일이 생긴다면 아버님과 어린아이들이 어떻게 될지 생각만 해도 눈앞이 아찔했다. 원우는 불길한 상상을 지우기 위해 몸서리치듯 고개를 좌우로 흔들었다. 어느덧 전주경찰서 아치형 간판이 보였다.

"아! 조금 전에 차가 떠났는데요?"

진안경찰서에서 보도연맹 수배자를 데리고 왔다는 말을 들은 당직자가 말했다.

"그럼 어떡허지요?"

"특별 기간도 오늘로 끝났고 이미 늦었으니까 데리고 갔다가 내일 다시 경찰국 지휘를 받으시지요. 멀리 서둘러 오셨는데 미안하구만요."

"우리 서장님이 어떻게든 특별수사반 해체 전에 인계하라고 누차 당부허셨는디 어떻게 보내는 방법이 없을까요?"

"그럼 직접 데리고 가시겠어요?"

"어디로 가면 됩니까?"

"덕진호수 뒷길로 해서 산길로 한 오 분 정도 쭉 올라가다 보면 제748헌병대가 보일 겁니다. 거기로 가면 됩니다."

"알겠습니다. 이 순경, 갑시다."

원우는 다시 차에 태워져 시내를 벗어나 덕진 방향 태평동 길을 지나갔다. 그의 눈에 퍼뜩 처조카인 한윤태가 살고 있는 작은 한옥집이 들어왔다.

"민 형사님! 제가 변소가 급헌디 여기서 잠깐 서면 안 될까요?"

"예? 여기 어디서요?"

"저 앞 한옥집이 우리 처조카네 집입니다. 거기서……"

원우의 말을 들은 민 형사가 잠시 망설이다가 운전을 하고 있는 이 순경을 바라봤다.

"급허세요? 이 순경, 저 집 앞에 잠깐 섭시다. 어차피 늦은 거."

대문을 두드리자 처조카며느리 차성경이 나와 문을 열었다.

"어머나! 안녕하셨어요? 어쩐 일이셔요?"

"급한 일이 있어서 어디 좀 가는 길인디 변소에 잠깐 들를라고."

"어서 들어오세요. 저쪽 모퉁이에 있어요. 뭐 물이라도 한 사발 내올까요?"

차성경은 다소 의아하게 생각하면서도 내색하지 않고 민 형사를 바라보며 말했다.

"아니 괜찮습니다. 용변만 보고 바로 가야 혀서요."

민 형사가 원우 대신 대답했다. 원우는 소변을 보면서 짧은 순간 자신의 주머니에 돈다발이 두 개 있다는 사실을 떠올렸다.

'이 돈을 형사한테 주고 어떻게 협상을 해볼까? 아니면 작은 변소 창문을 빠져나가 앞에 보이는 도랑을 건너 도망을 쳐버릴까?'

그러나 원우는 그냥 나왔다.

"다 봤어요? 자 가십시다. 아주머니, 감사합니다."

"조카댁, 고맙네."

"아저씨! 안녕히 가셔요."

처조카며느리가 문밖까지 따라 나와 인사를 하고 차를 물끄러미 바라보았다. 한참을 가다 보니 경찰서에서 말해준 헌병대 간판이 건물 입구 오른쪽 벽에 붙어있는 게 보였다.

"어디서 왔어요?"

수사대 중사가 물었다.

"진안서 왔습니다."

"진안경찰서 말씀하시는 거지요? 네 시 마감해서 수사까지 다 끝냈는데요."

"방금 앞차가 도착했잖습니까. 우리도 바로 뒤쫓아온 거고."

"그 차까지가 끝입니다."

그때 건물 안에서 깔끔한 차림새의 대위 하나가 나오면서 물었다.

"사상범입니까?"

"예, 보도연맹입니다."

"어디 진안서 오셨다고 했지요? 전화 받았습니다. 이 사람 인수할 테니까 저쪽에 서류 접수하시고 가십시오."

"고맙습니다."

"오 중사!"

"예! 대위님!"

"저 차에 함께 태워!"

지시를 받은 중사가 그 자리에서 원우를 포승으로 거칠게 묶었다. 팔목의 살이 포승에 물리는 바람에 원우는 자신도 모르게 아! 하고 소리를 냈다.

"아파요? 조금만 참으면 됩니다."

원우는 차에 태워졌다. 차에는 이미 더 이상 탈 수 없을 만큼 묶여 있는 사람들로 가득차 있었고 헌병 네 사람이 트럭 난간 바깥쪽에 매달려서서 총으로 안쪽을 감시하고 있었다. 트럭은 이내 뒷문이 닫히고 까만 연기를 내고 떠났다. 출발한 차가 시 외곽을 지나 산길로 올라가는 것을 본 원우는 지금 처형장으로 가고 있음을 직감으로 느꼈다.

"아버님! 죄송합니다!"

* * *

원우가 잡혀간 지 일주일이 지났다. 함춘식의 장례를 마치고 경찰서장이 다녀간 이후 상백이 아무리 원우의 행방을 찾고 소식을 기다려도 경찰서에서도 알 수가 없다고 하며 검찰청에서도 모른다고 했다. 그러던 중 서낭당 뒷집에서 이상한 소문을 들려줬다. 전주 어느 야산에 있는 사격장에 수백 명의 민간인 시체가 있는데 보도연맹으로 잡혀간 사람들의 시신이라는 것이다. 그 말을 들은 상백은 온몸에 주체할 수 없는 전율을 느꼈으나 그럴 리가 없다고 다짐했다.

그런데 며느리 인순이 친정 조카와 함께 달려왔다.

"어르신! 저 아시지요?"

친정 조카의 인사가 끝나기도 전에 인순은 상백을 보자마자 울음을 터뜨리며 땅바닥에 주저앉았다.

"에미야, 왜 이러냐? ……잉, 알겠고만! 전주 태평동에 사는 사돈댁 손주 아녀?"

"맞습니다, 어르신!"

"지금 무슨 일로 그러시는가? 에미는 왜 이러고?"

"기준 애비가 처형되어 죽었대요, 아버님."

인순이 실신할 듯 바닥에 주저앉아 통곡했다.

"……그 말을…… 사돈이 전해준 건가?"

상백이 팔을 부르르 떨며 말을 더듬거렸다.

"예, 일주일 전쯤에 어떤 남자허고 가다가 저희 집에 변소가 급허시다고 들르셨는디 그게 마지막 날이었던 모양입니다."

"그걸…… 자네가 어떻게 아는가?"

"변소에 들르셨을 때는 집사람만 있었는디 표정으로 봐서 아저씨도 어디로 가는지를 잘 모르셨던 것 같았답니다. 그런디 그날 오후 대여섯 시쯤에 군인 트럭에 실려 노송동 산 쪽으로 가는 것을 저희 어머니가 보았답니다. 그래서 느낌도 이상허고 혀서 며칠 뒤 노송동 산 쪽으로 가봤더니 사격장 바로 뒤 언덕배기에 시체가 즐비허고 사람들이 울면서 시신 찾느라고 정신이 없더랍니다."

"그래서 거그서 사돈 어머니가 우리 원우 시신이라도 봤다는 말인가?"

"시신이 너무 많아 찾지는 못했답니다."

"그럼 확실헌 것은 아니잖어?"

"확실허진 않어도 거의 맞을 것 같어서 오늘 와봤는디 고모님 댁은 아직 아무것도 모르고 계시더만요, 어르신."

"아버님! 인자 어쩐대요!"

"에미야, 아니다. 절대 그럴 리가 없다. 짐승이라도 그렇게 쉽게 죽일 수는 없다. 거그서 죽은 사람들허고 우리 원우허고는 처지가 다른 사람들일 것이여. 경찰서장도 곧 나올 거라고 했고……. 에미야, 울지 마라! 지금 당장 그 사격장인지 뭔지 찾아가보믄 알 거 아니냐? 어서 가보자!"

"아버님! 아버님 말씀이 맞지요? 그렇지요, 아버님?"

"아가, 울지 마라! 아니래도 그러냐. 가보믄 알 거 아녀? 이 애비 말이 맞는지 틀리는지……."

상백은 딸 정순과 며느리 인순 그리고 기준과 함께 사격장 뒤 야산 언덕으로 갔다. 사격장으로 들어가는 길에서부터 이미 누군가가 지게에 시신을 지고 내려가고 그 뒤를 울며 따라가는 나이 든 할머니의 모습이 보였다. 상백의 발걸음이 휘청거리기 시작했고 일행은 더할 나위 없이 침통한 표정이 되어 이미 눈물이 가득 고였다.

정순과 인순은 훌쩍거리다 못해 원우를 부르며 어느덧 울부짖고 있었다. 상백은 다리에 힘이 빠져 몇 차례나 넘어질 듯 휘청거렸으나 두 눈을 부릅뜨고 주먹을 꽉 움켜쥔 채 입을 굳게 다물고 바쁘게 걸어갔다.

사격장 뒤쪽에 있는 언덕은 낮지만 담벼락같이 가파르게 솟아 있었고 바로 그 앞에는 아직 찾아가지 않은 시신 삼십여 구가 구덩이 속도 아니고 흑으로 덮이지도 않은 채 악취를 풍기며 그대로 방치되어 있었다. 시신은 피와 흙으로 얼굴이 덮여져 있어 도저히 누가 누군지 분간할 수가 없었다. 얼굴이 창백해진 인순과 정순이 울음을 그치고 아무 소리도 없이 시신을 둘러보고 있었지만 원우를 찾지는 못했다. 상백은 냉정하리만큼 침착하게 시신 하나하나를 꼼꼼히 살펴나가다가 중간 지점에서 발을 멈추고 흑! 하고 흐느낄 뿐 말이 없었다.

"고모! 어머니!"

상백의 곁에서 함께 가고 있던 기준은 할아버지가 걸음을 멈추자 바로 앞에 있는 시신을 자세히 살피면서 인순과 정순을 불렀다.

"아버지 같아요."

"맞네, 맞어. 원우야!"

"아이고, 기준 아버지! 이게 뭔 일여요."

기준과 정순, 인순이 모두 시신을 부여잡고 울부짖었다.

"어어 어…… 으흐 으흐 어 어!"

그러나 상백은 괴성을 지를 뿐 말 한마디 하지 못했다.

"할아버지! 할아버지!"

기준이 울면서 연거푸 불렀으나 상백은 말을 못 하고 답답해하면서 소리를 지르기만 했다.

원우의 시신은 인근에 임시 매장을 한 다음 이틀 후 평우와 채봉이 살던 집 뒷산에 묻혔다. 어머니의 묘소 가까이에 있는 양지바른 곳이었다. 구름 저편에서 원우가 안타까운 얼굴로 바라보다가 소리 없이 사라져갔다.

제3장

필사즉생(必死卽生)

"당신같이 호가호위(狐假虎威)허면서 국민을 못 죽여 안달인 사람들이 버젓이 출세하면서 살아가는 이런 나라에서 살기 싫어졌다는 거냐, 죽을 각오가 되어 있다는 말이냐, 귀신이 되어 복수를 허겄다는 말이냐, 다 그게 그거지요. 그러니, 자 어서 나도 공산당 수괴나 내란죄로 몰아 처형시키시지요."

"……윤채봉 씨! 당신 정말 이성을 잃은 모양인데 당신 같은 사람도 무죄로 나간 사람 많아요."

경석이 표정과 말투를 부드럽게 바꿨다.

"호오, 무죄요? 내가 무죄면 내 남편도 무죄여야 힐 텐데요?"

텃밭 울타리

　채봉이 이발이의 집에 숨어 있은 지 보름이 지났다. 그의 처와 모친은
그녀가 숨어 있는 동안 불편함이 없도록 정성을 다했으며 정순은 그녀
의 옷가지와 필요한 것들을 심정수와 이발이를 거쳐 보내 주었다. 상백
은 파리가 윙윙거리는 자식의 시신을 목격한 순간부터 비명만 지를 뿐
말을 잃어버리고 말았다.

　"승태 아저씨!"

　뒤늦게 원우의 사망 소식을 듣고 몸부림치며 밤을 지새운 채봉이 퉁
퉁 부은 눈으로 이발이를 불렀다.

　"오늘 밤 늦게 아버님을 찾아뵙겠다고 심씨 아저씨한테 좀 전해 주시
겠어요?"

　"괜찮으실랑가 모르겠네요."

　이발이가 채봉의 눈치를 살피며 걱정스러운 듯 말했다.

　"텃밭 울타리로 혀서 갈 거여요."

　"걱정되느만요, 기환 어머니."

"조심할게요. 그리고 그동안 정말 감사했어요, 승태 아저씨."

"그게 뭔 소리여요? 누가 들으믄 인자 안 올 사람처럼……?"

"제가 언제 어떻게 될지 몰라서요."

채봉은 달이 서쪽으로 기우는 늦은 밤 이발이가 망을 보고 손짓해 주는 걸 보면서 상백의 집으로 갔다. 울타리 건너편은 하늘과 땅이 바뀐 듯 수많은 별들이 살아 움직이고 있었다. 정미소 심정수가 텃밭 울타리 끝쪽에 개구멍을 하나 만들어놓았다. 몸을 낮춰 안으로 들어가자 인순이 마당 끝에서 텃밭으로 통하는 작은 사립문 앞을 서성이다가 채봉을 보고 주변을 살핀 다음 재빨리 다가왔다. 하얀 달빛을 머금은 삼베 소복이 채봉의 눈으로 날아들어와 가슴에 박혔다. 인순은 채봉을 데리고 창문이 없어 외부에서 엿볼 수 없는 부엌방으로 들어갔다. 두 사람은 한참을 아무 말 없이 얼싸안고 있었다.

"세상에 어떻게 이런 일이 있을 수 있어요, 형님!"

채봉이 방바닥에 머리를 대고 한없이 오열했다.

"동서, 고생이 많지?"

인순이 채봉의 손을 잡고 일으키며 화제를 돌려 물었다.

"제가 무슨 고생여요. 이런 꼴을 당허고도 견디고 계셔야 허는 형님도 계신디."

"나는 인자 슬프지도 않어. 그냥 사는 게 지옥이고 지옥이 내 팔자거니 여기고 있어."

"그런 말이 어딨어요? 오죽허시믄 그런 생각을 다 허시고……. 도대체 이 원수를 누구헌티 어떻게 갚어야 혀요, 형님!"

"이미 죽었는디 원수를 가려서 뭘 허겄어."

"우리한테 어떻게 이런 일이 생긴단 말여요."

"가만 생각혀보니게 죽는 그날도 그렇고 이제껏 죽을 길만 찾어다님서 살아왔더라고. 아버님도……."

인순이 다시 눈물을 머금은 채 양 손바닥으로 퉁퉁 부은 두 눈을 꼭 눌렀다. 시아버지 상백에 대해서도 뭔가 말을 할 듯했으나 더는 입을 열지 않았다.

"제가 자수만 혔어도 이런 일은 안 생겼을지 모르는디……."

"그런 정신 나간 소리 말어. 그렸더라믄 지금 이렇게 붙잡고 하소연헐 수 있는 사람도 없을 것이구만."

"낙엽도 밟으면 바스락 소리를 내드만 사람이 억울허게 죽었는디 어떻게 이대로 가만히 있을 수 있어요?"

채봉이 눈물을 닦고 벽을 바라보면서 또박또박 말했다.

"그럼 뭘 어쩌겄어."

"……아버님은 어떠셔요?"

인순이 뭔가 말을 할 듯하다가 고개로 상백의 방을 가리켰다.

"가서 인사드려봐!"

채봉은 마루를 가로질러 호롱불이 켜진 상백의 방 앞에서 발을 멈췄다.

"아버님!"

방문이 휙 열리면서 상백이 뛰쳐나와 채봉의 손을 잡아끌고 다시 부엌방으로 들어갔다. 채봉이 상백을 보고 절을 올리자 그의 눈에 고인 눈물이 호롱불에 반짝거렸다.

"어어…… 어 어어!"

상백은 채봉의 두 손을 잡고 버벅대기만 할 뿐 말을 하지 못했다.

"아니 아버님이 왜 이러셔요? 어디가 편찮으셔요?"

채봉이 상백의 얼굴을 바라보면서 격앙된 소리로 물었다.

"……말씀을 못 허셔. 내가 잘 모시지를 못 혔어."

인순이 힘없이 말했다.

"얼마나 기가 막히셨으면……. 아버님!"

채봉은 상백의 양손을 싸잡은 채 얼굴을 기대고 흐느꼈다.

"아버님, 제 말을 알아는 들으셔요?"

상백이 고개를 끄덕이며 채봉의 등을 다독였다.

"아버님! 저 내일 당장 자수허러 가야겠습니다."

채봉의 말을 듣자 상백이 눈을 크게 뜨고 손을 저으면서 버벅거리는 소리를 냈다. 인순은 채봉의 양팔을 잡아 흔들며 만류했다.

"동서! 왜 쓸데없는 소리를 허고 그려?"

"아녀요, 형님. 저 당장 죽는다 혀도 이대로 있을 수 없어요. 절대로요."

상백이 계속해서 소리를 내며 고개를 좌우로 크게 흔들었다.

"제가 나쁜 년여요."

"동서가 뭔 잘못을 혔단 말여."

"아버님이 거짓말이라는 표시로 기침을 하시면서 방송을 허셨지만 그래도 그때 자수를 혔어야 했습니다. 그러믄 조금이라도 아주버님한테 유리허실 수도 있었을 거여요."

상백이 다시 손을 가로저었다.

"동서! 그건 아녀. 알고 보니께 기준 아버지는 체포된 날 바로 죽었더라고. 동서도 자수혔더라믄 같은 꼴 났을 건 뻔헌 일여."

"그렇다 해도 저는 내일 처음 기환 아버지헌테 누명을 씌운 특수부 우경석 부장이라는 인간을 찾아가겠습니다. 그러지 않고는 제가 견딜 수가 없겠어요, 아버님."

"동서, 안 되야. 뭐할라고 자청혀서 죽으러 가?"

"첫째는 제가 아주버님한테 이제나마 속죄허지 않고는 못 견디겄고 요. 둘째는 그 인간의 상판을 보믄서 뭐든 얘기를 혀봐야 쓰겄어요. 그뿐 만이 아니라 제가 자수를 해버려려야 아버님도 이제 어느 놈 눈치 안 보고 활보허실 수도 있으실 거고요."

"기준 아버지를 조사헌 디는 거그가 아녀."

"알아요. 허지만 모든 시작은 거기서부터 잘못된 거여요."

상백이 다시 채봉의 손을 잡으면서 고개를 흔들었다.

"그리고 아버님! 제가 어차피 이렇게 에미 노릇도 못 허믄서 살 바에 는 죽든 살든 부딪쳐봐야겄습니다."

상백이 손을 가로저으며 만류했지만 창백할 대로 창백해진 채봉의 얼 굴은 이미 굳은 결심을 한 표정이었다.

"아버님! 용서해주셔요. 이번만큼은 제 뜻대로 하겠습니다."

"동서! 안 되야. 이건 정말 아녀."

"죄송해요, 형님. 허지만 지놈이나 나나 같은 인간인데 가서 찍 소리라 도 내지 않고는 못 견디겄어요."

* * *

채봉은 다음 날 첫차로 특수부 전북지구대를 찾아갔다. 대기실 안쪽에 있는 나이 든 사람이 고개를 돌려 의아한 듯 쳐다봤다.

"특수3부 우경석 부장을 만나러 왔습니다."

"아주머니, 예전에 여기 왔었지요?"

남자는 채봉을 본 적이 있다는 사실이 그제야 생각난 듯 물었다.

"이 년 전 이때쯤 왔었습니다."

채봉이 싸늘한 표정을 하고 대답했다.

"그런데 우경석 부장님은 무슨 일로요?"

"자수하러 왔습니다."

채봉의 말을 들은 나이 든 남자와 다른 군인 한 사람이 하던 일을 멈추고 자세를 고쳐 앉았다.

"아주머니 수배되어 있어요?"

"예, 그럴 겁니다. 진안경찰서에서 오라 혔는디 안 가고 이리 왔습니다."

"무슨 일로 수배가 되었어요?"

"제가 인민위원회 여맹위원장을 혔었거든요."

남자는 의자를 창구 쪽으로 돌리고 팔짱을 끼면서 채봉을 찬찬히 살폈다.

"인민군에게 부역을 하셨다는 거구만. ······아주머니! 그 건이라면 지금은 경찰서나 검찰청으로 가야 허는디?"

"여기서는 자수가 안 되나요?"

"아니, 그렇진 않아요. 성함이 어떻게 되지요?"

"윤채봉입니다."

"······그런데 혹시 지금 누군가한테 쫓기다가 이리 들어왔어요?"

"제 발로 새벽 차 타고 왔습니다."

"그래요? 자수하러 새벽 차 타고 오셨다고요?"

그는 고개를 갸우뚱거리며 멈칫거리다가 결심한 듯 전화기를 들었다.

"특수3부장님실요. ······아 부장님! 정문입니다. 윤채봉이라는 사람이 부장님헌테 자수하겠다고 찾아왔습니다. ······예 예, 맞습니다. ······알겠습니다."

그가 전화를 끊고 짧은 한숨을 쉬면서 채봉을 잠시 바라봤다.

"김 하사! 이 아주머니 우 부장님실로 안내해 드려. 아니 놔둬! 내가 가지."

"예, 알겠습니다."

김 하사가 일어섰다가 제자리에 앉자 그가 걸어 나오며 물었다.

"갑시다. 그런데 왜 꼭 우경석 부장님이어야 합니까?"

"저도 제 남편과 같은 건이라고 생각이 들어서요."

남자는 채봉을 쳐다보고 뭔가 말을 할 듯하더니 입을 다물고 그대로 앞장서 걸었다. 본관 건물로 들어가 특수3부 우경석 부장이라는 팻말이 적혀 있는 방 앞에서 멈춰 노크를 했다.

"부장님 계시지요? 방금 통화했어요."

"예, 알고 있습니다. 들어오세요."

부장실 직원이 채봉을 흘낏 보면서 대답했다. 전화를 끊은 후 마당으로 향한 유리창을 통해 채봉이 오는 모습을 빤히 지켜보고 있던 부장은 방향을 바꾸지 않은 채 말했다.

"거기 앉으세요. 여기 차 한잔 드려!"

부장은 그 후에도 한동안 말없이 그대로 앉아 있었다. 벽에 걸린 시계 소리가 힘들게 끌려가는 바퀴 소리처럼 둔탁하게 울렸다. 채봉은 꼼짝하지 않고 앉아 있었다. 한참 후 부장이 헛기침을 했으나 채봉은 여전히 고개조차 움직이지 않았다.

* * *

육군 정보처에서 김창룡의 휘하로 근무하고 있던 우경석은 은행원이던 친형이 돌연 월북하는 바람에 장래가 촉망되는 유능하고 충성심 강한 기대 인물에서 요주의 인물로 낙인이 찍혀, 1948년 9월 전주로 좌천되었다. 그는 크게 실의에 빠졌다. 그러던 그가 남다른 공을 세워 다시 서울로 올라갈 계획을 세우고 마음을 다지던 중 여순사건 관련 피의자를 수사하게 되었다.

"우 대위! 잘 해봐. 명예 회복을 해야 할 것 아녀?"

지구대장이 회의석상에서 우경석을 격려했다.

"충성! 최선을 다하겠습니다!"

우경석은 피의자 중 하나인 남평우를 취조하기 시작하면서 그가 범죄자가 아님을 직감으로 알았다. 그러나 자신에게 배당된 사건의 피의자가 무혐의로 풀려나는 것이 자칫 무능함을 보여주는 결과가 될지 모른다는 생각으로 어차피 의심스러운 구석이 있는 과거 이력을 근거 삼아 죄를 포장해 뒤집어 씌웠었다.

"우 대위, 참 놀랄 만한 사람이여."

그 당시 같은 사건의 다른 피의자를 수사하면서 내용을 어느 정도 알고 있는 동료 부장의 칭찬인지 비난인지 모를 소리를 듣고 기분이 찜찜하기도 했었다. 그리고 자신이 작성한 조서로 남평우가 처형되기까지 이르자 그는 상당 기간 마음에 걸렸었다. 이제껏 수사관 생활을 하면서 무혐의가 분명한 사람을 처형시켜본 최초의 사건이자 희생자였기 때문이다.

더욱이 남평우의 처인 윤채봉과의 면담 시에, '어떻게 죄를 만들든 육 년 전에 찍은 사진 한 장을 누군지도 모르는 사람들이 불법 전단지에 올렸다고 혀서, 그 사진을 찍은 사람이라는 이유 하나만으로 제 남편에게 어떤 죄를 뒤집어씌우고도 당신이 천벌을 받지 않는다면…… 내가 귀신이 되어서라도 이 복수를 허고 말 것입니다'라고 했던 그녀의 절규가 두고두고 그를 괴롭혀왔다.

그러다가 공교롭게도 이듬해 여름 자신의 외아들과 함께 전주천 각시 바위에 물놀이를 갔다가 아이가 물속에 뛰어들면서 심장마비로 죽었으며, 그해 겨울에는 아내가 다니러 갔던 친정집에서 연탄가스를 마시고 죽는 불행이 계속되었다. 혹시나 하는 생각도 들었으나 오히려 악에 받친 그는 자신에게 배당된 피의자 거의 전원이 처형당하도록 죄를 뒤집어씌움으로써 반사적인 위안을 받아오던 터였다. 그러면서도 한편으로는 불식간에 엄습하는 죄의식과 공포에 시달리며 남몰래 떨어야만 했다.

우경석은 채봉을 슬쩍 바라보고 나서도 한동안 자신의 의자에 몸을 고정한 채 침묵을 지키고 있었다. 한참 만에 마지못한 듯 일어나 느리게 걸어오더니 채봉의 맞은편 소파에 앉았다.

"또 보게 되네요, 윤채봉 씨. 차를 안 드셨군요."

그가 침묵을 깨고 입을 열었다.

"……."

"사람 말이 말 같지 않아요? 자수까지 했으면서 예의도 없이 말이지."

"예의요? 내 눈에 당신들은 살인마지 사람으로 보이지 않습니다. 예의를 갖춰 대할 가치가 있는 인간으로는 더더욱 보이지 않고요."

채봉의 얼음장 같은 반응에 우경석은 순간 당황했다.

"윤채봉 씨!"

그가 들고 있던 신문으로 탁자를 거세게 내리쳤다.

"아이들을 봐서 어떻게 살려볼까 했더니 안 되겠구만!"

짧은 순간 어찌할 바를 몰라 하던 우경석의 얼굴이 시뻘게졌다.

"어떻게 살려볼까 했다고요? 정말이지 악마의 온정이네요."

"……악마의 온정?"

흔들리던 그의 눈동자가 씩씩거리는 호흡을 따라 이글거렸다.

"그래요. 당신이 내 남편을 모함혀서 죽이는 바람에 아주버님도 같은 부류로 몰려 처형당혀 죽었고, 나도 그 덕분에 여맹위원장 감투를 썼다가 이제 죽을 지경이 되었는데, 그 입에서 그런 말이 나와요?"

거침없이 몰아붙이는 채봉의 당당하고 단호한 말투에 재차 당황한 우경석은 자신의 감정을 수습하느라 급급했다.

"아 아, 남원우 말이요? 그거야 당연히 처형된 자의 친형이니까 관련 여부를 확인하라고 내가 경찰서에 통보한 것이고, 그리고 처형이 되었다면 그거야 본인 죄로 죽은 거지 왜 나 때문이오?"

"아! 역시 이번에도 당신이었군요."

채봉은 우경석을 뚫어져라 노려봤다.

"그건 우리 수사 과정상 당연한 규정이고 절차인 걸 어쩌란 말이오?"

"하나로는 모자라 셋 다 엮어 죽여야 직성이 풀리는 모양이군요. 당신은 영원히 살 줄 알아요? 그 죄를 어떻게 감당하는지 내가 죽어서라도 지켜보겠어요. 나도 빨리 절차대로 혀서 죽이시지요. 각오가 되어 있으니까!"

채봉의 노려보고 있는 눈빛이 우경석의 눈동자를 찔렀다.

"죽이라고?"

우경석은 입을 벌린 채 숨을 깊숙이 들이쉬면서 채봉을 쏘아봤으나 얼굴은 당황하는 기색이 분명했다.

"죽어야 귀신이라도 되어서 복수를 혈 것 아녀요?"

"좋아요. 그러니까 윤채봉 씨도 죽을 각오가 되어 있다 이 말이지요?"

"당신같이 호가호위(狐假虎威)허면서 국민을 못 죽여 안달인 사람들이 버젓이 출세하면서 살아가는 이런 나라에서 살기 싫어졌다는 거나, 죽을 각오가 되어 있다는 말이나, 귀신이 되어 복수를 허겄다는 말이나, 다 그게 그거지요. 그러니, 자 어서 나도 공산당 수괴나 내란죄로 몰아 처형시키시지요."

"……윤채봉 씨! 당신 정말 이성을 잃은 모양인데 당신 같은 사람도 무죄로 나간 사람 많아요."

경석이 표정과 말투를 부드럽게 바꿨다.

"호오, 무죄요? 내가 무죄면 내 남편도 무죄여야 헐 텐데요?"

"뭐라고요?"

우경석은 눈을 치켜뜨며 고개를 앞으로 들이밀고 채봉을 바라봤다. 채봉은 비웃듯 고개를 옆으로 돌리면서 말을 이었다.

"그렇게 되면 당신은 죄 없는 남평우를 처형시키도록 모든 걸 조작헌 사람이니까 당연히 유죄가 될 텐데, 그래도 나를 무죄로 만들 거여요?"

"지금 어따 대고 궤변이야?"

"못 알아듣진 않았을 텐데요? 그러니까 빨리 나도 처형될 수 있도록 서류 만들기 시작허세요. 어떻게 허는지 내 두 눈으로 똑똑히 지켜볼 테니까!"

채봉의 말은 단호하고 카랑카랑하고 힘이 꽉 차 있었다.

"좋아! 그렇게 죽기를 원한다면 내 그렇게 해드리지. 이제 죽어서 나를 원망하지 말어, 당신!"

경석은 결심한 듯 차분하려고 노력했다.

"아직도 상황 판단을 못 허고 계시는구만요."

"지금이 무슨 상황이고 누가 해야 할 소린데 그래, 당신?"

경석의 얼굴이 하얗게 변했다.

"우경석 부장님! 지금 내가 진실로 죽기를 원하고 있다는 사실을 아직도 모르시겠어요? 더 화가 나면 능지처참이라도 시키시겠네요?"

"닥치지 못해? 며칠만 기다려. 죽여줄 테니까!"

우경석의 손이 부르르 떨렸다.

"이제야 본색을 드러내시는군요."

"안 상병! 이 여자 취조실로 데려가고 전 상사보고 사건 다루라고 해!"

"예, 알겠습니다."

"그리고 전 상사 취조 들어가기 전에 나한테 다녀가라 하고!"

검과 저울

채봉이 찾아와 자수하겠다고 말하고 나간 후 상백은 종이에 글을 써서 한길을 불렀다. 한길은 채봉이 자수하러 간다는 말을 듣고 허겁지겁 달려왔다. 상백은 손짓으로 숨을 몰아쉬고 있는 한길에게 앉도록 권하면서 종이와 연필을 들었다.

"형님, 이게 어떻게 된 일이여요. 형님은 말씀도 못 허시는디 조카댁이 자수를 헌다니요."

"어어 어버 어버!"

"말로라도 한을 푸셔야지 이러시면 더 속이 타셔서 화병이 나실 턴디……."

한길이 옷소매로 눈물을 훔쳤다.

'서산에서 누굴 구해줬었담서?'

상백이 종이에 적는 동안 한길이 곁에 다가가서 읽어나갔다.

"아 예. 형님, 있지요. 서산경찰서 수사과장이라고 했습니다. 도움이 필요하믄 꼭 연락하라고 했어요."

상백이 고개를 끄덕였다.

"무슨 말씀이신지 알겠어라우, 형님. 내가 당장 가서 도와달라고 허겠어라우."

상백이 다시 고개를 끄떡이고 한길의 손을 꼭 잡았다.

"그나저나 형님! 제가 서산에 가서 어떻게든 도움을 받아낼 테니께 형님은 마음을 편히 가지시고 말씀을 떼어 보셔라우."

상백이 고개를 끄덕이고 한길에게 빨리 가라는 손짓을 한 다음 교자상 위에 준비해두었던 봉투를 건네주었다. 뭔지를 알아챈 한길은 끝내 받지 않고 일어섰다.

"그럼 내일 퍼뜩 다녀오겠어라우, 형님!"

상백도 따라 일어서면서 봉투를 인순에게 주어 전해주도록 했다.

서산이 가까워지고 멀리 가야산이 보이자 한길은 새삼 채봉과 함께 평우를 만나러 가야산에 다녀왔던 일이 어제 일처럼 떠올랐다. 가는 내내 그의 표정은 어둡고 비장했다. 서산경찰서 정문에서 강태진 수사과장을 찾자 경찰은 잠시 머뭇거리다가 조심스럽게 대답했다.

"강태진 과장님은 사직하셨습니다."

한길은 무어라 되물을 거리조차 찾지 못하고 멍하니 서 있었다. 고개를 돌려 자신의 일을 하려던 경찰이 한길의 표정을 보면서 물었다.

"무슨 일로 찾으시는데요?"

"저는 진안에서 온 장한길이라고 허는 사람인디 내 조카며느리 윤채봉에게 뭐든 급한 일이 생기면 꼭 연락하라고 혔거든요."

"지금은 연락하실 수가 없는데 어쩌지요?"

"사시는 곳이라도 알려주시면 제가 찾아가겠습니다."

한길의 음성은 애절하고 절박했다.

"잠시만 기다려보십시오."

경찰관은 몸을 돌리고 한동안 작은 목소리로 전화를 한 다음 한길을 향해 말했다.

"저쪽 큰 문으로 들어가서서 오른쪽 끝 방이 수사과장실인데 그쪽으로 가보십시오."

"누굴 찾으면 되지요?"

"수사과장님을 만나시면 됩니다."

"아 예. 지금 수사과장님 말이지라우? 고맙습니다."

한길은 고마움을 표하고 수사과장실을 찾아 들어갔다. 문 쪽을 쳐다보고 있던 수사과장이 한길이 들어서자 의자에서 일어나 다가왔다.

"윤채봉 씨는 안 오셨습니까?"

한길이 바로 대답을 못 하자 그가 말을 이었다.

"윤채봉 씨 일이시라면서요?"

"그렇긴 헌디 윤채봉 씨가 지금 올 수 있는 형편이 못 되야갖고……."

"아저씨는 그럼 혹시 윤채봉 씨랑 같이 강 과장님을 구해주신 분이십니까?"

"예, 맞습니다."

수사과장은 덥수룩하고 사람 좋아 보이는 인상이었다.

"우선 앉으시지요. 강 과장님은 그때 바로 입원해서 치료를 받아오셨는데 후유증으로 며칠 전에 끝내 돌아가셨습니다."

"돌아가셨다고라우?"

낙담한 한길이 크게 한숨을 내쉬었다.

"에, 허지만 두 분 말씀은 제가 들은 적이 있습니다. 생명의 은인이고 혹 도와드릴 일이 있어 찾아오시면 꼭 도와주도록 부탁하셨어요. 그런데 무슨 일로 오시게 되셨습니까?"

"……글쎄요, 어떻게 말씀드려야 좋을는지 모르겠구만요."

"제가 도움이 될 수 있는 일이라면 뭐든 도와드리겠습니다."

"윤채봉 씨가 지금 전주 특수부에 있거든요."

"특수부요? 특별수사대 말이지요? 그런데 무슨 일로요?"

"윤채봉 씨가 본의 아니게 인민위원회 여맹위원장을 하게 됐었지라우……."

한길은 모든 내용을 있는 그대로 설명했다. 설명을 대충 들은 수사과장이 적잖게 놀라는 표정을 지으며 물었다.

"그렇다면 예전에 강 과장님을 구하셨을 때도 수배 중이었네요?"

"그렸지라우. 사실대로 얘기허자믄 저는 처음에 그냥 가자고 했었구만요."

"윤채봉 씨의 성품을 봐서 나쁜 일을 할 분이 아니라는 건 충분히 알겠는데요. 그 특별수사대라는 곳이 우리 말에는 콧방귀도 안 뀌는 데여서요."

"서로 기관이 달라서 그런가 보구만요잉! 그렇다면 차라리 경찰서에 자수를 헐 것인디……."

수사과장은 아무 대답도 하지 않고 있다가 한참 만에 작심한 듯 말을 꺼냈다.

"내가 한번 알아는 보겠지만 도움이 될지 어떨지 확답은 못 하겠습니다."

"그럼 어렵겠다는 말씀이신감요?"

"어렵긴 하겠지만 어떻게든 최선을 다해 보겠습니다. 윤채봉 씨 같은 분이 잘못되면 안 되잖아요?"

* * *

"자! 시작합시다!"

조사실 정중앙에 책상 하나와 의자 두 개가 양쪽으로 놓여 있을 뿐 다른 집기는 아무것도 없었다. 수사관이 책상 위에 탕! 하고 서류철을 올려놓았다. 채봉은 처음 조사실에 들어온 자세 그대로 꼼짝도 하지 않은 채 눈을 감고 앉아 있었다.

"윤채봉 씨! 윤채봉 씨의 협조 여하에 따라서 결과는 크게 달라질 수 있다는 것을 염두에 두고 잘 풀어나갑시다. 내 말이 무슨 말인지 알아들었지요?"

수사관이 여유 있는 음성으로 천천히 말했다. 채봉은 무표정한 얼굴로 그를 바라봤다.

"왜 대답이 없어, 이 아줌마가? ……내 말을 알아들었냐고요?"

수사관은 채봉을 노려보며 소리를 질렀다.

"무슨 말인지 전혀 알아들을 수가 없으니 어쩌지요?"

채봉이 고개를 든 채로 수사관을 똑바로 바라보면서 말했다.

"뭐라고? 보자보자 하니까…… 당신 우리말 몰라?"

수사관이 실눈을 뜨고 째려보면서 비웃었다.

"우리말이 아니라 수사관님의 말이 무슨 뜻인지를 모르겠다는 겁니다."

"윤채봉 씨, 내 말 중에 무슨 말인지 모르겠는 그 말이 뭐요?"

수사관이 태도를 바꿔 차분한 음성을 유지했다.

"협조는 뭐고 그에 따라 크게 달라진다는 결과라는 것은 구체적으로 뭘 말하는 거지요?"

"……정말 모르겠어? 협조는 순순히 대답하는 거고 결과는 죽을 수도 살 수도 있다는 얘기요. 인자 알아듣겠어요?"

수사관이 주춤하다가 내뱉듯 설명하면서 노려봤다.

"어처구니가 없어요."

"뭐가 어처구니가 없는데요?"

"협조라는 말요. 뭐든 묻는 대로 말하려는 사람한테 뭘 더 이상 협조하라는 거지요?"

"사실대로 말하라는 거지!"

"내가 듣기에는 사실대로 말허지 말고 당신들이 허는 말에 무조건 맞다고 거짓말을 허라는 말로 들리는데요."

"이거 완전히 죽기로 작정을 한 여자구만!"

수사관이 분을 참지 못해 씩씩거렸다.

"물어보세요. 하늘에 맹세코 거짓말은 안 헐 테니까. 나한테 거짓말을 하라고 강요허지나 마셔요."

우경석 부장은 침통한 표정을 하고 의자에 앉아 밖에서만 보이는 유리창으로 취조실을 지켜보고 있었다.

"좋아요. 약속합시다. 그 대신 더 이상 허튼소리하면 가만히 안 있을 테니까 그런 줄 알아요."

"고문이라도 할 건가요? 언젠가 당신네 부장님이 말씀하시던데요. 개인은 정부를 이길 수 없다고……. 그 대단한 정부의 관리가 죄 없는 사람한테 어떤 식으로 죄를 뒤집어씌우고 죽이는지 내 눈으로 직접 지켜볼 테니까 어서 시작허셔요."

"이 여자 악질이구만! 인민위원회 간부를 했으면서 양심의 가책도 없어?"

수사관이 다시 어처구니없다는 표정을 지으며 채봉을 바라봤다.

"질문한 거여요? 내 느낌은 양심의 가책허고는 전혀 거리가 멉니다."

"뭐라고요? 좋아요. 시작합시다. 성명!"

"윤채봉입니다."

"주소!"

"전북 진안군 마령면……."

채봉이 말을 하다 말고 갑자기 허리를 굽히고 욱! 하더니 손으로 입을 가리는데 붉은 피가 손가락 사이로 빠져 흘러나왔다. 입언저리가 시뻘건 피로 범벅이 되었다.

"뭐야, 이건 또?"

수사관이 놀라면서 수건을 가지러 뛰쳐나갔다.

"여기 수건 하나 갖다 줘요!"

"무슨 일이야?"

우경석이 밖으로 나온 수사관을 올려다보면서 물었다.

"윤채봉이 혀를 깨물었습니다."

"사람을 어떻게 그따위로 다루는 거야?"

수사관이 수건을 가지고 조사실로 다시 들어갔다.

"윤채봉! 이거 무슨 짓이야?"

수건을 받아 손과 입을 닦고 난 채봉의 얼굴이 백지장처럼 창백했다.

"조금 토했을 뿐여요. 계속허세요."

"괜찮다고요? 혀를 깨문 것이 아녀요?"

"아녀요. 계속혀도 됩니다."

"정말 혀를 깨문 게 아니라고요?"

"염려 마셔요. 처형을 당해 죽으면 죽었지 그럴 일은 없을 테니까요."

밖에서 투시 유리로 바라보고 있던 우경석이 문을 거세게 열고 들어와 침통한 표정으로 채봉을 바라봤다.

"전 상사! 일단 병원에 데리고 갔다 온 다음에 시작해."

"알겠습니다. 윤채봉 씨 일어나요."

"괜찮다고 허잖아요."

"글쎄, 일어나라니까요!"

채봉은 끌려가듯 헌병 차에 실려 전주도립병원으로 갔다. 의사는 바로 엑스레이를 찍은 후 폐결핵 3기로 진단을 내리면서 입원해서 치료를 받은 다음 상당 기간 요양을 해야 한다고 설명했다. 전 상사는 우선 채봉에게 링거를 맞으면서 안정을 취하도록 조치하고 외부 출입을 못 하도록 당부한 다음 부서로 돌아왔다. 채봉은 곧바로 독립 병실로 옮겨졌다.

"에잇! 폐결핵은 또 뭐야?"

보고를 받은 경석이 혼잣말을 중얼거리다 수사관을 다시 불렀다.

"자네 급하게 출장 좀 다녀와야겠어."

"출장요?"

"윤채봉 거주지에 가서 뭐라고들 말하는지 증언 좀 모아와봐. 쓸데없는 것 말고 거리가 될 만한 걸로 말이야."

"거리가 될 만헌 거라면?"

"무슨 말인지 모르겠어? 어떻게든 죄를 찾아내야 할 거 아냐? 저 여자가 가벼운 훈방이나 무죄로 나가면 남평우, 남원우가 처형된 마당에 우리는 어떻게 되겠어?"

"예, 알겠습니다."

"진안경찰서 협조도 받고 말야."

전 상사는 보이지 않게 한숨을 쉬면서 무거운 걸음으로 부장실을 나갔다.

　다음 날 우경석이 출근하는데 한 남자가 기다리고 있다가 일어나 명함을 건넸다. 서산경찰서 수사과장이다.

"앉으시지요. 무슨 일이십니까?"

"윤채봉 씨 얘깁니다."

"윤채봉 씨요?"

　경석은 일순간 표정이 일그러졌다. 수사과장의 설명을 다 들은 다음에도 그는 잠시 입을 다물고 있었다. 잠시 후 그가 짧게 말했다.

"지금 윤채봉은 도립병원에 입원해 있습니다."

"예? 무슨 일로요?"

　수사과장이 깜짝 놀라 되물었다.

"조사 중에 각혈을 해서 데리고 가봤더니 폐결핵 3기라고 하더구만요."

"3기면 빨리 손쓰지 않고는 살기 힘들지 않겠어요?"

"글쎄요……. 본인의 팔자소관이겠지요."

"그래도 수사 중에 각혈을 했다니 말입니다."

"이래저래 골치가 아픕니다."

"그리고 이건 제가 증언서 양식으로 작성한 윤채봉 관련 참고 내용입니다."

　경석은 표지와 속 내용을 대충 훑어봤다.

"무슨 내용인지는 알겠지만 상황으로 봐서 지금은 필요 없으니까 일단 가지고 계시다가 다음에 요청할 때 보내주시죠."

　경석이 서류철을 돌려주었다.

"지금은 필요 없다고요? 오히려 지금이 가장 필요할 때 아닌가요? 병도 그렇고……."

"나도 다 생각이 있으니까 하는 말입니다."

"잘 좀 봐주세요. 여맹위원장 일만 아니었으면 정부에 표창을 건의하고 싶었습니다."

수사과장이 어이가 없다는 듯 고개를 갸웃했다.

"우리 업무 구분을 똑바로 하십시다. 내가 그쪽에 소관 업무를 보고할 이유는 없잖아요? 자 그럼, 저는 또 다른 일이 있어서……."

경석이 노골적으로 불쾌한 심정을 드러낸 다음 먼저 자리에서 일어났다.

오후 늦게 진안을 다녀온 전 상사가 서류를 들고 들어왔다.

"아, 수고 했어. 어때? 사람들 반응이?"

"생각보다 좀 별나다고나 할까요. 오래전부터 야학을 해서 글자 모르는 아주머니들 글도 가르쳐왔고 여맹위원장은 친정 식구들이 몽땅 인민군헌티 잡혀가 처형될 뻔허자 울며 겨자 먹기로 한 달 정도 허긴 했는디……."

말을 듣는 도중 우경석의 표정이 크게 일그러졌다.

"그런데?"

"뭐 하나 걷어가거나 사람 밀고하는 일은 없었고 되레 자기네 집 쌀 퍼다 나눠주는 일밖에 한 게 없답니다. 거리가 될 만한 거라고는 고작 여맹위원장 한 것을 알고 있다, 직접 본 건 아니지만 들은 적이 있다, 정도인디 어쩌지요?"

팔짱을 낀 채 전 상사의 말을 듣고 있던 우경석의 얼굴이 험하게 일그러졌다. 전 상사가 하던 말을 계속했다.

"그리고 친정집이랑 시댁도 남헌테 인심 잃지 않고 잘사는 모양이더라고요. 증언서도 쉽게들 자청해서 써줬습니다."

"방금 말한 그런 증언서? 자네 수사관이야, 변호사야?"

"예······?"

"어찌 됐든 인민위원회 간부를 했으면 명백한 부역자야. 그리고 우리는 윤채봉의 죄를 찾아야 하는 사람이고. 안 그래?"

"그렇긴 합니다만······."

"여맹위원장 한 사실을 잘 알고 있다는 증언 말고는 몽땅 폐기해 버리고 조서 다시 작성할 준비해!"

경석이 인상을 잔뜩 찌푸리고 있는데 전화를 받은 안 상병이 수화기를 내려놓고 조급하게 말했다.

"부장님! 지구대장님이 찾으신다고 합니다."

"대장님이?"

경석은 달린다 싶을 정도의 빠른 걸음으로 지구대장실로 향했다. 지구대장이 곱지 않은 시선으로 그를 바라봤다.

"자네, 일을 열심히 하는 건 좋은데 말이야."

"예, 대장님!"

경석은 지구대장의 표정이 석연치 않자 극도로 긴장하면서 부동자세를 유지했다.

"것도 눈치껏 해야지, 경찰서에서 이 정도로 증언서랑 가지고 와서 참고 요청을 할 때는 다 그만한 이유가 있는 것 아니겠어? 서산경찰서장이 나한테 직접 전화까지 했는데 자네가 그쪽 수사과장한테 이런 거 필요 없다고 했다면서?"

"······."

지구대장이 자신의 책상 위에 있던 서류를 탁자 위에 내려놓았다. 서산 수사과장이 경석에게 전하려 했던 그 증언서 꾸러미다.

"이거 보니까 사람은 착한 여자드만. 그리고 수사관한테 주민들 반응 살피고 오라고 했다면서? 그것 좀 가져와봐!"

"예! 그러잖아도 지금 증언 내용을 참고하려고 생각 중입니다."

"토 달지 말고 지금 가져와보란 말이야!"

화를 참고 있던 지구대장의 눈꼬리가 올라갔다. 잠시 후 경석이 허겁지겁 가져온 증언서를 본 지구대장이 말했다.

"뭐야? 이게 전부야? 전 상사 올라오라고 해!"

"예! 바로 데리고 오겠습니다."

"자네는 여기 있어. 서 중위! 빨리 전화해. 출장 서류도 빠짐없이 다 챙겨오라고 하고."

지구대장이 경석을 세워둔 채 부관을 시키자 그는 온몸을 부들부들 떨었다. 잠시 후 전 상사는 조금 전 우경석이 폐기하라는 증언서를 빠짐없이 들고 올라왔다. 증언서를 훑어본 지구대장이 눈을 부릅뜨면서 경석의 뺨을 후려쳤다.

"이 자식! 서산에서 한 말이 다 맞구만. 야 인마! 너 왜 허위 보고야?"

거세게 뺨을 맞은 그가 비틀거리다 다시 부동자세를 취했다.

"죄송합니다. 즉시 시정하겠습니다."

"어떻게 시정할 거야?"

지구대장이 의외로 부드럽게 말했다.

"폐결핵 3기에다 자식들도 넷이고 행적도 그렇고 해서 훈방으로 종결 결재 올리겠습니다."

"그런데 폐결핵은 또 무슨 얘기야?"

"수사 중에 각혈을 했었습니다."

"뭐야? 그런 일까지 있었다는 말이야? 이런 이런……. 아무 소리 말고 저쪽에서 봐도 합리적이라는 느낌이 들도록 깔끔히 마무리해. 자네 일도 더 이상 묻지 않을 테니까 너무 기죽지 말고 말야."

"예, 감사합니다."

경석은 침통한 얼굴로 자신의 방으로 돌아와 전 상사를 불렀다.

"윤채봉 건 오늘 중 마무리해."

"어떻게 마무리할까요?"

"퇴원하면 바로 집으로 돌아갈 수 있도록 결재 올려. 수고했어."

"예, 그렇게 하겠습니다."

"그리고 참! 윤채봉한테 내가 이랬다저랬다 하는 말은 하지 말고 미리 병원에 한번 찾아가보라고. 파인애플이라도 사가지고 가서 더 이상 잡음 만들지 못하도록 단도리 하면서 말이야."

"일이 정말 더럽게 꼬였습니다. 설마 수사 더 하라고 발악하지는 않겠지요?"

말의 내용과 달리 전 상사의 음성은 밝았다.

방천의 여인

　채봉은 침대에 누워 링거를 꽂은 채로 전 상사로부터 여맹위원장 건은 불문에 붙이고 방면한다는 내용과 경찰 측에 통보도 끝났으니까 걱정 말라는 얘길 듣고 한편 어리둥절했으나 말을 듣는 즉석에서 단호하게 거절했다.

　"저는 그럴 수 없어요."

　백지장처럼 창백한 얼굴 때문에 그녀의 말은 더욱더 차갑게 느껴졌다.

　"윤채봉 씨! 여맹위원장 건은 여러 가지 정황을 참고해서 더 이상 문제 삼지 않고 방면한다니까요?"

　"그 말은 저도 알아들었습니다."

　"그런데요?"

　"말했잖아요. 저는 그럴 수 없다고요."

　"윤채봉 씨! 그럼 어떻게 허겠다는 말입니까? 이 정도면 대충 끝날 만도 허지 않아요?"

　"정식으로 수사를 허라는 말입니다. 내 남편 남평우처럼! 제가 살면서 제일 싫어하는 것은 바로 그 말입니다."

184

"무슨 말을요?"

"대충 끝내자는 말요. 갑자기 이러는 이유가 뭐예요? 내 남편도 이런 식으로 대충 덮어씌워서 그렇게 만든 건가요?"

"내가 수사관 생활 하면서 윤채봉 씨 같은 사람은 난생처음입니다. 그쪽에서는 우리한테 수사를 하라 마라 헐 수가 없는 겁니다. 우리도 수사 지시가 떨어져야만 헐 수가 있고요."

"그렇다면 남평우와 남원우는 무슨 죄로 수사를 했어요?"

"남원우 씨는 잘 모르겠고 남평우는 윗사람의 수사 지시가 떨어졌기 때문에 했지요."

"그 위라는 사람이 누구여요? 특수부대장인가요? 아니믄 대통령인가요?"

전 상사는 자기도 모르게 윗사람이라는 핑계를 댄 다음 당혹스러워했다.

"업무 체계가 그렇다는 말이지요. 괜히 불씨를 만들지 말아요."

전 상사는 재차 말실수를 했다.

"잘됐군요. 제가 원하는 게 바로 그 불씨라는 거니까. 당장에 특수부대장을 만나야겠어요……."

격하게 말을 하던 채봉이 다시 적지 않은 양의 각혈을 했다. 전 상사는 허겁지겁 달려나가 간호사를 불렀다.

"윤채봉 씨, 저 모르시겠습니까?"

귀에 들려오는 부드러운 소리와 함께 채봉이 눈을 뜨자 하얀 가운을 입고 청진기를 목에 건 의사가 미소를 지으면서 몸을 구부린 채 바라보고 있었다.

"누구신지요? 저는 기억이 안 나는데요."

"남평우와 같이 한국관 유학동문회에 오셨었잖아요."

"어머, 기억납니다. 하가일 선생님이시지요?"

채봉이 단번에 기억을 더듬어내자 하가일은 의자를 끌어다 앉으면서 활짝 웃었다.

"맞습니다. 하가일입니다. 이름이 특이하다면서 웃으셨었지요."

"예, 저도 지금 막 그 생각을 허고 있던 참입니다."

"반갑습니다. ……평우 얘기는 저도 동문회에 가서 들었습니다. 그런데 이해가 가지 않는 내용들이 많더만요."

하가일이 표정을 바꾸고 불만스러운 말투로 말하면서 가는 한숨을 내뱉었다. 채봉의 설명을 간단히 들은 그는 다시 한숨을 깊이 내쉬었다.

"아까 그 사람도 같은 이유로 따라왔었군요. 말세가 따로 있는 것이 아니네요. 전쟁이 말세지 뭡니까. ……퇴원 준비 하시고 제 방으로 잠시 오시죠."

잠시 후 채봉은 진찰실에서 하가일과 마주 앉았다.

"그나저나 윤 여사님!"

"저희 큰아이가 기환입니다."

"아, 그게 좋겠네요. 기환 어머니! 됐지요?"

그러면서 오늘은 약만 타 가지고 일단 집으로 돌아갔다가 최소한 한 달은 입원 치료도 해야 하니까 입원 준비해서 오고 퇴원 후에도 이삼 년 이상 약 먹으면서 요양해야 한다는 설명을 상세하게 했다.

"아이들과 같이 있으면 전염이 바로 되나요?"

"하루 이틀 함께 있다고 옮기지는 않아요. 그리고 이삼 주 이상 약 드시면 같이 살아도 전염되지 않고요."

"3기면 너무 늦지 않았어요? 죽는 것 아닌가요?"

"죽긴 왜 죽어요? 내버려두니까 죽지. 아무 생각 마시고 당장 입원하세요. 이건 우선 삼 일분 약인데 내가 미리 받아두었습니다."

"어머! 언제 약을 받아놓으셨어요?"

하가일은 약은 자신이 받아왔지만 약값은 함께 온 사람이 내고 갔다며 두툼한 약 봉투를 건네줬다.

"그리고 가셨다가 하루라도 빨리 준비하셔서 오시고요."

"예, 별일 없다면 빠른 시일 내에 다시 입원허는 걸로 허겠습니다."

"별일 없다면이라뇨? 꼭 입원해서 치료받으셔야 합니다. 약은 오늘부터 드시고요."

채봉은 입을 꼭 다물고 길게 한숨을 쉬면서 알겠다고 대답했다.

"오늘은 어디로 가십니까? 전주에 친정이 있으시지요?"

채봉이 석연찮은 음성으로 대답하자 하가일이 다시 물었다.

"특수부에 먼저 찾아가려고요."

"예? 거기 조사가 아직 끝난 게 아닌가요? 그쪽에서도 큰 맘 먹고 배려하려는 것 같던데요."

"그쪽은 그런지 몰라도 제가 다 허지 못한 얘기가 남아 있어서요. 아무튼 끝나는 대로 바로 오도록 하겠습니다."

채봉은 하가일의 염려스러운 배웅을 받으면서 병원을 나섰다.

늦가을의 차가운 바람이 낙엽이며 신작로 모래를 사정없이 흩날려 그녀의 얼굴을 때렸다. 목도리로 코와 입을 막고 흐트러지는 머리카락을 손바닥으로 누른 채 중앙동으로 향했다. 채봉은 특수부 정문에서 지구대장을 찾았다. 군인은 부장이 아니라 지구대장을 찾는 게 맞느냐고 거듭 확인한 다음 비교적 정중한 자세로 방문 약속이 있었는가를 물었다.

"약속은 없었는데요."

군인이 멈칫거리면서 안쪽을 바라보자 나이 든 직원이 창구를 향해 의자를 돌리고 말했다.

"제가 얼핏 듣기로 윤채봉 씨는 무혐의로 방면되셨다고 들었는데 아닌가요?"

"방면이라고 듣긴 했지만 제가 그럴 수가 없어서요."

"그게 무슨 말입니까? 난 이해를 못 하겠는데……. 아무튼 지구대장님은 지금 안 계십니다."

"퇴근하셨나요?"

"퇴근이신지 출장이신지 저희는 모릅니다."

"그럼 언제 오면 뵐 수 있어요?"

"어찌 됐건 사전에 면담 약속이 있어야 허고요. 또 지금은 근무 시간도 지났잖아요."

"그럼 내일 근무 시간에 와서 면담 약속을 받아야겠네요?"

"……뭐 일단은 그래야겠지요."

채봉은 내일 다시 오겠다고 한 다음 발길을 돌렸다. 저녁 날씨가 제법 쌀쌀해 겹으로 된 긴 목단 목도리를 목에 맞게 여미며 감았다. 골목길을 천천히 나와 신작로로 들어서는 모퉁이에 있는 신천당 제과점에 들어갔다.

"어머 오랜만이여요. 그동안 왜 그렇게 안 오시나 혔어요."

"안녕하셔요? 따끈하게 데워서 우유 한 잔 주셔요."

그녀는 우유를 마시면서 이 년 전의 기억을 떠올렸다. 그때는 전깃줄에 앉은 수백 마리가 넘는 제비들이 귀청을 때리며 지저귀고 있었다.

* * *

우경석이 손을 한번 들어 보이면서 정문을 지나가려는데 대기실 안쪽의 나이 든 직원이 창구로 고개를 내밀고 그를 불렀다.

"우 부장님! 지금 나가십니까? 저, 잠깐만요! ……조금 전 윤채봉 씨가 지구대장님을 만나겠다고 왔었습니다."

"예? 윤채봉이가요?"

가던 길을 멈춘 우경석은 뭔가 잘못 알고 그러는 거 아니냐는 듯 다시 물었다.

"윤채봉이가 내가 아니라 지구대장님을 찾아왔었다고요? 누구 다른 사람을 착각하는 거 아닌가요?"

"확실합니다. 방금 전 본인한테 이름이랑 다른 내용까지 확인했습니다."

"그래서 어떻게 했어요?"

우경석은 눈을 휘둥그레 뜨고 직원을 바라봤다.

"안 계시다면서 일단 돌려는 보냈지만 왠지 부장님이 아셔야 할 것 같아서요."

"시간이 얼마나 됐어요?"

"좀 됐어요. 한 십여 분 된 거 같고만요."

정문을 빠져나간 경석은 등에 식은땀이 흘렀다. 그녀가 만약 지구대장을 만나면 못할 말이 뭐가 있겠는가? 과거 남평우 건과 남원우 건에 관한 얘기를 그 지독하고 싸늘하면서도 논리 정연한 말투로 늘어놓는다면 성질 급한 지구대장이 가만히 있을 리가 없다. 자신을 형사 문제로 다루지는 않겠지만 어쩌면 평생 이곳에서 썩거나 아니면 더 시골구석으로 좌천될 것은 뻔한 일이다.

우경석이 무거운 발걸음으로 특수부 골목을 빠져 나갈 때였다.

'어! 윤채봉?'

신작로 길로 막 접어들려는 순간 한 여인이 제과점에서 나와 목단 목도리를 여미고 바로 눈앞에서 걸어가고 있는데 윤채봉이 분명했다. 경석은 반사적으로 몸을 숨기고 그녀를 뒤쫓았다. 그녀는 교동 길로 가다가 방향을 바꿔 고사동 쪽으로 가는 듯했다. 그는 계속 조심스럽게 뒤따랐다.

"앞 좀 보고 다니쇼!"

남문을 지나면서 그녀만 바라보고 가느라 행인과 살짝 부딪치자 남자가 소리를 버럭 질렀다. 윤채봉이 뒤돌아볼까 움찔하면서 급히 사과를 하고 두리번거렸으나 그녀가 보이지 않았다. 조급한 마음으로 여기저기 살피다가 다행히 조금 떨어진 앞에 목단 목도리를 걸치고 반듯하게 걸어가고 있는 그녀를 찾을 수가 있었다. 그녀는 남문 사거리를 건너 한적한 방천길로 접어들었다. 11월 중순이 지나면서 해가 짧아져 어느덧 시야가 어둑어둑해지고 있었다. 경석은 두 눈을 크게 뜨고 그녀를 쫓았다. 그녀가 갑자기 가던 길을 멈추고 방천 둑에 주저앉았다. 아마도 침을 뱉어내는 듯했다.

'맞다! 저 여자는 지금 침을 뱉는 것이 아니라 각혈을 하고 있는 거야.'

경석은 순간 온몸에 경련을 느끼면서 주변을 살폈다. 통행인은 한 사람도 눈에 띄지 않았고 어둠이 내려앉아 가까이 있지 않으면 누구인지 식별하기도 어려울 것 같았다. 그는 길바닥에서 주먹보다 크고 비교적 거친 돌을 하나 주웠다. 거리가 가까워지는 만큼 돌을 쥔 그의 손에 땀이 배고 힘이 점점 더 세게 가해졌다. 그는 조심조심 다가가 그녀의 바로 뒤에서 걸음을 멈췄다.

190

이어 돌을 쥔 손을 들어 고개를 수그리고 있는 그녀의 뒤통수 쪽 찐 머리 위를 힘껏 내리쳤다. 그녀는 바로 비명도 없이 앞으로 쓰러졌다. 그는 재빨리 주변을 살피고 몸을 수그려 다시 한 번 더 내리친 다음 그녀를 살폈다. 전혀 움직임이 없었다. 그는 팔짱을 낀 자세로 돌을 가슴에 숨겨들고 재빨리 현장을 빠져나왔다.

'내가 실수했나? 잘못 생각한 것은 아닌가? 지구대장은 어차피 윤채봉을 만나주지 않을지도 모르는데……'

가슴이 터질 듯 심장이 쿵쾅거리고 숨이 가빠졌다. 설사 지구대장을 만난다고 해도 수사 실태를 모를 리 없는 사람이 자신을 심하게 질타하지는 않을 텐데 너무 섣부르게 행동한 건 아닌지 모른다.

'아니야. 그 여자는 어차피 죽을 여자다. 내가 고통 없이 빨리 명을 끊어준 거야. 뿐만 아니라 그토록 죽기를 원했던 여자 아닌가?'

고사동 다리에 올 때까지 수많은 생각을 하느라 제정신이 아니었다. 그는 뒤늦게 아직 손에 쥐어져 있는, 그녀를 죽일 때 사용한 돌을 보고 몸서리를 치며 둑 아래로 굴려버렸다. 데구루루 돌 구르는 소리가 흠칫 놀랄 만큼 크게 났다. 어두워 보이지는 않지만 돌은 한참을 굴러가다 어딘가에 멈췄다. 계속 방천길을 걸어가다가 한벽루가 앞에 보이는 부근에서 식당에 들어갔다.

"아주머니! 술 한잔 줘요."

"뭘로 드릴까요?"

"아무거나요."

"에이! 그려도 말씀을 허셔야지라우. 막걸리 한 주전자허고 작은 오모가리찌개 하나 올릴까라우?"

대충 그러라고 대답했다. 평소 술을 마시지 않던 그는 막걸리 한 주전자를 목에 붓듯 단숨에 마셨다.

"아자씨! 안주도 안 나왔는디 벌써 다 마시믄 어쩐다요?"

"다음에 오면 그때 줘요. 돈은 지금 드릴 테니까!"

눈이 빙빙 돌고 발이 휘청거리는데 정신은 초롱초롱했다. 한참을 가다 보니까 어찌된 노릇인지 윤채봉을 돌로 쳐 죽인 그 자리까지 와 있었다. 몇몇 사람이 웅성거리며 시체를 구경하고 있었다. 경석도 조심스럽게 다가갔다. 사람들 어깨 틈에서 목을 빼어 시체를 바라보던 그는 하마터면 앗! 하고 소리를 지를 뻔했다.

'분명 윤채봉이었었는데……. 어떻게 된 노릇이지?'

그는 뒤로 물러섰다.

'내가 지금 귀신에 홀려 헛것을 잘못 본 건가?'

그는 다시 다가갔다. 이번에는 좀 더 다가가 고개를 가까이 하고 들여다봤다.

"넘어져서 뒤통수가 깨진 모양이여라우. 빨리 경찰에 신고혀야 헐 텐디!"

"젊은 여자가 안됐고만! 쯧쯧!"

누군가를 노려보듯 두 눈을 크게 뜨고 입을 벌린 채로 죽어 있는 그녀는 다시 봐도 분명 윤채봉이 아니었다. 그는 정신이 나간 것처럼 비틀거리며 그 자리를 빠져나왔다.

"얼라! 다음에 오신대놓고 바로 오셨고만요. 잘 오셨어라우."

"막걸리 한 주전자 더 줘요."

"그러지라. 아까 끓인 오모가리가 아직 안 식었는디 그려도 쪼매 데우는 것이 낫겄지라우?"

"그냥 줘요."

입원

마루에 앉아 도라지를 까고 있던 정임이 천천히 걸어들어오는 채봉을 보고 처음엔 누군가 하는 눈으로 바라보다가 이내 버선발로 달려가 끌어안았다.

"이게 누구여? 채봉아! 어떻게 된 일이여? 너 이렇게 돌아다녀도 괜찮냐?"

채봉이 정임을 보자 울음을 터트렸다.

"왜 우냐? 아직도 도망 다니는 거여?"

정임은 재빨리 문을 잠그고 들어와 채봉의 눈물을 닦아주면서 품안에 안긴 그녀를 측은한 눈으로 들여다봤다.

"나 이제 도망다니지 않아도 되야. 특수부에서 이미 조사받고 끝났어."

"끝났어? 조사도 받고?"

"응, 가도 된다고 혀서 나오긴 혔지만 일이 하나 남아 있어서 다시 가 보려고 해."

"아, 그냥 가도 된다고 혔는디 뭐헐라고 또 가?"

정임은 채봉의 어깨를 내려치면서 펄쩍 뛰었다.

"그럼 가지 말까?"

"아, 그걸 말이라고 혀, 시방? ……니가 뭔 죄가 있다고 지 발로 또 찾어가?"

채봉은 잠시 얼굴을 매만지고 집 안을 둘러봤다.

"근디 어머니! 아버지랑 오빠는?"

"인자 오실 거여. 오늘 재명 오빠랑 같이 누구 손님 만난다고 혔어."

"어머니, 나 배고파!"

"배고파? 뭐 혀줄까?"

정임이 금세 밝아진 얼굴로 채봉을 가깝게 들여다보면서 물었다.

"아무거나……."

"알았어. 에미가 도토리묵 먼저 무쳐줄 텐게 먹고 있어. 그동안에 삼계탕 끓여줄게. 응?"

정임이 태섭을 위해 준비해두었던 삼계탕을 안치고 부리나케 만든 도토리묵 무침을 들고 들어왔다. 깜박 잠이 들어 있던 채봉이 일어나다가 정임의 발을 보면서 물었다.

"아니 어머니, 다리를 왜 절어?"

"무릎이 좀 안 좋아. 너 새끼들 넷 데리고 빨치산 따라 도망갔다는 말 듣고 하루도 편허게 잔 적이 없어서 그런지도 몰라, 이것아."

정임은 채봉을 흘겨보는 척하면서 핀잔을 주었다.

"말도 마! 내 새끼니까 데리고 다녔지 맨 정신에는 못혔을 거여. 춥지, 배고프지, 새끼 넷 데리고 꾸물거리다가 일행을 놓쳐 막막허지, 총부리 앞에서 죽었구나 한 적도 있었어."

"아이고 심장 떨려. ……그런디 너 손등이 왜 이러냐? 딘 거여?"

정임이 채봉의 손등을 보고 놀라면서 어루만지며 물었다.

"응, 식당에서 일헐 때 끓는 솥에서 국 푸다가 디었어."

"니가 식당에서 일을 혔어? 아이고!"

정임은 채봉의 손등을 어루만지면서 눈물을 뚝뚝 떨어뜨렸다.

"인자 어머니가 울어?"

"내가 널 어떻게 키웠는디……."

"어머니, 인자 나 시집 잘못 보냈다고는 안 혀?"

"지금은 그럴 수 있간디? 생명의 은인인디!"

채봉은 도토리묵을 한입 가득 넣으면서 웃음을 터뜨렸다. 정임도 함께 웃었다.

"어머니 속 보여. 울다가 웃다가……."

"안 그럴 수 있어? 하나도 아니고 세 목숨을 구혀줬는디?"

"어머니! 기웅이랑 강희는 언니 집에 잘 보냈어?"

"그려. 애들일랑 걱정허지 마. 언니가 잘 데리고 있을 텐게 아무 걱정 말랴. 되려 도로 데려갈께미 걱정헐 거다."

"응, 언니가 오죽 잘 봐주겄어. 어머니, 나는 복이 많은 편여. 다들 이렇게 도와주고 말여. ……그리고 도망 다닐 때도 아이들도 안 아프고 잘 따라다녔지, 식당 일자리도 금방 생겼지……. 어머니! 나 남 서방도 만났다?"

정임은 도토리묵 접시를 쟁반 위에 올려놓다가 온몸이 굳은 듯 눈만 껌뻑거리면서 목소리를 낮춰 물었다.

"뭐여? 기환 애비를?"

"응, 만났어. 만나갖고 밤새 얘기도 혔어."

"참말여? 그렸구나, 그렸어. 지금 어디 있어?"

설명을 간략하게 들은 정임이 앉은 채로 부처님께 합장을 했다.

"나무관세음보살! 부처님, 감사합니다! 감사합니다!"

채봉은 평우의 이야기를 마치고 아버지와 오빠들의 안부를 꼼꼼히 물었다. 정임이 사업이 어려워서 그렇지 다들 잘 있다고 대답하자 그녀는 한결 밝아진 표정으로 말을 이었다.

"사업이 문제여? 요즘 같은 세상에 안 잡혀가고 안 아픈 것이 고마운 거지."

"니 말이 맞다. 아이고, 내 정신 좀 봐라."

정임이 벌떡 일어나 나갔다가 김이 모락모락 올라오는 삼계탕을 들고 다시 들어왔다.

"맛있게 고아졌다. 어서 먹어라!"

"와! 맛있겠어, 어머니."

"그려. 남기지 말고 다 먹고 몸 좀 추슬러라. 너 얼굴이 말이 아녀."

정임은 국물도 남기지 않고 삼계탕을 깨끗이 비우는 채봉의 모습을 말없이 바라보고 있다가 물었다.

"너 정말 괜찮은 거지? 어디 아픈 데 없어? 얼굴빛이 왜 그려?"

"……어머니, 사실은 나 조금 아퍼."

"어디가?"

정임은 예상했다는 듯 가까이 다가와 채봉을 들여다봤다. 채봉은 아이들을 마령과 공주로 보낸 이후 시집이며 자신에게 있었던 이런저런 이야기를 상세하게 들려주며 특수부에 찾아갔다가 결핵이라는 소릴 들었다고 했다. 정임은 사돈댁의 불행에 이어 채봉이 병까지 걸렸다는 말에 크게 탄식을 했다.

"아이고 내 새끼! 그려서 니 얼굴이 이렇구만. 니가 아퍼서 어쩐다냐!

그것도 하필이면 폐결핵이라니…….”

한참을 눈물짓던 정임이 마음을 가다듬고 다부지게 말을 이었다.

“너 인자부터 에미 말대로 혀. 시댁 일이랑 특수부 일은 잊어버리고 어디 공기 좋은 데로 가서 약도 먹고 몸에 좋은 거 먹음서 요양부터 허자. 결핵은 잘 먹고 요양허는 것이 최고라더라.”

“알았어. 나 안 죽을 테니까 너무 걱정허지 마, 어머니.”

“암만, 그려야지. 언니 사는 공주에든 어디 절이든……. 가서 잘 먹고 푹 쉬면서 약 먹으믄 충분히 나을 수 있어. 알었지?”

“바로는 못 가. 우선 입원해서 치료도 받아야 허고…….”

“그거야 먼저 병원에서 허란 대로 혀야지. 병 나을 때까지 아이들 걱정도 허지 말고 우선 너만 생각혀. 그려야 빨리 낫어갖고 자식들 다시 키울 수 있잖여. 응?”

정임이 채봉의 두 손을 힘껏 쥐었다.

“살짝 쥐어, 안 죽을 텐게. 어? 저 학은 아직도 그대로 사네?”

소나무 가지 꼭대기로 날아와 살짝 내려앉는 학을 보고 채봉이 활짝 웃으며 바라봤다.

“그럼 살지.”

“학은 정말로 백 년을 사나?”

“너도 빨리 나아서 알콩달콩 백 년을 살아야지. ……왜 대답을 안 혀?”

* * *

한길은 상백에게 가능한 한 희망적인 소식을 전했다. 안절부절못하며 한길을 기다리고 있던 상백은 서산경찰서의 도움으로 결과가 좋아질 거라는 말을 듣자 자리에서 벌떡 일어나 눈을 크게 뜨고 입을 떡 벌렸다.

"뭐…… 뭐 뭐, 뭐여? 며늘아가 나올 거 같다 이거여?"

입을 연 상백도 듣고 있던 한길도 놀라운 눈을 뜨고 서로를 바라보며 손을 맞잡았다.

"형님! 인자 말씀을 허시네요. 예, 채봉이 조카댁도 방면될 거고 형님도 이렇게 말씀을 허시고, 인자 모든 일이 다 잘될 거여요."

한길이 옷소매로 눈물을 닦았다.

"이보게, 동생! 이 모든 거이 다 자네 덕일세. 난 자네가 우리 집 일에 이렇게 발 벗고 나서줄 줄 몰랐네."

"아, 당연헌 일을 가지고 뭔 말씀을 그리 허신대요."

"정말 고맙네, 고마워!"

상백은 한길의 손을 덥석 잡으면서 벌겋게 상기된 눈으로 바라봤다.

"고맙기는요. 저는 마음속으로 형님을 언제나 제 친형님이라고 생각허고 있습니다. 어렸을 적부터 외롭게 자랐잖아요."

한길은 말을 하다가 목이 메었다.

"암만, 그렇고말고. 우린 형제 맞네그려."

"그렇게 말씀혀주시니까 정말이지 인자 더 바랄 것이 없어요, 형님."

"내가 할 말이그만. 그나저나 우린 인자 야를 기다리기만 허믄 되는 거 잖여?"

"예, 그렇지라우. 형님이 이렇게 말씀이 터지시다니……."

이후 며칠이 더 지나도록 채봉으로부터 소식이 없자 누구보다 걱정이 큰 한길이 상백을 안심시키면서 서산에 가서 자세히 알아보겠다고 말한 다음 수사과장을 만났다. 수사과장은 지난번 헤어질 때와는 달리 반가운 얼굴로 한길을 맞이했다.

"아 장한길 씨, 그러잖아도 궁금했었습니다."

"예? 무슨 말씀이시지요? 과장님께서 최선을 다해 주시겠다고 말씀허셔서 저희는 좋은 결과만 기다리고 있었는디요."

"윤채봉 씨 집에 오지 않았어요?"

수사과장이 눈을 크게 뜨고 한길을 바라봤다.

"집에 오다니요? 조카댁은 집에 안 왔는디라우."

"그럴 리가요? 바로 방면하겠다고 저쪽 부장한테 연락이 왔었고 내가 다시 확인까지 했는데요."

"그럼 어떻게 된 일이래요?"

"아 참! 그럼 병원에 가보세요. 전주도립병원요."

"도립병원에는 왜라우? 뭘 잘못 알고 계시는 거 아녀라우?"

한길이 깜짝 놀라면서 물었다.

"아니, 가족분들이 윤채봉 씨가 결핵 환자인 걸 모르고 계셨는가 봐요?"

"결핵이라니 금시초문인디요."

수사과장에게서 채봉의 상태에 관한 얘기와 석방하게 된 과정을 자세하게 들은 한길은 부리나케 전주도립병원으로 향했다.

하가일 의사는 채봉이 다시 입원하기로 하고 임시 퇴원했는데 집에서 모르고 있다면 어떻게 된 일이냐고 되물었다. 한길이 집에 오지 않았다면서 많이 심각하냐고 묻자 의사는 치료를 열심히 받으면 되니까 너무 걱정 말라며, 그러면 혹시 채봉이 특수부에 마무리할 것이 있어서 다시 찾아가겠다는 말을 했었는데 거기에 갔는지도 모르겠다고 했다.

한길은 자기가 특수부를 찾아가는 것이 옳은지 아닌지 판단이 서지 않았지만 상백이 노심초사하면서 채봉을 기다리고 있을 것을 생각해 마음을 다져먹고 우경석을 찾아갔다.

"윤채봉 씨는 안 왔습니다. 올 필요도 없고요."

우경석이 무뚝뚝하게 말했다.

"올 필요가 없다고라우? 그것이 참말인가요?"

"그렇습니다. 그리고 윤채봉 씨 만나면 전해주세요. 괜히 다시 찾아와서 지구대장님을 만난다 어쩐다 소란을 피우면 그때는 정말 걷잡을 수 없게 되고 만다고요."

"무슨 말씀인지 인자 쪼끔 알겠고만요."

한길은 혼란스러운 심정으로 자리에서 일어섰다. 그가 막 문을 열고 나오려는데 경석이 급하게 다시 불렀다.

"아저씨! 윤채봉 씨하고는 어떻게 되신다고요?"

"조카댁이구만요."

"아저씨는 진심으로 윤채봉 씨에게 아무 일도 없기를 바라지요?"

"그야 물어 뭣합니까? 헐 수만 있다면 차라리 내가 대신 조사도 받고 병도 앓고 싶을 정돈디."

"그러면 내 말을 저하고 단둘만의 얘기로 들으시고 서로를 위해 협조를 하실 용의가 있습니까?"

"약속허겠습니다."

"윤채봉 씨는 지금 거의 이성을 잃은 상태입니다."

"우리 조카댁은 세상 누구보다 차분한 성품인디요?"

"지금 남평우와 남원우 씨 건을 싸잡아서 죽기를 각오하고 덤비고 있습니다. 더구나 윤채봉 씨는 강하게 다루면 더 강하게 나오는 성품으로 눈에 보이는 것이 없는 사람이더군요."

"올바른 일에만 그러지라우."

"어찌 됐든 모든 것을 본인 성품대로 부딪치고 결과를 자신의 팔자로 받아들이면 그만이겠지만 그건 어느 누구에게도 도움이 안 되잖아요?"

"그야 물론이지라."

우경석은 한길의 반응을 보면서 은근히 협박도 했다.

"그래봤자 이미 죽은 사람이 살아 돌아올 리도 없고 결과가 커져 윤채봉 씨마저 잘못된다면 본인은 물론 본인의 자식들과 다른 가족들에게도 그렇고 누구 하나 도움이 되지 않습니다. 아저씨 생각은 어떠세요?"

"그건 부장님의 생각이 백번 맞다고 생각헙니다."

"그러시면 내가 아까 처음에 말한 대로 겁주듯이 말씀하시지 말고 잘 타일러서 일을 크게 만들지 않도록 해주세요. 그러실 수 있겠습니까? 그러시겠다면 저도 이 문제로 해서 윤채봉 씨나 그의 가족들에게 더 이상 어떠한 바람직하지 않은 일도 생기기 않도록 깔끔하게 처리하지요."

"다시 한 번 약속허겠습니다."

한길은 채봉이 그의 친정집에 갔을 것이라는 생각을 하고 전에 그녀에게서 들은 적이 있는 고사동 학집으로 그녀를 찾아갔다. 대문을 조금 열고 안을 들여다보는데 문간채 지나 안쪽에서 채봉이 막 쪽문을 열고 밖으로 나오고 있었다.

"어머! 아저씨! 어서 오셔요."

채봉은 창백했지만 반가워 어쩔 줄을 몰라 했다. 병원에서 있었던 얘기를 나눈 후 한길이 채봉에게 심각한 얼굴을 하고 말했다.

"그래서 조카댁은 시방 몸 생각보담도 그 지구대장을 만나서 끝장을 볼 생각이여?"

"어제까지는 아주버님과 아버님을 생각해서 내가 죽더라도 그래야겠다고 마음먹었었어요."

"지금은 어떤디?"

"어머니를 보고 나서 마음이 흔들린 건 사실이지만 그래도 이대로 가만히 있을 수 없다는 생각이 들어요, 아저씨."

채봉의 말을 들은 한길은 한참 동안 입을 다물고 있다가 서운한 표정을 지으면서 물었다.

"……형님 얘기는 궁금허지 않어, 조카댁?"

"죄송해요, 아저씨. 아버님은 어떠셔요?"

"조카댁헌티 달렸고만."

한길이 안타까운 눈으로 채봉을 보며 대답했다.

"제가 어떻게 허믄 되죠, 아저씨?"

"조카댁의 결과가 좋을 거라는 얘기를 듣고 겨우 말을 트셨는디 인자 다시 조카댁에게 무슨 일이 생긴다믄 영영 말씀을 못 허시게 될지도 모르겠어."

"아버님이 말씀을 허신다고요?"

뛸 듯이 기뻐하는 채봉을 바라보고 있던 한길이 조용하면서도 애원하듯 말을 꺼냈다.

"조카댁! 내가 부탁 하나 헐 건디 그냥 무조건 들어줄 수 있겠어? 이번 한 번만 말이여."

"들을게요, 아저씨."

"인자 특수부는 다시 찾아가지 말어. 응?"

한길의 목소리가 울먹이듯 떨렸다.

"……예, 아저씨 말씀대로 헐게요."

"그려, 조카댁. 고맙구먼."

채봉은 주르륵 눈물을 흘리며 혼잣말을 했다.

"아주버님, 죄송합니다."

* * *

채봉이 도립병원에 다시 입원하기 전에 상백을 찾았다. 지서 앞을 지나는데 안으로 들어가던 순경 하나가 놀란 눈으로 쳐다보다가 들어갔다. 상백의 집까지 가는 동안 눈을 마주친 몇몇 사람들도 알은체를 하면서 다가왔지만, 하나같이 별다른 말은 하지 않은 채 어정쩡하게 인사를 나누고 가던 길을 가다가 다시 뒤돌아봤다. 정미소에 있던 심정수가 먼저 채봉을 보고 반기면서 대문을 열고 조심스럽게 상백에게 알렸다.

"어르신! 기환 어머니 왔구만요."

"아버님!"

채봉이 마당을 들어서면서 큰 소리로 상백을 부르자 심정수가 걱정스러운 표정으로 대문 밖을 쳐다봤다. 상백은 말 그대로 버선발로 토방까지 달려나왔다.

"니가 대문에서 날 부르니께 옛날로 돌아간 기분이 든다. 아가! 어서 와라."

상백은 채봉의 등을 따독이며 울먹였다.

"아버님이 다시 말씀을 하시니까 제가 마음 놓고 숨을 쉴 것 같아요."

"내 말보담도, 아이고! 조상님들도 원! 복을 주실라믄 한꺼번에 다 주셔야지 어째서 이렇게 하나씩 재앙을 남기시는지 모르겠다. 니가 무슨 죄가 있어서 이런 병에 걸린다는 말이냐?"

"아버님, 죄송헙니다. 어떻게든 병을 이길 테니께 너무 걱정하시지 마십시오."

"잉, 나도 그리 믿는다. 우리 기환 에미가 누군디 그깟 결핵에 무릎 꿇겄어. 안 그러냐?"

"예, 아버님. 반드시 이겨내겠습니다. 그리고 어떻게 허든 아주버니의 원수를 갚을려고 혔었는디 이렇게 저만 살아와서 죄송헙니다……."

채봉이 대청에 걸린 원우의 사진을 흘깃 보면서 가늘게 흐느꼈다.

"아가! 그런 소리 꿈에도 허지 말어라. 너는 어떤 일이 있어도 꼭 살아야 헌다. 알겄제? 그려도 나는 니가 도망 다니지 않아도 된다니까 살 것 같다. 이 모든 것이 너그를 살리기 위한 하늘의 큰 뜻이고 큰아도 저승에서 무엇보다 기뻐헐 것이다."

"그렇게 생각허겄습니다, 아버님. 그런디 역시 특수부장 그놈이 기환이 애비 일로 아주버님도 엮어넣은 게 맞았습니다."

채봉의 말을 들은 상백은 자신도 그렇게 생각은 하고 있었지만 이제 더더욱 분명해졌다며 눈에 힘을 주고 턱을 부르르 떨면서 보이지 않게 양손을 힘껏 움켜쥐었다. 그리고 채봉을 향해서는 이제 더 이상 그 일에 신경 쓰지 말고 오로지 병 치료에만 전념하라고 거듭 당부했다. 또한 기환이와 승희는 정순이 자기 자식처럼 정성껏 돌보고 있으니까 병이 다나을 때까지 기웅이랑 강희도 마저 보내라고 했다. 채봉은 상백에게 감사해하면서 기웅이랑 강희는 이미 친정 언니가 사는 공주로 보냈다고 말했다.

"아직 학교 갈 나이도 아니니께요."

상백은 알았다면서 이제부터는 그 누구의 걱정도 하지 말고 독한 마음으로 병 고칠 생각만 하라고 신신당부했다.

"예, 아버님. 그렇게 허겠습니다."

그때 문이 열리면서 기환이와 승희가 한길을 따라 뛰어들어왔다.

"어머니!"

"그려 내 새끼들! 잘 있었어?"

채봉은 아이들을 와락 끌어안았다.

"어머니, 인자 집에 온 거여?"

"응, 그럴라고 혔는디…… 어머니가 좀 아퍼."

기환이와 승희가 금세 낙담한 얼굴이 되어 울상을 하자 곁에 있던 상백이 나섰다.

"엄니는 병원에서 치료받으면 괜찮으니께 걱정허지 말고 빨리 낫어갖고 어서 집으로 오라고 허자. 알었지?"

"어머니, 많이 아퍼?"

기환이 울상을 하면서 채봉의 얼굴을 빤히 쳐다봤다.

"병원에서 치료만 받으면 되야. 그러니께 공부 잘 허고 할아버지 말씀 잘 듣고 있어. 너희들보다 어린 기웅이랑 강희도 참고 있으니께 느그들은 더 씩씩허게 잘 있어야 혀."

아이들이 채봉의 곁에 앉아 시무룩해지자 상백이 다시 거들었다.

"기환아, 승희야! 느들은 고모도 있고 큰엄니도 있고 또 이 할애비가 있잖여. 그러니께 아무 걱정 말고 알겠습니다, 혀라. 그려야 엄니도 맘 편히 치료를 받을 거 아녀? 어서!"

"어머니, 빨리 낫어!"

승희가 마지못해 채봉의 옷을 잡으면서 말했다. 채봉은 다음 날 전주 도립병원 결핵병동에 입원했다.

팔일회(八一會)

철우의 아내 남숙은 시동생 평우가 억울하게 처형된 데 이어 남편까지 피신을 해야 할 지경에 이르자 걱정이 이만저만이 아니었다. 세상물정을 어느 정도 알고 있는 큰딸 혜정도 철우의 신변에 적지 않은 불안감을 느꼈다. 철우는 대학에 휴직을 하고 서울 당인리 화력발전소에 다니고 있는 친구 현영호의 집으로 피신해 일본어로 된 기술 서적 번역 일을 하면서 소일하고 있었다.

어느 날 현영호가 대낮에 갑자기 집에 돌아왔다.

"이 시간에 웬일인가? 갑자기 친구가 보고 싶어서 돌아온 건 아닐 테고"

현영호는 자신을 살펴보면서 애써 농담을 하는 철우의 눈을 피해 잠시 머뭇거렸다.

"어째 좀 우울해 보이는걸! 무슨 언짢은 일이라고 있었나?"

"남 교수, 오늘 자네 집에서 연락이 왔었네."

철우는 다음 말을 조용히 기다렸다.

"자네 딸 혜정이가 전화를 했더군."

"우리 혜정이가?"

철우가 쓰고 있던 안경을 벗어 손에 든 채 현영호를 뚫어져라 바라봤다. 현영호는 철우의 얼굴을 잠깐 쳐다본 다음 다시 눈을 피하면서 힘들게 입을 떼었다.

"놀라지 말게. 나쁜 소식일세."

"……무슨 일인가?"

얼굴이 굳을 대로 굳은 채 현영호를 바라보는 철우의 가슴이 크게 부풀어 올랐다.

"자네 형님이……."

"붙잡혀갔다고 허던가?"

"그보다 더 나쁜 상황이네."

"붙잡힌 죄목이 나빠?"

다그쳐 묻는 철우의 목소리가 가늘게 떨렸다.

"그게 아니라…… 이미 처형되었다네."

현영호가 고개를 돌리면서 힘겹게 말을 마쳤다.

"아니 이 사람아! 그게 무슨 소린가? 지금 뭐라고 했는가?"

얼굴에서 핏기가 사라진 철우가 애원하듯 물었다.

"자네 부인이나 혜정이도 어제 알았다고 하네. 아버님이 연락을 하지 않으셨나 봐."

"도망치다 사살당했다는 얘기여?"

"사살이 아니라 처형이라네."

"법정에도 세우지 않고…… 처형이 말이 되는 소리여?"

삽시간에 창백해진 철우가 불끈 쥔 주먹을 파르르 떨면서 더듬거리듯 물었다.

"그러게 말이네. 그동안 여러 가지 일들이 많이 있었던 거 같아. 그 일로 자네 아버님이 실어증(失語症)에 걸리셨다가 다시 말씀을 하시게 된 지가 얼마 안 된다는 거 같네."

"지금 무슨 미친 소리를 지껄이는 거여? 세상에 법 없어도 살 사람인 우리 형한테 처형이라니?"

철우가 뒤늦게 정신이 돌아온 사람처럼 소리 질렀다.

"진정하게! 처형이 확실하고 시신도 찾았다네. 이미 장례도 치르고."

"장례까지 치렀다니? 나한테 말도 안 허고? 어?"

철우가 울부짖자 현영호가 그를 끌어안았다.

"체포되어 그날부로 처형되었는데 그것도 몰랐다가 나중에 알게 되었다나 봐. 정말 무슨 이런 개 같은 경우가 있나 모르겠네."

"이게 다 뭔 소린가? 이럴 수는 없습니다, 아버지. 이럴 수는 없어요!"

철우는 미친 듯이 자기 가슴을 두들겼다.

"여보게, 남 교수! 진정하게."

철우는 현영호의 만류를 뿌리치고 뛰쳐나가 버스터미널로 달려갔다. 진눈깨비를 헤치며 달리는 차창 밖으로 부드럽고 다정한 형의 얼굴이 마령 차부에 도착할 때까지 말없이 동행했다.

* * *

1932년 1월 8일 일본 동경 요요기 연병장에서 관병식을 마친 후 마차를 타고 돌아가는 히로히토 일본 천황을 향해 조선인 이봉창이 폭탄을 투척한 사건이 발생했다. 이후 일본 경찰은 재일조선인 학생들의 항일 활동을 예방하기 위해 조선 학생들의 모임을 방해하거나 참석자를 탄압

하고 죄를 뒤집어씌우는 것을 예사로 했다. 당시 원우는 일본대학에, 철우는 와세다대학에 재학 중이었다.

어느 날 철우가 재일호남 학생들의 친목 모임인 팔일회(8월 1일에 결성된 모임이라는 뜻)에 참석했다가 돌아오는 길이었다. 팔일회는 원우도 수차례 참석한 적이 있는 모임으로서, 고향 얘기를 하면서 친목을 도모하는 순수한 애향 모임이었으나 한편으로는 실패로 끝난 이봉창의 뜻을 기리고 항일 의지를 다지기 위한 목적도 숨어 있었다.

철우가 하숙집 앞에 거의 도착했을 때 휘리릭! 휘리릭! 하고 호루라기 소리가 들렸다. 달려오는 일경의 발소리를 들은 철우는 황급히 미닫이 대문을 열고 뛰어들어왔다.

"형! 나 어떻게 허지?"

"나한테 맡기고 너 들어가서 꼼짝 말고 있어."

"어떻게 할라고, 형!"

"절대 나오면 안 돼. 알았지?"

요란한 발소리를 듣고 창문을 통해 내다보고 있던 원우가 철우를 재빨리 욕실 안에 숨기고 그의 가방과 모자를 마루에 놓은 다음 방금 들어와 옷을 벗고 있는 흉내를 내다가 일경이 미닫이 대문을 박차고 들어오는 순간 밖으로 뛰쳐 달아났다.

"잡아라!"

일경은 호루라기를 불며 뒤쫓아갔고 원우는 붙잡혀 경찰서로 끌려갔다. 욕실에서 나온 철우는 수십 번을 경찰서로 달려갈까 말까 망설이다가 끝내 주저앉아 눈물만 흘렸다. 경찰은 그 모임을 이봉창이 폭탄을 투척한 1월 8일을 기념하기 위해 팔일회로 표기한 항일운동 모임인 것으로 몰아 철야 조사를 했다. 그러나 호된 고문까지 하면서 저항운동의 실체를 파악하려 했음에도 뾰족한 단서를 찾지 못하자 대학에 중징계를 요청하면서 원우를 석방했다. 원우는 경찰서에서 나와 머리가 헝클어지고 상처투성이인 얼굴을 하숙집 근처 공동 우물에 가서 씻고 정돈한 다음 절뚝거리며 집으로 향했다. 철우는 큰길에 나와 안절부절못하고 기다리다가 매무새를 고친 다음 걸어오고 있는 원우를 보고 흐느꼈다.

"형, 나헌티 이뻐 보이믄 뭐혀? 고문당했구나!"

"고문은 무슨……. 철우야! 내가 말이다. 오늘 아주 새로운 느낌이 하나 들었다?"

원우는 철우의 팔을 잡아 끼면서 얼굴을 돌려보며 말했다. 철우가 눈물을 훔치며 뭐냐고 물었다.

"나라를 사랑해야 쓰겄다는 생각! 동생도 물론 사랑허고……."

원우는 큰 소리로 웃다가 터진 입안이 아픈지 아! 하고 소리를 질렀다. 철우가 혀엉! 하고 부르며 원우를 끌어안았다.

"너는 공부를 잘허잖여. 너라도 제대로 졸업혀서 나라를 위해 번듯헌 일을 하는 것이 아버지한테 보답허는 거 아니겄냐?"

철우는 소리 없이 울었다.

"대답혀봐! 그려, 안 그려?"

"알았어. 열심히 할게, 형."

철우는 끝내 울음을 터뜨렸다. 그 바람에 철우는 학교를 쉬지 않고 제대로 졸업할 수가 있었고 원우는 한 해 늦게 학업을 마쳐야만 했다.

* * *

마이산 동편이 먹물을 바른 듯 까맣게 어두워지고 온 마을에 땅거미가 질 무렵 철우는 익숙한 고향집 길목에 들어섰다. 소복을 입은 형수 인순이 철우를 맞이했다.

"서방님 오셨어요?"

철우는 아무런 말도 하지 못하고 인순에게 정중하게 인사한 다음 상백의 방으로 갔다. 그는 상백을 보자마자 설움이 북받쳐 흐느끼기 시작했다.

"철우야, 느 성 이야기를 인자 들은 거구나."

철우는 말도 하지 못하고 계속해서 펑펑 울기만 했다. 상백이 울음을 삼키며 아들을 얼싸안고 등을 따독였다.

"이럴 수는 없습니다. 언제까지 이렇게 당하고만 있어야 합니까, 아버님."

"미안허다. 이것이 다 애비가 똑똑치 못허고 세상을 볼 줄 몰라서 벌어진 일이다. 허지만, 도대체 나라라는 것의 정체가 뭐간디…… 이렇게 아무 죄도 없는 사람들을 끌어다 짐승만도 못허게 죽이고 파리가 들끓도록 썩게 버려둔다는 말이냐."

상백은 원우를 장사지낼 당시 실어증으로 못 했던 말을 철우 앞에서 함께 울어젖히며 하소연했다.

"아버님! 어서 데려다주십시오."

"어딜 가겠다는 거냐?"

"아버님의 아들이지만 제 형입니다. 썩어서 뼈다귀만 남았든 귀신이 되어 있든 저는 봐야 허겄습니다. 어서 데려다주십시오, 아버님. 어서요!"

"지금 산소에 가자는 말이냐?"

"예, 아버님. 저 지금 머리가 지극히 맑습니다. 형이 정말로 죽었는지 제 눈으로 직접 봐야겠습니다. 그러지 않고서는 미쳐버릴 것만 같습니다."

상백은 말없이 일어나 광에 가서 삽과 장도리 등을 꺼내들고 원우가 묻혀 있는 상수리나무집 뒷산으로 향했다. 심씨가 횃불을 준비하고 기준이까지 따라나섰다. 날은 이내 캄캄해졌다. 정순도 자신의 집을 지나 산을 향해 올라가고 있는 상백과 철우를 발견하고 함께 쫓아갔다. 상백의 귓바퀴에서 윙윙대는 바람 소리가 죽은 자식과 부인의 통곡 소리로 들렸다. 상백은 연옥의 묘를 잠시 바라본 다음 아무 말 없이 원우의 묘소를 파기 시작했다. 첫 삽을 내리는 순간 상백은 으흑! 하고 터져나오는 울음을 목으로 삼켰다. 이어 철우도 미친 듯이 삽질을 하기 시작했다. 상백과 철우의 얼굴이 눈물과 땀으로 범벅이 된 채 횃불에 번들거렸다.

"제가 허겠습니다, 어르신!"

심씨가 횃불을 들고 서 있다가 울음 섞인 목소리로 말했다.

"아녀!"

상백과 철우는 관이 보일 때까지 파내려갔다. 관 뚜껑이 보이자 철우는 삽을 내려놓고 두 손으로 얼굴을 쓰다듬듯 흙을 걷어냈다. 얼굴에 땀이 비 오듯 흐르고 눈에서는 이미 눈물이 말라 있었다. 심씨가 관 뚜껑의 못을 빼냈다.

"가서 열어봐라!"

상백이 까맣고 높은 하늘을 올려다보면서 나지막하게 말하자 철우가 관 뚜껑을 열었다. 그는 횃불에 붉게 물든 눈으로 앙상해져 가고 있는 원우의 시신을 한참 동안 응시하다가 숨이 멈춰지는 듯 형을 부르며 울음을 토해냈다. 상백과 정순 그리고 기준이도 함께 흐느껴 울었다. 어두운 하늘 아래 소쩍새만 울어대던 산속이 순식간에 울음소리로 가득 메워졌다.

"이 죽일 놈드을!"

몸부림치며 절규하는 그들의 소리가 산속 멀리멀리 울려퍼졌다.

제4장

엇갈린 만남

"남군! 언젠가 시간이 흐르고 세월이 지난 다음 역사가……."

"그만하십시오! 더 이상 당신의 궤변을 듣고 싶지 않습니다."

근우가 다시 총을 들어올리자 이승만은 눈을 감았다.

"시간은 흘러가는 것이 아니라 자신을 기억하는 모든 사람들이 만든 각기 다른 자신의 그릇에 담아가는

것입니다. 어느 순간 하나 빠뜨림 없이 그들이 만든 삶의 그릇에! 역사의 그릇에!"

다시 찾은 가야산

"어서 오세요!"

하가일이 반가운 얼굴로 채봉과 정임을 맞이했다.

채봉은 전주도립병원 결핵 환자 병동에 한 달 동안 입원했다가 퇴원하여 통원치료를 받았으나 생각보다 병세가 호전되지 않아 다시 입원해 이십 일간 집중치료를 받았다. 그러던 중 의사로부터 이제 완전히 퇴원해도 좋다는 허락을 받고는 뛸 듯이 기뻐했다.

"이젠 안정만 하시면 될 거 같습니다. 어디 공기 좋은 곳에서 맛있는 것 맘껏 드시면서 마음 편하게 요양하세요."

"감사합니다, 선생님. 그동안 너무 잘혀주셨고만요."

정임이 밝게 인사했다.

"이제야 말입니다만 저도 처음에는 회복이 힘들겠다는 생각까지 했었습니다. 그런데 윤채봉 씨는 남다른 뭔가가 있었어요. 강인한 정신력 같은 거요."

"정신력이라고요?"

"처음의 상태는 3기라는 표현보다 말기라는 표현이 맞을 겁니다."

"그 정도였었다고요?"

"예. 그 후 각혈은 멈추지 않았지만 공동의 크기가 전혀 커지질 않고 다른 부위가 건강해져 갔습니다. 백 명에 한 명 정도에서 나타나는 빠른 속도로요."

정임이 입을 다물지 못하고 하가일을 바라봤다.

"어머님이 고생 많이 하셨지요?"

"그거사 에미가 당연허지요. 그것보다 저는 그 정도일 줄은 생각도 못 했어요."

"자, 아무튼 이제 고비는 분명 넘겼습니다. 앞으로 몸에 해가 되는 일 안 하고 휴식을 취하기만 한다면 완치도 멀지 않을 것입니다."

"고맙습니다, 선생님."

정임이 다시 고개를 숙여 정식으로 인사했다.

"그럼 이제 아이들한테 전염될 걱정은 안 해도 될까요, 선생님?"

채봉도 밝은 얼굴로 물었다.

"그런 걱정은 안 하셔도 됩니다. 투약한 지 두 달이 넘었으니까 다른 사람에게 전염되지는 않아요."

"그럼 인자 야가 애들을 만나도 괜찮겠네요?"

정임도 웃으면서 말했다.

"예. 단 약은 매일 먹어야 합니다."

"저…… 그리고 적당한 운동도 괜찮겠지요?"

"괜찮긴 하지만 숨이 가빠질 정도면 절대 안 돼요. 알았죠? 아물어가고 있는 공동이 터지면 다시 각혈을 하게 되니까 조심하셔야 합니다."

"그럼 쉬면서 가면 되겠네요."

"예? 어딜 가게요?"

"예, 쉬엄쉬엄 걸어서 갈 거니까요."

채봉이 장난기를 머금은 얼굴로 말했다.

"어딜 가시는데요?"

의사와 정임이 동시에 채봉을 바라봤다.

"그냥 여쭤본 거여요."

"무리하면 절대 안 돼요."

하가일이 채봉의 얼굴을 보면서 진지하게 말했다.

"예, 조심하겠습니다."

병원 문을 나서면서 정임이 채봉의 허리를 쿡 찔렀다.

"너, 지금 어디 산에 갈라고 허는 거 아녀? 아버지도 너 땜시 걱정을 얼마나 허시는지 몰라. 그건 아니지?"

"글쎄……."

웃음을 머금은 채봉의 얼굴이 햇빛을 받아 밝게 빛났다.

* * *

채봉은 퇴원을 한 후에도 정임의 성화로 며칠을 더 친정에 머물다가 모처럼 가벼워진 발걸음으로 마령에 내려가 먼저 상백을 찾았다. 채봉의 몸 상태가 좋아졌다는 말을 들은 상백은 크게 기뻐하면서 앞으로의 요양 계획을 물었다. 채봉이 공주에 있는 아이들을 만나보기 전에 먼저 평우를 만날 생각이라고 하자 그는 한편 반기면서도 그 몸으로 어떻게 험한 산길을 가느냐며 걱정했다.

채봉은 한길과 함께 조심해서 다녀오겠다고 상백을 안심시킨 후 상수리나무집으로 올라갔다. 집은 텅 비어 있었으나 정순 덕에 생각보다 깔끔하게 정돈되어 있었다. 쏟아지는 눈물을 그대로 둔 채 한참 동안을 마루에 앉아 생각에 젖어 있다가 정순의 집으로 내려갔다.

아이들을 데리고 하룻밤을 보내면서 채봉은 평우를 만날 수 있다는 생각에 마음이 들떴다. 승희는 어머니와 다시 헤어질 것을 걱정해 아침부터 울적해 있다가 끝내 울음을 터뜨렸고, 기환이 또한 우는 승희를 흘겨보는 듯하면서도 충혈된 눈을 숨기지는 못했다.

"승희야! 에미가 기웅이랑 강희는 안 만나고 너그들허고만 있으믄 되겠어?"

채봉이 눈물을 닦아주면서 묻자 승희가 고개를 좌우로 흔들었다. 아이들을 다독인 후 그녀는 남정순 장로의 손을 꼭 잡았다.

"형님! 정말 감사드립니다. 형님이 안 계셨더라면 저는 아무 짓도 못 했을 거여요."

"야들 걱정은 말고 몸이나 잘 챙겨. 그러고 윗집은 비워두면 자꾸 짐승이 드나들어서 누구 하나 들어가 있으라고 혀야겄어."

한길을 만나러 가는 길에 우연히 민 형사를 만났다. 그는 채봉을 보고 거의 고개를 수그릴 만큼 정식으로 인사를 했다.

"아, 안녕하세요? 어디 가시는가요?"

채봉은 대꾸하지 않고 지나쳐 가던 길을 갔다.

"어제 저녁에 상백 형님헌티 말씀을 듣긴 혔는디, 몸도 성치 않으믄서 그렇게 먼 길을 가도 괜찮겄어, 조카댁?"

한길은 채봉을 보자 걱정이 이만저만이 아니었다.

"죄송해요, 아저씨. 이번에도 제 고집만 부려서."

"형님이 몇 날 며칠이 걸려서 가도 좋으닝게 천천히 가라고 누차당부 허시믄서도 걱정이 이만저만 아니시더만그려."

"아저씨가 잘 돌봐주실 거잖여요."

"그거사 그렇지만……. 그런디 만약에 다른 데로 옮겼으믄 어쩌지?"

"옮기지 않았어요."

"조카댁이 어떻게 알어?"

"옮기면 제가 모르잖아요. 그래서 안 옮겼어요."

한길은 할 말을 잃은 듯 잠시 채봉을 쳐다보다 혼잣말처럼 중얼거렸다.

"조카댁은 정말로 보통 사람이 아녀. 평우 조카도 그렇지만."

"아저씨, 제 얼굴 좀 보셔요. 어때요?"

"얼굴은 괜찮고만."

"괜찮은 것이 아니라 곱지 않아요? 전보다……."

"잉? 아 그때보담이야 지금이 훨씬 더 곱지. 말은 안 혔지만 그때 식당에서 봤을 때는 조카댁 모양새가 좀 거시기혔지. 이게 그 대단헌 조카댁인가 싶었었어."

"정말 그 정도였어요?"

채봉의 얼굴이 금세 붉어졌다.

"아저씨, 우리 대전역에서 내려갔고 좀 많이 쉬었다가 서산으로 가도 되지요?"

"아, 그려. 푹 쉬믄서 찬찬히 가자닝게."

대전역에는 많은 군인들이 역 앞에서부터 분주하게 움직이고 있었다. 군인 트럭에서 내려 역으로 들어가는 젊은 지원병들이 머리에 띠를 두르고 노래를 부르면서 가기도 하고 풀이 죽은 채 걸어가기도 했다. 손을 맞잡고 울면서 배웅하는 사람들도 눈에 띄었다. 길거리에서 확성기로 들리는 라디오 방송에 이승만 대통령의 목소리가 흘러나왔다.

"중공군이 계속 밀고 내려오고 있습니다. 눈에는 눈, 이에는 이이듯이 그들의 인해전술(人海戰術)에는 우리도 인해전으로 대응하여야 합니다. 지금 조국은 우리의 젊은 애국 청년을 필요로 하고 있습니다……."

"전쟁이 아직도 심각헌가 보네요."

"중공군이 내려와서 걱정이고만. 이 전쟁이 언제 끝날지 말여."

"그래도 대통령은 걱정하지 말고 생업에 종사허라잖아요."

"그럼서 왜 즈그들은 수도를 부산으로 또 옮겼디야?"

한길이 소근대듯 말했다.

"어찌 됐든 지금은 유엔군까지 있고 해서 처음 전쟁 났을 때랑은 다를 거여요."

채봉이 말하면서 오가는 군인들을 물끄러미 바라봤다.

"글씨 말여. 조카댁, 이런 상황인디도 꼭 가봐야 쓰것어?"

"너무 위험해 보이믄 저 혼자라도 다녀올게요, 아저씨."

"아니, 조카댁은 뭔 서운한 소리를 그렇게 혀?"

채봉의 말을 듣자 한길이 불쾌한 얼굴로 말했다.

"아저씨 마음은 제가 잘 알아요. 그려도 저 땜시 위험해지시는 건 너무 죄송허잖아요."

"그려도 그렇게 말허지 마, 조카댁."

"죄송해요, 아저씨. 이럴 때일수록 안 가보고는 못 견디었어요. 최소한 그이헌테 제가 쫓기는 상황이 아니라는 건 알려줘야 헐 거 같아요. 가봐서 사정이 나쁘면 잘 있는 것만 보고와도 되니까요."

"그려, 알었어. 그렇게 마음먹었으믄 가자고! 어디 가서 밥도 먹고 좀 쉬고 말여."

"예 그려요, 아저씨. 대전은 두부 두루치기가 유명허잖어요."

"두루치기? 그것도 좋지만 어디 좋은 디 가서 불고기백반 먹어. 나 배고프닝게."

"아저씨 저 잘 멕일라고 그러시는 거 다 알어요. 좋아요!"

* * *

평우는 정달과 운악의 신분증 그리고 운악의 가족사진과 졸업장 등을 챙겨 산자락에서 가까운 해미면사무소를 찾아갔다. 일주일 전에 찍었던 증명사진도 찾아서 함께 가지고 갔다. 면사무소 기둥에 얼마 전부터 '도민증 일제 발급 특별 기간'이라는 현수막이 걸려 있었다. 정달의 사망 신고와 운악의 도민증 갱신을 신청하자 창구 직원이 한참을 만지작거리다가 도민증은 접수하고 경찰서 가서 지문 찍고 오면 되는데 사망 신고는 본적지로 가야 한다며 난색을 표했다.

"거주지가 여기고 본적지가 서울인데 어떻게 하지요?"

"직업은 뭡니까?"

"가야산 송낙바위 근처서 화전하면서 살다가 아버지가 돌아가셔서 이제 여기로 내려와서 살려고 그럽니다."

"사망하신 분이 누구시라고요?"

창구 직원이 신고서를 들여다보면서 물었다.

"저희 아버님입니다. 여기 신분증입니다."

"어떻게 돌아가셨습니까?"

"전시 중 인민군 놈들한테 돌아가시게 되었습니다."

"사망했다는 걸 어떻게 확인할 수 있지요?"

직원이 고개를 들고 난처하다는 듯 말했다.

"아버님 산소를 여기 정확히 그렸습니다. 확인하려면 아무 때라도 하실 수 있습니다."

"아저씨 아버지라는 것을 어떻게 믿습니까?"

"여기 제 신분증입니다. 서울 주소가 같지 않습니까?"

"또 다른 증명할 만한 거 없습니까?"

"참고로 여기 가족사진도 한 장 가져왔습니다."

면사무소 창구 직원이 잠시 기다리라며 상관한테 사진과 서류를 가지고 가서 한참 얘기하다가 돌아왔다.

"사망 신고 처리는 여기서 접수해서 본적지로 보내드리겠습니다."

"도민증은요?"

직원은 자기가 책임지기로 하고 처리해주는 거라며 생색을 내면서 사는 곳 이장님 도장도 받아와야 하니까 하다못해 앞으로 살 예정인 동네 이장에게라도 사정을 말하고 확인받아 오라고 했다.

"그럼 살 집을 먼저 구해야겠네요?"

"어디서 사실지는 정하셨어요?"

"아직 정하지 못했습니다."

직원은 한심하다는 표정을 짓다가 오른쪽으로 조금 가면 있다고 하면서 가야부동산이라는 복덕방을 안내해줬다. 그러면서 주인이 읍내리 이장님이라고 귀띔을 해줬다.

평우는 면사무소 직원이 말한 대로 서둘러 이장을 만나 우선 묵을 방을 하나 계약하고 복비를 후하게 지불했다. 그러고는 거주지 확인을 받아 경찰서에 가서 지장을 찍은 다음 서류를 제출했다. 도민증은 사흘 후에 나왔고 평우는 그동안 해미에 묵으면서 이장과 함께 사진관을 할 만한 곳을 물색했다.

* * *

　채봉과 한길이 해미 차부에 도착했을 때는 이미 해가 질 무렵이었다. 두 사람은 인근 여인숙에서 하루를 묵었다. 다음 날 아침 일찍 채봉은 장터에 나가 이것저것 먹을거리와 두꺼운 양말이랑 내복 한 벌을 샀다. 눈이 쌓인 산길을 올라가기 위해 목이 긴 장화도 샀다. 장을 본 후에는 머리에 기름도 바르고 얼굴을 정성껏 단장했다.

　"조카댁, 그렇게 차리니께 꼭 새악시 같어."

　한길이 웃는 얼굴로 놀리는 듯 말했다.

　두 사람은 신발 바닥과 발등을 새끼줄로 단단히 동여맨 다음 눈이 하얗게 쌓인 가야산으로 향했다. 날씨는 생각보다 춥지 않고 바람도 없었다. 햇빛에 비친 넓은 눈밭이 수정 밭처럼 반짝거렸다.

　"아저씨! 하얀 눈이 눈부셔요!"

　"그러게 말여. 여그가 진안보다 훨씬 따뜻허구만."

　"예, 하나도 춥지 않아요. 오기 잘혔지요?"

　"잉, 겨울 소풍 온 기분이여."

　"아저씨, 저 나무 위에 눈 좀 봐요. 눈꽃이 어쩜 저렇게 예뻐요? 기환이 아버지 보믄 사진기 들이대느라 정신 없었어요."

　"조카댁은 우리 평우 조카 없을 적에 무슨 재미로 살었어?"

　"기환이 아버지 안 만났을 때요?"

　"잉!"

　"그때가 생각이 나긴 나는디 뭐가 즐거웠었는지 기억이 안 나요. 제 인생은 우리 기환 아버지 남평우를 만나고 난 다음부터 정식으로 시작된 것 같어요."

"상백 형님 댁으로 시집온 거 후회혀본 적도 없어?"

"그럼 제가 윤채봉이 아닌 거지요. 윤채봉은 남평우를 만나게 되어 있었으니까요. 아저씨! 저 무지개 좀 봐요. 좋은 일 있을라나 봐요."

가야산을 앞으로 바라보고 있는 동쪽 능선 뒤로 동화 속 구름다리처럼 예쁜 일곱 빛깔 무지개가 그녀의 방문을 환영하고 있었다.

"정말로 그러네."

"기환 아버지! 빨리 저 무지개 찍어요!"

두 사람은 겨울 소풍 온 어린아이들처럼 즐겁게 웃었다.

"저짝에 송낙바위 봉우리가 보이네, 조카댁."

한참을 가다 한길이 산등성이에 불쑥 튀어나온 듯 솟아 있는 바위를 손으로 가리켰다.

"정말 보이네요. 어서 가요!"

채봉이 활짝 밝아진 표정으로 말했다.

"서둘지 마! 저래 뵈도 여그서 한참 더 가야 혀."

"바로 앞에 있는 것 같은디요?"

"잠시 쉬믄서 뭐 좀 먹고 가. 내가 배가 고파서 그려."

둘은 마주보이는 바위 위에 걸터앉아 웃음 지었다. 채봉의 얼굴빛은 눈꽃처럼 하얗고 이마에는 송골송골 땀방울이 맺혀 있었으나 표정은 더할 나위 없이 밝았다. 그녀는 쉬는 둥 마는 둥 앉아 있다가 우려 섞인 눈으로 쳐다보면서 조금만 더 쉬어 가자는 한길을 독촉해 다시 길을 떠났다.

한참을 올라가다 방향을 바꾸자 능선이 갑자기 사라지고 바로 앞으로 다가온 파란 하늘 밑에 송낙바위가 나타났다. 홀로 남은 평우가 옆에서 손을 흔들고 있던 그 바위였다. 채봉의 표정이 갑자기 굳어지면서 발걸음이 빨라졌다. 크고 듬직한 바위 모퉁이를 돌아 비탈길로 내려가자 평우의 움막이 채봉의 눈에 날아들 듯 들어왔다.

"조카댁!"

조금 전부터 말이 줄어든 채봉의 표정을 살피면서 한길이 불렀다.

"조카댁, 괜찮여? 다 와서 긴장되는감만!"

"……예?"

채봉이 잃었던 정신을 차린 것처럼 두 눈을 크게 뜨면서 대답했다. 그녀의 얼굴이 창백했다.

"조카댁은 여그서 잠깐 기다리고 나 혼자 가보고 올까? 아니 그런디 조카댁 얼굴이 왜 그려?"

"괜찮은디요. 뭐가 이상혀요?"

"얼굴이 백지장여. 올라옴서 너무 숨이 차서 그런갑네."

"아저씨, 저 이런 얼굴로 그이 만나믄 안 되는디……."

채봉이 낮은 돌 위에 쭈그려 앉더니 옆으로 눕듯이 그대로 눈밭에 쓰러졌다.

"아니 조카댁, 왜 그려? 조카댁! 조카댁!"

한길이 정신없이 채봉의 손과 팔을 주무르고 자신의 두루마기로 몸을 감싸자 눈은 떴으면서도 정신을 제대로 차리지 못하는 듯했다.

한길은 채봉을 업고 평우의 움막 쪽으로 조심스럽게 내려왔다. 마당에는 하얀 눈이 얇게 쌓여 있을 뿐 사람 발자국이 없었다. 집 안에 인기척도 없어 보였다. 한길은 채봉을 마루에 눕히고 방 안으로 들어갔다. 이불이 단정하게 개어져 있고 그 위에 베개가 올려져 있었다. 채봉을 방에 눕힌 다음 재빨리 밖으로 나와 부엌이며 집 안팎을 살폈다.

집 안 어디에도 인기척은 없으나 사람이 살지 않는 집으로 보이지는 않았다. 한길은 아궁이에 불을 지폈다. 부엌 바닥도 깨끗하게 치워져 있고 나뭇단도 가지런히 쌓여 있다. 불은 빠른 시간 내에 활활 타오르기 시작했다. 아궁이에 나무를 가득 채워넣고 있을 때 채봉이 불렀다.

"아저씨!"

그녀는 조금 전보다 한결 좋아진 얼굴로 부엌문 앞에 서 있었다.

"조카댁! 이제 정신이 드는겨?"

"예, 아저씨. 우리 기환 아버지는요?"

채봉이 꿈에서 깨어난 듯 눈을 두리번거렸다.

"빈집은 아닐 성싶은디 사람은 없구만!"

한길이 채봉의 표정을 살피면서 딱한 얼굴을 하며 얼버무렸다.

"앞마당을 보니까 눈을 얼마 전에 쓸고 간 것 같은디요. 어디 잠깐 나갔나 봐요. 그렇죠?"

목소리는 밝지만 그녀의 표정은 금방 울음이라도 터뜨릴 것처럼 어두웠다.

"그런 것 같어. 조카댁, 이리 와 불 좀 쬐고 있어. 내가 후딱 좀 더 둘러보고 올 텐게."

"저랑 같이 가요. 근처에 나갔을 수 있잖아요."

아궁이 속 빨간 불빛이 그녀의 눈동자에서 어른거렸다.

"그건 안 되야. 내 말대로 혀, 조카댁."

"그럼 빨리 다녀오셔요."

채봉은 아궁이 속 빨간 불꽃을 보면서 평우와 나란히 앉아 불을 때던 기억을 떠올렸다. 평우가 벌게진 얼굴로 말했다.

'우리 집들이를 빨리 해야겠어. 사람들도 될 수 있는 한 많이 초대하면

서…….'

'그런데 왜 빨리 해야 혀요?'

'당신만 한 미인이 진안에 없잖여. 뭣 모르는 놈들이 당신 뒤쫓아왔다
가 내 색신 줄 알고 목매 자살이라도 허믄 어떻게 혀!'

'당신은 무슨 그런 상상을 다 혀요?'

둘은 아궁이 앞에서 불꽃보다 더 벌게진 얼굴로 눈물이 날 만큼 웃었
었다.

채봉은 무릎에 고개를 받치고 쭈그려 앉아 아궁이 불이 타닥타닥 불
똥을 튕기면서 타들어가는 것을 물끄러미 바라보고 있었다.

"저쪽 아래랑 언덕 너머꺼정 가봤는디 안 보이는구만."

한길이 다시 부엌으로 들어오며 말했다.

"아저씨, 기환 아버지가 저녁때까지 안 와도 우리 여기서 하루 더 묵으
면 안 될까요? 식사는 제가 맛있게 준비할게요."

"그려. 아 멀리 왔는디 그거 하나 못 허겄어? 나도 시방 그러자고 헐
참이었고만."

"고마워요, 아저씨."

"고맙긴 뭐가……. 그리고 조카댁! 혹시 내일꺼정 안 온다고 혀도 너
무 실망허지는 마. 집 안 정리혀논 것을 보니께 차분허게 준비혀서 어딜
간 것이 분명허구만. 그렇지?"

"예, 제가 봐도 그려요. 어딜 잡혀간 사람 집 같지는 않어요."

채봉과 한길은 정달의 산소에 술 한잔을 올린 다음 꼬박 만 하루를 더
기다렸으나 평우는 나타나지 않았다. 다음 날 해가 중천에 떠 있을 무렵
채봉과 한길은 무거운 걸음으로 움막을 떠났다. 내복과 양말은 이불 위
에 올려놓고 준비해간 먹을거리는 그릇에 담아 마루 귀퉁이에 두었다.

"조카댁, 힘내! 우리 요담에 한번 더 오자고! 아, 인자 조카댁이 자유의 몸인디 건강혀지기만 허믄 어딜 못 가겄어? 안 그려?"

"예, 아저씨 말씀이 맞어요. 제가 건강혀지믄 또 올 수 있으니까요. 저는 괜찮어요. 제 걱정은 안 하셔도 되어요, 아저씨."

말을 마친 채봉이 고개를 돌리고 살짝 눈물을 훔쳤다.

"조카댁이 그렇게 말허니게 마음이 한결 편혀지는고만."

내려가는 길의 가야산 겨울바람은 차갑고 매서웠다. 나무 위에 쌓여 있던 눈이 진눈깨비처럼 흩날려 붉게 언 채봉의 볼을 때렸다.

사망 신고와 도민증 갱신을 마친 평우는 채봉과 한길이 떠난 날 오후 늦게 가벼운 걸음으로 움막에 도착했다. 마당에 만들어진 두 사람의 발자국과 이불 위에 두고 간 내복이며 양말을 보고 평우는 깜짝 놀랐다. 자신이 한발 늦었다는 생각에 가슴이 싸해졌다.

평우는 그를 알아보고 접근하는 뱁새들에게 모이를 주려고 통 안에 손을 집어넣었다. 통 안에는 자신만의 종이접기 방식으로 접힌 편지 한 장이 들어 있었다. 예전에 '이건 나만의 방식인디 당신한테만 가르쳐줄게' 하면서 채봉에게 가르쳐준 남다른 접기 모양새다.

'지금도 매일 아침 태양을 보면서 붉은빛을 삼키고 있어요.'

차가운 겨울바람은 평우의 흐느낌을 싣고 채봉이 내려간 산길을 따라 조용히 스쳐 지나갔다.

십사 년 만의 귀가

"맥아더가 안 오고 대신 누구를 보내겠다고?"

제2차 세계대전 때 연합군 남서태평양 전역(戰域) 사령관이 되어 일본의 항복을 받아냈고 6.25전쟁 때에는 국제 연합군 최고사령관으로 인천상륙작전을 지휘한 맥아더는 북한으로 진격하여 압록강변까지 도달하였다. 그러나 대규모의 중공군 공격으로 서울 이남으로 후퇴하였다가 1951년 2월 다시 북쪽으로 재진격하여 북한군들을 몰아붙이기 시작했다. 이어 서울 재탈환에 성공하고 고지전투만 계속하고 있을 때쯤이다.

이승만은 자신과 만나기로 약속되어 있는 맥아더가 전화 한 통화 없이 그의 참모를 대신 보내기로 정했다는 사실에 대해 몹시 불쾌한 느낌이 들었다. 그가 전화를 받을 때 집무실에는 의전실장과 비서실장, 경호실장, 그리고 의전과장인 남근우와 수행비서 한 명이 입석해 있었다.

"맥아더가 안 오고 참모인 알몬든지 뭔지를 보내겠다는데 그 친구 정확한 이름이 뭐지?"

"에드워드 알몬드입니다."

아무도 대답이 없자 남근우 과장이 대답했고 모두 그를 바라봤다.

"그 친구는 어떤 인물이야?"

이승만이 책상에 앉아 메모지에 기록할 준비를 하면서 앞에 서 있는 수행원들에게 물었으나 이번에도 아무런 대답이 없다.

남근우가 다시 조용히 말문을 열었다.

"1892년 버지니아 주 루레이에서 태어나, 버지니아 육군 연구소를 졸업하고 1916년 육군보병 장교가 되었으며, 제1차 세계대전 마지막 달에 미국 제4보병사단 소속으로 프랑스에서 복무를 하였습니다. 그 후 미군 캔자스 주 포트 리벤워드에 있는 지휘관 간부학교와 육군전쟁대학, 해군 전쟁대학을 졸업했고, 미군 참모본부 정보부에서 일을 했는데 1938년 10월에 소장으로 진급을 하였습니다. 그리고 제10군단장으로 맥아더 장군을 도와 인천상륙작전을 지휘하였고 흥남철수에서는 작전 계획에 없던 민간인 수송 명령을 내려 민간인을 탈출시킨 인물입니다."

"음…… 같이 온다는 로우니라는 친구는?"

이승만이 이번에는 아예 남근우의 얼굴을 보면서 물었다.

"북한의 남침 소식을 듣고 맥아더 장군에게 직접 보고한 사람입니다. 역시 장군을 도와 인천상륙작전과 흥남철수작전을 성공으로 이끌었는데……."

"음…… 그만 됐네."

이승만은 그를 바라보고 뭔가를 말하려다 그대로 자리에 앉았다. 이승만의 집무실에서 밖으로 나온 의전실장이 물었다.

"자네 아까 뭘 보고 대답한 건가?"

"그들에 관한 뉴스위크 기사를 봤던 기억이 있습니다."

"뉴스위크를 봤던 기억? 머릿속에 사진이라도 찍어 둔 거야?"

"예? 그냥 기억이 났을 뿐입니다."

"아무튼 자네 덕에 의전실 체면이 섰네만……."

남근우의 천재성을 미처 모르고 있던 실장이 새삼 그를 다시 보는 듯했으나 비서실 역반응이 있지나 않을지 은근히 걱정하는 눈치였다. 그날 이후부터 실장은 남근우에게 남슈타인이라는 별명까지 붙여가면서 그를 인정하고 가까이 하려 하였다.

* * *

"남슈타인! 내일 하루 휴가라고 했나?"

"예, 자리를 비워서 죄송합니다."

"죄송은 무슨……. 내가 너무 무심했지?"

"아닙니다."

"우는 애기 젖 준다잖아? 필요할 때는 응석도 부리고 불평도 좀 하고 그러라고."

실장이 근우의 어깨를 툭 치며 말했다.

"예, 명심하겠습니다."

"머릿속에 녹음해두지 않고?"

실장이 손가락으로 자신의 이마를 톡 찍으면서 묻자 근우는 고개를 살짝 수그려 보인 다음 너무 아는 체를 해서 죄송하다고 했다. 실장은 손을 저으면서 각하께서 언젠가 남 과장을 자식 바라보는 눈으로 바라보시는 느낌을 받은 적이 있다며 웃음 지었다.

"남 과장의 충성심도 대단하고……. 고향은 귀국해서 처음으로 가는 거구만."

"예, 실장님!"

"남슈타인 고향이 어디라고 그랬지?"

"전북 진안입니다."

"아, 그랬었지? 부모님이 다 계시다고 했던가?"

"그렇습니다."

실장은 오랜만에 가족을 만나 반갑겠다고 하면서 지난번에 인사 쪽에서 얘기하는 것 같던데 간 김에 복적(復籍)해서 호적등본도 몇 통 떼어놓으라고 했다.

"그렇게 할 계획입니다, 실장님!"

"집에는 얼마 만에 가는 건가?"

근우는 한참 동안 입을 열지 않다가 웃음을 머금은 채 십사 년 만이라고 대답했다.

"십사 년? 아니 그럼 미국에 가기 전에도 한참을 연락하지 않고 살았던 거야?"

"예, 그런 셈입니다."

"자네 정말 지독한 사람이구먼. 그럼 미국에 있는 동안은 중간에 연락을 했었고?"

"한 적 없습니다."

실장은 어이없다는 투로 그렇다면 아직껏 전쟁통의 소식도 잘 모를 거 아니냐며 하다못해 해방된 후라도 연락은 했어야 하지 않느냐고 말했다. 근우는 처음에는 일본 경찰에 쫓기는 바람에 그랬고 각하 곁에서는 항상 긴장 상태로 있다 보니 그렇게 되었는데 이제는 왠지 이유 없이 망설여지는 바람에 그렇게 되었다면서 멋쩍어 했다.

"그럴 수도 있지. 이해할 만해."

"마음은 그렇지 않았는데도 그렇게 되더라고요, 실장님."

"이심전심일 거라고 생각했겠지."

"실장님 말씀이 맞는 것 같습니다. 묘하게도 마음속으로는 언제나 곁에 있었던 느낌이었으니까 말입니다. 그런데 한편으로는 소식을 듣기가 왠지 불안한 마음이 있었던 것 같기도 합니다."

"그것도 자네의 천재성 때문인 모양이지? 아무튼 잘 다녀오게. 차는 장비과에 얘기해두었으니까 마음 편하게 쓰고."

"감사합니다."

근우는 십사 년 만에 고향 마령을 찾았다. 어린 시절부터 떠날 때까지의 일들이 달리는 지프차의 유리창에 줄지어 스쳐 지나갔다.

'일본 유학은 가지 않겠습니다. 일본은 두 분 형님이랑 평우가 갔다 오는 것으로 충분합니다. 저는 제 방식대로 삶의 의미도 찾고 제 인생을 개척해나가겠습니다.'

그것이 그가 아버지 상백에게 한 마지막 말이었으며 이후 안창호가 이끄는 흥사단에 입단했다.

차는 어느덧 낯익은 마이산을 멀리 바라보며 가파른 고갯길로 접어들었다. 노란 페인트 흔적만 남은 면사무소 정문은 예나 지금이나 그대로였다. 담장 안쪽에 심어져 있던 무궁화나무도 변함없이 자리를 지키고 있었다.

"제 호적 문제로 찾아왔습니다. 협조 부탁드립니다."

지프차가 들어올 때부터 긴장하고 있던 면장은 명함을 받자 벌떡 일어나 부동자세로 서서 인사를 하고 호적대장을 찾아 조심스러운 걸음걸이로 들어왔다.

"호적은 그대로 있습니다."

근우는 호적대장을 받아 말없이 들여다봤다. 여기저기 세로로 그어진 빨간 줄이 보였는데 아버지 상백의 이름 다음 칸에 올라 있는 어머니 연옥, 원우 형, 그리고 동생 평우의 이름 위에 연속으로 그어져 있었다. 그는 한동안 말을 잃었으며 몸은 물론 눈동자조차 움직이지 않았다. 온몸이 경직된 상태로 전신의 근육이 마비된 것처럼 그의 양손이 부르르 떨렸다.

"면장님! 이 내용 알아요?"

양손을 떨면서 붉어진 눈으로 빨갛게 그어진 선에 시선을 고정시키고 있던 그가 옆에 서 있는 면장을 올려다보고 물었다.

"……."

"몰라요?"

면장이 잔뜩 긴장한 자세로 대답을 하지 못하자 다시 물었다.

"처형된 것으로 알고 있습니다."

"처형이라고? 어느 정부가?"

면장의 얼굴이 흙빛이 된 채 대답을 못 하자 그가 재차 물었다.

"우리 대한민국 정부가요?"

"그런 것으로 알고 있습니다."

면장은 양손을 앞으로 모으고 죄라도 지은 사람처럼 고개를 숙였다.

"그런 것으로 알고 있는 거요, 그런 것이오?"

"그런 것입니다."

근우의 표정이 백지장처럼 하얗게 변하면서 두 눈에 고였던 눈물이 양 볼에 주르륵 흘렀다. 그는 자리에서 벌떡 일어나 거의 정신이 나간 사람처럼 진안경찰서로 지프차를 몰았다. 자신은 대한민국을 위해 십사 년

동안이나 가족에게 연락 한 번 취하지 못한 채 오로지 안창호와 이승만에게 목숨을 걸고 충성을 다해왔다. 그런데 그 시간에 정부는 그의 가족들을 법으로 처형한 것이다. 도대체 무슨 죄를 얼마나 지었기에 가족을 잡아가 몰살에 가까운 처형을 했다는 말인가?

"임성택 서장입니다."

명함을 받은 경찰서장이 벌떡 일어나 거수경례를 한 다음 차렷 자세를 취하고 섰다.

"우리 가족들에게 무슨 일이 있었으며 지금 현재는 어떤 상태인지 있는 그대로 말해주세요."

근우는 서장으로부터 동생이 여순사건 후 배후 조종을 했다는 이유로 집에 있다가 체포되어 1심에서 사형을 선고받아 체포된 지 보름여 만에 처형되었고 처형 사실을 통보받은 어머니가 목매 자살했다는 보고를 받았다. 더구나 서장은 상백에게 들은 대로 평우가 어떻게 여순사건에 연루되었는지를 자세히 설명하였으며 그게 결국 정부에 의해 억울한 죽음을 당하게 된 것이라고 말했다.

"……그리고 큰형님은 보도연맹원으로 수배되었다가 체포되어 헌병대로부터 처형당한 것으로 알고 있습니다."

"보도연맹요?"

"그렇습니다."

"재판도 없었고요?"

그의 호흡은 거칠었고 벌겋게 충혈된 두 눈은 저승사자의 그것처럼 이글거렸다. 근우의 기세에 눌린 서장은 평우 일로 인해 원우도 요주의 인물이 되었는데 인민위원회에 쌀 삼십 가마를 기증한 이유도 곁들여 헌병대로 끌려가자마자 법적 절차 없이 처형되었다는 사실을 떨리는 목소리로 보고했다.

"죄송합니다. 저도 보도연맹원을 잡아들이라는 지시만 따랐을 뿐이지 그렇게 빨리 모두를 처형할 줄은 몰랐습니다."

근우는 더 이상 아무 말도 없이 이를 악물었다.

"지역 경찰서장으로서 주민을 잘 보살피지 못해 송구스럽습니다."

"……서장이 무슨 죄요. 체포 실적 나쁘다고 몰아붙이는 정책이 잘못된 거지."

근우는 얼굴 근육이 심하게 흔들리며 울먹이듯이 말을 뱉어내고는 다시 어금니를 꽉 물었다.

"이해해주셔서 감사합니다. 정말 죄송합니다."

"운전 경찰 하나 붙여줄 수 있어요?"

바로 경무대로 달려온 그는 자신의 방으로 들어가 비상용 소형 권총을 꺼내 안주머니에 넣었다.

* * *

"제가 남상백입니다만……."

검은 지프차를 타고 온 정장 차림의 남자 둘이 상백을 찾았다.

"안녕하십니까? 저는 경무대에 근무하고 있는 이준영이라고 합니다."

텅 빈 집 안에 혼자 있다가 손님들을 맞이해 명함을 받아 들여다보던 상백은 상기된 얼굴로 그들을 다시 바라봤다.

"자네는 나가 있게."

명함을 건넨 남자가 낮은 음성으로 수행원을 내보내고 굳은 표정으로 상백을 바라볼 뿐 쉽게 입을 열지 않았다.

"무슨 일로 저를 찾으셨습니까?"

기다리다 못한 상백이 먼저 물으면서 그의 눈을 바라봤다.

"남근우 씨의 아버님 되시지요?"

"근우요? 그렇습니다만 우리 근우허고는 어떻게 되시는 사이입니까?"

"함께 근무하고 있습니다."

이준영 실장이 가볍게 목례를 했다.

"경무대에 말입니까?"

"그렇습니다."

"멀리서 오셨는디 안으로 들어가시지요."

두 사람은 자리를 마주하고 앉았다.

"그런데 무슨 일이십니까?"

상백은 이유도 모른 채 불안한 마음이 들고 가슴이 심하게 두근거렸다. 이준영이 나지막하게 물었다.

"아드님이 어디에 근무하는지 전혀 모르셨습니까?"

"차에 타 있는 모습을 본 적이 있다는 즈 동생의 말에 어렴풋이 경무대에 있는 건 아닌가 혔지만 자세헌 건 몰랐습니다."

"예…… . 며칠 전 아드님이 댁에 오지 않았습니까?"

"며칠 전이라고요? 오지 않았는디요. 집에 간다고 혔었습니까?"

"예, 호적도 살리고 부모님도 뵙겠다고 하면서요."

"그란디 지금 오신 연유는…… ."

단둘이 앉아 있는 상백의 방에 짧은 정적이 흘렀다.

"이런 말씀 드리기 가슴 아픕니다만, 남근우 씨가 이틀 전에 사망했습니다."

"내 아들이 죽었다고요? 전사라도 혔습니까?"

상백의 얼굴이 핏기를 찾아볼 수 없을 만큼 창백해졌으며 두 눈은 오래전 일을 회상하고 있는 것처럼 멍해 보였다.

"사고가 있었습니다."

"무슨 사고요?"

"예, 아주 유능한 동료였는데…… 각하께서도 몹시 안타까워하십니다."

"저, 실장님! 말씀 똑바로 혀주셔야 헙니다. 내 아들이 십사 년 만에 고향에 왔다간 다음 무슨 사고로 죽은 겁니까?"

"목숨을 끊었습니다."

상백이 잠시 이마를 짚고 중심을 잃는 듯하다가 손을 뻗어 부축해주는 실장의 팔을 잡고 자세를 고쳐 앉았다.

"그러니께 내 아들 근우가 스스로 죽었다 이거지요?"

상백이 두 팔로 바닥을 짚은 채 준영을 올려다보고 물었다.

"그렇습니다. 함께 근무했던 사람으로서 면목이 없습니다."

"그 대단헌 디 근무허던 아가 왜 자살을 혔습니까?"

상백의 눈이 초점을 잃고 흔들거렸다.

"원인은 아직 밝혀지지 않았습니다."

"밝혀지지 않았다고요? 함께 근무허셨다는 분의 생각으로는 왜 그런 것 같습니까?"

상백의 안색은 하얗게 변했지만 놀라우리만큼 침착하게 되물었다.

"저도 원인을 찾지 못했습니다."

"지금…… 어디 있습니까?"

상백이 더듬거리면서 힘없이 물었다.

"병원에 안치되어 있습니다."

"병원 영안실에 있다 이겁니까? ……어떻게 죽었는디요?"

"소지하고 있던 권총으로 자결했습니다."

"권총으로요? 누가 쏘아서 죽을 수도 있잖습니까?"

"그럴 수도 있지만 여러 가지 정황으로 보아 그건 불가능합니다."

"정황이라는 것은 시신의 상태가 그렇다는 얘깁니까?"

"그렇습니다. 의사에게 물어 사인을 확인하실 수도 있습니다."

"그럼 혹시 갸가 죽은 날허고 지 애비 만나러 가겠다고 말헌 날이 관계가 있습니까?"

"맞습니다. 그다음 날입니다."

"여그 마령에 오긴 왔었다 합니까?"

"예, 왔던 것도 확실합니다."

그 말을 듣자 상백이 가슴을 움켜쥐고 오열을 했다.

"……혹시 느끼시는 일이라도 있으십니까?"

상백은 근우가 충격을 받았을 것으로 생각되는 제반 내용을 띄엄띄엄 말하면서 연신 눈물을 훔쳤다. 말을 들은 준영이 입을 다물고 그를 살폈다.

"도대체 얼마나 더 지나야 이 악연이 끝이 난답니까."

"참으로 뭐라고 드릴 말씀이 없습니다. 허지만 지금 저희 쪽에서도 원인을 파악하고 있는 중입니다."

"다 내가 풀어야 하는 업인가 봅니다."

"……병원에 저하고 함께 가보시겠습니까?"

"아닙니다. 가족들이랑 따로 가겠습니다."

이준영은 고개를 끄덕이고 거듭 무어라 할 말이 없다면서 혹시 이제라도 정부의 도움을 받을 일이 있으면 아무 때고 연락하면 힘이 되어주겠다고 했다.

"고마운 말씀입니다만, 제 마음이 아직 그쪽에 도움을 청혀야 헐지 원수를 갚어야 헐지를 모르겠습니다. 죽은 아를 일단 만나보고 향배를 정 허겠습니다."

"예? 아, 이해합니다. 그렇게 하십시오. 여기 이건 아드님 관련 서류입 니다. 병원에 제시하시면 편의를 봐드릴 것입니다. 가시는 차편은 준비 해두었습니다."

상백은 실장이 떠난 뒤 바로 정순과 기준을 데리고 그들이 준비해준 차를 타고 가서 근우의 시신을 보았다. 어릴 적 모습 그대로 얼굴이 조각 처럼 갸름하고 깨끗했다. 머리를 관통하여 까맣게 메워진 총알 지나간 흔적이 아팠던 그의 마음을 대변하고 있었다. 상백은 차가워진 근우의 얼굴을 가슴에 안고 미친 듯이 소리 내어 울었다. 십사 년 만의 부자 상 봉이다.

"이 총상의 각도는 스스로가 아니면 나올 수 없습니다. 누군가가 총을 들이밀고 발사를 했다 해도 이렇게 만들어질 수 없습니다. 상세한 사진 을 충분히 확보해뒀습니다."

의사는 친절하고 호의를 보여주려고 애를 썼다.

"그 말씀은 인자 매장을 혀도 된다는 말씀이신가요?"

"그렇습니다."

상백은 근우의 시신을 집으로 옮겨와 하루를 묵게 한 다음 원우의 묘 소 바로 옆에 묻었다. 장례 후 면사무소와 경찰서로부터 근우가 다녀간 날에 대한 정중한 설명을 들었다. 경무대 실장도 찾아와 보고를 받은 다 음 할 말을 잃은 채 돌아갔다고 했다. 상백은 시종일관 아무런 느낌도 궁 금한 점도 없는 사람의 표정이었다.

죽음의 비밀

"각하! 죄송합니다!"

비서실장이 어찌 할 바를 몰라 하며 말했다.

"잠시 혼자 있겠네. 이건 내 문제일세."

비서실장과 경호실장이 남근우의 시신을 수습한 이후에도 이승만은 꼼짝하지 않고 처음 그대로 앉아 고개를 반듯이 들고 눈을 감은 채로 있었다.

"예! 각하! 허지만 잠시만이라도 진찰을 허락해주십시오, 각하!"

"……나는 괜찮다고 하지 않았는가? 필요하면 내가 부를 테니까 그때 오라고 하게."

이승만이 더 이상 귀찮게 하지 말라는 듯 고개를 반쯤 돌려 바라보더니 다시 눈을 감았다.

"예! 각하!"

"시신은 가족이 볼 수 있도록 병원에 안치해두게. 그리고 내가 말한 거 알아보고……."

"알겠습니다, 각하!"

밖으로 나온 비서실장이 주치의와 경호실장에게 말했다.

"각하께서 남근우의 죽음을 애달프게 여기고 계십니다."

대통령이 되기 전이나 지금이나 국민과 소통하고 국민을 위해 모든 정책을 시행하고 있다고 자부해온 이승만은 근우의 죽음으로 인해 적지 않은 혼란에 빠졌다. 남근우가 자신보다 한결 더 나라를 사랑하고 있었고 그의 인격 자체가 고귀하다는 느낌마저 들었다. 그의 행위는 자신을 응징하기 위한 것도, 이성을 잃은 우발적인 행동이라고도 볼 수 없다. 그는 하고 싶은 말을 행동으로 전한 것이다.

이승만은 그날의 사건을 처음부터 돌이켜 생각하면서 자신과 그의 차이점을 찾아내야만 했다. 그러지 못한다면 자신은 한낱 자기도취에 빠진 위선자이거나 권력을 위한 가혹한 독재자에 불과하기 때문이다.

'박사님은 우리 조선을 위해서라도 절대로 불상사가 생겨서는 안 되시는 분입니다. 어서 주십시오!'

이승만은 재미 시절 남근우가 했던 말이 떠올랐다. 그때에도 그는 이승만을 위해 죽을 수 있는 마음이 가슴속에 넘치고 있었다. 남근우는 이승만 자신을 살리기 위해 옷을 바꿔 입고 총을 겨냥하고 있는 암살범을 유인했었다.

* * *

근우는 이승만이 아침 식사 후 집무실에 들어가는 시간을 선택했다. 그 시간은 언제나 특별한 지시가 없는 한 혼자 들어가 잠시 기도를 하거나 뭔가를 메모하는 시간이다. 이승만이 들어가고 이삼 초 후 근우가 재

빠르게 따라 들어가려다 멈칫하는 흉내를 내면서 비서실장에게 말했다.

"이 시간에 조용히 보고하라며 지시하신 내용이 있어서 잠시 뵙고 나오겠습니다."

비서실장은 고개도 들지 않고 고개만 끄덕였다.

"네, 각하!"

근우가 집무실 문을 열고 들어가는 척하다가 이승만에게 말하듯이 대답했다.

"……?"

이승만이 고개를 들고 갸우뚱하면서 그를 빤히 바라봤다. 근우는 집무실 밖으로 다시 나왔다.

"아무도 들어오지 말라고 하십니다."

"남슈타인! 뭘 보고드리는 거야?"

비서실장이 불쾌한 눈으로 그를 흘겨보며 말했다.

"각하께서……."

"알았어."

비서실장이 근우의 말을 끊으며 노골적으로 불쾌한 표정을 짓더니 하던 일을 계속했다.

"아 미스터 남, 무슨 일인가? 그리고 할 말이 있으면 바로 말하지 왜 다시 나가는가?"

이승만은 문을 닫고 들어선 근우를 보고 의아한 듯 물었다.

"……."

근우는 대답 대신 세 발자국 정도 앞까지 다가가 걸음을 멈추고 안주머니에서 권총을 꺼내 자신을 빤히 쳐다보고 있는 이승만의 가슴을 겨냥했다. 이승만이 눈을 휘둥그레 뜨고 책상 위에 올려놓은 양손을 맞잡으면서 자세를 고쳐 앉았다. 근우는 팔을 앞으로 길게 뻗으면서 말했다.

"각하를 죽이려고 들어왔습니다."

근우의 눈빛은 추호의 흔들림도, 살아 있는 자의 온기도 없어 보였다.

"남군! 이게 무슨 짓인가?"

상황을 이해하지 못한 이승만은 두려움에 떨면서 벌어진 입을 다물지 못하고 나무라듯 말했다.

"살고 싶으시다면 말씀을 하지 마시고 잠시 눈을 감으십시오."

근우는 방아쇠에 손가락을 넣어 곧 당길 자세를 취하고 낮고 싸늘한 음성으로 그에게 명령했다. 이승만은 눈을 감았다.

"······."

"이제 됐습니다. 잠시나마 죽음이 뭔지 느꼈을 것입니다. 눈을 뜨십시오."

이승만은 잠시 후 조용히 눈을 떴다.

"총을 쏘기 전에 먼저 각하와 대화를 하고 싶습니다."

"그 총 치우고 말해보게."

이승만은 그제야 다소나마 안정을 찾은 듯 달래는 투로 말했다.

"그럴 수 없습니다. 만약에 각하께서 목소리가 갑자기 커지시거나 불행하게도 누군가 이 방에 들어오거나 또는 직접 사람을 부르신다면 즉시 방아쇠를 당기겠습니다."

근우의 말은 소리는 작았지만 힘이 들어가 있었으며 차갑고 단호했다. 이승만의 반쯤 감긴 눈동자에 공포가 서렸다.

"알겠네. 거기 앉게."

이승만이 손을 들어 근우에게 앉으라는 손짓을 했다.

"저는 서 있겠습니다. 각하는 그대로 앉아 계십시오."

이승만은 근우가 겨냥한 총구에 시선을 둔 채 양손으로 의자를 짚고 그대로 앉아 있었다.

"자, 얘기해 보게."

"저희 어머니와 두 형제가 죽었습니다."

근우가 냉정하리만큼 침착한 음성으로 말했다.

"······?"

이승만의 오른쪽 눈꺼풀이 파르르 경련을 일으켰다.

"제 동생은 당신이 정부를 수립한 1948년도 11월에 사진 한 장 때문에 여순반란 주동자로 몰려 억울하게 처형당해 죽었고, 졸지에 자식을 잃은 어머니는 저승길을 막내아들 혼자 보낼 수 없다며 목을 매고 돌아가셨습니다."

이승만이 눈을 들었을 때 총을 든 근우의 눈빛은 이제라도 방아쇠를 당길 듯 반짝였다.

"······."

이승만은 숨을 죽였다.

"그리고 제 형은 사상범으로 처형된 자의 형제라는 이유로, 작년 북한군 점령기 직후 재판도 없이 전주시 어디 뒷산으로 개처럼 무작정 끌려가 총살당해 죽었습니다."

총을 든 그의 손은 밑으로 내려갔고 눈에서는 눈물이 떨어졌다. 이승만은 책상 위에 두 손을 모아 올려놓았다.

"남군! 자네의 슬픔을 이해할 수 있네."

이승만이 낮은 소리로 말했다.

"제 슬픔을 이해하신다구요?"

근우가 속삭이듯 반문하면서 그의 눈을 노려봤다.

"왜 모르겠는가? 나도 가족을 잃어봤네."

"제가 슬픈 건……."

"말하지 않아도 알고 있네."

"아니, 당신은 모릅니다."

"내가 스물두 살 되던 해에 나의 어머니가 돌아가셨지. 그때 나는……."

그 순간 근우가 다시 권총을 들어 이승만의 얼굴을 겨냥하자 그는 말을 중단했다.

"더 이상 말씀하지 마십시오. 제 형제가…… 그것도 하나도 아니고 둘씩이나, 전쟁터가 아닌 집에서 끌려가 당신의 정책에 따라 만들어진 법이라는 이름으로 처형되어 죽었고, 그 일로 어머니까지 돌아가셨습니다. 그 사실만으로도 저는 견딜 수 없이 슬픕니다. 그 심정이 병으로 가족을 잃은 당신의 심정과 같다고 보십니까?"

"……."

"그러나……."

근우는 잠시 말을 중단했다.

"그보다 더 슬픈 건……."

근우가 다시 눈물을 떨어뜨렸다.

"……."

"제가 당신을 증오하고 있다는 그 사실 자체입니다. 저는 각하를 진심으로 존경하고 사랑해왔습니다."

"나에 대한 미스터 남의 마음은 나도 잘 알고 있네. 가족의 일은 정말 가슴 아픈 일일세……. 미안하네."

"오늘 제가 각하에게 하고 싶은 말은 제 가족만의 이야기가 아닙니다."

"자네 말고도 선량한 많은 국민들이 희생당하고 있는 것을 나도 잘 알고 있네. 그리고……"

이승만이 뭔가를 더 말하려 하자 근우가 그의 말을 끊었다.

"당신이 보기에 한낱 개미 떼 같은 백성 중 하나에 불과하겠지만…… 저도 한때 당신과 같은 울분으로 조국을 위해 목숨을 바치는 삶을 살아가야겠다는 다짐을 했었습니다. 그러나 곧 깨달았지요. 지금의 우리나라는 국민의 애국심도 중요하지만 역량 있는 한 분의 힘이 무엇보다 절실하다는 사실을……. 그러다가 당신의 거대한 포부만큼이나 큰 그릇과 능력에 저는 매료될 수밖에 없었습니다."

이승만은 조용히 근우의 말을 듣고 있었다.

"그 후 저는 당신에게만 집중하기 위해 가족과의 연락도 끊은 채, 오로지 당신을 위한 삶이 곧 나라를 위한 삶이라는 마음으로 당신만을 위해 살아왔습니다."

"음……."

이승만이 신음 비슷한 한숨을 내쉬었다.

"그러다가 십사 년 만에 단 하루 고향에 내려가 알게 된 것은, 제가 당신에게 충성을 다하며 살아가고 있는 동안 제 가족은 당신의 법, 당신의 정책에 따라 죽어 있더라는 사실이었습니다."

말을 하던 근우가 흐느꼈다.

"아……."

이승만은 다시 긴 한숨을 내쉬었다.

"……지금의 당신은 처음 만났을 때와는 달리 많이 변해 있을 뿐만 아니라 내 어머니와 두 형제를 죽인 원수이자 억울하게 죽은 수많은 원혼들과 그 가족들의 원수가 되었습니다. 당신은 다 알고 있는 것처럼 말하지만…… 모르고 있는 부분이 훨씬 더 많다는 사실을 당신은 모르고 있습니다."

근우의 목소리는 울먹이면서도 차분했다.

"대통령이 된 이후 당신은 권력이 무엇보다 소중한 사람으로 변했고, 권력을 위해서라면 무슨 짓이라도 할 수 있는 사람이 되어버렸습니다. 열 명을 살리기 위해 아홉 명을 죽일 수밖에 없었다는 궤변을 늘어놓으면서……. 그 사실은 누구보다 당신 자신이 잘 알고 있을 것입니다."

"잠시 내 얘기를 들어보겠나?"

"말씀하지 마십시오! 결과가 이미 분명한데 국민을 이해시킬 수 있다고 생각하십니까?"

근우는 다시 이승만의 말을 중단시켰다.

"국민이 설혹 이해하지 못한다 해도 역사는 알 걸세."

"조국보다 당신의 정부, 당신의 권력이 더 소중한 당신은…… 다른 사람을 자신의 목숨보다 더 소중하게 여기는 선량한 사람들의 심정을 결코 이해하지 못합니다."

그는 눈물을 삼키고 울먹이며 말했다.

"나는 이제 선택을 해야 합니다. 가족을 죽인 당신을 죽이거나, 가족을 죽인 사람을 증오한다는 사실 자체가 더 슬프다고 말하는 천하에 못된 나를 죽이거나……."

"남군! 언젠가 시간이 흐르고 세월이 지난 다음 역사가……."

"그만하십시오! 더 이상 당신의 궤변을 듣고 싶지 않습니다."

근우가 다시 총을 들어올리자 이승만은 눈을 감았다.

"시간은 흘러가는 것이 아니라 자신을 기억하는 모든 사람들이 만든 각기 다른 자신의 그릇에 담아가는 것입니다. 어느 순간 하나 빠뜨림 없이 그들이 만든 삶의 그릇에! 역사의 그릇에!"

"……."

"부디 이제부터라도 백성들의 기억이 만든 '이승만의 삶'이라는 그릇에, '이승만이 만든 역사'라는 그릇에, ……국민 한 사람 한 사람을 진정으로 내 가족처럼 여기고 사랑하는, 부끄럼 없는 대통령의 순간들을 담아가는 정치를 하십시오. 그렇게 해주신다면 이 나라를 위해 당신이 살아 있는 쪽이 나을 것 같습니다."

이승만은 무겁게 고개를 끄덕였고 근우는 서서히 손가락을 방아쇠에 걸고 총구를 자신의 오른쪽 머리에 댔다.

"미스터 남! 잠깐……."

"각하! 부디 국민의 존경받는 어버이가 되어주십시오!"

"안 돼! 잠깐!"

이승만이 자리에서 일어서려는 순간 근우는 붉어진 눈으로 이승만을 바라보면서 방아쇠를 당겼다.

탕!

총소리를 들은 경호실장과 비서실장이 질겁하고 달려왔을 때 근우는 두 눈을 부릅뜬 채 쓰러져 검붉은 피를 쏟아내고 있었다.

"각하!"

"미스터 남! 미스터 남!"

이승만은 쓰러져 있는 근우를 부둥켜안고 울먹이면서 소리쳤다. 근우의 머리에서 쏟아지는 피가 이승만의 가슴을 적시며 계속 흘러내렸다.

"각하! 별일 없으십니까?"

비서실장과 경호실장이 이승만을 일으켜 세우며 물었다.

"나는 괜찮네. 죽…… 죽었나?"

이승만이 침통하게 물었다.

"예! 각하!"

"……수습하고 비서실장만 남게."

근우의 죽음을 정리한 다음 비서실장이 심각한 표정으로 이승만 앞에 다시 섰다. 한참을 꼼짝도 하지 않은 채로 눈을 감고 있던 이승만이 말했다.

"남근우 과장 일가에 대한 내용을 빠뜨림 없이 보고하게. 있는 그대로……."

의전실장이 상백을 찾은 건 그 다음다음 날이었다.

피습

　근우의 장례를 치르고 한 달쯤 지난 어느 날, 그동안 자신의 방에 틀어박혀 두문불출하고 입을 거의 닫은 채 살아오던 상백이 모처럼 대문을 나섰다.

　"아버님 어디 가시게요?"

　인순이 기쁜 얼굴로 달려와 묻자 잉! 한마디만 했을 뿐 더 이상 말이 없이 대문을 나선 그는 사람 왕래가 드문 방천길로 돌아 이발이의 자전거포를 찾았다. 이발이가 일에 열중하느라 상백이 온 것을 눈치 채지 못하자 한참을 기다렸다가 짬을 보고 물었다.

　"바쁜가?"

　얼굴에 기름이 묻어 까만 줄이 그어진 이발이가 상백을 바라봤다.

　"어르신! 안녕허셔라우? 어쩐 일로 저희 집을 다 오셨습니까?"

　이발이는 반가워 어쩔 줄 모르는 표정으로 상백을 맞이했다.

　"응, 뭐 좀 물어볼 것이 있어서 왔네. 생각헐수록 우리 며느리 잘 숨겨 준 일도 고맙고 해서 말이여."

"제가 뭘 혀드린 것이 있다고라우."

"아니지, 고마운 것은 고마운 것이지. 기환 에미도 얼마 전 다녀가믄서 자네에게 꼭 안부 전해달라고 혔네."

"아녀라우. 어르신은 물론이고 남 선생님이랑 기환이 어머니랑 항상 저헌티 잘혀주셔서 제가 마음속으로 은혜를 어떻게 갚아야 헐지 생각허고 있습니다."

"세상살이라는 것이 누구든 도와줄 사람 있으믄 도와주고 도움을 받을 사람 있으믄 도움을 받음서 사는 것은 나든 자네든 다 마찬가지라네. 다 같이 사는 세상 아닌가?"

"그렇게 말씀혀주시니게 정말 감사허구만요."

"사는 이치가 그렇다 이거네."

"알겠습니다요. 그런디 오늘은 무슨 일로 오셨어라우?"

"이건 자네만 아는 것으로 허고 얘기 좀 혀도 되겠는가?"

상백이 진지한 표정으로 이발이를 바라보면서 물었다.

"말씀허시지라우. 어르신 말씀은 무덤 갈 적까지 저만 알고 있겠습니다."

"고맙네. 내가 두 가지가 필요허네."

"말씀허십시오. 지가 할 수만 있는 일이라면 무슨 수를 써서라도 해드리겠습니다."

상백은 우선, 바늘보다 더 잘 들어가고 튼튼하면서 크기가 어른 손으로 두 뼘 정도 되는 칼 하나를 주문했다.

"예, 그리고 또 하나는요?"

귀를 쫑긋 세우고 연신 눈을 깜빡거리면서 듣고 있던 이발이가 나머지 하나를 다시 물었다. 상백은 이번에는 자신의 구두 밑창에다 주먹 높이보다 좀 더 높은 받침대를 하나 붙여 키가 반 자 정도 더 커 보이게 해달라면서 자신이 꼼꼼하게 그린 그림을 보여줬다.

"언제까지 필요허십니까, 어르신!"

"만드는 것을 남이 보믄 안 될 것인게 시간이 좀 걸릴 테지?"

"한 일주일 정도 말미면 만들어보겠습니다."

"너무 서두르지는 말게."

"저를 믿고 이런 일을 시켜주셔서 참말로 고맙습니다."

"고마운 사람이 거꾸로 되었구먼그려."

상백이 하얀 이를 드러내며 씩 웃었다.

"일 다 끝내놓고 연락드리겠습니다."

"고맙네. 다 되믄 이 가방에 넣어두었다가 내가 가지러왔을 때 주게나."

상백이 준비해간 가방을 넘겨주었다.

"그러지라우, 어르신!"

"그리고 내가 그걸 가져갔다가 이삼 일 내에 다시 가져오거든 잘 보관
좀 혀주겠는가?"

"예, 어르신! 점방문은 늘 열려 있응게요. 혹시 제가 없을 때 갖다놓으
시게 되면 이 항아리 뒤에 두십시오. 제가 잘 보관혀두겠습니다."

이발이가 점포 끝에 있는 낡은 항아리를 가리켰다.

* * *

상백은 열흘째 전주에 가서 우경석의 동선을 확인했다. 그중 삼 일은
마령에서 관촌까지는 걷고 거기서 다시 기차를 타고 갔다.

"저 영감님은 누구시랴? 요새 며칠째 계속 이 시간만 되믄 지나가네?"

"긍게 말여. 못 보던 사람인디 언간히 바쁜감만!"

방수리 정자나무 평상에 앉아 새끼를 꼬던 노인네들이 상백을 보고 한마디씩 했다. 좌포리를 거쳐 초행길인 방수리길을 지나갈 때는 혹여 동네 사람들이나 할 일 없는 노인네들이 쓸데없이 다가와 말을 걸지도 모를 일이라 고개를 돌리지 않고 빠른 걸음으로 걸었다.

우경석은 매일 거의 정확히 여덟 시 십 분에 사무실을 나선다. 특수부 전북지구대 건물이 있는 중앙동에서 도청 앞 큰길로 나와 할머니 국밥집에서 저녁을 먹는데 식사 시간은 이십 분 정도 걸린다. 식사를 마치고 나올 때는 언제나 입에 성냥개비를 물고 나와 질겅질겅 씹다가 뱉는 습관이 있다. 식당에서 도청 앞 큰길을 십 분 정도 곧바로 가면 나오는 경기전(慶基殿) 뒷길을 팔 분 정도 걸어 오목대 쪽으로 꺾어 들어가, 다시 오 분 정도 거리에 있는 한옥회관 뒤쪽 자신의 집으로 들어간다.

상백은 통행인이 없고 어두운 경기전 뒷길을 선택했다. 공원 안 공중 변소에서 남의 눈에 띄지 않게 재빨리 옷을 갈아입은 다음 기다리고 있기에도 안성맞춤이다.

공격은 단 한 번으로 끝나야 한다. 일을 마치고 신작로 사거리를 유유히 건너 골목길로 들어간 다음 전주역까지 최대한 빠른 걸음으로 가면 삼십 분 내에 도착할 수 있다. 열 시 정각에 떠나는 순천행 열차표는 전주역에 내려 미리 끊어놓는데, 역사 바깥 화장실에서 옷을 갈아입고 매무새를 살피며 마음을 가라앉힌 다음 시간에 맞춰 안으로 들어간다. 미리 기다리고 있다가 아는 사람을 만나면 좋을 것 없기 때문이다. 관촌역에 도착하면 열 시 사십 분이다.

관촌역에서부터 마령까지 한밤중에 산길과 농로를 이용해 집으로 돌아오는 훈련은 충분히 마쳤다. 밤길을 걸어 관촌에서 집까지 오는 데는 꼬박 네 시간이 걸린다. 강을 따라 방수리를 한참 지나고 어린아이 공동

묘지로 사용된다는 소문으로 잘 알려진 말궁굴재를 넘어갈 때는 담력이 큰 그도 공포에 떨었으며 훈련도중 두세 번 헛것이 보여 대화를 나누기도 했다.

'아버님, 힘드신데 왜 이렇게 고생을 하십니까?'

죽은 원우가 캄캄한 어둠 속에서 뛰쳐나와 물었다.

'내가 이렇게 허지 않으면 나는 물론이고 철우 가슴에 박힌 한이 끝내 갸마저 죽게 만들 것 같아 그러는 거다. 그리고 그놈은 죽지 않는 한 악행을 멈추지 않을 놈이고······.'

이번에는 연옥이 나타났다.

'여보! 정신 차려요. 어차피 다 지난 일이잖여요. 당신 이러다 죽어요.'

'임자! 임자는 내가 왜 이러는 줄 정말 몰라서 그려? 사람이 살아 있는 것도 중요허지만 혀야 할 일을 험서 살아야 살아 있는 가치가 있는 거여. ······요즘의 나는 정말이지 죽어 있는 것보다 못헌 날들을 살고 있어. 내 평생 어떤 맘으로 자슥 키우믄서 살아왔는지는 임자가 누구보다 잘 알잖여.'

재를 넘어서면 한여름에도 고드름이 열리고 하얗게 찬바람이 나오는 풍혈냉천이 나온다. 그곳에서부터 마령까지는 평지라 달구지 길로 가면 다소 빠른 걸음으로 갈 수 있지만 사람을 피하기 위해 냇물 건너편 좁은 둑길을 선택했다.

마령에 들어와 제일 먼저 마을 입구에 있는 이발이 자전거포에 들러 가방을 맡기고 뒷길로 텃밭을 지나 사랑방으로 들어간다. 처음 훈련한 다음 날 아침 벌건 황토 흙이 묻은 고무신을 본 다음부터는 부엌 앞에 받아놓은 함지박 물로 깨끗이 씻어놓았다. 이변이 없다면 시간은 새벽 세 시를 넘기지 않아 다시 잠자리에 들 것이다. 결행일은 캄캄한 밤에 산을 지나다가 자칫 길을 착각할 수도 있어 보름달 지나 하현달이 되기 전의 날로 정했다.

* * *

"퇴근 안 하십니까?"

"응, 먼저 가!"

언제나 같은 특수3부의 퇴근 인사말이다. 우경석은 방천길에서 엉뚱한 여인을 채봉으로 오인하고 살해한 이후부터 하늘을 바라보지 않는 습관이 생겼다. 먹구름이든 솜털구름이든 양떼구름이든 파란 하늘에 맑게 피어오르는 뭉게구름이든, 또는 붉은 노을이나 밤하늘에 떠서 빠르게 달을 비켜가는 조각구름일지라도 자신의 얼굴을 향해 달려오면서 하나같이 그를 괴롭혔다.

구름은 어린 시절 어머니의 손을 잡고 절간에 갔다가 치마폭에 몸과 얼굴을 가리고 공포에 떨면서 훔쳐본 벽화에 있던 마왕의 얼굴을 만들기도 하고, 파랗게 죽어 있는 아내나 물에서 건져내 퉁퉁 부어 있는 아들의 얼굴을 하고 있기도 하고, 방천에서 죽은 여인의 얼굴을 하기도 하면서 그를 뚫어져라 바라보다가 사라진다. 모두가 표정이 없고 커다란 눈으로 자신을 바라보는데 하나같이 눈에 새빨간 핏발이 서 있다.

우경석은 책상 위에 양손을 올려 주먹을 쥔 채 멍하니 앉아 있다가 벌떡 일어나 바바리코트를 걸쳤다. 벽에 걸린 괘종시계의 바늘이 여덟 시 십 분을 가리키고 있다. 출입문을 닫고 나오다가 특수4부 민 부장과 마주쳤다.

"우 대위! 술 한잔 같이할까?"

"생각이 없어. 다음에 하자고!"

그는 동료들과 어울려 술자리를 하거나 특별한 취미도 없는 편이다. 오늘도 언제나처럼 행인이 거의 없는 경기전 뒷길을 걷고 있다. 그는 이 길을 좋아한다. 경기전 담장을 넘어 날아온 낙엽이 발에 밟히면서 바스락 소리가 나면 하늘을 바라보지 않게 된다. 그가 고개를 숙여 땅을 바라보며 걷고 있는데 왼손에 보따리 모양의 가방을 든 남자가 뒤를 바짝 쫓아오더니 옆으로 나란히 걸으면서 불렀다.

"우경석!"

불길한 예감이 빠르게 스쳐 지나갔다.

"당신 뭐야? 나를 알아?"

우경석은 본능적으로 느껴지는 두려움에 소리를 지르고 도망칠까 하다가 호기를 부리면서 고개를 돌려 사내를 바라봤다.

"알지!"

사내는 대답과 동시에 소매 속에 숨기고 있던 길고 예리한 열십자 모양의 수제 칼을 그의 왼쪽 가슴에 깊이 박았다.

"누, 누구야? 윽! ……."

칼은 바바리코트와 양복을 뚫고 들어가 단숨에 심장을 터뜨렸다. 우경석은 몸을 비틀면서 사내의 바짓가랑이를 움켜쥐려 했으나 그대로 쓰러졌다. 버둥거리며 손으로 땅을 짚는 듯하다가 완전히 엎드린 채 얼굴을 땅에 박았다.

"죽일 줄 알면 죽을 줄도 알아야지!"

사내는 가슴에 박힌 칼을 뽑아 준비해둔 천으로 조심스럽게 피를 닦은 다음 가방에 넣었다. 모든 과정이 눈 깜짝할 사이에 벌어졌다. 사내는 다시 아무 일 없었다는 듯이 유유히 걸어 골목으로 들어가자마자 빠른 걸음으로 사라졌다. 밤길은 다시 적막해졌으며 시신은 다음 날 새벽 통금이 해제된 후 두부 장수에 의해 발견되었다.

"충성!"

아침 여덟 시, 특수부 전북지구대 회의실에 지구대장이 들어오자 간부들이 일제히 일어나 거수경례를 했다.

"누구야? 어느 놈 짓이냐고?"

"부랑자의 짓은 아닌 것 같고 철저히 계획된 살인인 것 같습니다."

"계획된 살인? 단서 될 만한 거 뭐 못 찾았어?"

"찾지 못했습니다."

"어느 놈인가 원한 있는 자의 소행인 건 분명합니다."

"지금 이 자리에 그걸 모르는 사람 있어? 원한이 있는 어느 놈이냐고? 너희들은 동료가 피습당해 죽었는데 눈깔이 뒤집혀지지도 않아? 이 의리부동한 새끼들아!"

"......"

"빨리 수사본부 편성하고 우경석이한테 최근 수사 받은 놈, 과거 수사받은 놈 구분해서 어제 행적 분 단위로 확인해! 알리바이가 없는 놈들은 무조건 잡아들이고 목격자 찾아보고, 알았어?"

"목격자는 한 사람 나왔습니다."

전날 저녁 그를 마지막으로 본 민 대위가 말했다.

"나왔어?"

"예! 신고 접수되자마자 현장 탐문해서 찾았습니다."

"누구야? 뭐 하는 사람이야?"

지구대장이 다그쳤다.

"우 대위가 당한 곳 인근에서 옷 수선하는 사람입니다."

"뭐래?"

"지금 얘기하다가 회의에 들어왔습니다."

"그럼 지금 와 있는 거야?"

"예! 대기 중입니다."

"잠시 이리 데리고 와봐!"

잠시 후 한 남자가 들어와 살벌한 분위기를 보고 마른침을 삼키며 불안한 표정을 지었다.

"저, 거기 이쪽으로 와서 앉아요."

지구대장이 그를 직접 불러 회의실 의자에 앉게 했다.

"범인을 봤어요?"

"범인인지는 정확히 몰러라우."

"그럼 뭘 봤다는 겁니까?"

남자는 어젯밤에 점방에서 일을 하고 있는데 경기전 담장 쪽에서 낯선 사람 하나가 바쁘게 걸어오더니 골목길로 접어들자마자 막 뛰다시피 했다고 기억을 더듬어가며 말했다.

"담장 어느 쪽인데?"

"사람 쓰러져 죽은 디요."

"쓰러져 죽은 곳을 어떻게 알아요?"

"오늘 아침에 사람들이 구경허는 걸 나도 봤지라우."

"그렇게 새벽에요?"

"우리 집이 큰길허고 골목허고 모퉁이라, 행길에서 나는 소리도 잘 들리고 문도 일찍 열어라우. 두부 장시가 젤로 먼저 봤다더만요."

"그러니까 죽이는 걸 본 것이 아니라 범인 같은 사람을 봤다 이거구만! 어떻게 생긴 사람인지 자세하게 본 그대로 얘기하세요."

"키가 큰디 다리가 좀 불편혀 보였고라우. 또 보자기처럼 생긴 시꺼먼 가방을 들었어라우."

"체격은?"

"등치가 좀 되야 보이더만요."

"몇 살쯤 되었어요?"

"모자를 써서 잘은 모르지만 한 사십은 되야 보였어라우."

"키는? 키는 좀 더 정확히 말해봐요."

"여섯 자 조금 안 되야 보였어라우."

"여섯 자? 그럼 180센티라는 말이잖아. 어떻게 그리 잘 알아요?"

"제가 옷을 재는 사람이라 키 보는 눈썰미가 좀 있구만요."

그가 자신 있다는 듯이 말했다.

"신발은?"

"신은 잘 못 보았는디 군화 비슷혔어라우."

"군화? 알았어요. 그리고 또 뭔가 참고할 만한 거 없어요?"

남자가 더는 생각나는 것이 없다며 머리를 긁적이자 지구대장은 밖으로 나가서 기다리라고 불만스럽게 말했다.

"······지금 점방이 비었는디요."

남자가 망설이다 대답했다.

"그래도 조금 기다려요!"

목격자가 나가자 지구대장이 서류철로 탁자를 몇 번 내리친 다음 잠시 뭔가를 생각하다가 고개를 들었다.

"아까 그 사람 얘기 다 기록들 했어? 키가 크고 체격 좋은 사십대 놈. 목격자 더 찾아보도록 해. 아 참! 그리고 언론 통제하고!"

"알겠습니다."

"이건 뻔한 사건이고 대가리 싸움이야. 지금부터 다른 수사는 수사관들 시키고 당신들은 이 사건 범인 잡는 일을 먼저 하도록 해! 범인이 증거를 없애고 알리바이를 만들 시간을 주면 안 돼. 알겠나?"

"바로 착수하겠습니다."

"이미 많이 늦었어. ……용의자야 여기서 수사를 받았거나 받은 자의 가족일 테니까 바로 리스트 뽑을 수 있을 거 아냐? 목격자 진술 토대로 부서별로 대상 나눠서 내일까지 조사 완료해! 범인 체포자 1계급 특진 내신이다. 서둘러!"

* * *

"아버님, 일어나셨어요?"

인순이 어제 밤늦게 들어온 상백의 방문 앞에서 꿀물을 들고 조심스럽게 물었다.

"응, 에미냐? 일어났다!"

상백이 아직 잠에서 깨어나지 않은 목소리로 대답했다.

"물리실까 봐 꿀을 조금만 탔습니다."

상백은 여느 날과 다르게 물 한 사발을 단숨에 들이키고는 기분 좋은 표정으로 잘 마셨다고 했다.

"어제 늦으셨나 봐요, 아버님?"

"아니다, 일찍 들어와 불 끄고 자리에 들었다. 여덟 시쯤 되았을 것이다. 나도 너를 못 보긴 했다만……."

상백은 일부러 시간까지 언급하면서 말했다. 인순이 고개를 갸우뚱했다.

"그러셨어요? 오후부터 저녁도 안 드시고 안 보이셔서……."

"잉! 속이 불편혀서 방천에 산책 좀 혔다. 누구헌테는 나 방천에 나갔었다고 말허지 말어라. 밥도 거르지 않고 잘 먹는다 허고……. 매급시 식구들 걱정허니께."

상백의 말대로라면 어제 저녁에 집에 있었고 식사도 다 했으며 일찍 잠자리에 들었다는 것이다.

"예, 아버님!"

상백이 아침상을 물린 후 정미소를 둘러보고 집으로 들어오는데 문 앞에 남자들 몇이 안을 기웃거렸다. 하나는 진안경찰서 순경인 듯했다.

"누구를 찾소?"

"여기가 남평우 씨 집입니까?"

나이 든 수사관이 상백의 옷매무새와 키를 슬쩍 확인하면서 물었다.

"남평우를 찾아왔습니까?"

"남평우를 찾는 건 아니지만 그 사람이 살았던 집이냐 이겁니다."

"그거야 이 냥반은 알 거인디?"

상백이 옆에 서 있는 순경을 가리키며 말했다.

"대강은 알지만 확인허는 겁니다."

"노인장! 들어가서 얘기허십시다."

사복을 입은 사내가 먼저 대문 안으로 들어갔다. 순경과 함께 들이닥친 사람들은 다짜고짜로 집 안 여기저기를 뒤지고 다녔다.

"여보셔요! 지금 뭐허시는 거여요?"

낯선 사람들의 행동에 인순이 놀라 말했다. 그들은 인순의 말을 들은 척도 하지 않고 장독대에 있는 모든 항아리의 뚜껑을 있는 대로 열어보더니 광 앞에 멈춰 섰다.

"아주머니! 여기 광은 항상 이렇게 잠가둬요? 열어보세요."

"밤에만 잠그는데요. 안 잠글 때도 있고요."

인순이 열쇠를 가지고 오는 동안에도 그들은 바쁘게 여기저기 돌아다니면서 수색했다.

"지금 뭔 짓들 허는 거요? 남의 집을 뒤질라믄 최소한 왜 뒤진다는 말이라도 혀야 헐 것 아니요?"

상백이 보다 못해 한마디 했다.

"보고도 모르세요? 지금 수색하잖아요, 수색!"

"어이! 그 할아버지 가만 앉아 계시게 해. 아주머니, 아버님 마루에 계시게 해요. 어디 나가지는 말고요."

"아버님, 그냥 내버려두세요. 곧 끝나겠지요, 뭐."

인순이 상백의 눈을 슬쩍 바라보면서 말했다.

"영감님, 어제 뭘 하셨어요?"

"정미소허고 주장 들렀다가 집에 있었소."

"아주머니가 대답하세요."

"예, 쭉 집에 계셨어요."

"김 하사! 차부에 가서 수소문해봐. 어제 정미소 영감님 본 사람 없는지."

한 사람이 나간 후에도 그들은 온 집안 식구들의 옷과 상백의 구두, 다락이나 선반, 벽장과 이불 속, 부엌 아궁이는 물론 텃밭 땅 속도 파보고, 심지어 변소통 안까지 작대기로 저어보았다.

"그란디, 내 하나 물읍시다. 도대체 왜 이러는 거요? 아직도 더 잡어갈 사람이 남었소?"

상백이 어이없어하며 물었다.

"그건 알 거 없고요. 아주머니! 아버님이 밤에는 몇 시에 주무셨습니까?"

"평소대로 저녁 드시고 바로 주무셨어요."

입을 꼭 다물고 마루 한쪽에 앉아 있는 기준에게 다른 수사관 하나가 물었다.

"자네, 몇 살이지?"

"스물둘인디요."

"직업이 뭐여?"

"대학생입니다."

그때 차부에 갔던 김 하사가 돌아왔다.

"차부에서는 어제 이 영감님을 본 사람이 없습니다. 매표소 직원, 매점 점원, 청소부헌테도 물어봤고 큰길가 점방에서도 확인했습니다."

마루에 앉아 멍하니 그들의 행동을 지켜보고 있던 상백이 입을 뗐다.

"우리도 협조헐 만큼 혔으닝게 인자 얘기해 보슈. 도대체 또, 뭣 땜시 이러쇼들?"

나이 든 수사관이 상백의 말을 듣고 잠시 망설이다 물었다.

"영감님! 어제 전주 갔었지요?"

인순은 상백의 곁에서 그 말을 듣고 갑자기 몸이 부들부들 떨렸다. 수사관은 눈을 떼지 않고 잠시 상백의 얼굴을 들여다보았다.

"집에 있었다잖소!"

상백 또한 수사관의 눈동자에서 눈을 떼지 않고 말했다.

"영감님! 작년에 처형된 아드님 산소가 어디지요?"

"그건 또 왜요? 즈 에미와 동생 곁에 묻어줬소만……."

"여기서 먼가요? 아주머니가 말해봐요."

인순이 그다지 멀지 않다고 하자 수사관의 눈이 반짝였다.

"같이 거기 좀 가봅시다."

"야 이놈들아! 인자 남의 산소까지 파볼 셈이냐? 어림없는 소리 허지도 마라. 내가 죽으믄 죽었지 거그까지는 니놈들을 데리고 갈 수 없다. 당장 나가라!"

"파보긴 누가 파본다고 그려요? 가보기만 할 테니까 위치만 가르쳐줘요. 내가 약속하지요. 지금 안 가르쳐줘도 찾는 건 문제가 아니잖아요? 안 그래요?"

"저랑 가시지요."

수사관들의 말을 들으면서 가만히 있던 기준이 앞장서려 했다.

"찾아가보고 싶으믄 니놈들이 동네 사람들헌티 물어서 찾아가라, 이놈들아. 기준아! 너는 참견하지 말그라!"

"어차피 찾아갈 건디 차라리 제가 함께 가는 게 아버지헌테도 예의인 것 같아요. 그러니까 할아버지! 제가 다녀오도록 허락해주세요. ……가시지요, 아저씨. 그 대신 저허고 약속허신 겁니다. 망자에게 결례허지 않겠다고."

그들은 산소에 가서 주변 수십 미터까지 뭔가 증거물을 찾아 여기저기를 유심히 살폈다.

"부장님! 여기 좀 와보십시오!"

"왜, 뭐가 있어?"

"여기 파놓은 흔적을 낙엽으로 덮어놓은 것이 좀 수상합니다."

"이 친구야, 이건 두더지 굴이야. 좀 더 파보든지!"

그들은 끝내 아무것도 찾지 못한 채 발길을 돌렸다.

"그런데 저 산소는 또 뭐야? 누구 것인가?"

"아 예. 경무대에 계셨던 이 댁 아드님인디요. 동생허고 형이 처형당헌 걸 몰랐다가 얼마 전에 알고는 자살혀 죽었답니다."

진안경찰서 순경이 조심스럽게 말했다.

"뭐, 경무대? 거기 근무하던 아들이 또 죽었단 말야?"

"미국에 가서 십 몇 년간 소식이 없었는디 귀국해서 경무대에 있었나 벼요. 정미소 어른도 참 안됐지라우."

"음…… 노인네가 제정신이 아니겠구만!"

"우리 서장님 말씀도 한 집에서 어떻게 아들 셋이 죽을 수 있냐고 그러셔요."

"……다들 가자고!"

나이 든 수사관이 눈살을 찌푸리며 먼저 내려갔다.

기준이 돌아와 할아버지에게 산소에서 있었던 일들을 그대로 보고했다. 얘기를 다 들은 상백은 큰 소리로 헛기침을 하고 일어섰다.

"기준아! 할애비랑 주장 가서 막걸리 한잔하꺼나?"

"예, 할아버지."

"에미야! 나 다녀오마."

"아직 식사 안 허셨잖아요, 아버님."

"내 오늘 밥보다 더헌 보약을 먹었는갑다."

상백의 목소리는 어느 때보다 밝고 힘이 넘쳤다. 수사관들은 상백이 범인이 아닌 이유를 키와 체격, 나이가 모두 목격자의 진술과 크게 다르고, 증거가 될 만한 물건이 전혀 없으며, 버스를 타고 나가는 것을 본 사람이 없다는 것으로 정리했다.

제5장

기다림

기웅은 강희의 손을 잡고 모래밭을 뛰었다. 고무신이 땅에 박혀 자꾸만 벗겨지자 아예 벗어들고 뛰었다.

"얼래? 이쪽에도 냇물이 생겼네? 강희야 저쪽으로 가자."

"나 힘들어."

"강희야! 오빠 손잡고 뛰어. 빨리 가야 해."

한참을 뛰어가 바로 앞에 논둑길이 보이는 피리나무 물가까지 왔다. 평소 돌을 밟고 건너면 신발이 젖지

않던 곳이다.

"어? 여그도 물이 깊어졌어. 어떻게 하지?"

원진봉이 보이는 덕지리

덕지리 옥봉의 집에서 서쪽 하늘을 바라보면 멀리 원진봉이 눈에 바로 들어온다. 엷은 안개에 에워싸여 신비의 산처럼 보이기도 하고 때론 가깝고 선명하게 봉우리를 드러내기도 한다. 동네 앞 방천길 미루나무는 파란 하늘을 향해 끝없이 가지를 뻗치고 냇물은 밤이나 낮이나 쉬지 않고 종알거리면서 흘러간다.

철원댁이 빨래통을 머리에 이고 대야를 팔에 낀 채 대문 안으로 들어오면서 기웅이와 눈이 마주쳤다.

"철원댁 이모!"

철원댁은 입에 웃음을 가득 담은 채 빨래통을 내려놓고 기웅의 볼을 부드럽게 토닥였다.

"기웅아, 왜?"

"오늘 비 올까, 안 올까?"

"오늘? 으응…… 오늘 비 안 와!"

철원댁은 빨래를 탈탈 털어 널면서 원진봉을 슬쩍 쳐다보고 대답했다.

채봉이 폐결핵 진단을 받은 지 일 년 반이 지났다. 처음 집중 치료를 받고 나온 후 눈 덮인 가야산으로 평우를 찾아갔으나 만나지 못하고 돌아와서는 병이 다시 도져 입원과 퇴원을 반복했다. 그동안 기웅과 강희를 만나러 공주에 온 건 두 번에 불과했으며 아이들의 가장 큰 관심거리는 언제나 채봉을 기다리는 일이었다.

"철원댁 이모는 왜 맨날 저짝만 처다봄서 비가 온다, 안 온다 그렇게 말햐?"

기웅이가 손으로 앞 쪽을 가리키면서 물었다.

"가르쳐줄까? 이거 비밀인디 너한티만 가르쳐주는 거여. 저짝 저 산 보이지? 저것이 원진봉인디…… 거그가 구름에 덮여 있으믄 비가 오고 잘 보이믄 비가 안 와."

"정말이여?"

"응. 그런디 너 시방 오늘 엄니 올까, 안 올까 그거 알고 싶은 거지?"

기웅이 대답 대신 고개를 끄덕이자 철원댁이 웃으며 대답했다.

"오늘 비는 안 오고 엄니는 올지도 몰라. 안 올 수도 있고……."

"올 수도 있고 안 올 수도 있다고? 그게 말이여, 막걸리여? 그런 말은 누구나 하겄다."

기웅은 투덜대면서도 비실비실 웃었다.

"참말이랑게. 강희 잘 데리고 놀믄 올지도 몰라."

"또 그러네. 올지도 몰라는 또 뭐여?"

빨래를 다 넌 철원댁은 입가에 웃음을 가득 담으며 기웅을 한번 쳐다보더니 소쿠리를 들고 다시 밖으로 나갔다.

안산 앞 신작로 길이 책보를 메고 손장난을 치면서 쫓고 도망가거나 재잘거리면서 학교에 가는 아이들로 가득 메워졌다. 서로 손을 잡고 앞

뒤로 힘차게 흔들어대면서 노래를 부르기도 하고 여자아이한테 장난을 치고 도망가거나 쫓아가기도 했다. 모래 실은 트럭 한 대가 흙먼지를 일으키면서 천천히 아이들을 헤치고 지나쳐갔다. 잠시 양쪽으로 비켜섰던 아이들은 트럭 뒤를 쫓아 죽어라고 달리다가 꽁무니가 점점 멀어지기 시작하자 아쉬워하면서 포기했다. 오래지 않아 언제 그랬냐는 듯 아이들이 모두 사라지고 고요한 신작로 길에 아지랑이가 어른어른 피어올랐다.

강희가 양팔을 벌리고 업어달라며 기웅에게 다가갔다. 기웅은 못 들은 척 앞으로 몇 발자국 나갔다.

"이잉, 업어줘!"

강희가 우뚝 멈춰서더니 징징거리며 다시 업어달라고 졸랐다.

"안 업는담서?"

몇 발자국 가지 않아 되돌아선 기웅이 쭈그려 앉아 등을 내밀었다.

"······열 발자국까지만여."

바람을 만난 미루나무가 하늘을 향해 올라가는 것을 멈추고 이파리를 요란스럽게 흔들었다. 강희를 등에 업고 버스가 다니는 월향리 방향으로 뒤뚱거리며 몇 발짝을 가던 기웅이 입을 딱 벌렸다.

"어? 어머닌디?"

기웅이 눈을 몇 번이나 비비면서 고개를 갸우뚱거렸다.

"어머니 맞네. 강희야, 어머니여!"

몸을 비틀어 기웅의 등에서 내린 강희가 눈을 찌푸리고 멀리 산모롱이 길을 바라봤다.

"봐, 맞지? 어머니! 어머니!"

"엄니!"

"어머니가 어디서 나타났지? 방금까지도 없었는디?"

채봉은 긴가민가하고 있다가 종종걸음으로 달려왔다.

"아니, 기웅아! 너 강희 업고 나왔어? 아이고, 우리 기웅이가 인자 동생도 업고……. 그새 다 컸네."

환하게 웃으면서 다가오고 있는 채봉을 본 기웅은 반가워 부를 때와는 달리 아무 말 없이 그대로 서 있었다. 채봉이 강희를 안자 기웅은 양손을 붙잡아 등 뒤로 꼬아 쭉 펴면서 쳐다만 봤다.

"잘 있었어?"

채봉은 두 팔로 아이들을 꼭 끌어안았다. 할 말을 찾지 못하고 있던 기웅의 두 눈에서 눈물이 주르륵 흘렀다.

"우리 기웅이가 동생 보느라고 힘들고, 또 어머니도 많이 보고 싶었구나. 너무 반가워서 눈물이 나왔어?"

채봉이 기웅의 눈물을 닦아주었고 강희는 오빠가 우는 모습을 이상하다는 듯이 바라봤다. 기웅이는 집에 들어갈 때까지 걸음마다 향내가 폴폴 나는 채봉의 치맛자락을 꼭 잡고 따라갔다.

"언니!"

채봉이 부르는 소리를 듣고 앞치마에 손을 닦으면서 뛰쳐나오다가 문턱에 걸릴 뻔한 옥봉이 부엌문을 잡으며 반색을 했다.

"새끼들이 있응게 오긴 오는구나. 얼굴은 좋아 뵈는구만?"

씩 웃으면서 채봉의 얼굴을 살피는 옥봉의 유난히 큰 눈과 하얀 앞니가 햇볕에 반짝였다. 안방에 앉아 돋보기를 쓰고 성경책을 읽고 있던 옥봉의 시어머니 유 권사도 활짝 웃는 얼굴을 하고 채봉의 인사를 받으며 밖으로 나왔다.

"나 쏨방골 고추밭에 좀 갔다 오마. 사돈! 자매간에 못다 한 얘기들 나

뉘유."

유 권사가 웃으면서 자리를 피해 주는 듯 말했다. 시어머니가 벚나무를 지나 중문 쪽으로 꺾어지자 옥봉의 목소리가 갑자기 커졌다.

"너 이게 얼마 만이냐? 새끼들 보고 싶지도 않았어?"

"믿거니 하고 있었지 뭐. 그리고 나아졌다가 또 안 좋아졌다 그래서 어쩔 수 없었어."

채봉이 무릎에 앉은 강희 머리를 쓰다듬으면서 말했다.

"해본 소리여. 니가 오죽허믄 그렸겄냐. 그나저나 몸은 좀 괜찮아진 거여?"

"언니, 나 죽다 살았어. 아직 다 살아난 것도 아니지만."

"그게 뭔 소리냐? 그럼 아직도 아픈 겨?"

기웅이는 치맛자락을 놓지 않은 채 초롱초롱한 눈으로 채봉과 옥봉을 바라보며 두 사람의 말을 듣고 있었다.

"이따 얘기혀줄게."

채봉이 기웅이를 바라보면서 가져온 보따리를 풀기 시작했다.

"기웅아, 이거 니 옷여. 그리고 이건 운동화랑 고무신이고."

"와! 이렇게나 많이? 지금 입어봐도 되야?"

"그러엄! 그리고 우리 예쁜 강희! 너도 오빠랑 똑같이 옷이랑 운동화랑 고무신이여. 좋아?"

아이들이 좋아 어쩔 줄을 몰라 하자 옥봉이 눈을 휘둥그레 뜨면서 뺏어가기라도 할 듯 손장난을 했다.

"야! 느그들 오늘 땡잡았구나!"

강희는 금방 울음이 터질 듯 눈물이 고였다.

"강희야, 이모가 장난한 거여. 강희 이뻐서."

채봉이 달랬으나 강희의 눈에서는 이미 눈물방울이 또르르 굴렀다.

"쟈가 저런당게! 툭허믄 울어. 뚝!"

옥봉이 강희를 바라보며 눈을 부릅뜨는 흉내를 냈다.

"이모, 그러지 마! 강희야, 우리 가서 신어보자."

기웅이가 재빨리 강희를 데리고 방으로 들어갔다. 옥봉은 기웅이가 오빠 노릇을 제대로 한다면서 얼마 전에 있었던 얘기를 꺼냈다.

"내가 아래께 저녁참에 씨감자를 쪄서 밥그릇에 넣어줬거든. 아 지도 먹구 싶을 게 뻔할 텐디…… 나중에 봤더니 글쎄, 지 동생 준다고 고걸 안 먹고 신문지에다 싸갖고 남겼더랑게?"

"얼라! 그걸 어떻게 알았어?"

"강희가 또 에미가 보구 싶은지 별일도 아닌 일로 찔찔 짜니께 신문지 묻은 걸 뜯어내면서 다 식은 감자를 멕여주는디 내가 짠하더랑게."

얘기를 듣던 채봉의 눈에 금세 눈물이 고였다.

"글고 지도 엄니 엄청 기다리는 거 같더면 강희가 울깨비 내색도 안 하더라고."

옥봉도 웃으면서 말하다가 자신의 얼굴을 슬쩍 문질렀다.

"쟈가 원래 정이 젤 많어. ……그런디 형부는 어디 나가신 모양이지?"

채봉이 표정을 바꾸고 물었다.

"요즘 니 형부는 인삼하고 산다."

"인삼? 형부가 인삼 재배를 혀?"

옥봉은 난리통에 개성인삼이 없어져 정부에서 인삼 재배를 적극적으로 지원하는데 영농정책에 도움도 되고 주민들에게 시범을 보이기 위해 국헌이 요즘 그 일에 정성을 쏟고 있다고 설명했다.

"형부헌테는 어쩐지 안 어울리는데?"

"글씨 말여. 그런디 그것도 애국이랴!"

"국회의원에 다시 출마 안 허셔?"

옥봉은 자신도 잘은 모른다면서, 무소속은 떨어질 게 불을 보듯 훤하고 자유당에서는 자꾸 찾아오지만 이승만 들러리 하기 싫어 거절하는 모양이더라고 했다.

"형부다운 생각이네. 인삼 재배는 언제부터 시작허셨어?"

"작년 가을에 금반산에 씨 놓았응게 인자 시작이여."

"그려? 거기도 인삼 재배헐 데가 있어?"

옥봉이 들은 바에 의하면 금반산 북쪽은 그늘지고 흙이 좋은 데다 여러 가지 조건이 인삼 재배에 적합하다고 했다. 그때 밭에 나갔던 철원댁이 들어오면서 채봉을 보고 반갑게 인사를 했다.

"기웅이 어머니 오셨네유?"

"안녕허셨어요, 아주머니!"

"철원댁이 기웅이를 얼마나 챙기는지 몰러. 기웅이도 따르고."

옥봉이 철원댁의 칭찬을 아끼지 않자 철원댁이 소쿠리를 내려놓으며 활짝 웃었다.

"기웅이는 누구든지 따르잖어유."

"아주머니 고마워요!"

채봉이 철원댁에게 인사를 하고 다시 옥봉을 쳐다보며 물었다.

"……그럼 형부는 지금 인삼밭에 계신 거여?"

"아녀. 오늘은 대전에 볼일 보러 가셨어. 모레 오실 거여."

자매는 밤늦도록 지난 이야기를 나눴다. 채봉이 강희와 기웅의 베개를 바로해주고 돌아앉자 옥봉이 갑자기 채봉의 손을 잡고 마루로 나갔다.

"채봉아! 니가 이제 좀 나아졌다니 다행이다. 그려도 몸 조심햐!"

"알았어, 언니. 어차피 약은 계속해서 먹어야 되야."

"그리고 너 내 말 이상하게 생각하지 말고 하나 들어줄래?"

"뭔데?"

옥봉이 잠시 입을 다물고 있다가 농담처럼 말을 꺼냈다.

"기웅이…… 나 줘라."

채봉은 흠칫 놀라면서 옥봉을 쳐다보다가 웃음을 담아 받아 넘겼다.

"그려, 자식 많은디 하나 주지 뭐."

채봉이 장난스럽게 말하자 옥봉은 잠시 입을 다물고 있다가 다시 정색을 하면서 입을 뗴었다.

"장난으로 듣지 말고…… 호적 바꾸잔 얘기가 아니라 내가 쭈욱 키우자 그말여. 대학도 서울서 다니게 하고 얼마든지 왔다 갔다 함서."

옥봉이 목소리를 낮춰 속삭이듯 말하고 채봉의 표정을 살폈다.

"……무슨 말인지 알겠는데 그건 안 되야."

채봉이 차분하게 말했다.

"니 형부도 그렇고 시어머니도 그렇고 기웅이를 너무 이뻐하셔."

"언니……."

채봉이 찡그리면서 옥봉을 바라봤다.

"그러고 너도 몸이 아프잖야."

"그건 쟈가 좀 큰 다음에 언니를 어머니처럼 챙겨주도록 당부할 수는 있어도 지금 인자 한창 자랄 때 혼란을 주고 싶지 않어."

"……그럴 줄 알았다. 한번 해본 소리여."

"언니, 나 가까운 데다가 셋집 하나 봐줘."

채봉이 옥봉의 표정을 넌지시 살핀 다음 화제를 바꿨다. 옥봉은 말을 듣자마자 언니 있는 시골까지 와서 뭐하러 셋집을 얻느냐며 흘겨봤다.
채봉은 의사가 몇 년 더 요양을 권했다면서 사돈댁과 따로 있는 것이 마음이 더 편할 것 같다고 했다.

"니 깔끔한 성격에 맘에 드는 집이나 쉽게 있겄냐?"

"그냥 방 하나 넓은 거 있고 마루랑 부엌 있음 돼야. 언니, 그리고 나 재중오빠 산소에 가보고 싶어."

"그랴, 재중이가 좋아하겄구나. 낼 나랑 같이 가보자."

* * *

강희가 방으로 들어와 오빠가 없다며 기웅을 찾았다.

"너랑 같이 안 있었어? 마당 어디에 있겠지."

채봉이 강희를 안고 밖으로 나와 두리번거렸다. 옥봉은 부엌에서 뭔가를 하고 있고 철원댁은 토방 모서리에서 쪽파를 다듬고, 유 권사는 작년 여름 우물을 메우고 심은 펌프로 물을 길어 담장 밑에서 뜯어온 머위를 씻고 있다.

"아주머니, 우리 기웅이 못 봤어요?"

채봉이 토방으로 내려와 철원댁을 보고 물었다.

"못 봤는디유."

"언니! 기웅이가 안 보이네?"

채봉이 고개를 갸우뚱하면서 부엌으로 들어가 옥봉에게 다시 물었다.

"나도 못 봤다. 뒤꼍에 가봐! 어디 있겠지."

기웅은 뒷마당에도 없었다. 채봉이 강희를 내려놓고 기웅을 소리 높여 부르며 집 안 구석구석 찾아다녔다.

"정자나무에 갔나?"

"정자나무? 야가 혼자서도 정자나무에 가?"

채봉이 집 밖으로 나가려고 하자 강희가 팔을 벌리며 다가섰다.

"엄니, 같이 가!"

"너는 집에 있어. 엄니 혼자 빨리 찾아보고 올 텐게."

울먹이는 강희를 뒤로 하고 채봉은 혼자 대문 밖으로 뛰어나가 정자 나무로 급히 갔다. 기웅이는 보이지 않았다. 방천길 미루나무 가로수 너 머로 안개에 덮여 흐릿하게 보이는 원진봉 위의 검은 먹구름이 채봉의 마음을 조급하게 만들었다.

"기웅아! 기웅아!"

졸졸졸 흐르는 시냇물 소리가 기웅이를 부르는 채봉의 소리를 삼켜버 리듯 점점 크게 귓속으로 파고들었다. 허겁지겁 다시 집으로 돌아온 채 봉이 숨을 몰아쉬며 물었다.

"기웅이 아직 안 왔어?"

"응, 거기도 없냐?"

옥봉이 손을 앞치마로 닦으면서 나왔다. 강희는 채봉을 보자 다시 안 아달라고 매달렸다.

"강희야, 엄니 지금 힘들어. 조금만 혼자 있으믄 안 되야? ……언니, 야 가 어디를 잘 가?"

채봉의 숨소리가 가빠졌다.

"아침에 일찍은 나가본 적이 없는디……. 채봉아! 너 안색이 안 좋아 보여. 내가 찾아볼 텐게 넌 집에 있어라."

"안 되야, 언니. 우리 기웅이가 어딜 간 거여?"

채봉이 다시 삼거리로 해서 월향리 쪽으로 허겁지겁 뛰어갔다. 몇몇 사람들이 함께 찾아도 보이지 않자 온 집안 식구가 기웅이를 찾아 나섰다. 짙어질 대로 짙어진 안개는 신작로 건너 쏨방골을 흔적도 없이 삼켜버리고 먹구름에 둥실 떠버린 원진봉은 꼭대기만 겨우 남아 하늘 속으로 빨려들어가고 있었다. 전날 기웅이랑 강희가 놀고 있던 곳도 가봤으나 보이지 않았다. 채봉이 계속 기웅을 부르며 콜록거렸다. 다시 미루나무 방천 옆 냇물로 가서 사방을 두리번거리며 기웅이를 불렀다.

"기웅아! 기웅아!"

가벼운 기침을 하던 채봉이 미루나무 밑에 주저앉으며 빨간 피를 토했다. 뒤쫓아온 철원댁이 깜짝 놀라며 다가왔다.

"아니, 기웅이 어머니! 이게 먼 일이래유? 무슨 피를 이렇게 토한대유?……집사님! 여기 좀 오셔봐유. 큰일났어유! 어서유우!"

옥봉이 달려와 깜짝 놀라며 소리쳤다.

"아니 이게 먼 일이여? 이를 어쩌냐, 응? 채봉아!"

"언니, 나 괜찮여. 죽는 거 아닝게 내 걱정 말고 빨리 우리 기웅이 좀 찾아봐. 얼른!"

채봉이 잔기침을 하자 다시 피가 토해져 나왔다. 그때였다. 냇물 건너편에서 쏨방골 쪽으로 이어져 있는 넓은 방천길에 줄지어 있는 미루나무 뒤에서 기웅이가 달려나오며 소리쳤다.

"어머니! 왜 그랴? 어머니, 안 그럴게. 죽지 마, 어머니! ……이모! 우리 어머니 좀 살려줘! 이모, 빨리!"

기웅은 입언저리에 피가 묻어 있는 채봉을 바라보며 엉엉 울었다.

"야가 어디 숨었다가 튀어나온디야?"

옥봉이 기웅을 보자 눈을 동그랗게 떴다.

"어머니! 입에 피 묻었어."

기웅이 채봉의 손수건으로 입언저리를 닦아주며 계속 울었다.

"기웅이 괜찮여?"

"안 그럴게, 어머니."

"기웅아, 어머니 괜찮응게 울지 마! 이리 와!"

채봉은 엉엉 우는 기웅이를 꼭 안아주었다. 기웅의 손을 잡고 집으로 들어가 입을 헹구고 난 다음 채봉이 옥봉에게 말했다.

"언니! 이럴 때 쟈는 혼내도 안 되고 먹을 걸 줘도 안 되야. 그냥 따뜻허게 안아줘야 혀. 지 성허고는 달러."

"아니 그려도 왜 나무 뒤에 숨어 있었는지는 물어봐야잖어?"

"이미 알았어. 그러니까 말허지 마. 지가 나중에 말헐 거여."

"알았다. 그런디 너 그렇게 피를 쏟고도 괜찮냐? 나는 기절혀 죽는 줄 알았어, 이것아."

"괜찮여. 언니 미안혀!"

"니가 뭣이 미안햐? 어쨌든 나 지금 어디 좀 빨리 다녀올란다."

"그려. 언니 내 걱정 말고 갔다 와."

옥봉은 종종걸음으로 아랫마을에 있는 약방 백 선생네 집으로 향했다.

"기웅아! 엄니는 절대로 너를 남헌티 주지 않어. 너도 알지?"

기웅이가 눈물을 줄줄 흘리며 고개를 끄덕였다. 마당이며 앞 냇가랑 씀방골 고추밭과 안산 숲 속이며 온 마을에 한차례 비가 쏟아진 다음, 검푸른 용 한 마리가 원진봉 봉우리를 딛고 하늘 구멍으로 올라가듯 먹구름이 서서히 걷히기 시작했다.

기와집

까만 머리에 기름을 약간 발라 뒤로 넘기고 한복에 두루마기를 걸친 국헌이 집안일을 관리하고 있는 김창수와 함께 집 쪽으로 성큼성큼 걸어오고 있었다. 그는 기와집 텃밭에서 취나물을 캐고 있는 채봉을 보자 손을 들어 흔들면서 반가워했다.

"아아! 처제 왔어?"

"어머! 형부! 대전 다녀오셔요?"

채봉이 국헌의 목소리를 듣고 밭둑으로 나왔다.

"처제 얼굴이 좋아졌네!"

국헌의 아버지 이장규는 구한말 의정부 승지를 지냈으며 독립협회의 주역인 서재필과 윤치호의 휘하에서 함께 독립운동을 꾀했다. 그러나 윤치호는 3.1운동 당시 독립운동가들로부터 국민대표 서명을 권유받았을 때 조선의 독립은 불가능하고 일제에 저항할 필요가 없다는 친일 성향의 태도를 취했을 뿐만 아니라, 그의 영문 일기장에서 명성황후의 시해에 조선인이 가담했다는 내용이 밝혀지는 등의 모호한 태도를 보였다.

이에 윤치호를 따르던 이장규는 분노를 참지 못하고 스스로 목숨을 끊었다. 이장규의 외동아들인 국헌은 아버지를 잃고 만주로 건너가 간도 한인군관학교를 졸업하고 독립군으로 들어가 활약하던 중, 1934년 만주의 소만 국경에서 일본군과 전투를 벌이다 팔에 부상을 당해 귀국했다. 이듬해 장인인 윤태섭을 잘 알고 있는 작은아버지의 중매로 옥봉과 결혼했으나 슬하에 자식이 없다.

민족의식이 투철하고 강직한 그는 1950년 5월 제2대 국회의원에 무소속으로 출마했다가 지지기반의 열세로 낙선된 후 자유당에 합류할 것을 계속 권유받았으나 거절했다. 전쟁 중 인공치하에서도 전혀 굴하지 않았으며 수차례 위험한 고비가 찾아왔지만 그때마다 그의 사심 없는 성품과 독립운동 전력 등의 사유로 죽음을 모면할 수가 있었다.

"어, 안녕하세유우?"

김창수가 모자를 벗는 흉내를 내면서 거수경례하듯 인사했다.

"예, 아저씨도 안녕허세요?"

채봉의 인사를 받은 후 김창수가 먼저 집 안으로 들어갔다.

"그나저나 아픈 건 이제 다 나은 거여, 처제?"

"정말 죄송혀요. 아이들만 맡겨놓고……."

"그런 말이 어디 있어? 시방 그 말이 아니잖아?"

국헌이 정색을 하면서 채봉의 안색을 살폈다. 채봉은 그간의 얘기와 함께 덕지리에서 요양할 계획이라며 국헌의 의향을 물었다.

"그거 좋지. 여긴 공기뿐 아니라 경치도 좋고 쉴 만하니까 그러는 게 좋겠구먼."

국헌은 밝은 얼굴로 양손을 활짝 벌리면서 좋아했다. 집 안으로 들어가 유 권사에게 인사를 하고 다시 나온 국헌과 채봉은 뒷마당 보리수나무 밑에 있는 널찍한 평상에 가서 앉았다. 국헌이 먼저 평우의 소식을 물었다.

"기환 아버지는 더 못 만났고?"

"예, 그 후로 다시 못 가봤어요. 기환 아버지는 정부헌티도 죽을 뻔했고 인민군헌티도 죽을 뻔했는디, 그 뒤로 어떻게 됐는지 모르겄어요. 잘 있을 거라 여겨야지요……."

채봉이 고개를 떨구자 국헌은 눈을 지그시 감고 생각에 잠겼다.

"양쪽 놈들이 다 죽일라고 덤볐으니 원! 백성이 무슨 죄여? 어떤 놈은 피난 안 갔다고 빨갱이로 몰아 죽일라고 덤비고, 어떤 놈은 가장이 피난 간 걸 보니까 반동이 맞다고 죽일라고 덤볐으니까."

"그런 와중에도 꼼짝 않고 집에 계셨던 형부도 참 어지간혀요."

"나는 세상이 하도 어수선해 아예 죽을 각오를 하고 어느 놈이 꼬투리를 잡을 때마다 죽어줄 용의가 있으니까 맘대로 하라고 했는데도 안 죽이더만."

"형부는 대대로 워낙에 남다른 집안이셨잖아요."

"그것보다 나는 운이 좋았을 뿐이고, 전쟁으로 피해를 보는 건 결국 국민이여. 다 저 쳐 죽일 놈들이 남침을 하는 바람에 생긴 비극인 건 두말할 필요도 없고 말여. 그렇다고 해서 이쪽에서도 전쟁은 다 그런 거라고 말하면서 국민을 학살한다면 전쟁을 일으킨 놈들이나 뭐가 달러?"

"형부하고 얘기하니까 정말 속이 후련혀요."

"어쨌든 전쟁이 빨리 일단락되어야 하는데……. 기환 아버지 얘기 좀 더 해봐. 그래서 앞으로 어떻게 할 작정여?"

"얘기허믄 뭘 혀요? 우선 병이 빨리 나아야 기환 아버지도 만날 수 있고 애들도 키울 수 있잖아요."

채봉의 눈에 눈물이 비치자 국헌이 마음을 다잡고 말을 했다.

"병도 자신과의 싸움여. 처제는 세상 누구보다 강한 사람이니까 그까짓 결핵쯤이야 너끈히 이길 수 있어. 나는 처제가 아직도 꿈 많은 여학생으로 보일 때가 종종 있는데 자세히 보면 그게 아니더라고."

"여자는 자식 생기면 다 강해진다잖아요. 여자가 아니라 어머니이니까요. 저는요, 형부!"

채봉이 말을 하다 말고 손수건으로 눈물을 닦았다.

"그래, 말해봐!"

"결혼허기 전에는 책임의식이라는 것이 뭔지도 몰랐었어요. 그러다가 결혼을 허고 아이를 낳으면서부터 느껴지더라고요."

"색시밖에 모르는 신랑한테 응석을 부려도 충분했을 건데 처제도 참 어쩌다가……. 그래도 살아 있으니까 언젠가는 괜찮아질 거여."

국헌이 분위기를 밝게 바꾸면서 말했다.

"예, 형부. 저도 그렇게 믿고 있어요."

"처제! 내가 언제 한번 가야산에 갔다 올게."

"형부가요? 정말여요? 찾아가실 수가 있겠어요?"

국헌이 가야산에 다녀오겠다는 말을 하자 채봉이 놀란 듯 눈을 반짝거리면서 기뻐했다.

"사람이 살아 있으면 반드시 만나게 되어 있는 법이거든."

"그이가 형부를 보면 정말 힘이 불쑥 날 거여요."

"기환 아버지가 축 처져 있다가 날 보고 힘이 날 거 같아?"

"예, 형부는 언제 봐도 든든헌 느낌을 주거든요."

채봉은 눈물이 얼룩진 얼굴로 살짝 웃었다.

"처제! 기환이 아버지는 말이여. 원래 처제 생각보다는 훨씬 더 강한 사람이여. 나보다도 그렇고."

"우리 그이가 강헌 사람이라고요? 다른 사람 아닌 형부가 그렇게 말씀 허시니까 이해가 안 가요."

그때 부엌 뒷문에서 옥봉이 앞치마에 손을 닦으면서 나와 무슨 얘기를 그렇게 재미있게 하느냐며 끼어들었다.

"언니! 형부가 그이헌테 한번 다녀와주겠다고 허셨어."

"얼래! 삼밭은 어쩌고?"

옥봉이 일부러 화난 표정을 지었다.

"언니! 삼이야 인자 심었응게 몇 년 지나서 캐면 되는 거 아녀?"

"모르는 소리 말어. 인삼 키우기가 농사짓기보다 훨씬 어렵고 힘들어."

"뭐가 그렇게 힘들어?"

"말해도 넌 몰를 거여. 인삼은 우선 씨 사기도 힘들고 싹 틔우기도 이만저만 힘든 것이 아녀. 그뿐인 줄 알어? 겨울에 따뜻하게 해줘야지, 바닥 깔아야지, 덮개 덮어 그늘 만들어 씌워야지, 벌러지 잡아줘야지, 물차지 않게 해야지, 마르지도 않게 해줘야지. 애 키우기보다 더 힘들어!"

"그려? 인삼은 심어놓고 몇 년 지난 다음에 그냥 캐는 줄만 알고 있었는데…… 정말 보통 일이 아니었어요, 형부."

"그럼 가지 말까?"

"삼밭을 그냥 놔둘 수는 없지 않어요?"

두 사람이 일부러 우는 소리를 하는 것을 알고 있는 채봉이 웃으면서 대답했다.

"알았어, 알았어. 다녀오시는 동안에는 내가 일 두 배로 혀드릴 텐게 걱정 마! 그럼 됐지 언니?"

"그 몸 가지고? 앓느니 죽겄다."

옥봉이 어이없다는 듯 웃었다.

"처제! 아무튼 내가 기환 아버지랑 처제랑 만날 수 있도록 까마귀 다리라도 되어줄 테니까 몸이나 잘 추슬러."

"정말 고마워요, 형부!"

셋이 한참 즐겁게 얘기하고 있는데 유 권사가 성경 가방을 들고 나가면서 활짝 웃는 얼굴로 말했다.

"사돈이 오니께 오랜만에 집에서 웃음소리도 나고 사람 사는 집 같네. 우리 이국헌 회장님도 좋아하시고."

"그렇지요, 어머니?"

"사돈 어르신, 교회 가셔요?"

"야아. 그럼 노인네는 빠질 텐게 맘 놓고 놀고들 있으소!"

* * *

키 낮은 기와 담장 너머로 벙어리 이우기가 채봉을 보고 활짝 웃으면서 주먹 쥔 손으로 엄지와 새끼손가락을 펴 흔들면서 인사했다. 그는 웃을 때 눈이 거의 붙고 입을 앞으로 쭉 내미는 습관이 있다.

"안녕하셔요? 새집 아저씨!"

채봉이 담장 쪽으로 걸어가면서 알은체를 하자 이우기는 자기 방식대로 소리를 내면서 뭔가를 표현했다. 그의 표정과 손짓을 이해하려고 열심히 살피고 있는데 잠시 후 이우기의 품안에서 기웅이 고개를 쑥 내밀었다.

"어머니!"

"기웅아! 너 거기 놀러 갔었어?"

"응, 강희도 있어."

"거기서 뭐 허고 놀고 있어?"

"아저씨가 새총 만들어줬어. ……그리고 이거!"

기웅이 한 손을 들어 올리자 뭔가가 날개를 파드닥거린다. 참새였다. 채봉이 깜짝 놀라면서 물었다.

"어떻게 잡았어?"

"아저씨가 삼태기로 잡아줬어. 저기 두 마리 또 있는디 죽었어. 아저씨가 이따가 구워준다고 했어."

"니가 참새를 먹을 줄 알어?"

"응, 먼저도 아저씨가 구워줘서 먹었어."

채봉은 이맛살을 찌푸리면서 옥봉을 쳐다봤다.

"언니, 먹어도 되야?"

이우기는 놀라는 채봉이 재미있는 듯 기웅을 바라보며 싱글벙글 웃었다. 옥봉도 별일 아니라는 듯 웃으면서 되물었다.

"못 먹는 거 멕였을까 봐서?"

"좀 이상혀서……."

"괜찮어. 애들 잘 데리고 놀아. 기웅이가 얼마나 좋아하는디."

"강희는 뭐 허고 있어?"

"마당에다 그림 그려."

까치발을 들고 담장 너머 새집 할머니 마당을 바라봤다. 강희는 엉덩이에 동그랗게 흙을 묻히고 고개를 숙여 마당에 사금파리로 그림을 그리고 있었다.

"강희야! 거기서 뭐 혀?"

강희가 급하게 채봉을 돌아보다가 엉덩방아를 찧고 넘어졌다.

"저런 저런! 아이구 우리 강희 안 울고 착허네. 땅 판다고 새집 할머니 헌티 혼 안나?"

"할머니가 괜찮옹게 놀으라고 했어."

기웅이가 대답했다.

"기웅아! 누렁이가 쫓아온다. 언니, 저 개 안 물어?"

참새를 들고 있는 것을 본 누렁이가 어슬렁어슬렁 접근하자 채봉이 걱정스러운 얼굴로 말했다.

"안 물어."

"저 봐! 누렁이가 막 달려들잖여!"

누렁이가 다가와 두 발로 서서 기웅이가 들고 있는 참새를 뺏으려고 했다.

"기웅아! 그 참새 누렁이 줘. 빨리! 너 물라고 허잖여!"

기웅이가 참새를 들고 도망가자 누렁이가 거칠게 달려들었다. 채봉이 놀라 소리치고 기웅이는 넘어지고 말았다. 누렁이가 다가와 땅에 떨어져 파닥거리는 참새를 재빨리 물고 달아났다. 이우기가 쫓아가 대빗자루로 땅을 치면서 야단치는 소리를 내자 누렁이는 슬금슬금 눈치를 보면서 뒷밭으로 도망갔다.

"기웅아! 안 아퍼? 저런! 너 코피 나잖여."

기웅이가 일어나 자기를 바라보고 있는 채봉을 보고 씩 웃으면서 코를 훔치자 코피가 조금 묻어났다. 강희가 넘어진 오빠를 보고 달려와 자기 팔 소매로 코피를 닦아주었다.

"오빠, 아퍼?"

강희가 고개를 들어 걱정스러운 얼굴로 기웅을 바라보며 울자 기웅은 뒤로 물러서면서 쑥스러워 어쩔 줄 몰라 했다.

"안 아퍼. 이게 뭐 아프다고 그랴? 암시랑도 않은디."

멋쩍게 웃으며 코를 훔치는 기웅의 손에 다시 검붉은 피가 묻어나왔다. 옥봉이 언제 나갔는지 새집 할머니 집으로 달려가고 있었다. 기웅은 우는 강희를 다독이고 이우기는 채봉 쪽으로 다가와서 열심히 손짓을 하며 안심시키려고 애를 썼다. 채봉도 괜찮다면서 웃어주고는 기와 담장에서 돌아와 마루에 걸터앉았다.

안산 어딘가에서 들려오는 산비둘기 우는 소리가 온 마을에 울려 퍼지며 그녀의 가슴에 평화로움을 안겨주었다. 새집 뒷마당에 높게 솟아 있는 추자나무 꼭대기에 까치 한 마리가 먼저 날아와 동료를 기다리느라 꼬리질을 했다. 그날 밤 국헌의 집에는 늦게까지 호롱불이 켜져 있었고 웃음소리가 끊어지지 않았다.

* * *

채봉은 덕지리로 이사 온 후에도 치료를 위해 전주에 가는 일이 많았다. 국헌은 두 차례나 가야산에 갔지만 평우를 만나지 못했다. 첫 번째 다녀왔을 때 평우의 흔적이 있기는 하지만 누가 살고 있는 것 같지는 않다는 말을 들은 채봉은 밤새 그를 그리워하며 울었다. 그러면서도 평우가 살아 있음을 확신하면서 치료에 전념했다.

국헌이 두 번째로 가야산을 다녀온 지 며칠이 지나자 채봉이 전주에서 돌아왔다.

"어, 처제! 어서 와! 몸은 괜찮아?"

"예, 형부! 안녕하셨어요?"

국헌은 조심스럽게 가야산에 다녀온 이야기를 전했다. 쓸모없는 세간

살이나마 정돈은 되어 있지만 역시 사람이 살고 있는 것 같지 않다는 얘기를 듣고 채봉은 한동안 무어라 할 말을 찾지 못했다.

"어딘가 다른 곳에 옮겨 터전을 잡은 거 아니겠어?"

국헌이 가장 바람직한 상황을 말하면서 채봉을 안심시켰다.

"맞아요. 쓸모없는 세간을 정돈하고 갔다는 건 그걸 암시하고 있는 게 분명해요."

말은 그렇게 하면서도 실망하는 빛이 역력한 채봉의 얼굴이 더욱 창백해 보였다.

기웅은 강희와 함께 새집 할머니네 집에서 놀고 있었다. 강희는 마루에 앉아 있고 기웅은 자치기를 배우고 있다. 기웅이가 우기 아저씨를 몇 번 따라하다가 드디어 들고 있던 작대기로 들어올린 나무를 때리는 데 성공했다. 나무는 열 발자국쯤 앞으로 날아가 떨어졌다.

"야, 맞았다! 강희야, 오빠 자치기 잘한다. 볼래?"

기웅이 다시 시범을 보여주려는데 이모가 불렀다.

"기웅아! 니 어머니 왔다!"

옥색 한복을 입은 어머니의 모습이 담장 너머로 살며시 보였다. 언제 봐도 눈부시게 예쁜 어머니다. 말없이 기웅을 바라보고 있을 때는 예배당에서 들은 천사 얼굴이 분명했다.

"어머니!"

기웅의 온 얼굴에 웃음꽃이 만발했다.

"강희야, 빨리 가자. 엄니 왔어, 엄니."

소낙비

채봉은 여전히 집을 비울 때가 많았다. 강희는 어머니가 없는 허전함 때문인지 툭하면 울음을 터뜨려 기웅의 속을 무던히도 태웠다. 기웅이가 임모! 하고 부르며 부엌으로 따라 들어와 불을 때고 있는 옥봉의 곁에 앉았다.

"아 왜?"

"임모!"

"아까부터 왜 자꼬 이모만 불러싼디야? 너 이모를 임모라고 부르는 거 보니께 뭐 아쉬운 게 있구나?"

"임모는 우리 성 알어?"

기웅이 부지깽이로 삭정이를 아궁이에 밀어넣으면서 고개를 돌려 옥봉을 바라봤다.

"느그 성을 니가 알지 내가 어떻게 아냐? 근디 왜?"

불빛에 물들어 염라대왕처럼 빨갛고 무서운 얼굴이 된 옥봉이 무뚝뚝하게 대답했다. 기웅은 재빨리 시선을 바꿔 아궁이를 보면서 물었다.

"그러믄 우리 누님도 몰라? 어떻게 생겼는지도 몰라?"

"몰라. 보나마나 다 호랭이 물어가게 생겼겄지 뭐."

빨간 염라대왕이 말했다.

"이름도 몰라?"

"이름은 알지. 느 성은 기환인지 기와짱인지 그렇고, 느그 누님은 승인지 중인지 그렇지……."

"우리 성은 남기환, 우리 누님은 남승희여."

"그려서 어쩌라고?"

"기환이 성은 전주 큰아버지 집에서 학교 다니는디 우등생여. 그러고 큰아버지는 교수님여. 이모는 교수님이 얼마나 높은지 알어?"

"하이고, 높은 큰아버지 있어서 좋겄다!"

"그러고 누님은 마령 고모네 집에서 학교 다니는디 우리 고모는 교회서 젤 높은 장로님여. 이모는 장로님 아니지?"

"하이고, 기죽어서 살겠냐 어디?"

"성은 큰아버지가 공부는 도회지에서 하는 것이 좋담서 거그서 학교 다니라고 했어."

"너는 어쩌믄 그렇게 잘 아냐? 모르는 것이 없네."

"어떻게 아는지 말해줄까? 사실은 어머니가 다 가르쳐준 거여."

기웅이 허리를 구부리고 손으로 입을 가리면서 웃는 흉내를 냈다.

"어이구 이 능청하고는……."

옥봉이 기웅의 코를 살짝 잡아 흔들었다.

"아야! 근디 모르는 것이 하나 있어."

"어떻게 니가 모르는 것이 다 있냐?"

옥봉이 기웅의 코앞까지 고개를 내밀고 두 눈을 부릅뜨며 물었다.

"강희는 도대체 왜 그렇게 맨날 울기만 할까? 여자라 그랴?"

"여자라 그러냐고?"

옥봉이 깔깔거리며 웃었다.

"맨날 울잖야."

"그게 아니고…… 인자 다섯 살이니께 강희는 지금 한창 엄니가 보고 싶을 나이여. 그런디 엄니가 아퍼서 병원 다니느라 못 오니까 그러지."

"나는 울면 더 보고 싶어져서 안 울고 꾹 참는디?"

"너는 내년이믄 학교 가잖야. 그러니까 인자 다 컸지. 너도 다섯 살 때는 겁나게 울었어."

기웅은 입을 내밀고 자기가 운 건 세 번밖에 생각나지 않는다면서 믿으려 들지 않았다.

"울기만 했는지 알어? 울었다 하믄 눈물 콧물 다 빨아먹느라고 배가 다 불렀어, 이것아."

"거짓말!"

기웅이 구역질하는 흉내를 냈다.

"내가 너한티 뭐할라고 거짓말을 하겠냐?"

"이모는 거짓말 잘햐. 접때도 그럭(그릇)이 아프겠다 했잖야."

"빡빡 안 닦고 살살 만졌다가 도로 꺼내니까 그렸지."

"그래도 그건 거짓말이잖야. 그럭이 아픈 걸 어떻게 알어?"

"아아, 그러셔?"

"거짓말 맞지?"

벌겋게 타오르던 아궁이 불이 꺼져갔다. 기웅이가 나가고 한참 후 부엌일을 마친 옥봉이 하늘을 올려다보며 중얼거렸다.

"금방 쏟아지겠어!"

강경길 너머 서쪽 하늘에 솟아 있는 원진봉 허리가 구름에 갇히고 봉우리만 힘겹게 고개를 내밀고 떠 있다. 쏨방골 냇가 둑길에 소를 놓아 먹이면서 꼴을 베던 병팔이가 일찌감치 꼴망태를 어깨에 메고 돌아갈 차비를 한다.

기웅이 마당에서 혼자 딱지치기를 하다가 하늘을 쳐다보더니 걱정스런 얼굴로 강희에게 어머니가 오늘 올 것 같냐고 물었다. 강희는 곧바로 온다고 대답했다.

"어떻게 알어?"

기웅이 딱지를 머리 위로 추켜올린 채 강희를 쳐다보면서 되물었다.

"엄니가 세 밤 자고 온다고 했어."

"비가 와도 온다고 했어?"

기웅이 물으면서 딱지를 힘껏 내려치자 바닥에 있던 것이 휙 뒤집어졌다. 강희는 이번에도 망설이지 않고 바로 그렇다고 했다.

"비가 엄청 엄청 많이 와도?"

기웅이 고개를 돌려 강희를 바라봤다.

"응, 그렇다니까!"

"비가 많이 오믄 어떻게?"

"우산 쓰믄 되지."

"이 바보야, 비가 많이 오믄 냇물을 어떻게 건너? 너 진짜로 알고 있는 거여, 니 생각이여?"

기웅이 야단치듯 말하자 강희는 금세 입을 삐죽거렸다.

"우리 냇물에 가보자."

기웅이 표정을 바꾼 다음 강희 손을 잡고 느티나무가 건너편에 보이는 냇물가로 향했다. 가는 길에 꼴망태를 멘 병팔이를 만났다.

"너그들 왜 나왔냐? 비 쏟아질라고 그런디!"

기웅과 강희는 돌다리가 내려다보이는 언덕 위에 앉았다. 평소 같으면 훤히 보이던 냇물 바닥이 비가 오지 않았는데도 물빛이 진해져 아무것도 보이지 않았다. 얼마 지나지 않아 안개가 자욱해지면서 손등이랑 얼굴이 촉촉해졌다.

"어머니 안 오는디?"

기웅이 손등을 비비면서 쭈그려 앉은 강희에게 물었다. 강희는 아무 대답도 하지 않고 손으로 머리를 받치고 앉아 있었다. 그냥 집에 가겠느냐고 물어도 강희는 들은 척도 하지 않았다. 하늘이 조금 전보다 어두워지고 안개는 보슬비가 되어 흩날리기 시작하더니 두 갈래로 쫑쫑 따서 묶은 강희 머리 위랑 껌벅거리는 기웅의 눈썹 위로 날아와 떨어졌다.

"강희야, 집에 갈까?"

기웅이 다시 물었다.

"아니, 가지 말고 얘기해줘."

"무슨 얘기?"

"거짓말 얘기. 오빠가 지어낸 거짓말 얘기 잘하잖야."

"너 알았어? 음…… 무서운 얘긴디 괜찮야?"

"응. 망태 귀신 얘기."

"그건 전에 했는디?"

"또 해줘."

"내가 지어낸 거라 인자 잊어버렸어."

"그럼 또 지어내서 해줘."

"옛날에 옛날에……."

"오빠도 태어나기 전에?"

"응. 어머니도 태어나기 전 오랜 옛날에 말여. 어떤 할머니가 혼자 깊은 산속에 살고 있었어. 하루는 비가 올라고 그러는디 냇물로 나간 거여."

"그 할머니도 엄니가 와?"

"바보야! 할머니한테 무슨 엄니가 있어? 귀신 영감을 찾아간 거여."

"아 무서워! 오빠 그만해!"

하늘에서 번쩍! 하고 파란 낚싯대 같은 번개가 치더니 이윽고 으르릉 쾅! 하고 요란한 천둥소리가 울렸다.

"천둥이다!"

"오빠! 비도 와."

풀잎에 후드득후드득 떨어지는 빗방울 소리를 듣고 하늘을 올려다보는데 왕방울 하나가 기웅의 눈언저리를 때렸다. 기웅이 다소 불안한 얼굴을 하고 강희를 바라보면서 집에 가겠냐고 물었다.

"엄니 오믄 어떻게 햐?"

"여그 있다가 비 많이 오믄 너 떠내려가."

"오빠가 꺼내줄 거잖아. 오빠, 저 나무 밑으로 가자."

나무 밑에 앉아 바라보는 냇물에는 빗방울이 떨어지며 만드는 동그라미가 점점 많아져 셀 수 없을 정도로 겹쳐지고 있다. 또다시 번개가 번쩍했다.

"오빠, 번개 칠 때 나무 밑에 있으믄 안 된다고 했어."

강희가 기웅의 품안으로 들어오면서 말했다.

"누가?"

"교회서 목사님이."

"빨리 가자."

기웅의 목소리가 불안했다. 하늘에 떠 있던 회색 구름이 냇물 위로 내려와 사방이 어둑어둑해졌다.

"안 되야. 비가 너무 많이 와. 나 옷 다 젖어."

"인자 여그도 비가 떨어지잖야. 저짝으로 가자."

기웅은 강희의 손을 잡고 모래밭을 뛰었다. 고무신이 땅에 박혀 자꾸만 벗어지자 아예 벗어들고 뛰었다.

"얼래? 이짝에도 냇물이 생겼네? 강희야, 저짝으로 가자."

"나 힘들어."

"강희야! 오빠 손잡고 뛰어. 빨리 가야 햐."

한참을 뛰어가 바로 앞에 논둑길이 보이는 피리나무 물가까지 왔다. 평소 돌을 밟고 건너면 신발이 젖지 않던 곳이다.

"어? 여그도 물이 깊어졌어. 어떻게 하지?"

"오빠는 왜 바보같이 물이 많은 디로만 가?"

기웅은 다시 반대편으로 뛰었으나 몇 발자국 가지 않아 걸음을 멈췄다. 바로 눈앞에 전에 없던 누런 냇물이 점점 자리를 넓혀가면서 흐르고 있었다. 강희가 왜 자꾸 왔다 갔다 하느냐며 투덜거렸다.

"강희야, 우리 저짝 나무 밑으로 다시 가자."

"거그는 나무 밑이잖야."

"그래도 갈 데가 거그밖에 없응게 거기서 우리 이모 불러보자."

기웅은 강희의 손을 잡고 덩그러니 솟아 있는 미루나무 쪽 둔치로 달렸다.

"철원댁! 야들 밥 먹구 갔어?"

사랑채에서 쟁반을 들고 나오던 옥봉이 빗방울이 후드득거리는 마당과 하늘을 번갈아 바라보며 물었다.

"안 왔는디유."

"안 왔어? 시방 비가 이렇게 오는디 언제 올라고 그런디야!"

옥봉은 우산을 챙겨들고 언덕길 너머 채봉이 세 들어 살고 있는 우겸이네 별채로 갔다. 집은 덩그러니 비어 있었다. 다시 빠른 걸음으로 내려오면서 우겸이네 집으로 고개를 들이밀고 물었다.

"우리 야들 못 봤어유?"

"못 봤는디유."

옥봉의 걸음이 더욱 빨라졌다. 삼거리 길로 걸어가면서 기웅과 강희를 불렀다.

"저짝 물안골 쪽으로 가보셔유."

도겸이 할머니가 샘물가에서 올라오면서 말했다.

"거기서 봤어유?"

"한참 전에 그짝으로 가는 걸 봤어유."

"야아?"

놀란 옥봉이 아이들을 부르며 뛰어갔다. 사방은 검은 안개에 덮여 방천길 쪽으로 늘어서 있는 미루나무가 자취를 감추었고 굵어진 빗줄기가 줄기차게 내리쳤다. 옥봉은 안 되는데, 안 되는데, 하고 중얼거리면서 물안골을 향해 달렸다.

"기웅아! 강희야!"

거친 빗소리와 물소리가 옥봉이 외치는 소리를 삼켰다.

"오빠, 여그도 물이 많은디?"

"너 우선 오빠 등허리 밟고 나무 위로 올라가."

"혼자? 무서워!"

"강희야, 우리 집에서 다락 올라가는 것처럼 하믄 되야. 빨리!"

"너무 높아."

"손을 쭈욱 뻗어. 잡았어? 꼭 잡고 있어."

기웅은 재빨리 강희의 발을 받쳐 나뭇가지 위로 올려준 다음 함께 이모를 불러보자고 했다.

"하나, 두울, 셋! 이모오!"

둘은 마을을 향해 몇 번을 소리쳐 부르고 귀를 기울였으나 빗소린지 냇물소린지 모를 쏴아! 하는 소리만 들려왔다.

"오빠도 올라와."

나무 밑동을 지나가는 물이 점점 깊어져가는 것을 본 강희가 뜻밖에 울지도 떼를 쓰지도 않고 기웅에게 말했다.

"그럼 니가 저짝 나무를 잡고 있어. 부러질지도 몰라."

기웅은 양발과 양손을 나무 위에 걸고 올라가려고 안간힘을 쓰다가 손이 빠져 텀벙 물속으로 빠졌다.

"오빠! 우리 오빠 살려주세요! 오빠!"

물에 온몸이 젖은 기웅을 보고 강희가 소리치며 울었다.

"강희야, 오빠 괜찮아."

기웅이 다시 일어섰다. 이번에는 두 손으로 나뭇가지를 잡고 한 발을 먼저 나무 기둥에 대고는 몸을 힘껏 올렸다. 기웅도 가까스로 올라갔다. 비는 그칠 줄 모르고 쏟아져 나뭇잎 사이를 뚫고 기웅이와 강희를 세차게 두들겼다.

"이모 다시 부르자. 하나 두울 셋! 이모오!"

옥봉은 어렴풋하게 아이들이 부르는 소리를 듣고 사방을 두리번거렸으나 보이지 않았다.

"기웅아! 강희야! 어딨는 거여?"

"이모가 우리 부른다!"

"어디? 어디?"

"저쪽에 이모 보여. 이모! 이모!"

옥봉이 들었던 우산을 팽개치고 치마를 돌려 잡으면서 물속으로 뛰어들어갔다. 물길이 사정없이 옥봉의 다리를 맴돌며 휘감았다.

"강희야, 너부터 이리 와! 기웅이 너는 나무 꼭 잡고 있어."

옥봉은 나뭇가지 위에 있는 강희를 안아 물 밖으로 나왔다. 곧이어 기웅이까지 무사히 안아 내렸다. 집에 돌아와 옥봉은 아이들에게 마른 옷으로 몽땅 갈아입힌 다음, 호랑이 눈을 하면서 다시는 비 오는데 냇물에 가지 말라고 야단을 치고 돌아갔다.

잠시 후 소낙비가 그치고 마당으로 나간 기웅이가 소리쳤다.

"강희야, 마당에 나와봐! 미꾸라지가 하늘에서 떨어졌어."

"왜? 하나님이 못생겼다고 쫓아냈어?"

원진봉이 다시 솟아오르며 햇빛에 밀린 안개가 자취를 감췄다. 아이들의 웃음소리와 함께 재잘거리는 냇물소리가 언제 그랬냐는 듯 맑게 울리며 흘러갔다.

* * *

"강희야! 너도 여그 누워서 저 하늘 좀 봐봐!"

기웅이가 마루 끝에 누워서 비가 내려오는 하늘을 쳐다보며 말했다. 강희가 옆에 누워 같이 쳐다본다. 비가 오는 날은 밖에 나가 놀지 않아도 구경거리가 많다. 비는 바라만 봐도 무서울 것 같은 회색빛 하늘 꼭대기에서 겁도 없이 그대로 땅을 향해 달려온다. 끝없이 뒤를 이어 내려오는데 서로 부딪치지도 않는다.

"빗방울이 진짜로 많지?"

처마 밑에 맴돌고 있는 연기를 뚫고 굴뚝 속으로 파고들기도 하고 우물 속으로 퐁당 퐁당 떨어지기도 한다. 땅바닥에 떨어지지 않고 감나무 잎이나 초가지붕 위나 처마 밑에 만들어진 작은 웅덩이나 화단에 떨어지면 그래도 다행이다. 마당에 떨어지는 비는 팍! 하고 비명을 지른다. 어떤 때는 냇물이 되어 있는 마당에 가재가 엉금엉금 기어다니기도 한다. 우겸이네 형 말에 의하면 회오리바람을 타고 하늘로 올라가 구름 속에서 살고 있다가 비를 타고 내려온다고 했다.

번개가 번쩍이면 속으로 하나 둘 셋을 세어본다. 대부분 셋이나 넷에서 천둥이 치지만 번쩍 하면서 바로 꽈다당! 하기도 한다. 화단에 피어 있는 백일홍이랑 봉숭아는 얼굴을 맞을 때마다 흔들리면서도 비를 싫어하지는 않는다. 자세히 들여다보면 방긋방긋 웃으면서 빗방울이랑 놀고 있는 것 같기도 하다. 진하고 어두운 구름 밑으로 빠르게 움직이는 옅은 새털구름이 보이기 시작하거나 원진봉이 쑥 올라와 있으면 비는 얼마 안 있다가 갠다.

"오빠! 엄니 언제 와?"

하늘을 보고 있던 강희가 엎드려 턱을 받치고 물었다.

"오늘 오믄 안 되야."

"비가 많이 와서?"

"응, 어머니는 비 맞으믄 안 되야."

"쪼끔도 맞으믄 안 되야?"

"저번 때 간호 선생님이 감기 걸리믄 안된다고 했어."

"냇가에 가보자!"

"안 되야. 이모가 비 올 때 냇물에 가지 말랬잖야. 혼나."

강희가 또 훌쩍거렸다.

"……알았어. 조금 있다가 비 다 개믄."

"빨리 가!"

"너는 왜 맨날 울기만 햐? 속상하게. 지금 비 오니까 오빠가 조금 이따 가 간다고 했잖야!"

강희의 울음소리가 커지고 입술이 더 튀어나왔다.

"알았어. 부엌에 가서 우산 꺼내와."

강희가 눈물을 훔치고 재빨리 우산을 꺼내왔다. 신작로 건너 논에는 언제 나왔는지 길태 아버지가 어깨랑 허리춤에 도롱이를 입고 피를 뽑고 있었다. 어느새 빗방울이 줄어들고 있다.

"다저녁에 어디 가냐? 또 엄니 기다릴라고 냇가에 가는 거여?"

"야아."

"느그들 물속에 들어가믄 안 되야. 비가 올 적에는 물이 갑자기 불어나 큰일 나는 것이여. 알지?"

비가 그치자 어디 갔다 왔는지 슬그머니 나타난 안개가 씀방골 위를 뿌옇게 덮어씌웠다. 냇가가 가까워지면서 냇물소리가 정겹게 알은체를 하고 흐려진 안개가 하늘로 달아나기 바쁘다. 미루나무 속에서 꿩 한 마리가 젖은 비를 털면서 푸드덕 하고 날아갔다.

"강희야, 우리 여그서 기다리고 고만 가자."

"저짝으로 조금만 더 가."

강희가 기웅의 팔소매를 잡아끌고 앞으로 나갔다.

"그러믄 저짝 돌다리 앞에까지만 가는 거여. 알았지?"

강희는 대답 대신 고개를 끄덕였다. 기웅이는 강희의 손을 잡고 첫 번째 돌다리 위에 올라가 앉았다. 철원댁 이모가 함지박에 이고 온 빨래를 펼쳐놓고 원진봉만 한 엉덩이를 들썩거리면서 비누칠을 하거나 물에 헹군 빨래를 올려놓을 때 쓰는 돌이다. 돌 밑을 맴도는 물이 위로 올라오려고 넘실댔다.

"강희야, 이짝으로 바짝 와. 물이 넘어올라고 하잖야."

기웅이 조금 높은 쪽으로 옮겨가면서 강희를 끌어당겼다. 강희는 펼쳐 든 우산을 양손으로 꼭 쥔 채 기웅이 쪽으로 다가갔다. 그때 갑자기 바람이 휘익 불면서 강희가 들고 있는 우산을 뒤로 끌어가는 바람에 자루가 손에서 빠져나가 놓치고 말았다.

"오빠! 우산!"

기웅이 벌떡 일어나 우산을 잡으려다 중심이 흐트러져 물에 드러눕는 자세로 풍덩 빠졌다. 흐르는 물은 바로 기웅의 온몸을 삼켰다. 기웅이 두 손을 등 뒤로 짚고 일어났으나 불어난 물살의 힘에 밀려 다시 넘어져 두세 발자국만큼 아래로 떠내려갔다. 물을 크게 두 번이나 삼켰지만 다행히 물이 깊지 않고 돌다리를 지난 물살이 약해져 다시 일어설 수가 있었다.

기웅이 허겁지겁 일어나 강희가 있는 쪽을 바라봤는데 돌다리 위에 강희가 보지지 않았다. 깜짝 놀라 다가가 찾았더니 방금까지 앉아 있던 돌에서 미끄러진 강희가 물 위로 머리를 내놓은 채 무릎과 발로 냇물 바닥을 짚고 손으로는 물속에 있는 돌을 꽉 붙잡은 채 떠내려가지 않으려고 안간힘을 쓰고 있었다. 기웅이 첨벙첨벙 달려가 강희의 허리를 잡고 있는 힘을 다해 물 밖으로 들어올렸다.

멀리서 대포 탄피로 만든 예배당 종소리가 은은하게 들려왔다.

"히히, 오빠 물귀신 같다."

"너도. ……어, 우산!"

우산은 이미 쫓아갈 수 없는 물 한가운데로 들어가 거꾸로 뒤집혀 천천히 떠내려가고 있었다. 강희의 얼굴이랑 입술이 파랗게 변하고 이가 덜거덕거렸다.

"오빠, 추워!"

"강희야, 뛰어! 뛰면 안 추워. 목사님이 그랬어."

"오빠, 옷이 무거워서 잘 안 걸어져. 천천히 가!"

"천천히라도 뛰어야 해!"

기웅과 강희는 손을 잡고 집으로 뛰어들어가 젖은 옷을 갈아입고 이불을 뒤집어썼다. 기웅이 떨고 있는 강희에게 말했다.

"우리 누가 더 많이 떠는가 시합할래?"

둘은 이불 속에서 일부러 더 요란스럽게 떨면서 킥킥거렸다.

"강희야, 너 이대로 꼼짝 말고 있어. 오빠가 부엌에 가서 불 피워놓고 부르믄 그때 와."

"싫어! 같이 가."

"너 그럼 여그서 열까지 열 번 세고 와. 알았지?"

기웅은 아궁이에 마른 솔잎을 깔고 잔가지를 올린 다음 당성냥을 그어 불을 지폈다. 불길은 이내 기웅과 뒤따라 나온 강희의 얼굴을 따뜻하게 데우면서 활활 타올랐다.

"인자 안 춥지? 너 아까 왜 미끄러졌어?"

"옆에서 안 잡아줬응게 미끄러졌지."

"내가 물에 빠졌는디 어떻게 너를 잡아주냐?"

"오빠가 안 빠졌으믄 됐잖야."

"야! 누구는 빠지고 싶어 빠졌냐?"

"나도."

"너랑은 말을 못 하겠다. 아이고 속 터져. 이짝으로 더 와."

기웅이 강희를 아궁이 앞으로 당겼다.

"우리 인자 이모한티 혼났다! 밥 먹으러 안 가서."

기웅이 걱정스레 말했다.

"나 밥 안 먹어!"

"배고픈디?"

기웅이 강희의 얼굴을 들여다봤다. 이때 부엌문이 빠끔히 열리고 철원댁이 들어오면서 둘을 바라봤다.

"너그들 비 와서 못 왔어? 가자. 밥 먹으러."

"이모는?"

기웅이 철원댁의 얼굴을 올려다보고 물었다.

"지금 교회 가시고 아무도 안 계셔. 빨리 가자! 맛있는 거 줄게."

밥도 배불리 먹고 철원댁이 싸준 감자 네 개랑 약과 두 개, 삶은 달걀 두 개를 들고 돌아오면서 기웅이 킥킥거리며 웃었다.

"오빠 왜 웃어?"

"물에 빠졌는디 이모한테 혼도 안 나고 너도 안 울어서. 그러고 생각해본게 재밌어서……."

추자나무 골목에 내려앉은 어둠이 어느 틈엔지 감나무가 뻗어 있는 마당을 지나 기웅이랑 강희가 다리를 흔들면서 앉아 있는 마루까지 캄캄하게 에워쌌다. 방으로 들어간 기웅은 한참을 더 시시덕거리다가 강희가 잠이 들자 살금살금 일어나 윗목에 있는 호롱불을 끄고 이불 속으로 기어들어갔다.

입학

쏟아져내리는 햇살이 냇물 위에 떨어져 반짝거리고 미루나무에는 연둣빛 나뭇잎들이 돋아나기 시작했다. 흐드러진 진달래가 안산을 분홍빛으로 물들이기 시작할 무렵 학교 가는 아이들이 신작로 길을 가득 메워 물결처럼 떠밀려가고 있었다.

기웅이 큰 걸음으로 성큼성큼 걸어가는데 서너 발자국 정도 뒤를 강희가 홀쩍거리면서 쫓아갔다.

"강희야! 오빠는 학교 가는 거여. 놀러가는 것이 아니란 말여."

하얀 거즈 수건을 가슴에 달고 옷소매를 두 번 접어 윗옷을 입은 기웅은 빡빡 깎은 머리에 까만 얼굴의 두 눈이 더욱 반짝거렸다. 학교에 갈 때 입는 옷으로 정한 복장이 그다지 어울리지는 않지만 전에 비해 부쩍 의젓해 보인다.

"같이 가!"

"너는 어려서 아직 안 되야. 내가 학교 갔다 와서 선물로 장난감 많이 만들어줄게."

기웅이 손으로 큰 보따리를 만들어 가면서 달래본다.

"그래도 같이 가!"

"너, 는, 아, 직, 어, 려, 서, 안 된당께? 어휴! 속상해서 못살겄네."

기웅이 또박또박 말해주면서 가슴을 쳤다. 이럴 때 어머니가 있으면 강희는 울지 않을 것이다. 기웅이는 계속 답답해하고 강희는 훌쩍거리며 거리를 두고 따라왔다.

"학교에는 선생님이 겁나게 무서워. 너 벌서도 좋아?"

"……응!"

강희는 잠시 생각하더니 고개를 끄덕였다.

"이모! 강희 좀 어떻게 해봐. 나 강희 땜에 학교 늦겄어."

난처해하고 있던 기웅은 때마침 느티나무 밑에서 만난 옥봉에게 투덜 거렸다.

"강희야! 그러면 철원댁 이모랑 같이 오빠 데려다주고 올래?"

옥봉이 강희를 달래며 말했다. 강희가 고개를 끄덕였다.

"싫어! 나 혼자 갈 수 있어. 같이 가믄 챙피하단 말여."

"동생이 오빠가 좋아서 같이 가고 싶어 하는 거잖아. 오늘만 같이 가! ……강희야, 그 대신 너는 학교 갔다가 바로 와야 햐. 알았지?"

철원댁을 따라나선 강희는 운동장에 서 있는 오빠를 찾느라고 계속 두리번거렸고 기웅은 동생이 집에 갔나 안 갔나 훔쳐보느라 정신이 팔 려 있다가 선생님을 따라 교실에 들어갔다.

수업이 끝나자 기웅은 곧바로 집에 돌아왔다. 책보를 어깨 옆으로 메 고 깨금발로 마당으로 들어오다가 유 권사가 있는 것을 보고는 토방 앞 에 멈춰서더니 학교에서 배운 대로 양손을 앞으로 모아 고개를 천천히

숙이면서 인사를 했다.

"학교에 다녀왔습니다."

"기웅이가 학교에 댕기드니만 인사도 잘하고 아주 의젓해졌네."

마루에 앉아 인사를 받은 유 권사가 소리를 내면서 웃자 머쓱해진 기웅의 얼굴이 화단에 핀 진달래만큼 빨개졌다. 옥봉은 방에서 징징거리며 우는 강희를 달래고 있었다.

"이모! 학교 갔다 왔어!"

"강희야, 느그 오빠 왔다!"

옥봉이 방에서 나오며 소리쳤다.

"강희 너는 바보같이 또 우냐?"

강희가 울음을 그치는 듯하더니 기웅의 핀잔에 다시 울기 시작했다.

"어휴! 알았어. 오빠가 밥 먹고 놀아줄게."

기웅은 밥 한 그릇을 뚝딱 해치운 다음 강희가 다 먹을 때까지 기다렸다.

* * *

"강희야, 우리 고기 잡으러 갈까?"

학교에서 돌아온 기웅이 마루에 책보를 내던지며 말했다.

"고기 잡으러?"

입을 쭉 내밀고 심통을 부리고 있던 강희가 약간의 관심을 보인다.

"그랴. 내가 고기 많이많이 잡아줄게."

"으응. 알았어."

기웅은 재빨리 검정 고무신으로 바꿔 신고 학교 갈 때만 신는 새 운동화는 흙이랑 먼지를 손으로 깨끗이 털어 마루 밑 기둥 옆에 챙겨두었다.

강희도 기웅을 따라 검정 고무신을 신고 폴짝폴짝 뛰면서 앞 냇가로 향했다. 냇물소리가 점점 가까워지다가 어느덧 귓속을 가득 채웠다.

"남기웅! 어디 가는 거여?"

같은 반 도겸이가 따라붙을 자세로 물었다. 기웅이네가 세 들어 살고 있는 집 주인의 막내아들인 우겸이와 사촌 간이기도 하다.

"몰라도 되야!"

도겸은 강희가 귀여운 듯 머리를 툭툭 치며 지나갔다. 강희가 다시 머리를 만지면서 도겸을 흘겨봤다.

"짜아식! 까불어!"

기웅이도 돌아보면서 한마디 했다.

"강희야! 나는 니가 언제 젤로 무서운지 알어?"

"내가 무서워?"

"나는 니가 어머니가 없을 때 울고 떼를 쓰는 것이 젤로 무서워!"

"왜? 울 때 무섭게 생겼어?"

"너는 한번 울기 시작하면 끝없이 울어대잖아. 어떤 때는 밥도 안 먹고 울고 이자 끝났나 보다 하믄 또 훌쩍거리며 울고……."

"눈물이 자꾸 나오니까 그렇지."

"어머니가 없어서 우는 건 아는디 그래도 안 울면 좋겠어. 울어도 쪼끔만 울든가……. 알았지?"

강희가 알았다며 고개를 끄덕였다.

"약속!"

기웅은 강희와 손가락을 걸었다.

"고기 잡음서 어머니 오는가도 보자. 오늘 올지도 모르잖아."

"응, 빨리 가."

"야! 여그 우리 자리 있다!"

방천길 두 번째 미루나무 그림자가 만들어주는 그늘 밑 가장자리는 기웅의 단골 자리다. 햇볕이 가려져서 좋을 뿐만 아니라 강희가 앉아서 기다리거나 밑으로 내려와 대수리를 잡을 수도 있고 남이 안 볼 때 오줌을 누기도 좋은 자리다. 조금 늦었다가는 엄길태가 차지했을지도 모른다.

"저기 고기 있다!"

강희가 쭈그려 앉아 손가락으로 물속에 있는 고기를 가리켰다. 그러나 그렇게 움직이고 있는 고기를 잡기는 불가능하다. 기웅이가 혼자 고기를 잡을 수 있는 방법은 그리 많지 않다. 그중 하나는 들어올릴 수 있는 가장 큰 돌을 머리 위로 올려 고기가 밑에 들어 있음직한 다른 돌을 '우박 치기'로 내려치는 방법이다. 온몸에 물세례를 받으면서 돌을 내려친 다음 맞은 돌을 살포시 들어내면 하얀 뱃살을 드러낸 고기가 비실비실하면서 떠오른다. 어떤 때는 두 마리가 동시에 떠오르기도 한다. 운이 좋으면 열 번에 한 번쯤 성공할 수 있다.

또 하나는 '더듬기'인데, 돌 밑 양쪽으로 손바닥을 조심조심 밀어넣는다. 미끈거리는 고기가 느껴지면 잠시 그대로 가만히 있다가 물과 함께 천천히 싸잡아 들어올리는 방법이다.

강희는 주로 웅덩이를 만들어 잡은 고기를 관리하지만 간혹 대수리를 잡고 좋아하기도 한다. 고기를 잡을 때 가랑이 밑으로 마을을 올려다보면 거꾸로 보이는 이모네 집이며 동네가 새롭고 신기하다. 고기를 잡으면서 언제 뒤로 벌렁 넘어져서 울어댈지 모르는 강희의 동태도 쉬지 않고 파악하고 있어야 한다.

"강희야! 조금만 기달려. 큰 놈으로 잡아줄게."

기웅이 자기 머리만큼 큰 돌을 들어올려 물속에 내려쳤다. 쾅 소리와 함께 튕겨나온 수많은 물방울들이 햇빛 속으로 들어가 무지개를 만들었다가 사라지기도 하고 기웅의 머리카락 위에 앉아 은구슬처럼 반짝이기도 했다. 강희가 다가와 땅에 닿을 정도로 고개를 숙이고 숨을 죽인 채 물속을 들여다봤다.

"고기 잡았어?"

"쉿! 아직 몰라."

기웅이 맞은 돌을 조심스레 들어올리자 하얀 배를 드러낸 고기 한 마리가 비실거리며 떠올랐다. 기웅은 재빨리 양손으로 고기를 떠올렸다.

"강희야! 이것 봐라!"

"와! 고기다. 오빠 최고다."

"고무신에 담았다가 웅덩이 만들어서 넣어봐. 도망 못 가게."

기웅이 검정 고무신 한 짝을 벗어주었다.

"또 잡을 거지?"

"응, 또 많이 잡을 거여."

기웅이 다시 우박치기를 했다. 이번에는 고기가 떠오르지 않았다. 다시 더듬기로 적당한 돌을 양손으로 에워쌌다. 고기가 미끈하면서 손바닥을 간질인다. 혓바닥으로 입술을 누르면서 고기를 양손으로 감싸 물 위로 떠올렸다. 기웅의 벌어진 입에서 주르륵 침이 흘러 물속으로 떨어졌다.

"강희야! 강희야! 고무신 가져와! 빨리!"

"오빠 또 잡았어?"

"응. 오빠가 오늘 백 마리 잡아줄게."

"백 마리?"

"응, 고기가 엄청 많어."

웅덩이에 고기가 여러 마리 갇히자 강희는 쭈그려 앉아 손가락으로 건드려보며 구경했다. 하나, 둘, 셋……. 세고 또 센다. 움직이는 고기를 세기는 쉽지 않다.

한참 고기잡이에 빠져 있을 때 흔들리는 물 위에 예쁜 천사가 비치더니 바로 등 뒤에서 낯익은 목소리가 들렸다.

"강희야! 기웅아!"

손바닥으로 해를 가리며 바라보는 기웅의 눈과 입이 있는 대로 벌어져 햇볕에 반짝였다. 강희는 언제 갔는지 어머니의 품안에 안겨 있었다.

"고기 잡고 놀고 있었어?"

"이거 봐, 고기!"

기웅이 허리를 쭉 펴고 일어서면서 반가움을 아꼈다.

"많이 잡았네. 이모한티 맛있게 찌개 끓여달라고 하자."

어머니의 손을 잡고 있는 대로 크게 흔들면서 집으로 돌아가고 있는 기웅과 강희는 더없이 행복했다.

"엄니, 선물!"

강희가 손을 내밀었다.

"선물? 있지. 이따가 집에 가서 줄게."

말을 마친 채봉이 바튼 기침을 하자 붉은 피가 작게 솟구쳐 올라왔다. 그녀는 재빨리 수건으로 피를 닦은 다음 걱정스럽게 바라보는 기웅을 보면서 씩 웃었다. 채봉의 하얀 이에 빨간 피가 묻어 있다.

"어머니, 웃지 좀 말어! 강희 이 바보야! 너는 선물만 있으믄 되냐? 그 말 하다가 어머니 입에서 피났잖야!"

기웅의 눈에서 폭포 같은 눈물이 쏟아졌다.

"기웅아, 어머니 괜찮어. 봐! 괜찮지?"

채봉이 웃으면서 다시 이를 보여줬다.

"뭐가 괜찮아? ……어머니는 왜 맨날 아프고 그랴?"

채봉이 앉아서 기웅과 강희를 끌어안았다.

"기웅아, 강희야! 가자! 너희들 이러믄 어머니 더 아파져. 의사 선생님이 절대로 울지 말라고 했단 말여. 알았어?"

"의사 선생님이? 알았어, 안 울게. 그 대신 어머니도 아프지 마."

"왜, 어머니 죽을까 봐서?"

"아녀. 우리 어머니는 절대 안 죽어!"

"아이구! 우리 기웅이 땜시도 어머니 절대로 안 죽을 텐게 걱정 마! 의사 선생님도 절대 안 죽는다 했구."

채봉이 웃었다. 기웅은 다시 어머니의 손을 잡고 자랑스럽게 집으로 향했다. 어머니의 치마폭에서는 언제나 마음씨 착한 산신령의 콧바람처럼 훈훈한 바람이 나왔다.

어머니 모습은 멀리서도 금방 알아볼 수 있다. 예쁘기도 하지만 덕지리에는 어머니처럼 깨끗한 옷만 입는 사람이 없다. 어머니는 언제나 머리를 단정하게 빗고 연두색이나 하얀색 옥비녀를 꽂는다. 그리고 키가 크고 반듯하게 서서 걷는다. 기웅이가 고개를 숙이고 걸으면, '기웅아! 고개 들고 반듯허게 걸어야지'라고 말했다. 또 걸음걸이가 빠르다. 기웅이가 어슬렁어슬렁 걸을 때마다, '걸음은 신발 끌지 말고 앞을 보고 힘차게 걸어야 하는 거여' 하면서 일러주었다.

잠시 어머니의 향기에 빠져 있던 기웅은 보란 듯이 고개를 반듯하게 들고 힘차게 걸어갔다.

'도겸이랑 길태도 봐야 하는디…….'

기웅이는 어머니를 올려다보았다. 오늘도 어머니는 한 손에 손가방하고 보따리를 같이 들었다. 보따리 안에는 언제나 어머니만이 줄 수 있는 멋진 선물이 들어 있는데 주인은 물론 기웅이와 강희다. 기웅은 어머니가 선물을 안 줘도 좋으니까 제발 아프지 않았으면 좋겠다고 생각하면서 옥봉의 기와집 대문을 들어섰다.

"이모! 고기로 찌개 끓여줘. 겁나게 많어."

"하이고 배 터져서 다 못 먹응게 동네 잔치 해야 쓰겄다."

"이모 또 거짓말하는 것 좀 봐!"

기웅이 채봉의 치마를 더 바짝 잡으면서 이모를 흘겨봤다.

"내가 언제 그렇게 거짓말을 했냐? 저 녀석 어머니 오니께 이모 필요 없다 이거지?"

"그것이 아니라 이모는 맨날 내 머리가 원진봉만 하다, 그럭이 아프겄다, 눈물 콧물 빨아먹어서 배 터지겄다, 그러잖어."

"언니! 기웅이가 틀린 말 한 것도 아니네."

학교에 걸린 거울

　채봉은 예상보다 많은 치료비 때문에 현실적인 어려움에 부딪쳤다. 세월이 지나면서 정임이 챙겨주는 돈도 한계가 있고 상백이 사 준 전주의 집도 팔아야만 했다. 한 주에 한 번 방문하는 간호사의 치료도 한 달에 한 번으로 줄인 지 오래다. 어떻게든 돈을 벌어야만 하는 처지에 놓인 채봉은 직장을 알아보는 여러 과정을 거쳐 치료와 입원 등 시간을 자유롭게 쓸 수 있는 보험회사에 다니게 되었다. 보험 영업은 채봉을 바쁘고 힘들게 했지만 마음이 한결 편해지고 병세는 오히려 호전되어가기 시작했다. 직장 생활도 빨리 적응해나갔다.

　"처제, 전주 갔던 일은 잘되었어? 지난번 여기 학교 선생님들 보험도 잘되었담서?"

　"예, 제가 누구여요."

　"처제는 대중 연설이 제격인 모양이여."

　"저는 진심으로 말하거든요."

　"그래도 처음 보는 사람들인데 열심히 들어줘?"

"진심이 통하는 건 긴 시간을 필요로 하지 않는 것 같아요. 어떤 땐 거의 시작과 동시에 서로 친밀감을 느끼고 신뢰와 교감이 생기기도 해요."

"아무튼 처제는 대단해!"

기웅은 학교에 가기 싫었다. 학교에 갔다 오면 어머니가 집에 없을 것만 같았다. 그렇다고 물어보기도 싫었다. 괜히 물어봤다가, '응, 어머니 전주 다시 가야 혀. 갔다가 빨리 올 텐게 동생 잘 보살피고 있어'라는 말을 들을지도 모르기 때문이다. 그렇다고 학교에 안 갈 수는 없다. 어머니는 학교에 가지 않는 것을 제일 싫어한다. 어떤 때는 열이 나고 아픈데도 학교에 보냈다. 기웅은 내키지 않는 걸음으로 학교에 갔다.

"기웅아! 너 어머니 오셨지?"

둘째 시간이 끝나자 선생님이 말했다. 기웅은 대답을 하면서 속으로 선생님이 어떻게 알고 있는지 궁금했다. 다음 시간은 운동장에서 풀 뽑는 시간이었다. 아이들은 공부보다 풀 뽑는 시간이나 돌 줍는 시간을 더 좋아했다. 사실은 기웅이도 그랬다.

"자, 지금부터 너희들 운동장에 가서 풀을 뽑는 시간이다. 1반 친구들이 교실 뒤 오른쪽을 뽑았는데 우리는 왼쪽을 뽑을 차례다. 그러면 1반보다 더 잘 뽑아야 해, 아니면 못 뽑아야 해?"

"잘 뽑아야 해요!"

기웅은 다른 때보다 별로 신나지 않은 기분으로 풀을 몇 개 뽑았다.

"기웅아! 나 느그 엄니 봤다. 학교에서."

도겸이가 기웅이 옆으로 다가와 말했다.

"언제?"

"아까 선생님이랑 교장 선생님이랑 뭔 얘기했어. 그러고 거울도 달았어."

"거울을? 어디다가?"

"저그 가운데 문에다가. 가볼래?"

둘은 건물 중앙 통로로 뛰어갔다. 벽에 전에 없던 큰 거울이 달려 있었는데 제일 위에는 '발 축 전'이라고 적혀 있고 아래에는 '대한생명보험주식회사 윤채봉 증정'이라고 적혀 있었다.

"어? 저기 우리 어머니 이름이 있네."

"어디?"

"저기 윤채봉 증정이라고 써 있잖아."

"근디 윤채봉증정이 뭐여? 니 어머니 이름이 저렇게 길어?"

"아니. 우리 어머니 이름은 윤채봉만인디? 거울 참 크다!"

기웅은 어머니 이름이 적힌 거울을 보고 어깨가 으쓱거렸지만 슬쩍 자기 얼굴만 한번 보고 참았다. 그런데 거울 위에 줄이 삐뚤어지게 적힌 '발축전'하고 아래에 윤채봉 이름 뒤에 적은 '증정'이 무슨 뜻인지 이해할 수가 없었다. 대한생명보험주식회사는 어머니가 다니는 회사다.

수업이 끝나자마자 기웅은 빨리 거울 얘기도 하고 어머니도 지키러 집으로 달려갔다. 그러나 집이 가까워지면서 기웅은 왠지 불안한 생각이 들었다.

'근디 어머니가 없으믄 어떻게 하지?'

언덕길을 단번에 올라가 두근거리는 가슴으로 대문을 열고 토방을 바라본 기웅은 문턱에 털썩 주저앉았다. 기웅은 다시 이모네 집으로 달렸다. 이모네 집 마당에도 어머니는 보이지 않았고 토방에도 어머니의 하얀 고무신이 보이지 않았다. 강희는 전에 없던 큰 인형을 하나 들고 중얼중얼하면서 놀고 있었다.

"철원댁 이모! 어머니 어디 갔어?"

"너 들어오다 못 만났구나. 너 보고 갈라고 기다리다가 차 시간 땜시 방금 가셨는디."

기웅은 철원댁의 말이 끝나기도 전에 뛰어나가 삼거리를 지나 신작로 길로 달려갔다. 기웅이가 지나가기도 전에 매미들이 울음을 뚝 그쳤다. 트럭이 빵! 하고 지나가면서 뽀얀 흙먼지를 날렸다. 기웅은 손으로 먼지를 헤쳐가면서 한참을 더 달렸다. 울 생각도 안 했는데 눈에서는 눈물이 나오고 있었다. 월향리 못 미쳐 산 밑에 누런 소 한 마리가 풀을 뜯고 있고 그 앞에 분명 어머니만 입고 있는 예쁜 한복을 입은 사람이 바쁘게 걸어가고 있었다.

기웅은 달려가면서 어머니를 불렀다. 채봉은 걸음을 멈추지 않았다. 고무신 한 짝이 벗겨져 주워들고 다시 뛰었다.

"어머니이!"

놀란 채봉이 돌아보고 기웅을 향해 바쁘게 되돌아왔다.

"기웅아!"

"어, 어머니!"

"미안해, 기웅아. 회사에 빨리 갖다 줄 서류가 있어서 너 기다리다 그냥 가는 길이여. 아이고, 이 땀 좀 봐!"

어머니가 길가에 앉아서 부드러운 손으로 땀을 훔쳐주자 기웅의 눈에서 쪼르륵 눈물이 흘렀다.

"뭐헐라고 이렇게 뛰어와. 어머니가 어디 도망이라도 가? 금방 올 건디……. 빨리 갔다가 하룻밤만 자고 올게. 응?"

"응, 그런디 어머니! 발축전이 뭐여?"

"그게 무슨 소리여?"

"거울 꼭대기에 써 있던디?"

채봉이 눈을 깜빡거리면서 생각하다가 소리 내어 웃었다.

"그건 '축 발전'을 쓴 건데 니가 밑에서 보니까 그렇게 보인 거여."

여전히 고개를 갸우뚱거리는 기웅은 더 묻고 싶었지만 이대로가 좋아 가만히 있었다.

* * *

채봉이 보험 일을 하면서 강희를 돌봐야 하는 기웅의 몫이 더욱더 커졌다. 이모 집에서 저녁을 먹고 집에 오자마자 강희가 입을 쭉 내밀고 신발 뒤꿈치로 흙을 툭툭 치면서 짜증을 냈다.

"강희야, 어머니는 바쁘니까 니가 참아야 되야. 돈 많이 벌어서 성이랑 누님이랑 우리 다 같이 살 거여. 어머니가 오빠 학교에다 큰 거울도 달아 줬다고 말했잖아. 홍시감 꺼내 줄까?"

기웅이 웃는 얼굴로 강희를 들여다보며 물었다. 강희는 싫다고도 그렇다고 달라고도 하지 않은 채 흘깃 바라보기만 했다. 기웅은 아랫목 벽 중간에 움푹하게 파놓은 홈에 발을 끼워넣고 다락으로 훌쩍 뛰어올라갔다. 어두워서 보이지는 않아도 달콤한 감 냄새가 물씬 났다. 광주리에 담아 놓은 감을 살살 만져봐서 말랑말랑하게 익은 것으로 몇 개를 골라 다락 문 앞 쪽으로 가져다놓고 강희를 불렀다.

"강희야, 이거 받아."

"이렇게 많이 어떻게 받아?"

"그럼 네 개만 받아."

홍시감을 다 먹고 얼굴에 감을 덕지덕지 묻힌 강희가 입을 쭉 내밀고 다시 짜증을 냈다. 기웅이 우스워 죽겠다는 듯 호들갑을 떨면서 손가락질을 했다.

"너 얼굴이 그게 뭐냐?"

"오빠도 그랴."

강희도 그제야 표정이 밝아졌다.

"강희야! 우리 사자놀이 할까?"

손으로 얼굴을 쓱 닦은 기웅이 강희를 바라보고 눈을 동그랗게 뜨면서 물었다. 기웅이 아껴둔 달력 종이로 열심히 사자를 만들어 강희에게 큰 것을 주고 자신은 작은 것을 가지고 싸우는 척하다 꼬꾸라졌다.

"야아! 강희 사자가 이겼다! 자, 이건 인자 니 꺼여. 이겼응게."

"재미없어."

"그럼 어쩌라고?"

기웅이 짜증을 내자 이내 강희의 눈에서 눈물이 터졌다. 어떤 놀이를 해도 어머니를 대신해줄 수는 없다.

"강희야! 우리 불 땔까?"

강희가 울음을 그치고 고개를 끄덕였다. 불 때기는 강희가 제일 좋아하는 놀이 중 하나다. 불은 나무만 넣어주면 저절로 잘 탄다. 기웅은 강희 손에 땔감을 계속 쥐여주었다. 한참을 때다 보니까 나무가 없다. 어둑해진 밖으로 나가 감나무 밑에 떨어져 있는 잎을 모아다 아궁이에 넣었다. 바짝 마르면 감나무 잎도 잘 탄다. 키 낮은 감나무 가지도 잘라다 넣고 부엌 바닥에 흩어져 있는 가랑잎이랑 마른 나뭇가지도 다 태웠다.

"강희야, 이 삭정이도 넣어."

땔 수 있는 건 다 갖다 태웠다. 땔감이 떨어지자 아궁이 속 불길이 가물가물하다가 이내 사그라졌다. 이제 남은 불기는 재를 뒤적여 잠깐 빨간 불씨를 보는 정도다. 밖은 언제 어두워졌는지 캄캄해져 있었다. 둘은 방으로 들어갔다.

"강희야, 오빠가 그림자놀이 해줄까?"

"응."

"무서운디 괜찮야?"

"괜찮야."

기웅은 왼손 그림자로 무덤을 만들고 오른손 그림자로는 여우를 만들어 다가가는 흉내를 냈다.

"이건 여우가 무덤을 파고 있는 거여. 자 봐! 이렇게……. 그런디, 누가 그걸 훔쳐보고 있어. 너냐?"

기웅이 강희를 손으로 할퀴는 흉내를 냈다.

"오빠 무서워! 하지 마!"

"무섭지? 그럼 이번에는 안 무서운 걸로 해줄까?"

"으응!"

"옛날에 옛날에……."

"오빠 또 지어내게?"

"응. 지어내지 마?"

"아니? 지어내서 해줘. 안 무서운 걸로."

"할머니하고 할머니 오빠하고 살았는디……. 어? 석유 지름이 없는게벼. 병에도 없는디?"

"불 꺼질라고 햐."

"우리 빨리 눈 감고 자자."

"꺼졌다! 오빠, 무서워!"

강희가 기웅의 옆으로 바짝 다가갔다. 그리고는 훌쩍거렸다.

"오빠가 이불 깔아줄게."

"싫어! 무서워!"

"알았어. 그러믄 나 따라와."

기웅이 강희를 다시 부엌으로 데리고 갔다. 하늘에 떠 있는 초승달이 부엌문을 힘들게 비추고 있었다. 부지깽이로 아궁이를 뒤적이자 빨간 불씨가 조금 보였다. 아껴 쓰던 달력 종이랑 딱지랑 만들어놓은 사자까지 다 태웠으나 강희는 들어가서 자자는 말만 하면 무섭다고 울었다.

"그러믄 오빠가 혼자 이모 집에 갔다 와?"

"……응!"

"그동안에 너 그럼 안 울고 있을 수 있어?"

"응!"

기웅은 이모네 집에 가기에 앞서 마음의 준비를 해야 했다. 덕지리에는 귀신이 참 많다. 물안골에 사는 도깨비불, 서당골에 사는 처녀귀신, 변소에 사는 몽달귀신, 샘터에 사는 할머니귀신, 느티나무에 사는 망태귀신, 뒷산에 사는 여우귀신, 예배당 종 속에 사는 애기귀신, 기웅이네 집 앞에 사는 그림자귀신. 어디를 가든 밤이면 귀신이 안 나타나는 데가 없이 천지다.

"밖에는 귀신들이 우글거리는디?"

"귀신은 없담서?"

"우리 집에는 없는디 밖에는 있을지도 몰라. 오빠 잡혀먹어도 좋아?"

"아니. 근디 귀신 없어."

"알았어. 갔다 올게."

기웅은 석유 얻어올 때 쓰는 끈 달린 사이다병을 들고 나섰다. 아까 저녁 먹으러 갈 때 석유병을 안 가지고 갔던 것이 잘못이었다.

"나 간다. 집에 귀신 오믄 이걸로 때려서 쫓아. 알았지?"

기웅이 강희의 손에 부지깽이를 쥐어줬다.

"응, 빨리 갔다 와."

기웅이 망설이고 있자 강희가 쳐다봤다.

"왜 안 가?"

"응, 갈 거여. 옷 좀 잘 입고……"

기웅은 각오를 새롭게 하고 대문을 열고 나갔다. 대문을 나서면서부터
그림자귀신이 따라오기 시작했다. 양반걸음으로 천천히 걸었더니 귀신
도 천천히 따라왔다. 얼른 뒤돌아봤더니 재빨리 숨는다.

'내가 그럴 줄 알았어. 비겁하게 숨긴……'

담장 밑으로 들어간 것 같다. 언덕길을 올라가자 여우귀신이 그림자귀
신이랑 같이 따라왔다. 기웅은 냅다 달렸다. 귀신들이 쫓아오는 소리가 온
동네에 퍼졌다. 하늘에 뜬 초승달도 기웅을 따라왔다. 달이 따라오자 불똥
처럼 작은 별들도 정신없이 따라왔다. 느티나무를 지나자 귀신들이 조금
줄어든 것 같았다. 망태귀신이 기웅의 뒷덜미를 막 잡으려고 할 때 가까스
로 이모네 집 큰 대문을 훌쩍 넘었다. 귀신들도 이모를 무서워한다.

"이모!"

"기웅아, 깜깜한디 왜 왔어? 잠 안 자고."

"석유 지름이 없어."

기웅이 사이다병을 마루 위에 놓으면서 말했다.

"다 늦게 불은 뭐할라고 켜? 그냥 이불 뒤집어쓰고 자."

함께 따라온 달이랑 별이랑 귀신들이 기웅을 불쌍한 눈으로 바라보고
있었다. 기웅은 속으로 다짐했다.

'지름 안 주믄 내일 아침까지라도 안 갈 거여. 그리고 어머니한테 다
일를 거여.'

한참이 지나도록 이모는 방에서, 기웅은 마당에서 꼼짝도 않고 줄다리기를 했다.

'쳇! 눈곱쟁이 창경 유리로 나를 쳐다보고 있는 거 누가 모를 줄 알아? 나도 다 알어.'

기웅의 생각이 맞았다. 창경으로 밖을 내다보고 있던 옥봉이 사이다병을 가지고 뒤쪽 툇마루로 갔다. 쪼르륵쪼르륵 석유 따르는 소리가 났다.

"호롱에다 석유 부을 때 조심해야 햐! 그리고 늦게까지 불 켜놓지 말고 일찍 자. 알았지?"

"나도 알어."

"혼자 갈 수 있어?"

기웅의 손을 잡고 느티나무까지 따라 나온 이모가 물었다. 이럴 때 보면 이모가 계모 이모가 아닌 것은 분명하다.

어머니는 이틀 후 기웅이가 학교에 간 다음에 왔다. 학교에서 돌아온 기웅은 어머니하고 이모가 얘기하는 소리를 얼핏 들었다.

"아 글씨, 기웅이란 놈이 눈에 파란 불을 켜고 캄캄한 마당에 서 있더랑게."

'쳇! 내가 일를깜시…….'

제6장

운명

"이제부터 내가 하는 말을 명심하거라. 마누라 죽고 자식 죽은 마당에 배알도 없느냐고 생각할지 몰라도,

너희들은 아비가 억울하게 죽음을 당한 사실 때문에, 원망 속에 세상을 잘못 살아가서는 안 된다. 너희의

아비나 형제를 죽인 건 이 나라가 아니다. 나라를 다스리고 있는 정부도 아니다. ……조상 대대로 살아온

이 나라나, 백성이 만든 정부를 애비 죽인 원수로 여기고 살아가서는 안 된다."

상백의 말소리는 작았으나 그 어느 때보다 힘이 있었고, 이를 전하는 기준의 목소리 또한 울먹이는 듯했

으나 흔들림 없이 또박또박 했다.

산전(山田)의 저 농부여

미루나무 아래 냇물소리가 그윽하게 울려퍼지고 원진봉 허리가 강경 길 신작로 뒤까지 다가와 자리 잡았다. 오늘은 햇빛이 드는 날이다.

"어머니 오는가 보자."

"이모, 하지 마! 강희 귀 떨어져!"

옥봉이 강희의 양쪽 귀를 눌러 위로 들어올리자 기웅이 다가와 소리쳤다.

"강희가 좋다잖아."

옥봉이 눈을 부릅뜬 채 고르고 하얀 윗니로 아랫입술을 꼭 물어 보이면서 기웅이를 놀렸다. 강희는 까르륵거리며 웃었다.

"이 바보야! 너는 학교랑 들어갔음서 그런 게 재미있냐? 귀가 떨어져 봐야 알겠어?"

강희는 기웅의 말을 들으면서도 계속 웃어댔다. 급기야 옥봉의 치마를 붙잡아 흔들어대는 기웅의 눈에 눈물이 고였다.

"이모 빨리 놔!"

"이모가 니 동생 귀 떨어지믄 아궁이에다 꾸워 먹을란다."

"이모! 높이! 더 높이!"

강희는 오히려 재미있다는 듯 웃으며 더 해달라고 졸라댔다. 기웅은 옥봉의 치마를 홱 뿌리치고 저만큼 걸어갔다가 다시 와서 큰 소리로 외쳤다.

"강희 귀머거리 되믄 내가 가만있을 줄 알어? 그리고 강희 이 바보 멍청아! 너는……."

기웅이 울먹거리며 말하는데 몸이 들린 채 빙빙 돌고 있던 강희가 갑자기 손을 들어 대문 쪽을 가리키면서 내리려는 몸짓을 했다. 자수 문양 한복에 두루마기를 입은 채봉이 연분홍 꽃봉오리를 한창 틔우기 시작하는 벚나무 가지 밑을 지나 수선화가 함초롬히 피어 있는 화단 옆 안채 길로 막 들어서다 강희와 눈이 마주친 것이다.

"아니 언니! 애 목 빠져!"

채봉이 질겁하면서 옥봉에게 말했다. 안절부절못하고 있던 기웅이 달려와 채봉의 치마를 잡아 흔들며 올려다봤다.

"어머니! 이모 혼내줘! 많이."

"기웅이 울었어? 왜?"

이마에 송골송골 땀이 솟고 눈물이 그렁거리는 기웅을 본 채봉이 앉아서 눈물을 훔쳐주자 강희는 이상한 듯 두 사람을 바라봤다.

"기웅아, 괜찮어. 이모가 강희 이뻐서 그런 거여."

"이쁘믄 귀를 구워먹어도 되야? 나 인제 절대 이모하고 말 안 할 거여. 쳐다보지 마, 이 바보 멍청아!"

기웅이 옥봉과 강희를 번갈아 흘겨보면서 소리쳤다.

"알았어. 나중에 이모 혼내줄게. 언니! 나 지금 진안 가야 혀."

채봉이 조급하게 말했다.

"왜? 시댁에 뭔 일 있다?"

"아버님이 위독하시디야."

"아이고, 어쩐다냐? 그 냥반이 오래 사셔야 니가 그늘막에 들 턴디."

"지금 그늘막이 문제여? 아버님이 걱정이지."

"그랴! 맞다 맞어. 언제 연락 받았어?"

"병원 갔다가 어머니헌티 들렀었는디 거그다 연락을 했더라고."

낌새를 눈치 챈 강희가 채봉에게 매달렸다. 기웅도 눈물을 훔치고 채봉의 말에 귀를 기울였다.

"그려, 강희도 가자. 기웅아! 어서 너도 준비해."

"나도 가는 거여?"

"그러엄! 할아버지가 너를 얼마나 보고 싶어 하시겠어. 강희도."

기웅의 얼굴이 환해지면서 입을 옷을 찾느라 분주해졌다. 강희도 좋아하는 원피스를 꺼내들었다.

"그래. 얼굴도 깨끗하게 씻고 새 옷 입고 신발도 예쁜 거 신고 가자."

차 시간에 맞춰 집을 나서자 옥봉이 삼거리까지 따라 나왔다. 기웅은 아직도 화가 풀리지 않은 얼굴로 손을 흔들어준 다음 채봉을 올려다보며 물었다.

"어머니, 오늘도 버스 타고 기차 타고…… 또 버스 타고 가?"

"응. 그럴 거여."

"기차는 좋은디 버스는 강희가 차멀미를 해서 안 좋아."

"강희야, 오빠가 너 걱정허는디 오늘은 버스 타고 갈 때 차멀미 안 할 거지?"

"응, 안 할게."

"맞아. 너도 인자 학생이잖아."

기웅이 얼굴을 앞으로 내밀며 반대편 쪽 손을 잡고 가는 강희를 쳐다봤다.

"안 한다는디 왜 자꾸만 그랴?"

강희가 볼멘소리를 하자 채봉은 기웅이와 강희를 번갈아보면서 오늘은 걱정하지 않아도 되겠다고 했다. 하늘은 푸르고 햇볕은 따뜻했다. 월향리 버스 타는 곳까지 가는 동안 기웅과 강희는 채봉을 사이에 두고 양쪽에서 손을 꼭 잡고 걸었다.

"어머니, 오늘 할아버지한테 가믄 성이랑 누님도 만나?"

"그러엄! 보고 싶어? 강희도?"

"응, 빨리 보고 싶어. 언니가 먼저 꽃삔 줬었어."

"성은 인자 중학생이여?"

"그렇지."

"성은 중학교 옷 입어서 좋겄다. 그럼 누님은?"

"인자 5학년이잖어."

"그럼 누님도 인자 금방 중학생 되겄네?"

"나 이거 언니 줄 거여."

강희가 손에 들고 있는 헝겊 인형을 들어 보였다.

"그거 너한티 준 건디 언니 줄라고 가지고 왔어?"

강희가 인형을 볼에 대면서 예쁘니까 주려고 한다고 말하자 기웅은 주머니 안에서 까만 무늬가 꽃처럼 새겨진 돌멩이를 꺼내 보이면서 형에게 줄 거라며 자랑했다.

"언니랑 성이랑 좋아하겄네."

"빨리 가고 싶다."

"오늘은 할아버지가 많이 아프셔서 병문안 가는 거니까 얌전해야 혀. 병문안이 뭔지 알지?"

"알아, 아플 때 가는 거여. 그런디 할아버지는 쪼끔 무서워. 먼저 겨울 방학 때 혼났어."

"왜? 느그들이 뭘 잘못했으니까 그러셨겠지."

기웅이가 킥킥대면서 기택이랑 눈사람 만들어 할아버지 담뱃대를 가져다 입에 꽂고 갓도 훔쳐서 머리에 씌웠던 얘기를 했다.

"거봐, 혼날 짓 했네."

"손들고 벌섰는디 쪼끔 있다가 할아버지가 웃음서 '그런디 느그들 어떻게 그리도 할애비허고 똑같이 만들었냐?' 그러셨어."

"그런디 지금 할아버지가 많이 아프셔."

"돌아가실 만큼?"

"웅, 니가 그걸 어떻게 알아?"

"아까 이모한티 아버님이 위독하시디야, 그랬잖여."

"우리 기웅이 인자 못 알아듣는 말이 없네."

"어머니는 내가 아직도 애긴 줄 알어?"

"알았어. 그럼 너희들 할아버지 집에 가서 아까 어머니가 한 말 명심허고 어른들헌티 인사도 잘헐 수 있지?"

"걱정 마!"

* * *

상백의 방에는 철우가 들어가 있었다. 인순은 침통한 얼굴로 들어선 채봉을 데리고 대청마루로 들어갔다. 손을 맞잡고 대청으로 들어선 채봉은 벽 쪽 문갑 위 원우의 영정사진 옆에 걸린 까만 액자 속의 사진을 보고 소스라치게 놀랐다. 예전에 평우가 들고 온 신문 속 인물이 분명했다.

"형님! 이 사진은 셋째 아주버님 아니셔요?"

채봉이 사진에 눈을 고정시킨 채 물었다. 사진 속 근우는 한눈에 봐도 총기가 서려 있고 신념에 찬 표정이었다.

"맞아, 동서! 저 사진은 경무대에서 건네받은 사진여. 내가 말 안 했었지? 아버님이 하지 말라고 허셔서……."

"지금 돌아가셨다는 말씀이잖아요. 어떻게 돌아가셨어요?"

인순이 채봉을 대청 끝 뒷문으로 데리고 나가 조심조심 근우의 죽음에 대해 얘기했다. 채봉은 큰 한숨을 들이쉬고 호흡을 멈추면서 탄식하다가 쪽마루에 앉아서 소리 죽여 흐느꼈다.

"기환 아버지는 큰형님 돌아가신 것도 모르는디…… 두 분씩이나……."

채봉은 주저앉아 한참을 더 울었다. 잠시 자리를 비켜줬다가 쪽마루로 다시 나온 인순이 채봉의 등을 다독였다.

"내가 그려서 동서를 일부러 이리 데리고 왔어. 아버님도 동서가 모르는 걸로 알고 계시잖여."

"형님, 아버님 불쌍허셔서 어떻게 혀요."

"그러게 말여. 그런데 경무대 실장님이라는 분이 아버님헌티 정부에 도움을 청헐 일이 있으믄 언제든지 연락하라고 혔디야. 그건 억울헌 죽음이라는 걸 안다는 거 아니었어?"

"세상에 우리 아버님처럼 불쌍허신 분은 없을 거여요."

채봉이 손을 맞잡은 인순을 바라보며 흐느꼈다.

"……동서 마음이 오죽헐까마는 아버님이 먼저 말씀 꺼내실 때까지는 입 다물고 있어."

"예, 형님. 저는 속으로 언젠가는 우리 기환 아버지가 셋째 아주버님과 함께 서로 의지하고 힘 되는 사이가 되실 것으로 기대했었어요."

채봉이 눈물을 닦으면서 말했다.

"말씀은 안 허셨지만 아버님도 분명 그러셨을 거여. 그러니 월매나 가슴 아프셨겠어."

"그럼 저만 모르고 다 아시고 계셨어요? 전주 아주버님도 그렇고요?"

"응. 큰서방님은 장사 지내는 날 아셨어. 기준 아버지 그렇게 되고 동생도 그렇게 되고 큰서방님도 월매나 기가 막히셨겠어."

"장례식 날에요?"

채봉이 한참을 흐느끼고 다시 대청으로 나오는데 언제 왔는지 한길이 마당에 서서 기다리고 있었다.

"조카댁 왔어? 이것저것 충격이 크지?"

"아저씨, 우리 그이한테는 어떻게 헌대요? 아무것도 모를 텐디."

"사실은 내가 엊그제 가야산에 갔었어. 근디 아무 흔적이 없더라구……."

채봉은 한길이 가야산에 다녀왔다는 말을 듣고 깜짝 놀라면서 그의 사람됨에 거듭 감사해했다. 그러면서 두 사람은 평우가 어딘가에서 자리를 잡았을 게 분명하고 머지않아 반드시 연락이 올 것으로 결론지으며 서로를 격려했다. 한참을 얘기하고 있는데 눈이 퉁퉁 부은 철우가 남숙과 함께 상백의 방에서 나왔다.

"제수씨, 오셨어요?"

철우는 목소리가 쉬어 있었다.

"예, 아주버님! 형님!"

"몸이 계속 안 좋으시다면서요? 그 병은 잘 먹고 요양 잘해야 헙니다."

철우가 쉰 목소리를 가다듬으며 말한 다음 채봉을 물끄러미 바라봤다.

"예, 잘허고 있습니다. 애만 맡기고 자주 찾아뵙지 못혀서 죄송합니다."

"기환이 걱정은 마시고 요양 잘하셔서 병을 이기셔야 헙니다."

"예, 아주버님."

그때 기준이가 밖으로 나와 채봉이 눈에 보이자 말없이 고개를 숙여 인사했다.

"작은아버지! 할아버지께서 모두 다 들어오라고 하시는데요?"

"전부 다?"

"예, 모두 다라고 말씀하셨어요. 오수 할아버지도 들어오시래요."

상백의 방에 딸 정순과 큰며느리 인순, 철우와 남숙, 채봉, 원우의 자식 기준, 기숙, 기윤, 기영, 기택과, 철우의 자식 혜정, 기철, 기학, 혜주, 기현, 그리고 평우의 자식 기환, 승희, 기웅, 강희 열아홉 명과 한길이 들어가 조용히 앉았다.

"아버님!"

채봉이 상백의 곁으로 다가가 낮은 목소리로 불렀다.

"응, 오느라고 애썼다."

상백도 채봉과 아이들을 바라보며 천천히 말했다.

"기준아, 나 좀 일으켜라."

"힘드시지 않으셔요?"

"괜찮다. 벽에 기대게 해다오."

철우와 기준이 상백을 일으켜 벽에 기대게 하고 양쪽에 무릎을 꿇고 앉았다. 상백은 한 사람 한 사람 빠짐없이 눈을 마주치고 깜빡이며 머리를 끄덕였다.

"기준아!"

"예, 할아버지!"

"내가 하는 말을 니가 큰 소리로 다시 말하거라. 모두가 들을 수 있도록……."

"지금부터 제가 할아버지께서 하시는 말씀을 큰 소리로 다시 전해드리겠습니다."

상백이 고개를 세 번 끄덕였다.

"다들 와줘서 고맙다. 그리고 한길이 동생도 와줘서 고맙네."

기준이 상백의 말을 전했다.

"예, 형님!"

한길이 참지 못하고 흐느꼈다.

"나는 이 세상에 태어나……."

"나는 이 세상에 태어나……."

상백이 한 말을 기준이 또박또박 다시 말했다.

"이날 이때껏 나를 위해서 노력혀본 적은 없다. 젊어서는 내 아버지의 명예를 찾아드리기 위해, 이를 악물고 돈을 모아 남겨놓으신 빚을 다 갚았다. 그리고 운이 좋았던지 돈을 불려나갈 수가 있었고 니들 할미를 만나 결혼혀서 자식을 낳았다. ……그때부터 나의 목표는, 오로지 자식 잘되기만을 바라는 마음으로, 평생 한눈팔지 않고 자식 교육에 힘쓰는 거였다."

"아버님! 좀 쉬셨다가 천천히 말씀하셔요."

상백은 잠시 말을 멈췄다가 숨을 몰아쉬며 다시 이어갔다.

"나라가 잘되어야 자식도 행복할 수 있다는 생각으로, 나라에 도움이 되는 행실을 기준 삼아 교육혔지. 그래서 일본을 알아야 그들을 이길 수 있다는 생각으로 유학도 서슴지 않고 보냈다. ……그러는 나를 이해하지 못하는 사람들은, 날보고 쪽바리 교육 시켜서 뭐하냐 하며 비웃기도 혔었다."

방 안에서는 상백의 짧게 끊은 낮은 목소리와 이를 다시 전하는 기준의 또렷한 말 외에 어느 누구의 숨소리조차 들리지 않았다.

"다행히 자식들은 모두 내 말에 순종해서 공부에 열중했고 올바르게 자라주었다. 그런데 지금, 그 자식 다섯 중 둘만 이 자리에서 비참한 심정으로 애비의 말을 듣고 있다……"

상백은 잠시 말을 멈추고 있다가 주름진 볼에 주르륵 눈물을 흘렸다. 방 안에 있는 식구들 모두 소리 없이 눈물을 떨어뜨렸다.

"요 며칠 나는 줄곧 도대체 무엇이 잘못되었는가 생각혀봤다."

"아버님, 물 한 모금 드셔요."

상백은 힘들게 물 한 모금을 넘겼다. 모두들 조용한 가운데 잠시 후 상백이 말을 이었다.

"난리통이라 어쩔 수 없었다고, 운이 나빴다고 생각할 수도 있을 것이다. 허지만 제아무리 그렇다고 혀서, 나처럼 비참한 결과가 그저 있을 수 있는 예삿일이 되는 건 아니지. 나는 내 자식들에게 순수한 마음으로 올바르게 살라고만 가르쳤는디, 세상을 살아가는 지혜를 가르칠 생각은 못허고, 오로지 공부에만 치중했던 게 나의 잘못이었나 하는 생각도 혀봤다."

상백이 쓰러져가는 자세를 고쳐 앉고 다시 말을 이어갔다.

"……그러나 나는 지금도 후회허지는 않는다. 비록 내 자식들이 안타깝게 살다 떠나고 말았지만, 후손들에게나마 삶의 교훈이 되었을 것이고, 올바르게 살아가고자 했던 그 신념 또한 자랑스럽게 기억될 것이 분명허기 때문이다."

상백이 잠시 눈을 감았다.

"앞으로 너희와 너희의 후손들은 이 모든 것을 교훈 삼아 지혜로우면서도 올바르게 살 것으로 믿는다. ……그리고 예나 지금이나 나중이나 분명헌 건, 이 나라는 하나이고 우리는 같은 민족이라는 것이다. 이것을 잊지 말고 살아가다 보면 언젠가 틀림없이 이 땅에 좋은 날이 올 것이라 생각헌다. 그러고……."

상백이 잠시 말을 멈추고 큰 숨을 몰아쉬자 방 안 식구들은 모두 긴장했다.

"이제부터 내가 하는 말을 명심하거라. 마누라 죽고 자식 죽은 마당에 배알도 없느냐고 생각할지 몰라도, 너희들은 아비가 억울허게 죽음을 당헌 사실 때문에, 원망 속에 세상을 잘못 살아가서는 안 된다. 너희의 아비나 형제를 죽인 건 이 나라가 아니다. 나라를 다스리고 있는 정부도 아니다. ……조상 대대로 살아온 이 나라나, 백성이 만든 정부를 애비 죽인 원수로 여기고 살아가서는 안 된다."

상백의 말소리는 작았으나 그 어느 때보다 힘이 있었고, 이를 전하는 기준의 목소리 또한 울먹이는 듯했으나 흔들림 없이 또박또박 했다.

"애비를 죽인 것은 이 나라나 정부가 아니라, 주어진 권한을 나쁘게 남용한 어느 범죄자의 짓이다. 그 또한 이 할애비 시대의 일인 만큼, 내가 내 손으로 거두어갈 터이니, 너희들은 그저 형제간에 우애를 다지면서 구김살 없게 살아주기 바란다. 이것이 내가 오늘 너희들에게 마지막으로 당부허고 싶은 말이다. ……할애비 보는 데서 서로 손잡아보거라."

방 안의 식구들은 하나같이 소리 없이 눈물을 쏟으면서 양옆으로 손을 내밀어 서로를 꼭 잡았다. 상백은 편안한 얼굴을 하고 자리에 누웠다가 이틀 후 조용히 눈을 감았다.

* * *

　경찰서장과 군수를 위시하여 조문객들이 상백의 집뿐만 아니라 인근 신작로 너머까지 길을 가득 메웠다. 어떻게 알았는지 근우의 죽음을 알리러 찾아왔던 경무대 직원도 조문하고 돌아갔다.
　"저, 기환 어머니!"
　문상 중인 내내 눈물을 흘리고 있던 이발이가 저녁 늦게 찾아와 채봉을 조심스럽게 불렀다.
　"승태 아저씨 오셨어요?"
　"저 이거 가져왔구만요."
　"뭐여요?"
　"저쪽에 가서 말씀드릴게요."
　채봉은 이발이 말대로 뒤껼 굴뚝 옆 한적한 곳으로 갔다.
　"어르신이 맡기신 건디 뭔지는 몰라라우."
　이발이가 사방을 살피며 아무도 없는 것을 확인하고 말했다.
　"그래요?"
　"인자는 전해드려야 헐 것 같아서 가져왔구만요."
　"아 예. 고마워요, 아저씨!"
　"보따리는 안에 들어가서 끌러보셔요."
　이발이가 돌아간 다음 채봉은 보따리를 인순에게 가지고 갔다. 인순은 철우와 남숙, 기준과 기환도 함께 있는 자리에서 아무 말도 하지 않고 철우에게 보따리를 건넸다. 보따리 안에는 가방이 있었는데 가방을 열어본 철우가 의아한 눈으로 인순을 올려다봤다.

"아버님…… 아버님이셨군요!"

채봉은 가방 안에 들어 있는 구두와 칼을 보자마자 엎드려 끌어안고 통곡했다. 잠시 후 상황을 알아차린 철우도 울부짖었으며 주위는 순식간에 울음바다가 되었다.

"기준아! 기환아! 너희들 할아버지 말씀 명심해야 한다."

상백의 죽음을 슬퍼하며 바람에 날리는 만장기 행렬이 끝없이 이어졌다. 한길은 상여의 꽃을 매만지며 소리 없이 눈물을 흘렸다.

"형니임!"

'동생! 재미지게 살다 오게. 어려서부터 남 힘들어하는 거 못 보던 우리 평우가 쓴 글 하나 들려주겠네. 일허다 쉬고 있는 농부를 보고 적어놓은 글인디 갸가 열여덟 살 때 쓴 거라더만. 나중에 갸 만나걸랑 애비는 편안히 갔다고 전해주게.'

하얀 구름 위에서 상백이 웃는 얼굴로 말했다. 한길은 언젠가 상백이 들려준 적이 있는 시를 떠올렸다.

산전(山田)의 저 농부(農夫)여

빈곤(貧困)을 설워 마소.

세상(世上)에 허다(許多)한 빈자(貧者)

마음 따라 속아 사오.

넋 없는 허수아비 웃어준들 어떠하리!

나뭇잎이 들어 있는 편지

　평우가 사진관을 개업한 지 다섯 해가 지났다. 그동안 단골손님도 늘었고 때마침 도민증 일제 발급 기간이 설정되어 분주해지자 평우는 기사를 한 사람 채용할 계획을 세우고 그동안 기계랄 것도 없었던 낡은 기자재도 교체할 겸 천안으로 향했다. 새로운 신분에 자신감을 얻은 그는 이번에 사진관을 정비한 다음부터는 사법고시 공부를 시작할 계획을 세우고 있었다.

　기자재상은 성수기를 맞아 손님이 붐비는 데다가 중고 제품으로 고르느라 예상보다 많은 시간이 허비되었다.

　"해미 가는 버스는 없어요?"

　"막차 떠난 지가 언젠디요."

　해미로 직접 가는 버스가 끊겼다는 말에 당진을 거쳐 서산으로 가는 버스에 간신히 올라탔다. 서산에서 다시 해미로 가는 차편도 끊어진 지 오래고 걸어서 가려면 빨리 가도 두 시간은 잡아야 했다. 평우는 이대로 가면 통금 시간이 임박할 것 같아 근처 여인숙에서 하루를 묵을까 생각하다가 망설이던 끝에 바쁘게 해미까지 걸어갔다. 짐을 들고 최대한 부지런히 걸었으나 해미에 도착했을 때에는 통금 시간이 다 되어가고 있었다.

평우는 뛰다시피 발걸음을 서둘렀다. 앞에 보이는 사거리 저쪽으로 한 블록만 지나면 집이 있는 곳에 다다르자 통금 사이렌이 울리기 시작했다. 신작로를 바쁘게 걷던 사람들이 골목으로 재빨리 뛰어들어갔다. 평우는 빨리 달리고 싶어도 양손에 짐이 있어 더 이상 뜻대로 되지 않았다. 집으로 들어가는 골목길이 보이는 사거리 근처에 도달했을 때였다. 집 쪽 반대편 대각선 모퉁이에 있는 지서 문 앞에 서 있던 경찰관이 호루라기를 불면서 붉은 막대를 흔들어 오라는 손짓을 했다.

"사진관 사장님! 이리 오세요!"

멀리서도 자신을 알아본 경찰관이 불렀다. 지서 앞으로 다가간 평우가 웃으며 바로 앞인데 빨리 가면 안 되겠느냐 물었더니 경찰관은 요즘 통금 단속 점검 기간이라 단속반한테 걸리기라도 한다면 자기네 입장이 곤란해진다며 안으로 들어오라고 했다.

"아, 알겠습니다. 저 땜에 곤란해지시면 안 되지요."

"아직 통금에 걸린 건 아니시니께 그냥 여기 계셔요."

평우는 경찰관이 가리키는 출입문 옆 긴 대기 의자에 앉았다.

"고맙습니다."

"막차 놓치고 걸어오셨어요?"

"예, 천안 갔다가 서산에서 오는 길입니다."

"짐이 많구만요. 힘드셨겠어요. 사진기인가 봐요?"

"예, 사진관 옮기믄서 좀 늘릴라구요."

"어디로 옮기실라고요?"

"다복예식장 옆 이 층으로 조금 넓히려고요."

"사진관이 요즘 바빠서 잘될 것이구만요. 앉아 계시다가 피곤하믄 누워서 눈 좀 붙이셔요. 그러다 보믄 해제 시간이 금방이니까요."

"그러지요."

신작로가 어둡고 조용해지자 현관에 서 있던 경찰 한 사람이 안으로 들어왔다. 창문으로 밖을 내다보며 서 있던 지서장도 자리에 앉아 의자를 돌리고 마주 바라봤다.

"지서장님, 어제 본서에 가셔서 좋은 소식 좀 들으셨어요?"

"소식은 무슨……. 점심 먹고 쉬다가 수사과장님이 나를 보니까 생각난다면서 우리 지서 옛날얘기 하나 하더만. 그냥 사담으로."

지서장이 의자를 뒤로 젖히고 발을 책상 위에 길게 뻗으면서 말했다.

"우리 지서 얘기요? 뭔데요?"

"김 경장! 거 왜 오래전에 윤채봉 씨라고 생각나?"

평우는 의자에 누워 한 손을 이마 위에 올려놓고 눈을 감고 있다가 채봉이라는 말을 듣는 순간 벌떡 일어날 뻔했다. 간신히 아무렇지도 않은 듯 등이 보이도록 돌아누워 귀를 기울였다. 호흡이 가빠지고 가슴이 심하게 요동쳤다. 김 경장이 기억이 나지 않는다고 말하자 지서장은 자세를 바로하고 앉으면서 이야기를 꺼냈다. 평우는 조심스럽게 침을 삼켰다.

"자네 발령받고 온 지 얼마 안 되었을 때 말야."

"예, 그때 이런저런 끔찍한 일들이 많았지요."

"맞아, 그때 수사과장이 순찰하다 인민군한티 끌려가 죽을 뻔했었잖아. 기억 나지?"

"아! 예, 알아요. 젊은 아주머니하고 나이 든 아저씨가 부축해왔었지요. 그 여자가 윤채봉 씨예요?"

경장은 그제야 생각나는 듯 관심을 보이면서 의자를 바짝 끌어 당겼다.

"그래. 근디 그 후에 도와달라고 지금 수사과장님을 찾아온 적이 있었다는구만."

"윤채봉 씨가요?"

"아니 그때 같이 있었던 아저씨가 왔는데 윤채봉이 진안서 여맹위원 장을 했던 여자라는만!"

"그래요? 그럼 부역자잖아요. 사람 참 착해 보였는데요."

"이 사람아, 부역자가 다 나쁜 사람들만 있는 건 아니잖아."

"하긴 그렇지요. 그런데 그 수사과장님은 얼마 후에 후유증으로 사망하셨잖아요."

"그랬지. 그래서 지금 과장님이 오신 거고. 그때 워낙 고마워서 후임 수사과장님한테 혹시라도 윤채봉이 찾아오면 도와주도록 당부를 해두었던 모양이야."

"그런데 윤채봉 씨가 붙잡힌 거군요?"

"그게 아니고 전주 특수부에 자수를 했다는구만. 윤채봉이가."

"경찰서도 아니고 특수부에 찾아가서 자수를 해요?"

경장이 앉아 있는 의자에서 삐거덕하는 소리가 들렸다. 지서장은 헛기침을 한번 하고 나서 자신도 자세히는 모르지만 들은 바에 의하면 그 남편이 예전에 거기서 취조를 받아 법원에 넘겨져 처형당했고 그 밖에도 특수부에 뭔가 한 맺힌 이유가 있어서 일부러 죽을 각오를 하고 그곳으로 간 거라고 설명한 다음 책상 위에 뻗었던 다리를 내려놓았다.

"순애보가 따로 없네요. 그래서요?"

"우리 수사과장님이 전에 들은 말도 있고 해서 이런저런 내용을 서류로 작성해서 전주 특수부로 갔었다는만!"

평우는 뛰는 가슴을 억누른 채 계속 눈을 감고 잠들어 있는 척하고 있었다.

"남편은 무슨 죄를 지었대요?"

"여순반란에 관련된 사상범이라는 것 같아. ……허 사장님, 주무셔요?"

지서장이 뒤척이는 평우의 등을 보고 물었으나 그는 못 들은 척 누워 있었다. 두 사람은 이후에도 채봉이 지서에 왔을 당시의 얘기를 한참 더 나누면서 그런 상황에 지서로 나타난다는 건 쉬운 일이 아니었을 텐데 정말 대단하다고 입을 모았다.

"지서장님, 아까 하시던 얘기나 마저 해주세요."

"내가 어디까지 말했지?"

"수사과장이 전주 특수부를 찾아갔다, 까지요."

"그런데 그쪽에서 아예 들어줄라고도 안 해가지고 그냥 오려다가 말야. 우리 서장님한테 보고를 했더니 그쪽 지구대장한테 직접 전화까지 하셨디야. ……그런데 결론적으로 말하면 이러고저러고 할 것도 없게 그냥 석방된 모양이더라고."

"어떻게요?"

"여기 일도 결정적인 참고가 되긴 했고 조사를 해보니까 사람이 워낙 착한 데다가 어려운 사람 도와준 거 말고는 인민군을 특별히 도운 일은 없었디야. 게다가 더 결정적인 건 폐결핵 3기라 죽을 날 받아논 상태였다고 하드만!"

지서장이 안됐다는 투로 던지는 말이 평우의 머릿속으로 총알처럼 파고들어왔다. 피가 거꾸로 도는 것처럼 얼굴이 화끈거리고 가슴이 옥죄어 오면서 입에서 통곡 소리가 뿜어져 나올 것 같았으나 이를 악물고 참고 있었다.

"아 그래서요?"

경장의 목소리가 자못 커져 있었다.

"취조 과정에 각혈을 해서 알게 되었는데 그냥 도립병원에 입원시켜 놓고 석방했디야."

"그담에 지금은 어떻게 되었는지 모른대요? 정말 딱한 분이네요."

경장이 길게 한숨을 내쉬는 소리가 들려왔다. 지서장은 경장의 표정을 한번 살피더니 남은 이야기를 마저 했다.

"그렇게 궁금해? 수사과장님이 그다음에 궁금해서 한번 알아봤더니만 퇴원해서 시골로 요양을 갔다는 거 같아."

"죽지는 않았구만요."

경장은 얼굴을 양손바닥으로 비비면서 한시름 놓았다는 듯 말했다. 평우는 주체할 수 없는 눈물을 감추느라 애를 썼다.

"그랬다는구만! 한디 자네 뭘 그렇게 좋아해?"

"다행이라서요. 우리 서에서 적극적으로 구명할라고 애쓴 것도 잘했구요."

"그렇지. 알고 보면 나쁘게 살라고 태어난 사람이 어딨겠어. 안 그랴?"

"그럼요."

두 사람은 이야기가 다 끝난 후에도 육 년 전 일이지만 말하다 보니 얼굴이 눈에 선하다면서 거듭 채봉의 처지를 안타까워했다.

통금이 해제되자마자 집에 돌아온 평우는 구입해온 사진 기자재를 마루 한쪽에 팽개친 채 넋을 놓고 앉아 있었다. 사진기 다리 하나랑 헌법 책 귀퉁이가 보따리 밖으로 볼썽사납게 삐져나와 있다.

한참을 넋을 잃고 있던 평우가 책상 앞에 앉아 편지를 쓰기 시작했다. 편지지 안에는 상수리 나뭇잎 다섯 개를 동봉했다.

충남 공주군 탄천면 덕지리 기와집 이국헌 님 귀하

- 허학생 배상

＊ ＊ ＊

국헌은 간밤에 고라니가 삼밭을 헤집어놓은 것을 보고 기둥과 거적을 손본 다음 집으로 돌아왔다. 손을 씻고 마루에 걸터앉아 있는데 우체부가 왔다.

"이 선생님, 안녕하세유? 편지가 왔구먼유."

그는 대문턱 밖에 자전거를 세우고 인사를 꾸뻑하면서 편지 한 장을 들고 들어왔다."수고 많이 하시는데 자유당 편지면 전해줄 것도 없어요."

"선생님도 원! 한디 이건 자유당 편지가 아닌디유."

우체부는 웃으면서 편지를 건넸다.

"허학생? ……좀 쉬었다 가시지요?"

보낸 이의 이름을 본 국헌이 고개를 갸우뚱하면서 인사를 했다. 우체부는 들를 곳이 많아 저물기 전에 마치려면 서둘러야 한다며 다시 자전거에 올라탔다. 우체부가 나가고 국헌이 막 편지를 뜯으려고 할 때 김창수가 숨을 헐떡이며 나타났다.

"서방님! 큰일 났구만유! 산 쪽에서 지금 연기가 시꺼멓게 올라와유."

"뭔 소리여? 나 지금 산에서 오는 길이구먼! 어떤 산이?"

국헌이 벌떡 일어났다.

"우리 삼밭 있는 금반산 말이여유."

"삼밭이? 나 시방 거기서 오는 길이라니까!"

"그건 아직 모르는디유. 오면서 보니께 그짝에서 연기가 겁나게 나고 있어유."

국헌이 마당으로 나와 금반산을 바라보니 불길은 보이지 않았으나 매캐한 냄새가 어렴풋하게 코에 스며드는 듯했다.

"아무튼 가보자고! 내가 먼저 갈 테니까 자네는 마을회관에 빨리 알리게."

국헌은 뜯어보려던 편지를 마루에 팽개쳐놓고 쇠스랑을 들고 금반산으로 달려갔다. 산중턱에 올라가자 책골 너머에서 회색 연기가 솟아오르고 열기 섞인 바람이 낙엽 타는 냄새와 함께 날아들었다. 국헌은 재빨리 재를 넘어 건너편 산 아래쪽에서 사선을 그으며 넘실거리고 있는 벌건 불을 확인했다.

불길이 활활 타오르고 있기는 하지만 까만 연기가 보이지 않는 것으로 보아 규모가 그다지 커보이지는 않았으며 다행히 삼밭하고는 조금 떨어진 갈대숲 쪽이었다. 또한 소나무가 우거진 산 쪽으로는 큰 계곡이 가로질러 있는 데다 바람의 방향이 평야를 이루고 있는 장마루 쪽으로 불고 있어 산등성이로는 불길이 타고 오를 것 같지 않았다.

국헌은 쇠스랑을 들고 산 쪽으로 올라가 불길이 넘어오지 못하도록 고랑을 만들어나갔다. 잠시 후 김창수와 함께 마을 사람들 모두 쇠스랑을 들고 달려와 고랑을 넓혀두었고 불씨는 이내 잡혔다.

"아이고 산신령님이 도왔어유!"

"다들 욕들 보셨구먼요. 가서 막걸리 한 사발 드시고 가셔요."

불이 잡히자 분위기는 한가족처럼 화기애애했다. 국헌은 새까매진 얼굴을 한 채 마을 사람들에게 고마움을 표했다.

"그나저나 우리 마을 이 회장님은 나중에 국회의원 나가실 분이 삼밭에 묶여 있어서 되시겠어유?"

쌍둥이 아버지 박용섭이 국헌을 넌지시 바라보며 물었다.

"미안합니다. 나는 국민을 위해서 일해야 하는 그 역할에 자신이 없어서 손들었어요."

"그럼 누가 우리 공주를 위해 나선단 말여유?"

"누구든 나보다 능력 있는 분들이 하셔야 하겠지요."

쇠스랑을 어깨에 멘 국헌이 앞장서 집으로 들어가고 마을 사람들도 왁자지껄 떠들어대면서 따라 들어갔다.

* * *

산불이 있은 지 한 달쯤 후 삼밭에 거적을 다 덮고 다소 한가해진 어느 일요일이었다. 추석을 보낸 지 며칠 지나지 않아 동네 아이들은 아직껏 명절 분위기 속에서 뛰어놀고 있었다. 서재에 혼자 있는 국헌을 보고 어머니 유 권사가 방문을 살짝 열고 들여다봤다.

"이 회장, 별일 있나?"

"별일 없습니다, 어머니!"

"그럼 나랑 같이 모처럼 예배당 한번 가지 않겠는가? 목사님도 좋아하실 건디."

유 권사가 가는 눈을 뜨고 웃으면서 말했다.

"예, 같이 가시지요."

"그러시겠는가?"

유 권사가 국헌에게 다가와 등을 따독였다.

"어? 그런데 여기 제 성경책이 안 보이네요?"

"응, 내가 치웠다. 가져다주마!"

유 권사는 자신의 방 문갑 위에서 성경책과 찬송가를 챙겨왔다.

"아 참! 그리고 내가 언젠가 보니까 편지가 하나 굴러다니는 것 같아 그 성경책 안에 넣어놨다."

"편지요?"

"응. 내가 깜빡 잊고 이제사 얘기해줘서 어쩌냐?"

국헌은 성경책 안에서 편지를 꺼냈다.

"이 편지요? 아 별거 아니에요. 교회 다녀와서 보겠습니다."

국헌은 편지를 성경책에 다시 끼워넣고 유 권사와 함께 교회로 향했다. 모처럼 국헌이 교회에 함께 가자 옥봉도 밝은 얼굴이 되어 나란히 걸었다. 장성동 목사가 교인들 속에 서 있다가 국헌을 보자 반색을 하며 맞이했다.

"할렐루야! 이 집사님 오셨군요!"

"코앞이면서도 자주 오지 못했습니다."

"제가 집사님 대신 하나님께 기도해드릴 테니 바쁠 때는 헌금만 보내셔도 됩니다."

"그래 주신다면 감사한 마음으로 그러도록 노력하겠습니다."

장 목사가 웃으면서 말하자 국헌도 큰 소리로 웃으며 대답했다.

"목사님! 그러시다가 우리 이 집사가 그 말을 그대로 믿으면 어쩌실라구요."

유 권사가 활짝 웃는 얼굴로 거들었다.

"권사님! 다 사람 봐서 하는 얘기니까 걱정 마십시오."

"나는 걱정이 되는디요?"

"이 집사님한테는 그러시라는 거나 그러시지 말라는 거나 똑같은 말이 될 것입니다."

"회초리나 상장이나 같다는 말씀이시군요."

국헌이 껄껄 웃으면서 대꾸했다.

"거보세요! 벌써 알고 계시잖아요. 그나저나 지난번에 산불이 고만해서 참 다행입니다."

"다 하나님 덕분이지요."

"이 집사님이 하나님 덕분이라는 말씀을 하시니 인자 삼밭 걱정은 안 하셔도 되겠습니다. 다 하나님께 맡기십시오."

예배를 마치고 집으로 돌아온 국헌은 먼저 편지봉투의 앞뒷면을 유심히 보았다. 번지를 적지 않은 걸로 봐서 집은 알지만 자주 오는 사람은 아니고 보내는 이의 주소도 없이 이름만 있는 걸로 봐서도 일상의 안부 편지는 아닌 듯했다. 더구나 허학생이라는 이름은 들어본 적이 없다. 국헌은 고개를 갸우뚱하며 편지를 뜯었다. 편지지 안에는 상수리 나뭇잎 다섯 개가 함께 들어 있었다.

한가위 구름 산에
어린 눈코 그리다가
붉은 태양 생각하며
뜬눈으로 지새우네

보름달을 바라보며
스며드는 그리움에
다섯 해 낙엽 담아
소식 물어 띄워보네

국헌은 호기심으로 한번 쭉 읽고 나서 편지의 의미를 곰곰이 생각하며 다시 읽었다. 결코 그냥 읽고 넘어가서는 안 되겠다는 마음이 들었다. 국헌은 내용을 분석하며 한 줄 한 줄의 의미를 기록해나갔다.

한가위는 당연히 추석일 테고, 어린 눈코 그린다는 것은 달을 보며 어린아이들을 생각한다는 뜻이리라. 붉은 태양을 그리워하는 것 같은데 그것이 무엇인지 모르겠지만 아마 누군가 사람을 가리키는 것이 분명하다. 그 사람 때문에 밤을 새웠다는 얘기일 테고 꽃이 피고 지는 오 년 세월에 대한 안부를 묻는 것인 듯하다.

국헌은 심상치 않은 예감에 가슴이 두근거렸다. 집 밖으로 나와 큰 숨을 들이쉬고 생각에 잠겨 있는데 채봉이 월향리 쪽에서 내려오다가 이쪽을 바라보고 손을 흔들었다.

"처제, 어디 댕겨오는 거여?"

"간호원 배웅하고 오는 길이여요. 형부 오늘 교회 다녀오셨다면서요?"

채봉의 목소리는 맑은데 얼굴은 창백하고 기운이 없어 보였다.

"처제가 어떻게 알았어?"

"다 아는 수가 있지요."

"처제 정보는 역시 빠르구먼. 그런데 처제! 이것 좀 봐!"

"그게 뭔데요?"

"이 편지 온 지가 한 달이 넘었는데 산불 땜에 잊어버리고 있다가 인자 봤어."

국헌이 들고 있는 편지를 보자 커질 대로 커진 채봉의 눈이 반짝였다.

"지금 보니까 이건 처제가 봐야 할 편지 같구먼!"

"무슨 편지여요?"

채봉이 다급히 물었다.

"누가 보낸 건지 알겠어?"

채봉은 국헌이 건네준 편지를 보자마자 두 눈이 그렁거리기 시작했다. 편지를 받아든 채봉의 손이 가늘게 떨렸다.

"기환 아버지 편지여요. 구름산은 운악(雲岳)이라는 그이 이름이고요."

"글쎄, 나두 그런 것 같긴 했는데 이름이 왜 허학생이여?"

"지금 본명을 쓸 수는 없잖아요. 형부가 기환 아버지한테 쪽발이 학생이라고 놀린 것을 적은 거 같네요. 허씨는 지금 사용하고 있는 성씨여요. 다른 사람 이름으로 산다고 말씀드린 그 이름이 허운악이거든요."

"아 그렇구먼! 그런데 기환 아버지 못 본 지가 육 년이지 않나? 왜 다섯 해야?"

"예, 그렇지요. 그런데 편지 온 지가 한 달이 넘었다면 추석 전이잖아요. 편지 쓸 때는 추석이 다섯 번 지난 거지요. 잎이 다섯 개인 걸 보면 지난 오 년 동안 추석날마다 가야산에 갔었다는 얘기가 분명해요."

"그렇다면 엊그제 추석에도 기다리고 있었다는 얘기잖아."

"맞아요, 형부. 우리가 편지를 너무 늦게 발견한 거여요."

채봉은 이내 흐느꼈다.

"그 말이 맞구먼! 편지를 이제야 읽어보는 내가 잘못이야."

"형부, 제가 이제라도 가봐야겠어요."

"안 돼! 처제는 절대 안 돼! 시아버님 장례 치르고 병이 도져서 의사 말이 당장 입원하라고까지 했잖아. 그것도 처제가 입원은 싫다는 바람에 일주일에 두 번씩 간호원이 오고 있고 말여."

"그래도 제가 가봐야 해요. 가면 기다리고 있을 것만 같아요."

"처제, 이번만 참아. 그 몸으로 산행을 한다는 것은 죽을 짓을 하는 것과 같아. 처제가 다녀온 것처럼 내가 가서 알아오고, 계획 세우는 데 도와주고 다 할 테니까 내가 다녀올 때까지 기다려. 그럴 수 있지?"

"고마워요, 형부!"

그러나 며칠 후 국헌이 가야산 움막을 찾아갔을 때는 누군가 최근에 다녀간 흔적이 있는 듯했으나 더 이상 평우의 소식을 알 길이 없었다.

재회

"윤채봉 씨를 진찰하신 선생님요?"

수납 창구 여직원은 난색을 표하면서 접수가 조금 전에 끝났다는 말과 함께 환자와 어떤 관계냐고 물었다.

"혹시 하가일 선생님이 아니신가요? 제가 아는 분이라서요."

표정이 누그러진 직원은 대답 대신 진찰을 받겠느냐 묻더니 접수를 도와주었다. 병원 복도는 하루건너 계속 휴일을 보낸 데다가 다시 주말을 앞두고 있어 환자들로 붐비고 있었다. 마지막 환자가 나올 때까지 평우는 의자에 앉아 팔짱을 끼고 고개를 숙인 채 꼼짝도 하지 않았다.

"허운악 씨!"

간호사가 복도로 나와 그를 불렀다.

"어! 아니 자네?"

진료실로 들어서는 평우를 본 도립병원 하가일은 두 눈을 크게 뜨면서 벌떡 일어나 다가와 손을 움켜잡았다. 평우가 고개를 살짝 돌려 간호사 있는 쪽을 바라봤다.

"오랜만이네. 내가 아파서 온 것은 아닐세. 진료 마치고 이따가 병원 마당 벤치로 나와주겠는가?"

평우가 먼저 목소리를 낮추면서 말하자 하가일도 일순간 긴장하는 눈빛으로 고개를 끄덕였다.

평우는 사람들이 없는 외진 벤치에 자리를 잡고 앉아 그를 기다렸다. 얼마 지나지 않아 퇴근 복장을 한 하가일이 두리번거리다가 바쁜 걸음으로 다가왔다.

"아니 이 사람 평우! 내가 알기로 자네는……."

평우의 손을 맞잡은 하가일은 입을 벌린 채 말을 잇지 못했다.

"그렇지. 죽은 사람이 맞지."

"이게 도대체 어떻게 된 노릇인가? 자네 부인이 뭘 잘못 알고 있는 건가? 그리고 뭐가 뭔지 자세히는 모르지만 귀신이어야 할 사람이 이렇게 돌아다녀도 되는 건가?"

하가일은 평우의 양손을 힘껏 잡은 채 주위를 둘러본 후 목소리를 낮춰 물었다.

"사연이 좀 있네. 우선 혹시나 했는데 집사람을 치료하고 있는 의사가 자네라 정말 다행이네."

"어찌 됐건 반갑구먼. 이게 다 무슨 일인가?"

두 사람은 다시 손을 맞잡고 한참을 흔들어대며 반가워했다.

"놀라는 자네 심정은 충분히 이해하지만 급한 대로 내가 알고 싶은 것부터 먼저 물어봐도 되겠는가?"

평우가 굳은 표정으로 말했다.

"자네 부인 얘기 아닌가? 우선 앉게."

"상태가 어느 정도인지 사실대로 얘기해주게."

"한마디로 말해서 어려운 고비일세. 한동안 정상인의 한계를 뛰어넘을 만큼 신기한 차도를 보면서 좋아지는 듯했네만 요즘 다시 나빠지고 있네."

"목숨이 위험할 정도인가?"

평우가 매달리듯 물었다.

"아니, 그 정도는 아닐세. 공동의 크기가 커지거나 더 생기지는 않네만 병이 나아야 하지 않겠는가?"

"그렇다면 극히 위중한 수준은 아니라는 말이군."

"그렇다네. 이런 경우 본인의 의지가 무엇보다 중요한데 요즘 마음이 약해져 있는 것이 가장 큰 문제일세."

하가일의 말을 들은 평우는 채봉이 의지도 강하고 아이들을 봐서라도 절대 포기할 사람이 아니라며 고개를 흔들었다. 하가일은 안타까운 표정을 지으면서 의지라는 것은 따지고 보면 상황이 만들어주는 자신감인데 각혈이 잦다 보면 누구나 마음이 약해지게 마련이고 채봉이 겉으로 내색하지 않아서 그렇지 요즘 무척 심약해진 상태로 보여 정신과 치료를 권해볼까도 생각하고 있는 참이라고 했다.

"내가 너무 무심했어. 뭔가 만들어놓고 연락할 생각만 하느라고."

평우는 순간 눈물이 왈칵 쏟아졌다.

"심정은 충분히 이해하네만 우선 자네부터 마음을 굳게 먹어야 하네. 이제 자네가 나타났으니 어쩌면 결정적인 전환점이 될지도 모르는 일 아닌가."

"무식한 질문이겠지만 집사람이 힘을 내면 살 수 있는 것은 확실한 가?"

"평우, 너무 비관적으로 생각하지 말게. 지금 지극히 위중한 상태도 아닐뿐더러 자네까지 있으니 이제 다르다네."

"내가 이런 상황에 뭘 해줄 수가 있어야지."

"큰 힘이 될 걸세. 약이 아무리 좋아도 본인의 의지가 약해져 있으면 백약이 무효인 경우가 허다하니까 말이네."

"각혈이 잦아졌다고 하지 않았는가?"

"양이 많은 것도 아니고 상처에서 피가 나는 건 자연스러운 거네. 문제는 마음인데 어쩌면 아버님이 돌아가신 이후 마음이 약해진 게 아닐까 싶네."

하가일의 담담한 얘기를 들은 평우는 돌멩이로 머리를 맞은 듯 멍한 눈을 뜨고 그를 쳐다보며 떨리는 음성으로 물었다.

"자네 지금 뭐라고 했나? 아버님이라니…… 지금 우리 아버님을 말하는 건가?"

"모르고 있었는가? 아버님이 돌아가신 것을……?"

평우의 질문에 당혹한 하가일이 죄를 지은 듯 말끝을 흐리며 대답했다.

"우리 아버님이 돌아가셨다는 말인가?"

"정말 뭐라고 위로해줄 말이 없네, 평우!"

하가일이 평우의 손을 잡고 안타까워했다.

"……처음 자네 형님 그렇게 되셨을 때만 해도 악에 받쳐 강인한 정신 상태가 유지되어 보였는데 올해 아버님마저 돌아가시자 지쳐버린 듯하네."

"형님이라니…… 누구…… 우리 형님 말인가?"

"정말 어처구니없는 일이지."

"어떤 형님을 말하는 건가? 형님에게는 또 무슨 일이고?"

"자네 정말 아무것도 모르고 있었구만."

하가일은 죄지은 사람처럼 미안스러운 표정으로 채봉을 통해 들은 내용을 전했다. 평우는 의자에서 벌떡 일어나 먼 하늘을 바라보다가 저만큼 떨어져 있는 해묵은 나무 쪽으로 달려가 머리를 기대고 한참을 흐느꼈다. 하가일은 평우가 한동안 울도록 그대로 지켜보다가 조심스럽게 다가가 어깨를 안았다.

"나쁜 소식만 전해줘서 미안하네."

"그건 아닐세. 하마터면 가족의 죽음도 모르는 얼간이가 될 뻔했는데 이제라도 알게 해줘서 고맙네. 결국 나 때문에……."

평우가 말을 하다가 다시 소리를 죽여가며 흐느꼈다. 두 사람은 다시 벤치에 앉은 후에도 한동안 아무 말도 하지 않았다. 잔잔하게 불어오는 바람에 낙엽송 가지들이 소리를 감추면서 흔들거렸다. 한참을 흐느끼던 평우가 목소리를 가다듬고 말했다.

"그나저나 내가 자네에게 아직 인사도 하지 못했네. 우리 집사람을 그토록 잘 돌봐줘서 정말 감사하네."

"어느 의사든 그렇게 안 하겠나?"

"우리 집사람은 이제 언제 오도록 되어 있는가?"

"아 참! 내가 그 말을 아직 하지 않았구만. 다음 주 월요일로 예정되어 있네. 오늘이 목요일이니까 며칠 남지 않았군."

"지금 요양하고 있는 곳은 어딘지 알고 있는가?"

"공주 언니네 집 동네라고 들었네."

"언니네 집이라고……?"

"그렇다네. 그리고 여기에 올 때는 친정집에 머무는 것 같더군."

"여기 전주 친정에 말인가?"

"그렇다고 날짜에 맞춰 자네가 오늘처럼 병원으로 오거나 처가로 찾아갈 생각은 말게. 자네는 남의 눈에 뜨이면 안 되는 거, 맞지?"

평우는 대답 대신 고개만 끄덕였다.

"내가 자세한 얘길 듣지 못해서 뭐라 말하긴 어렵네만, 자네나 자네 부인을 알고 있는 누군가의 눈에 뜨인다면 그 순간에 모든 것이 끝나지 않겠는가?"

평우는 한참을 생각하다가 그간 자신에게 일어났던 일들을 간략하게 설명한 후 현재 허운악이라는 이름으로 서산에 살고 있는데 조그만 사진관을 운영하고 있다는 내용까지 털어놓았다. 이야기를 다 들은 하가일은 믿기 어려운 일이 실제로 벌어지고 있다면서 놀라워했다.

"그럼 이제 어떻게 할 생각인가?"

"우리 집사람에게 아무 때든 가능한 시간에 내 사진관으로 오라고 좀 전해주겠는가? 거기서 만나는 것은 괜찮을 듯싶네."

"오면 내 그리 전하겠네. 사진관은 서산 어디인가?"

"서산 해미면 읍내리에 다복예식장이라고 있는데 그 바로 옆 건물 이층에 운악사진관이라고 하네."

"알겠네. 자네 부인이 이 얘길 들으면 얼마나 기뻐하겠나."

"나는 여기서 잠시 마음 좀 추스르고 갈 테니까 먼저 가게."

"그러게나. 부디 힘을 내게, 유령! 자넨 아직 해야 할 일이 많지 않은가!"

"고맙네, 친구!"

* * *

"예? 그게 사실이에요?"

병원 밖 벤치로 나와 평우에 관한 얘기를 들은 채봉은 하가일의 말이 끝나기도 전에 눈물이 쏟아지기 시작했다. 하가일은 죽은 줄로만 알고 있던 사람이 나타나 놀라는 바람에 멋모르고 말을 하다가 아버님과 원우 형님 얘기까지 다 하게 되었다며 실수한 게 아닌지 걱정이 된다고도 했다. 채봉은 아니라고 하면서도 평우가 받았을 충격이 얼마나 컸겠느냐며 평평 울었다.

"죽었다는 사람을 만났으니 제가 얼마나 놀랐겠어요."

하가일이 애써 웃음 진 표정을 띠며 분위기를 바꿨다.

"죄송합니다. 제가 거기까지 얘길 다 해드리지 않아서……."

무안해진 채봉의 얼굴이 빨갛게 물들었다.

"아, 아니에요. 그건 너무 당연한 일입니다. 나라도 그랬을 겁니다."

하가일이 손을 크게 흔들었다.

"이해해주셔서 감사합니다. 저 지금 바로 그이를 만나러 가겠습니다, 선생님."

채봉이 서둘러 자리에서 일어설 채비를 했다. 하가일이 걱정스러운 얼굴로 너무 서두르지 말라면서 몸 상태를 묻자 그녀는 기다렸다는 듯 단호하고 경쾌한 목소리로 대답했다.

"제 몸요? 그이가 기다리고 있다는 선생님의 말을 듣는 순간부터 날아갈 듯이 가벼워진 느낌이에요."

"듣던 중 가장 반가운 소립니다. 의사 가운은 그 친구가 입어야겠어요."

하가일도 자리에서 일어서면서 밝은 표정으로 채봉의 안색을 살폈다.

"만나면 그렇게 전할게요, 선생님."

얼굴에 눈물자국이 남아 있는 채봉이 웃음 지으며 말했다.

"그럼, 조심해서 다녀오시고 다음에 병원에 오실 때는 부디 많이 좋아져서 오세요."

"예, 선생님. 감사합니다."

채봉이 눈을 반짝이며 자리에서 일어났다.

"여기 목도리요. 그리고 약국에 들러 약 타가는 거 잊으시면 안 됩니다."

하얗고 깨끗한 고무신이 구름 위를 걷듯 가볍고 경쾌하다. 채봉은 가던 걸음을 멈추고 고개를 들어 하늘을 바라봤다. 태양은 찬란하게 눈부시고 가을 하늘은 더할 나위 없이 드높고 파랗다. 평우가 웃고 있는 모습이 선명하게 떠오르는 까마득하게 높은 곳에서 새 한 마리가 원을 그리는 듯하더니 어딘가를 향해 바쁘게 날아간다. 고개를 뒤로 젖힌 채 꿈에 젖어 있던 그녀가 지나가는 행인과 살짝 부딪쳤다.

"아, 미안헙니다!"

어깨를 스친 사십대 중년의 사람 좋아 보이는 남자가 활짝 웃으면서 먼저 사과했다.

"아닙니다. 제가 한눈을 팔았어요."

역에 들어서자 열차의 출발과 도착을 알리는 듣기 좋은 스피커 음성이 반복해서 울리고 매표소 앞에는 줄을 선 사람이 거의 없을 만큼 한산했다.

"빠른 걸로 천안 한 장요!"

친절한 역무원이 지금 바로 떠나는 열차는 지정석이 없고 빈자리가 있으면 앉을 수 있다고 하얀 이를 보이면서 안내했다.

"예, 괜찮습니다."

천안은 경유하는 상행선 열차가 많아 바로 탈 수 있었으며 한 아주머니가 손으로 자리를 잡아주는 모양새를 취하면서 내리는 바람에 운 좋게 바로 좌석에 앉았다. 채봉은 열차가 제 속도를 내기 시작할 무렵 평우의 편지를 조심스럽게 꺼내 나뭇잎을 살피고 편지도 다시 읽었다. 읽고 또 읽었다. 옆 좌석에 앉은 단정한 할머니와 한 차례 눈이 마주쳤으나 서로 미소만 짓고 고개를 돌렸다.

언제부터인지 창밖 저쪽에서 평소 즐겨 입던 옷차림으로 카메라를 어깨에 멘 평우가 이쪽을 바라보고 활짝 웃으며 자신을 쫓아오고 있었다. 너무나 낯익고 자연스러운 모습에 자칫 기환 아버지! 하고 부를 뻔했다. 감회에 젖어 있는 동안 열차가 천안역에 도착했다.

"천안입니다. 잊으신 물건 없이……."

열차 내 안내 방송이 채 끝나기도 전에 서둘러 기차에서 내려 천안 배차장으로 향했다. 배차장은 낯설지 않았다. 평우를 처음 만나러 가야산에 찾아가던 날 장터에 달려가서 소고기하고 양념거리를 샀던 일이 바로 어제의 일처럼 생생하다. 서산행 버스를 탄 채봉의 표정이 그 어느 때보다 밝았다.

해미에서 내린 채봉은 지금 가야산으로 가야 하는 것은 아닌지 짧은 시간 예전과 현재의 시간이 겹쳐지는 혼란을 겪기도 했다. 눈에 띄는 사람들은 하나같이 밝은 표정을 짓고 그녀를 반기고 있는 듯 보였다. 채봉은 한껏 반가운 표정을 지으면서 평우가 숨 쉬고 있는 해미의 공기를 가슴 깊숙이 들이마셨다.

"아주머니, 다복예식장이 어느 쪽이에요?"

아주머니는 길 안내를 준비하고 있었던 것처럼 길 중앙으로 나와 손을 들어 가리키며 친절하게 일러줬다. 맞은편에 보이는 한복집에서 오른쪽으로 꺾어지면 장터가 나오는데 바로 들어서자마자 조금 앞에 보일 거란다. 아주머니는 길을 알려준 다음에도 제대로 가고 있는지 한참을 지켜보고 있다가 채봉이 모퉁이를 돌면서 머리 숙여 인사하자 가던 길을 갔다.

장터 입구로 들어서자 몇 집 건너에 다복예식장 건물이 보였다.

"햇감여유. 아주 달어유."

길옆 과일 가게 할머니가 멈칫거리고 있는 채봉을 보자 접시에 가득 담은 감을 들어 보이며 말했다. 채봉이 벅차오르는 마음을 가라앉히면서 감 한 접시를 산 다음 전혀 모르는 사람처럼 혹시 운악사진관을 아느냐 물었다.

"곱게 차려입은 거 보니께 사진 찍으러 오셨구만!"

할머니가 채봉을 올려다보고 붙임성 있게 웃으며 말하고는 힘들게 허리를 펴고 일어서 손을 들어 가리켰다.

"저 예식장 보이지유? 바로 그 옆짝 이 층에 있어유."

"사진을 잘 찍어요?"

"그럼유. 사진도 잘 찍고 사장님도 엄청 점잖으신 양반여유."

"할머니도 찍어보셨어요?"

"들어서 알지유."

할머니는 아무렇지도 않게 둘러댄 다음 굽은 등을 두드리면서 과일도 가끔 팔아주는데 여태껏 단 한 푼도 깎아본 적도 없고 말도 통 없는 사람이라며 한참을 더 설명했다. 쾅쾅 뛰는 심장 소리를 들으면서 걸음을 옮겼다. 이 층에 비스듬히 보이는 운악사진관이라는 간판이 동공에 날아들어와 자리를 차지한 채 떠나지 않았다.

채봉은 한달음으로 들어가려던 걸음을 주춤하다가 예식장 건물 건너 편 길옆 가로수 밑으로 가서 심호흡을 하고 주변을 살폈다. 이 층으로 올라가는 출입문이 열려 있어 계단 몇 개가 살짝 보였다. 채봉은 사진관이 정면으로 보이는 건물 건너편 앞까지 걸어갔다. 나무 계단이 빤히 올려다보였다. 잠시 후 위층에서 누군가 내려오는 사람의 신발과 무릎이 보였다.

'기환 아버지!'

채봉의 두 눈에 눈물이 핑 돌았다. 뛰는 가슴을 가라앉히며 길을 건넜다. 얼굴을 드러낸 평우가 건물 밖으로 나와 신작로 여기저기를 둘러보다가 사진관을 향해 걸어오고 있는 채봉을 발견했다. 채봉이 계단으로 뛰어오르자 평우는 재빨리 출입문을 걸어 잠그고 그녀를 안았다. 바깥쪽 유리창에 붙어 있는 '금일 휴업'이라고 씌어 있는 표지판이 흔들거렸다. 한참을 껴안고 있던 그가 채봉의 등과 어깨를 토닥이며 말했다.

"힘들지? 많이 아파?"

평우의 눈물이 채봉의 어깨 위로 쉬지 않고 떨어졌다. 채봉은 한참을 아무 말도 하지 않고 있다가 고개를 돌려 양손으로 평우의 눈물을 닦아줬다.

"미안해!"

평우가 벌게진 눈을 쉬지 않고 껌벅거렸다.

"그런 말 안 하기로 했잖아요."

채봉이 환한 얼굴로 웃음을 섞어 말했다.

"그래 안 할게. 당신은 꼭 나을 거야. 장담해! 내가 수천 번도 더 하나님한테 물어보고 기도하고 약속 받았어."

"그려요. 꼭 나을게요, 기환 아버지."

채봉이 밝은 음성으로 달래듯 말하면서 평우를 물끄러미 쳐다봤다. 평우가 양손으로 얼굴을 비비고 불쑥 집으로 가자고 말하자 채봉이 눈을 똥그랗게 떴다.

"집도 따로 있어요?"

"그러엄!"

"우선 사진관 구경하고요."

앞장서서 이 층으로 올라간 평우는 여기저기를 가리키며 신이 난 듯 설명했다.

"신기해요. 당신이 사진관을 하다니!"

"돈 잘 벌었어?"

둘은 이제껏 아무 일도 없었던 사람들처럼 한참을 얘기하다가 몇 번이나 끌어안고 토닥이고 눈물을 흘리고를 반복했다. 사진관을 나와 집으로 가면서 채봉이 물었다.

"그런디 나랑 집에 가도 괜찮아요?"

"대문도 안채하고 따로 있고 여기서 허운악을 의심하거나 당신을 알고 있는 사람은 아무도 없어."

평우가 환하게 웃으면서 채봉의 귀에 입을 들이대고 속삭였다.

"지서 사람이 있잖아요. 그 사람들이 나를 기억한다면 나도 알고 당신도 아는 거지요."

채봉이 열차 안에서부터 생각하고 있었던 얘기를 조심스럽게 꺼냈다.

"나도 그 생각을 안 해본 건 아닌데 그들이 우리의 관계를 알 수는 없잖아. 사진관 사장은 연애하면 안 된다는 법도 없고. 우리가 예전의 그 부부라는 사실만 모르면 돼."

"알았어요. 빨리 가요."

채봉이 어린아이처럼 좋아하면서 평우의 팔을 끌어당기자 그가 웃으면서 다시 물었다.

"당신도 그렇게 생각하고 있었으면서 다시 한 번 확인한 거지? 그런디 먼저 뭐 맛있는 거 먹고 갈까?"

"아니요. 내가 집만 알아두고 잠깐 혼자 장터에 들렀다 갈게요."

"그럴까? 당신 겉절이를 먹을 생각하니까 벌써 군침이 도는디?"

"그나저나 당신 내가 오늘 올 줄은 어떻게 알았어요?"

"내가 당신을 몰라? 당신이 딴 사람이 되어 있지 않는 한 오늘 바로 올 줄 알았지."

채봉은 평우의 팔짱을 끼고 걸었다.

"다 왔어. 여기가 내 집이여유우."

"그려유우? 빨리 들어가봐유우."

두 사람은 말끝을 길게 빼면서 서로를 쳐다보고 웃었다. 평우가 열쇠를 꺼내 부엌을 거쳐 방으로 들어갔다. 방은 채봉이 생각했던 것보다 크고 깨끗했으며 이불도 정갈하게 개어져 있었다. 평우가 이마에 주름살을 만들면서 홀아비 냄새 안 나느냐고 묻고 채봉은 풀풀 난다고 하면서 둘은 다시 한차례 웃어졌혔다.

"어머나! 벽에 태양이 걸렸어요. 똑같아요."

"기억나? 우리가 함께 바라봤던 그 태양이여."

채봉의 눈에 바로 동화 속 샘물 같은 눈물이 고이면서 송낙바위의 태양이 어른거렸다. 말없이 바라보던 평우가 그녀를 다시 와락 끌어안았다. 채봉이 눈물을 훔치고 다시 밝게 웃으며 말했다.

"기환 아버지, 나 장터에 다녀올게요."

채봉은 장터로 향했다. 해미는 예전에 한길과 왔을 때보다 한산했고 하나같이 천국의 앞마당에 모인 사람들처럼 오순도순하고 행복한 사람들뿐이었다.

꿈과 현실

"지서장님! 수고하십시오!"

김용화 경장이 지서장에게 퇴근 인사를 했다. 그는 서산보통학교 5학년일 때 고깃배 타는 아버지가 사고로 죽은 후 어머니와 단둘이 살고 있다. 부친이 사망한 후 어머니가 장터에서 생선을 팔아 생계를 유지해왔다. 생활이 어려움에도 성격이 올곧고 자식 교육에 혼신의 힘을 쏟은 어머니 덕에 연희대학교에 입학했으나 현실을 의식한 그가 스스로 학업을 중단했다. 이후 경찰공무원 시험에 합격해 경찰이 되었고 서산경찰서 해미지서에서 근무하게 되었다. 온순하고 내성적이면서도 자기 주관이 뚜렷한 성품 때문에 주변에서 김골수라는 별명을 붙여주기도 했다.

"응. 김 경장! 오늘 저녁 비번인가?"

김 경장은 알고 있으면서도 묻는 지서장을 향해 힘차게 경례를 하면서 맞다고 대답했다. 지서장이 앉은 채로 경례를 받으면서 말을 이었다.

"푹 쉬고 모처럼 어머님한테 효도 잘하고 내일 나오게."

"알겠습니다. 그런데 효도는 어떻게 하지요?"

김 경장이 생뚱맞은 질문을 하면서 지서장을 쳐다봤다.

"거야 어머님 즐겁게 해드리는 것이 효도 아니겠어?"

"잘 알겠습니다. 어머니 입을 귀에다 걸어드리고 오겠습니다."

가늘게 휘파람을 불며 지서를 나온 김용화는 곧바로 동부시장 장터에 들어섰다.

"순대 한 접시 주세요."

"어머니가 좋아하시는 간도 많이 넣었어유."

순대 봉투를 받아들고 일어서는데 바로 앞에 깔끔하게 한복을 차려입은 아주머니가 치마를 잡고 걸어가면서 여기저기 좌판을 기웃거린다. 경쾌한 걸음걸이로 보아 뭔가 좋은 일이 있어 보였다. 어머니 가게로 가고 있는 중인 용화는 본의 아니게 그녀의 뒤를 쫓아 따라가는 모양새가 되었다.

'타지 사람 같아 보이는데……'

용화는 세상 태어나 처음으로 모르는 여인의 뒤를 따라가고 있는 자신을 보면서 웃음이 피식 나왔다. 그러면서도 혼자서 바라보는 그녀의 치마폭 뒷모습이 어쩐지 싫지 않았다. 어린 시절 어머니를 쫓아 장터를 따라다니던 생각이 났다. 용화는 다시 장난스럽게 픽! 하고 웃었다. 그녀가 두부 파는 좌판을 두리번거리느라 잠깐 뒤쪽을 바라봤다. 용화는 순간 고개를 갸우뚱했다. 그녀는 분명 어딘가에서 본 얼굴이다.

'누구지?'

뽀얗다 못해 백지장처럼 하얗고 웃음 띤 얼굴인데 분명 어디선가 본 듯한 인상이다.

약간 둥근 얼굴에 이목구비가 분명하고 서글서글하면서 선량함이 묻어나는 눈빛! 하얗고 가지런한 이! 지적인 느낌이 배어나는 밝고 여유

368

있는 저 표정!

용화는 꿈에 빠진 듯 그녀에 대한 기억을 더듬으며 계속 뒤를 쫓았다.

'바로 병원에 가서야 합니다.'

갑자기 그녀의 말이 또렷하게 떠오르면서 온몸에 찡하고 소름이 돋았다.

'윤채봉? 맞다! 윤채봉이다!'

얼마 전 지서장과 얘기한 바 있는 바로 그 윤채봉 아닌가. 본서 수사과장을 부축해 들어오면서 염려스러운 표정으로 바로 병원에 가야 한다고 말했던 그 여자다. 그 윤채봉이 지금 장터에서 뭔가를 사고 있는 것이다.

"저……."

용화는 자신도 모르게 그녀를 부를까 하다가 벌어진 입을 손으로 막았다. 좀 더 지켜보고 싶은 충동이 생겼다. 이제 생각해 보니까 처음 보던 당시에도 그녀에게서 뭔가 강렬한 느낌을 받았던 기억이 났다. 도도해 보이기도 하고 진지하고 고뇌에 싸여 있는 듯하기도 했었다. 그러나 그때와는 사뭇 다르게 지금은 분명 즐거워하고 있다. 지서장의 말은 폐결핵 3기라서 목숨이 위태롭다고 했다.

'혹시 내가 지금 뭔가를 착각하고 있는 것은 아닌가?'

그는 다시 기억을 더듬었다.

'그 윤채봉 맞는데……?'

표정은 밝지만 환자의 얼굴빛도 분명했다. 용화의 호기심이 점점 더 커져갔다. 그녀를 보고 반가운 생각이 드는 자신이 이상하게 느껴지기도 했다. 목소리는 들리지 않지만 흔쾌하게 들어주면서 두부며 양념거리를 사는 것 같았다. 가지런한 치아가 살짝 보이는 그녀의 해맑은 옆얼굴을 보다가 자칫 눈이 마주칠 뻔했으나 그대로 지나쳤다. 용화는 자신을 숨기면서 계속 그녀를 따라갔다.

"김 경장! 어디 가는 거여?"

생선 가게에서 밖을 내다보고 있던 용화의 어머니가 불렀다.

"아, 어머니! 여기 이거 드시고 계셔유. 곧 올게유."

용화가 시선을 떼지 않은 채 말하면서 재빨리 순대가 들어 있는 봉투를 건넸다.

"어딜 가는디 에미가 쳐다보는 것도 못 보고 지나쳐가는 거여?"

용화의 어머니가 웃음 띤 얼굴로 물었다.

"어머니, 저 잠깐 어디 좀 다녀오겠습니다. 그거 드시고 계셔유."

"알았다. 갔다 와라!"

그는 다시 저만큼 가고 있는 채봉의 뒤를 쫓았다. 정복을 입지 않아서 천만다행이다. 젓갈 가게에서 된장, 고추장과 이것저것을 산 다음 바쁜 걸음으로 가는 그녀를 보면서 용화의 궁금증이 더해졌다.

'이제 윤채봉은 어디로 갈까?'

그녀가 발걸음을 돌려 되돌아간다. 조금 떨어져 따라가던 용화는 채봉이 시장 입구를 벗어나 오른쪽 골목으로 꺾어져 들어가는 바람에 그녀를 놓치고 말았다. 빠른 걸음으로 쫓아갔더니 그녀가 골목 안 슬레이트 집 담장에 붙은 문간채 문 앞에서 짐을 한 손에 모아들고 있었다. 이어 그녀가 첫 번째 노크를 하자마자 안에서 누군가 나오는 기척이 들렸다. 벽 모퉁이에 몸을 숨기며 바라보고 있는 용화는 가슴이 설렜다.

'누가 나올까?'

문을 열고 안에서 나온 남자는 짐보따리를 얼른 받아들었다.

"수고했어. 뭘 이렇게 많이 샀어? 무겁고만!"

"찌개거리허고 겉절이 헐 거 좀 샀어요."

윤채봉을 맞이한 사람은 뜻밖에도 사진관을 하는 허운악이었다. 한 달쯤 전 통금 시간에 걸려 그가 지서에서 대기하고 있는 동안 자신과 지서장은 윤채봉의 이야기를 하고 있었다. 그때 어쩌면 허운악도 자신들의 얘기를 듣고 있었을지 모른다. 그런데 그 허운악과 윤채봉이 지금 부부처럼 다정하게 있다. 용화는 길옆 처마 밑 굴뚝 뒤로 돌아가 계속 몸을 숨겼다.

'허운악! 윤채봉! 이게 어떻게 된 노릇인가?'

지금의 광경은 누가 봐도 부부가 분명하다. 윤채봉의 남편은 여순반란 관련 사상범으로 처형되었다고 들었는데 남편의 이름을 들은 적은 없다. 용화는 이런저런 추리를 해보았다.

'윤채봉은 남편이 사망한 후 가야산 절에 불공드리러 왔다가 허운악을 우연히 만나게 된다. 이후 두 사람은 사랑에 빠져 급격히 가까워지게 되었고 이제 곧 결혼을 앞두고 있는 사이……?'

그럴 수도 있겠다고 생각했다. 자세히는 모르지만 허운악도 과거 공부깨나 한 사람인 데다 성품도 괜찮은 사람으로 보였다. 두 사람은 어쩌면 잘 어울릴지도 모른다. 남녀 사이인데 사랑에 빠지지 말라는 법도 없지 않은가?

용화는 어느 정도 가벼워진 마음으로 방금 그들이 들어간 집 담벼락 위로 난 창문에 귀를 기울였다. 시간이 조금 지나 두 사람의 말하는 소리가 열린 창문을 통해 들려왔다. 분명하진 않지만 신경을 곤두세우면 두 사람의 얘길 들을 수 있을 정도는 되었다. 그녀의 말소리가 들렸다.

"나 지금 꿈을 꾸고 있는지 현실인지 구분이 안 돼요."

윤채봉의 응석 섞인 음성과 함께 그녀의 해맑은 얼굴이 보이는 것만 같았다.

"수도 없이 꿈꾸어왔던 일이니까 꿈도 되고 지금 이루어지고 있으니까 현실도 되는 거여."

그녀가 밝은 웃음소리를 내면서 결국 꿈도 되고 현실도 되는 거냐고 묻자 허운악이 따라 웃으면서 그렇다고 한다. 용화는 벽에 귀를 바짝 들이밀었다.

"그런데 참! 당신 내 편지는 받았어?"

"받았지요, 물론."

"그런디 추석에 왜 안 왔어? 설마 당신 머리로 편지 해석을 잘못했을 리는 없고."

"형부 인삼밭에 산불이 나서 편지를 추석 지난 후에 봤어요."

"그랬어? 형님이 인삼밭을 해?"

"예, 인삼 재배를 하시거든요. 편지 보고 나서 형부가 바로 가야산에 가셨었어요. 그 전에도 몇 번 가셨었고요."

"그랬구나. 형님께 정말 죄송하구만."

"그래도 우리 이렇게 만났잖아요. 그런데 당신은 어쩌면 그렇게 시를 잘 써요?"

"뭐? 시를 잘 썼다고? 당신이 칭찬해주니께 기분이 좋은디?"

"실제로 시를 아주 잘 쓴 거 맞아요. 한번 읊어볼까요? ……한가위 구름산에 어린 눈코 그리다가 붉은 태양 생각하며 뜬눈으로 지새우네. 보름달을 바라보며 스며드는 그리움에 다섯 해 낙엽 담아 소식 물어 띄워보네……. 봐요! 얼마나 멋진데요."

누가 들어도 그들은 원래부터 부부인 것이 분명했다. 용화의 얼굴이 붉게 상기되기 시작했다. 한참을 조용히 듣고만 있던 허운악이 당시의 감정이 솟구치는 듯 잦아드는 소리로 미안하다고 하자, 윤채봉은 그런 말 안 하기로 하지 않았느냐면서 자신은 지금 그 어느 때보다도 행복하다고 말했다. 용화는 무엇 때문인지 모를 서글픔에 가슴이 짓눌렸다.

"당신 정말 행복해?"

"예. 욕심을 낸다면 함께 여행도 가고 싶어요. 죄 없이 숨어 살고 떨어져 살아야 하는 우리한테 하늘이 손을 뻗어준 것 같아요."

"정말 나도 그런 기분이여. 따지고 보면 우리가 이렇게 살지 못할 이유가 하나도 없는디……."

허운악이 갑자기 흐느끼며 울었다.

"나 지금 행복한데 왜 울어요? 자, 나는 인자부터 내 남편이 좋아하는 겉절이하고 찌개 좀 만들게요."

"같이 해!"

윤채봉은 의연하게 말하고 허운악은 애써 감정을 추스르며 같이 하자고 한다.

"같이요? 부엌이 좁은디? 좋아요. 당신은 이 파 좀 다듬어요. 물은 어디 있어요?"

용화는 부엌 쪽으로 살금살금 자리를 옮겨 계속 귀를 기울였다.

"여기 항아리에 있고 모자라면 마당에 작두 펌프 물 있어."

"그럼 물도 한 바께쓰 떠다 줘요."

두 사람의 얘길 듣고 있던 용화는 눈시울이 붉어졌다.

'저 선량한 두 사람은 도대체 무슨 이유로 떨어져 살아야 하는 건가? 부부가 맞다면 처형당한 사람이 어떻게 살아 있지? ……지서장이 뭔가 잘못 알고 얘기한 건가?'

허운악이 물을 떠다 항아리에 붓는 소리가 났다.

"그런디 당신은 어떻게 사진관 생각을 했어요? 사진 한 장 잘 찍어 상받은 죄로 처형까지 당한 사람이?"

"정말 세계사를 통틀어봐도 나처럼 억울한 바보는 없을 거여."

"당신이 왜 바보여요? 그 사진을 빌미로 죄를 뒤집어씌운 놈이 나쁜 작자지. ……나는 지금도 믿어지지가 않아요."

"뭐가?"

"우리나라 법이 아무 죄도 없는 사람을 처형할 수 있는 법이라는 사실도 그렇고, 우리가 피해 다니는 사람이 되어 있다는 사실도요. 도대체 왜 그런 거죠?"

"아무리 좋은 법이라고 해도 그 법을 다루는 것은 사람일 수밖에 없기 때문이여."

"당신은 아직도 나라를 원망하지 않는군요."

"나라도 국민이 만든 것인디 원망하믄 뭐해? 지금과 같은 시대를 살아가야 하는 우리 민족이 불쌍할 뿐이지."

윤채봉은 허운악에게 아직도 민족 타령이냐고 하면서 킥킥거리고 웃는다.

"그런디 나도 인자 당신 닮아서 민족 사랑하는 사람이 된 거 알아요?"

"무슨 얘긴디?"

"다음에 얘기해드릴게요. 아무튼 당신 생각을 하다가 나도 민족을 사랑하자, 라는 마음을 한번 먹어봤더니 뭔가 새롭게 보이는 것이 있더라니까요."

두 사람은 간간이 소리 내어 웃으며 뭔가 먹을거리를 열심히 만들었다. 용화의 두 눈에서 주르륵 눈물이 흘러내렸다.

"기환 아버지! 우리 막걸리 한잔 먹을까요?"

"거 좋지! 그런디 당신 먹어도 괜찮아?"

"잘 먹으믄 보약인 것이 술이잖어요."

허운악이 하기야 주장 집 며느리가 술 못 마시겠느냐며 껄껄 웃었다. 선반에서 주전자를 꺼내들고 둘이 서로 막걸리 사러 다녀오겠다고 하더니 윤채봉이 갑자기 생각난 듯 말했다.

"하가일 선생님이 당신한테 가운 입히라고 한 말이 맞는 것 같아요. 나 지금 기분 최고거든요."

"그건 또 무슨 말이야? 하 선생이 그랬어?"

둘은 하가일 이야기를 하면서 한참을 웃더니 윤채봉이 막걸리를 사오기로 하는 것 같았다. 삐이걱! 하고 쪽문이 열리는 소리를 듣고 용화는 건물 모퉁이로 재빨리 몸을 숨겼다.

"빨리 다녀올게요."

윤채봉이 나가고 허운악이 다시 문을 닫았다. 채봉이 나간 것을 확인한 용화가 쪽문을 열고 안으로 들어갔다.

"아니?"

운악이 깜짝 놀라면서 용화를 바라봤다.

"허 사장님! 놀라게 해드려서 미안합니다. 윤채봉 씨의 남편이셨구만요."

"김 경장님! 잠깐 저쪽에 가서 얘기하지요."

운악은 재빨리 신발을 접어신고 밖으로 나와 용화의 팔을 끌고 건물 모퉁이를 돌아갔다.

"어떻게 된 건지 설명을 좀 해주시겠습니까?"

"모든 것은 김 경장님 뜻대로 하시되 한 가지만 부탁드립시다."

"뭐죠?"

"나를 오늘 저녁에 데리고 가면 저 사람은 병을 이길 수 없습니다."

"윤채봉 씨가 아픈 건 저도 압니다. 어떻게 하면 되죠?"

"내일 내가 저 사람을 보낸 다음 지서로 가거나 아니면 그때 김 경장님이 와서 저를 데려가면 안 되겠습니까? 하늘에 맹세코 도망가지는 않겠습니다."

운악의 말투는 당당하고 단호했다.

"그렇게 하되 지서로 오시지는 마세요. 제가 올 테니까! 그리고……"

용화의 말이 끝나기 전에 채봉이 쪽문 앞으로 걸어왔다. 안으로 들어가려다 모퉁이에 있는 두 사람을 발견하고는 주춤했다.

"첫 번째 점방에서 막걸리를 팔더라고요."

"그래서 빨리 왔구나. 먼저 들어가요!"

허운악이 웃는 얼굴로 다가서며 먼저 들어가라는 손짓을 했다. 채봉을 등 뒤에 두고 있는 용화는 그녀를 돌아보지 않았다.

"누구 아시는 분이셔요?"

멈칫거리다가 묻는 채봉의 음성이 다소 불안했다.

"응. 내가 잘 아는 분이야."

운악은 용화에게 손을 내밀어 악수를 청했다.

"알겠습니다. 그럼 내일 뵙겠습니다. 허 사장님, 그리고 내일은……"

용화가 미처 끝내지 못한 말을 다시 하려 하자 이번에도 운악이 말을 끊었다.

"예, 염려 마시고요. 그럼 안녕히 가십시오. 들어갑시다, 여보!"

운악은 용화의 말이 채 끝나기도 전에 황급히 그녀를 데리고 안으로 들어갔다.

                                    * * *

“아는 분이라면서 왜 그렇게 서둘러서 보내요?”

채봉이 걱정스러운 얼굴로 평우를 살폈다.

“으응. 사진관 손님인데 지나가다가 보게 된 거여.”

“그려요? 그럼 나 걱정 안 해도 되지요?”

그제야 안심하는 표정을 지으며 그녀가 웃었다.

“그렇다니까!”

“철렁했어요. 얼마나 놀랐는지 숨이 콱 막히더라니까요.”

“아 배고파! 빨리 밥 먹읍시다.”

“조금만 기달려요.”

두 사람은 참으로 오랜만에 밥상을 사이에 두고 마주했다. 채봉은 땀을 뻘뻘 흘리면서 밥을 먹고 있는 평우를 바라보며 물었다.

“드실만 해요?”

“내가 얼마나 그리워했던 맛인지 몰라. 당신 손맛이 여전하구만!”

“기환 아버지! 우리 언제나 마음 편하게 이렇게 살아갈 수 있을까요?”

“우선은 힘들어도 당신이 강해져야 해. 당신 건강을 위해서나, 아이들을 위해서라도…….”

평우가 채봉의 손을 잡으면서 말했다.

“알았어요. 나 때문에 걱정은 마셔요. 그냥 해본 소리여요.”

“그리고 당분간은 우리 만나지 말고 각자 최선을 다하자고.”

“당분간요? 꼭 그래야 해요?”

“응. 우선 당신은 병 치료에 열중해줘.”

“그런데 왜 만나믄 안 돼요?”

"아직은 위험하고, 또 나는 사진관 말고 뭔가 생각하는 것이 하나 있는 디 당신 건강해진 다음에 얘기해줄게."

"나한테 귀띔이라도 해 줄 수 없어요?"

평우는 자신이 안전한 세상살이를 할 수 있는 방안을 찾는 중인데 어느 정도 윤곽이 나오면 연락할 테니까 그때까지 병 치료에만 전념해 달라고 했다. 채봉은 잠시 생각하다가 흔쾌히 대답했다.

"……그렇게 해요. 오늘 당신을 만난 것만도 하늘에 감사하면서 나 열심히 살게요. 앞으로 내 걱정은 허지 마셔요."

"고마워!"

"미안해나 고마워나 매한가지여요."

"그런가?"

"나도 막걸리 한잔 마시고 싶어요."

두 사람의 웃음소리가 방 안 가득 울려퍼졌다. 그리움이 소복이 담긴 크고 작은 별들이 앞다퉈 반짝거리며 문간방을 내려다봤다.

이른 새벽 평우는 아무 걱정 없는 듯 편안한 자세로 잠들어 있는 채봉을 물끄러미 바라보았다. 그는 뜬눈으로 밤을 지새웠다.

똑똑똑!

문을 두드리는 소리가 들리자 평우는 깜짝 놀라 재빨리 밖으로 나갔다.

"허운악 사장님! 또 찾아와서 미안합니다."

"우리 저쪽에 가서 얘기하지요."

두 사람은 모퉁이를 돌았다.

"김 경장님! 어제는 정말 감사합니다."

"제가 뭘 한 게 있다고요."

"아닙니다. 그 정도면 충분히 저를 배려해주신 겁니다. 그런데 오늘은 제가 찾아가 뵌다고 했는데……. 우리 집사람을 배웅해줘야 하거든요."

"아니, 오실 필요가 없게 되었어요. 그러실까 봐서 일찍 왔습니다."

"예? 아 예."

저쪽에서 문 여는 소리가 들렸다.

"사진은 우선 다른 것을 쓰기로 했거든요. 그리고 이거 받으시지요."

"뭡니까?"

"선물입니다."

"선물이라고요?"

"쑥스럽습니다. 받으시지요."

용화는 웃으며 봉투를 건네주고 떠났다.

"여보, 뭐 해요? 당신 언제 일어나서 나갔어요?"

"응, 들어갈게."

봉투 안에는 온양행 버스표 두 매와 함께 메모지가 한 장 들어 있었다.

　　법보다 사람을 지키고 싶습니다.

　　아무 염려 마시고 여행 잘 다녀오십시오!

평우는 한동안 멍한 눈으로 시선을 고정한 채 메모지를 들여다보았다.

"당신 바쁜 일 있어요? 아까 그분은 누구여요?"

"응, 어제 왔던 분인디 사진은 오늘 주지 않아도 된다는구만."

"그 말 해주려고 일부러 와주신 거여요?"

"그러게 말이야."

"고마운 분이네요. 바쁘시면 나 오늘 빨리 갈게요."

"아니 그것보다 우리 가까운 온양이라도 한번 다녀올까?"

"정말요? 그렇게 할 수 있어요?"

"그러지 뭐. 한동안 못 볼 수도 있는데……."

"온양은 현충사도 있고 온천도 할 수 있잖아요. 라이방 끼고 갈까요?"

채봉은 어린아이처럼 기뻐했다.

"라이방? 그래 그거 좋지!"

"그런데 우리 가서 사진은 찍지 마요."

"그건 왜?"

"괜히 이번에 또 '아름다운 채봉이'로 상 탔다가 무슨 일 생길지 모르잖아요."

두 사람은 한바탕 크게 웃었다.

* * *

온양에서 다시 하루를 보내면서 그들은 다 하지 못한 많은 얘기를 나눴다. 채봉은 네 아이들에 관한 얘기는 물론 평우가 하가일을 통해 들어서 이미 알고 있는 원우와 상백의 죽음 외에 시어머니 연옥과 근우의 죽음에 대해 상세히 말해주었다. 그리고 상백의 유언과 우경석이 죽게 된 얘기까지 하나하나 빠뜨림 없이 울먹이면서 말했다. 평우는 다시 한 번 온몸을 비틀면서 짐승처럼 울부짖었다. 채봉은 평우가 나쁜 소식을 한꺼번에 듣는 것이 차라리 잘됐다고 생각했다. 모든 슬픔을 한꺼번에 느끼고 다 잊기를 바라면서…….

평우가 마음을 추스르고 채봉에게 말했다.

"지금 우리에게 가장 중요한 것이 뭔지 복습 한번 합시다."

"복습요? 좋아요."

"첫째, 당신이 건강해지는 것이고, 둘째, ……당신이 말해봐."

"당신이 안전해지는 것, 그리고 셋째, 당신이 말해봐요."

"우리 아이들이 잘 자라는 것."

"맞아요."

두 사람은 마주보며 빙긋이 웃었다.

"그래서 말인데…… 당신 정말 건강해야 해. 알았지? 그리고 나는 어쩌면 일본이나 아니믄 미국에서 새로운 삶을 만들어놓고 당신한테 연락하게 될지도 모르겠어."

"그렇게 멀리 가요?"

"물론 아직 가정이야. 아무튼 내가 할 일은 안전하게 우리 가정을 다시 모이게 하는 일이니까."

"알았어요. 어찌 됐건 당신 뜻을 따르면 되잖아요. 그렇지요?"

"그리고 이건 내가 사진관 하면서 번 돈이야."

"그런디 어쩌지요? 아버님이 사주신 집은 팔게 되었지만 나 돈 많아요. 나도 돈 벌고 있잖아요."

"그래도 내가 하라는 대로 해. 하루라도 빨리 병 낫고 당신만이라도 아이들 모두와 함께 살고 있어줘. 많진 않지만 이 돈도 보태고 말야."

"알았어요. 그럴게요."

채봉을 바래다주기 위해 천안으로 가는 버스 안에서 평우는 한동안 말없이 채봉을 바라만 보다 그녀의 두 손을 꼭 잡고 말했다.

"여보! 설혹 내가 늦게 소식을 전해도 걱정은 하지 마! 당신도 봤잖아. 나 허운악으로 잘 살고 있는 거."

"그래요. 아무튼 이모저모 당신 말대로 하면 되는 거지요?"

"그래. 그러니까 너무 조급해하지 말고 우선 건강 챙기는 데 최선을 다 해줘."

"당신도요! 아침마다 태양을 보고 호흡하면서 서로 안부를 전하기로 해요. 그리고 아버님의 말씀도 잊지 마시고요."

채봉이 평우의 어깨에 머리를 기대고 석양을 바라봤다. 은은하게 붉어져가는 하늘은 더없이 평화롭고 따뜻했다. 손을 마주 잡은 두 사람의 시선이 저녁노을 속에서 다시 만났다.

사람을 지키는 사람들

용화가 어제 저녁 어머니와의 대화를 떠올리고 자신도 모르게 빙그레 웃는 얼굴을 했다.

"어머니!"

집에 잠깐 들러 저녁을 먹고 다시 지서에 나갈 준비를 하던 용화가 고등어에 소금을 얹고 있는 어머니의 얼굴을 빤히 바라보며 불렀다.

"오야! 내 아들아! 와?"

그녀가 하던 일을 중단하고 용화와 눈을 마주쳤다.

"어머니 아들 용화가 경찰 아닙니까?"

"맞다. 그런데 와?"

"어머니 아들 용화가 사람 지키는 경찰이믄 좋겠어유우, 아니믄 법을 지키는 경찰이믄 좋겠어유우?"

용화가 말끝을 길게 늘어뜨리면서 물었다.

"무슨 그런 말도 안 되는 소릴 물어보냐?"

"왜요, 어머니?"

"니는 법한티 제사 지내는 인간도 봤냐아? 법이란 것이 사람을 지키기 위해 만들어진 것이지 저 위하라고 만들어진 거간디? 아 당연히 사람 지키는 경찰이 돼야지."

그녀는 용화의 말을 듣자마자 퉁명스럽게 대답했다.

"그렇지유, 어머니?"

용화가 벌떡 일어나 어머니의 허리를 안았다.

"그렇다마다. 니가 왜 그런 걸 묻는지는 내사 잘 몰라도 경찰 하믄서 행여 억울한 사람 눈물 빼는 짓 하지 말그라. 알았지?"

그녀는 마치 용화의 속을 들여다보고 있는 듯 말했다.

"열 사람의 죄인을 놓쳐도 한 사람의 억울한 사람을 만들지 말라는 말도 있잖느냐?"

"야아! 우리 어머니 신사임당이 울고 가시겠어유. 헌디 나는 이율곡이 못 되어서 미안하구만유."

"그런 소리 말어라. 나는 니를 에미로서가 아닌 남의 눈으로 봐도 정말 자랑스럽게 생각한다. 가만 보면 니 올바른 건 율곡보다 더 하믄 더 했지 모자라지 않을 거다."

"어머니, 나 쥐구멍 들어가야겠어유. 충, 성!"

"충성은 무슨?"

"어머니 말씀대로 하겠다는 뜻이어유. 저는 세상 누구보다 어머니가 젤로 존경스럽고 자랑스러워유."

"너두 참! 새삼스럽긴……."

용화 어머니가 무슨 일이냐는 듯 그를 힐긋 쳐다봤다.

혼자 미소 짓는 용화를 보고 지서장이 무슨 좋은 일이라도 있느냐고 물었다. 용화는 그럴 일이 좀 있다면서 옷을 갈아입고 밖으로 나왔다. 가벼운 걸음으로 큰길 모퉁이를 도는데 누군가가 부르는 소리가 들렸다.

"김 경장님, 안녕하십니까?"

길목 가로수 밑 벤치에 앉아 있던 평우였다. 용화가 다소 놀랍고 반가운 얼굴로 다가가 악수를 하면서 혹시 자신을 기다리고 있었던 거냐고 묻자 그는 굳은 얼굴로 그렇다고만 짧게 대답하고 입을 다물었다.

"무슨 일이시지요? 여행은 잘 다녀오셨습니까?"

용화가 밝은 얼굴로 눈을 동그랗게 뜨면서 물었다.

"덕분에 잘 다녀왔습니다. 오신다고 했는데 안 오셔서 제가 왔습니다."

용화가 다시 손을 잡고 가볍게 흔들면서 오지 않아도 된다고 분명히 얘기했는데 잘 듣지 않더니만 기어이 왔느냐고 말했으나 평우의 표정은 여전했다.

"어쨌든 잘 만났습니다. 저 사진관 구경 좀 시켜주시지요."

용화가 평우의 손을 흔들며 끌고 가듯이 앞으로 나섰다.

"사진관을요?"

뜻밖의 행동에 평우의 눈빛과 목소리가 흔들렸다. 나란히 걸어가던 용화가 사진관은 잘 되고 있느냐며 재차 분위기를 이끌자 요즘 좀 바쁜 편이라고 대답은 했지만 부자연스럽기는 마찬가지였다.

"제가 뭐 도와드릴 일이 있습니까?"

"아닙니다. 모든 것은 김 경장님의 뜻대로 하시면 됩니다."

"예? 아 난 또 무슨 말씀이라고요. 이제 그 생각은 그만 잊으십시오. 저는 아무것도 못 보고 못 들은 것으로 하겠습니다."

평우는 그제야 용화의 얼굴을 천천히 살피면서 그의 표정을 읽어나갔다. 마주보고 있던 용화가 고개를 한 차례 끄떡한 다음 다시 차분하게 입을 떼었다.

"사실 저는 오늘 허 사장님이 이렇게 오시리라고는 생각도 하지 않았고 금명간에 한번 찾아뵈려고 했었습니다."

"그럴 수는 없었습니다."

"다소 혼란스러우시겠지만 제가 허 사장님에 관해 알고 있다는 것이 문제라면 그건 다 지난 일이라 여기십시오. 그리고 부디 저를 경계하지는 말아주십시오. 지금처럼요."

"……그게 어떻게 가능한 일입니까?"

말없이 걷던 평우가 이번에도 한참 만에 물었고 용화는 안 될 건 또 뭐가 있느냐며 별일 아닌 듯 얘기하는 동안에 둘은 사진관에 도착했다. 잠시 사진관을 둘러본 용화가 입맛을 다시는 흉내를 내면서 물었다.

"허 사장님! 오늘 저하고 막걸리 한잔 어떻습니까? 사진관 구경도 했으니 허 사장님 댁에 가서 말입니다."

"막걸리요? 좋습니다. 저도 아주 좋아합니다."

평우의 얼굴이 다소 부드러워지기 시작했다.

"술은 제가 사올 테니까 김 경장님은 잠깐 여기서 기다리시지요."

평우가 앞서 나가자 용화가 그의 팔을 붙잡았다.

"아닙니다. 제가 사겠습니다. 처음부터 뇌물로 시작할 수는 없잖습니까."

"알겠습니다. 그럼 삼수갑산을 가도 일단 얻어먹겠습니다."

평우가 처음으로 웃으며 말했다. 용화는 서산 생강막걸리랑 순대를 사왔다. 두 사람은 평우의 집인 슬레이트 집 문간채로 들어가 마주앉았다.

"서산은 생강이 좋다 보니까 생강막걸리로 유명합니다. 이거 드셔봤습니까?"

"먹어봤지요. 저도 막걸리 맛을 좀 아는데 생강막걸리는 개운한 맛이 일품입니다."

"그렇습니다. 그런데 허 사장님은 원래 막걸리를 많이 드시는 모양이
지요?"

"저희 집에서 아버님이 막걸리 주장을 하셨습니다."

평우의 입에서 가느다란 한숨이 새어나왔다.

"아 예. 저도 살짝 엿들어서 알고 있었습니다. 용서하십시오."

용화의 장난기 있는 표정과 말투에 분위기가 한결 부드러워졌다. 웃음
을 거둔 용화가 평우의 잔에 공손하게 막걸리를 따라주면서 다시 운을
떼었다.

"저는 허 사장님하고 허심탄회한 대화를 하고 싶습니다."

"저도 같은 생각입니다. 미리 말씀드리자면 김 경장님이 어떻게 하든
저는 결코 원망하지 않습니다. 원하지 않는 일이라는 것이 원래 그 사람
의 상황을 참고해서 일어나는 것은 아니지 않습니까."

평우도 용화에게 막걸리 한 잔을 따라주었다.

"정말 그 말씀이 맞습니다."

"김 경장님에게 고마운 마음으로 허심탄회하게 이야기를 하고 싶어도
매달리는 듯한 오해가 있을 것 같아 망설여집니다."

평우의 말을 들은 용화는 언짢은 표정으로 잠시 침묵을 지키다가 목
소리를 가다듬고 다시 말을 꺼냈다.

"허 사장님! 저는 사실 이번 일이 있고 나서 제 스스로 며칠 동안 남모
르는 기쁨을 느끼고 있었습니다. 저에게 기회를 한번 준다고 생각하시고
아까 말씀드린 것처럼 그 건은 이대로 잊어주시면 안 되시겠습니까?"

평우도 말없이 용화를 응시하다가 조용히 입을 열었다.

"그 말은 내가 하고 싶지만 차마 못 하고 있는 입장인 것을 김 경장님

이 더 잘 알고 계시지 않습니까."

"그래서 제가 먼저 말씀을 드리는 것입니다. 허 사장님의 말씀을 먼저 들은 다음에 순수하게 제 뜻을 전하면 어떻겠습니까?"

"좋습니다. 나는 지금 선택의 여지가 없습니다. 그냥 모른 척 넘어가달라고 부탁드리는 것 외에……."

평우는 말을 하다 말고 입을 일자로 다물었다. 용화는 끼어들지 않고 그의 말을 계속 기다렸다.

"허지만 지금 이렇게 말하면서도 내 짐을 김 경장님에게 떠넘기고 빠져나가려는 것과 같아 부끄럽기 짝이 없습니다."

"그래도 방금 하신 말씀은 부탁하신 것으로 해석하겠습니다. 맞으시지요?"

"……맞습니다. 허지만……."

"아니, 됐습니다. 거기까지만 말씀하시면 됩니다. 이제 제가 답변을 드리겠습니다. 허 사장님!"

용화는 평우를 한 번 부르더니 잠시 말을 멈추고 그윽한 눈길로 바라봤다. 평우가 눈을 마주치며 다음 말을 기다리자 진지한 음성으로 말을 이어갔다.

"사람은 누구나 애국하고 싶어 합니다. 저도 그렇습니다. 그런데 그 방법은 사람마다 다를 수 있다고 봅니다. 제 생각은 뭐냐고요? 저는 애국이라는 것은 자기 자신 아닌 누군가에게 도움이 되는 일이라고 생각합니다."

평우는 대꾸하지 않고 용화의 말을 묵묵히 듣고만 있었다.

"저는 두 분의 대화를 엿듣기 시작하면서부터 바로 알았습니다. 두 분은 아무 죄가 없다는 사실을. 그리고 제가 이미 알고 있는 내용만으로도 윤채봉 씨는 어느 누구 못지않게 나라를 사랑하시는 분입니다. 그분의 타고난 성품이시기도 하겠지만 어쩌면 허 사장님의 영향을 받았을 것으로도 생각됩니다. 어쨌거나 남편을 억울하게 죽게 한 나라의 정부 관리를, 그것도 수사 계통에 있는 자를 위험을 무릅쓰고 구하기란 결코 쉬운 일이 아닙니다. 저는 윤채봉 씨가 수배자였다는 사실을 알게 되었던 날 불현듯 제 아버님이 떠올랐었습니다."

자신의 아버지 얘기를 들려주는 용화의 목소리는 숙연했다.

용화의 아버지는 조그만 꽃게잡이 배의 선주였다. 어느 날 바다에 나갔다가 풍랑을 만났는데, 선원 중 이제 막 장가들어 색시 배웅을 받으면서 출항한 새신랑의 발이 그만 미끄러져 바다에 빠졌을 때, 허우적대는 그를 구하러 아버지가 뛰어들었다. 다들 둘 다 죽는다면서 말렸지만 결국 그 사람을 구하고 본인은 끝내 배로 돌아오지 못했다. 어머니는 삼우제를 지내고 나서 아버지는 목숨을 바쳐 나라를 사랑한 사람과 같다면서 애국에 대한 자신의 생각을 말했다. 애국이라는 것은 '자기 자신 아닌 누군가에게 도움이 되는 일'이라고…….

이야기를 마친 용화의 눈빛이 새벽별처럼 맑게 반짝였다. 평우의 침묵 속에 그의 이야기가 이어졌다.

"저는 어머니의 얘기를 듣던 그때 당시는 물론 그 이후로도 한동안 그건 뭔가 잘못된 견해라고 생각했었는데, 경찰이 되고난 후 언제부터인지 내 머릿속에 어머니의 말씀이 새겨져 있다는 사실을 깨달았습니다. 애국이라는 말은 추상적인 관념이 아니라 어머니의 말씀대로 크든 작든 남을 위하는 마음이라는 생각과 함께 말입니다. 동시에 내가 세상에서 제일 존경하는 사람은 아버지와 어머니가 되어 있었고요. 허 사장님, 저 막걸리 한 잔 더 주시겠습니까? 혼자만 얘기해서 죄송합니다."

"아닙니다. 한마디로 정신이 번쩍 들고 부끄러워지는 기분입니다. 자한 잔 드시지요."

말없이 듣고만 있던 평우가 한껏 상기된 얼굴로 막걸리를 따르며 잔을 권했다.

"결론적으로 지금 저는 허 사장님과 윤채봉 씨에게 도움이 되고 싶습니다. 경찰 공무원으로서 잘못된 견해라고 말할 수도 있겠지만, 그렇게하는 것이 제 방식의 애국이라고 생각하기 때문입니다. 더욱이 지금 같은 혼란한 시기에 결코 레 미제라블의 자베르처럼 법을 지키기 위해 선량한 사람을 사지로 보내고 싶은 생각은 추호도 없습니다."

평우는 아무 말도 하지 않은 채 잠시 눈을 감고 깊은 생각에 잠겼다.용화의 말이 계속되었다.

"저는 그날 창문 밖에서 두 분의 대화를 엿들으면서 민족이 불쌍하다는 허 사장님의 말씀에 갑자기 서러워지고 눈물이 났었습니다."

이야기를 마치는 용화의 목이 메었다. 평우가 눈물을 그렁거리며 그의손을 움켜잡았다.

"김 경장님! 진심으로 감사합니다."

"소신껏 한 일일 뿐인데 그렇게 말씀해주시니까 부끄럽습니다. 솔직히기쁘기도 하고요."

용화가 소년처럼 해맑게 웃은 다음 목소리를 확 바꿔 말을 이어갔다.

"그럼 이제 슬슬 허 사장님의 옛날얘기를 이 후배한테 해주시지 않겠습니까?"

"제 본 이름은 남평우입니다."

"그건 이미 알아냈습니다, 허 사장님."

"역시 경찰은 경찰이구만요."

"그럼 이제 꿈에서라도 남 아무개 말씀은 꺼내지 마시고 그다음부터 시작할까요?"

두 사람의 얘기는 긴 한숨과 안타까움으로 밤이 새도록 이어졌다. 용화는 넋을 잃은 채 평우의 기나긴 이야기를 들었다. 평우는 그토록 길고 애꿎은 이야기를 누군가에게 다 한 것만으로도 상당한 보상을 받는 기분이라며 마지막 얘길 이어갔다.

"어제 김 경장님을 찾아갈 때만 해도 현실을 받아들이면서 모든 것을 체념했었습니다. 집사람을 생각하면 어떤 이기적인 방법을 써서라도 우선 지금의 상황을 벗어나고 싶은 생각이 들었지만요. 아니 솔직히 온양 행 버스표 두 장의 선처를 근거로 뭔가 막연한 기대를 했던 것도 사실일 겁니다."

평우가 쑥스러운 표정을 지으며 살짝 웃었다.

"충분히 이해합니다. 하지만 자꾸 제 이야기를 하시면 부끄러워집니다. 사진관은 계속 운영하실 계획이십니까?"

"우선 당장은 이대로 운영하면서 공부를 좀 할 계획입니다."

"어떤 공부를요?"

평우는 잠시 말을 아끼다가 눈을 깜빡거리며 불쑥 입을 열었다.

"김 경장님! 제가 사법고시를 봐서 법조인이 된다면 어떨 것 같습니까?"

용화는 박수를 치듯 자신의 양손을 맞잡고 흔들어대며 기뻐했다.

"허 사장님다운 생각이십니다. 물론 여러 가지 난관이 나타나겠지만 하늘은 빠져나가지 못할 시련을 주지는 않는다는 말도 있잖습니까."

"그 말씀은 저에게 정말 큰 힘이 됩니다. 공부도 시작하지 않은 주제지만……."

"동경대 출신이 마음먹으면 무슨 시험인들 못 해내겠습니까?"

어렴풋한 여명이 문종이에 어른거리는 가운데 두 사람은 누가 먼저인지 모르게 손을 굳게 맞잡은 채 쉽사리 놓지 못했다.

새로운 시작

시합이라도 하듯 하늘 끝을 향해 끝없이 치솟고 있는 미루나무 아래로 흔들리는 물결마다 은빛 별들이 반짝이는 것 같은 냇물이 소리 없이 흐르고 있다. 채봉이 기웅의 손을 잡고 미루나무 옆 신작로 길을 내려오면서 입안에 웃음을 가득 담고 물었다.

"기웅아, 너 아버지 보고 싶어?"

"보고 싶으면 뭐햐? 맨날 요담에 만날 거람서……."

모처럼 어머니와 단둘이 된 기웅이 맞잡은 손을 기분 좋게 흔들고 가다가 길바닥에 있는 자갈을 툭 차면서 대답했다.

"그래서 인자 보고 싶지 않다는 거여?"

"왜 자꾸 물어보는디?"

"이번 일요일이 바로 그 요담이거든."

"뭐여? 이번 일요일이 요담이라고? 아버지 만나는 날이란 말여? 강희는?"

기웅은 걸음을 우뚝 멈추고 눈싸움이라도 하는 것처럼 채봉의 눈을 빤히 쳐다봤다.

"너는 뭐든지 강희냐? 강희도 물론 같이 가야지."

"그럼 성이랑 누님도?"

기웅의 목소리가 점점 커졌다.

"으응. 공주에서 만날 거여. 김밥도 싸가지고 이모랑 이모부랑 다 같이 말여."

기웅이 어리벙벙한 눈으로 바라만 볼 뿐 말이 없자 채봉이 잡은 손을 뒤로 빼면서 물었다.

"왜 갑자기 아무 말도 없어? 아버지 만나는 거 안 좋아?"

"⋯⋯좋아."

"그런데 왜 말이 없어?"

"왜 그런지 나도 모르겠어. 그런디 이런 말 큰 소리로 해도 괜찮여?"

기웅이 은근슬쩍 사방을 두리번거리면서 물었다.

"우리끼리만 있을 때는 괜찮은데 다른 사람한테 말하면 안 되야."

"친구들한테 말해도 안 되야? 도겸이랑 길태한테도? 실제로는 우리 아버지 돌아가신 거 아니라고 빨리 말하고 싶어."

"그건 안 되야. 아버지 만날 거라고 말해도 안 되고 살아 계시다고 말 해도 안 되야."

"이모랑 이모부도 간담서⋯⋯."

"응, 이모하고 이모부는 괜찮지만 친구들은 안 되야."

"죽을 때까지 비밀여? 아버지는 언제까지 도망 다녀야 하는디?"

"누가 그려? 도망 다녀야 한다고?"

"누님이 그랬어. 아버지가 죄를 지어서 도망 다니느라고 집에는 못 온 다고."

채봉은 집에 들어설 때까지 아무 말도 하지 않았다.

"기웅아, 가서 강희 찾아서 데리고 와. 춘분이네 집에 놀러간다고 했어. 너희들에게 해줄 말이 있어."

입을 다물고 있던 채봉이 마루에 앉으면서 굳은 얼굴로 말하자 어머니의 표정과 목소리가 예사롭지 않음을 느낀 기웅은 겁먹은 눈으로 뭔가를 물어볼 듯하다 강희를 찾아 뛰어나갔다.

채봉은 기웅이와 강희를 앉혀놓고 말을 시작했다.

"누님이랑 성한테도 다음에 얘기해주겠지만 강희도 이제 애기가 아니니까 너희들한테 먼저 말해줄게. 지금부터 하는 얘기는 우리 가족 말고 다른 사람한테는 비밀로 할 수 있지?"

기웅이는 고개를 끄덕이며 턱을 받쳤고 강희는 대답 대신 채봉의 무릎 위에 올라앉았다.

"아버지 얘기여."

무릎 위에 앉아 있던 강희는 고개를 돌려 채봉을 바라보고 기웅은 그럴 줄 알았다는 듯 눈을 껌뻑거리며 들을 채비를 했다.

"아버지가 집에 못 오시는 건 죄를 지어서 그러는 게 아녀. 어떤 나쁜 사람이 죄를 뒤집어씌워서 억울하게 누명을 쓴 거지."

"누명이 뭐여?"

"죄가 없는데 있는 것처럼 만든 걸 말하는 거여."

"죄 안 졌다고 말하면 되잖아. 왜 못 따져?"

기웅이 초롱초롱한 눈을 크게 치켜뜨고 분한 표정을 지으면서 물었다. 채봉은 잠시 뜸을 들였다가, 따졌는데도 나라에서 아버지 말을 안 믿고 나쁜 사람 말만 믿게 되어 그렇게 된 거라고 설명했다. 그러나 언젠가는 밝혀질 것이고 아버지는 이 세상 누구보다도 나라를 사랑한다고 힘주어 말했다.

"그래서 못 오는 거여? 그럼 잡히면 어떻게 되야?"

"어쩌면 평생 감옥에서 살지도 몰라."

"죽을 때까지나?"

강희가 눈을 동그랗게 뜨며 물었다.

"응. 그런데 다행히 어떤 분이 도와주셔서 지금은 도망 다니지 않고 다른 사람 이름으로 살고 계신 거여."

"다른 사람 이름이라고? 이름이 뭐디?"

"허운악……."

"가짜로?"

"응, 가짜 이름이여. 허지만 지금 사법고시라고 굉장히 어려운 공부도 하고 계시고 나중에는 다 잘될 거여."

"그러면 인자 어떻게 되는 거여? 그래도 우리 아버지여?"

"그러엄! 법으로는 아니지만 실제로는 똑같이 아버지여. 아버지가 바뀔 수는 없는 거니까……. 무슨 말인지 알겠어?"

기웅이가 오빠답게 의젓하게 대답하는 것을 본 강희도 바로 뒤따라 고개를 끄덕였다. 채봉은 아이들의 손을 꼭 잡고 말을 계속했다.

"아버지를 만난 다음에도 다른 사람한테는 계속 돌아가신 걸로 해야 해. 이것은 비밀인데 이 사실을 남들이 알면 되겠어?"

기웅과 강희는 고개를 좌우로 흔들었다. 잠시 후 기웅이 두 주먹을 움켜쥐면서 말했다.

"내가 복수할 거여!"

강희가 의아한 듯 바라보더니 바로 따라서 나도! 라고 했다.

"누구한테?"

채봉이 아이들을 빤히 바라보며 물었다.

"누명 씌운 나쁜 사람한테."

"우리 기웅이가 그렇게 분해? 강희도? 그런데 그 사람은 이미 천벌을 받아서 죽었어. 그러니까 너희들은 비밀만 잘 지키고 공부 열심히 해서 훌륭한 사람만 되면 돼야. 알았지?"

"아버지라고 부르는 건?"

강희가 기웅의 눈치를 보면서 물었다.

"우리끼리만 있을 때는 물론 괜찮지."

"어머니, 너무나 억울해."

씩씩거리는 기웅의 눈꼬리가 어렴풋이 젖어 있는 듯 보였다.

* * *

아래에서 올려다보이는 공산성은 화려한 자주빛 철쭉을 꽃다발처럼 안고 그들을 기다리고 있었다. 산성의 서쪽 입구인 금서루(錦西樓)를 지나 성곽의 유연한 선을 따라 걸어갔다. 일행은 쌍수정 돌계단 앞에서 만나기로 했다. 멀리 그림처럼 보이는 쌍수정 주변에는 아름드리 벚나무가 둘러싸여 있어 봄의 향연이라도 펼치듯 하얀 꽃잎이 흩날렸다.

기웅과 강희가 도착했을 때는 이미 전주에서 출발한 일행이 먼저 와 두리번거리고 있었다.

"저기 성이다. 아버지랑 있나 봐!"

돌계단 중간쯤에서 이쪽을 내려다보고 있는 기환을 보고 기웅이 소리쳤다. 평우가 채봉과 아이들을 보고 단숨에 달려왔다. 기환과 승희도 달려왔다.

"강희야, 우리 막내구나! 기웅아, 잘 있었어?"

평우가 아이들을 와락 끌어안았다.

"아버지……."

기웅은 겨우 아버지라는 말만 내뱉었고 강희는 쑥스러워하며 아무 말
도 못 했다.

"기웅이는 아버지 알아보겠어?"

기웅이 대답을 못 하고 머뭇거리는 동안 평우가 눈물을 훔쳤다.

"아버지가 어른이 돼갖고 애들처럼 울어버렸구나. 너무 반가워서 그런
거니까 이해할 수 있지? 어디 우리 강희 좀 보자."

강희는 평우의 눈동자를 피하지 않고 마주 바라봤다.

"우리 강희 세상 태어날 때 아버지가 곁에 있어주지도 못해서 정말 미
안하다. 그런데 너는 사진보다도 훨씬 더 예쁘구나, 응? 우리 기웅이는
더 멋지고 의젓해졌고……."

잠시 멋쩍어하던 아이들은 평우와 함께 이곳저곳을 둘러보다가 금강
이 내려다보이고 비교적 사람이 적은 공북루(拱北樓) 근처 잔디밭에 앉
아 김밥을 먹었다. 기웅과 강희는 어느새 평우를 스스럼없이 대하기 시
작했다. 강희는 김밥을 먹다 말고 평우의 손을 잡은 채 이리저리 끌고 다
니기까지 했다. 옥봉이 눈을 동그랗게 뜨고 물었다.

"강희야, 너 아버지 처음 보는데 좋아? 아버지가 맘에 들어?"

강희가 들고 있던 김밥을 옥봉의 입에 밀어넣고 평우의 품에 다시 안
겼다.

"그럼 이모는 아버지를 처음으로 만나는데 안 좋겠어?"

기웅이 끼어들어 대답했다. 강희는 모두가 생각했던 것보다 평우를 잘

따랐다. 기웅이 기환과 승희가 있는 쪽으로 가서 노는데도 강희는 평우의 손을 꼭 잡고 별것도 아닌 일에 깔깔대며 웃어대곤 했다. 평우가 강희의 손을 잡고 강을 내려다봤다. 부드러운 바람이 볼을 가볍게 스치고 지나갔다.

"강희야, 저 강물 좀 볼래? 물결은 오른쪽으로 흐르는 것 같은데 실제로는 왼쪽으로 흐른다?"

"바람이 오른쪽으로 불어서 그랴. 저기 줄에 매달린 배가 왼쪽으로 가 있잖아. 그러니까 물은 왼쪽으로 가고 있는 거지."

상기된 얼굴이 가시지 않은 강희가 평우의 얼굴을 확인하듯 흘깃 흘깃 쳐다보면서 말했다.

"아니, 강희야! 너 정말 똑똑하구나!"

"아버지, 이런 건 똑똑한 게 아니라 그냥 바보가 아닌 거여. 우리 학교에도 바보가 얼마나 많은지 몰라."

시간 가는 줄 모르게 장난치고 자랑을 늘어놓고 서로를 반기고 있는 가운데 어느덧 거울 같은 태양이 붉게 물들면서 금서루 뒤쪽으로 넘어가고 있었다. 파랗던 하늘이 황금빛 모래사장처럼 찬란하게 물든 저녁노을을 바라보며 일행은 헤어질 시간이 가까워짐을 느끼고 있었다.

"기환 아버지! 승희 중학교 들어가기 전에 전주에 방을 하나 얻어 고모집에서 데려와야 헐 거 같아요."

"그럼 기웅이랑 강희는?"

"내 몸도 좋아져가니까 먼저 승희랑 살고 있다가 두 애들도 데리고 와야죠. 기환이는 당분간 큰집에 있게 허고요."

"미안혀, 여보."

강희가 고개를 들어 평우를 올려다봤다.

"그런 말 하지 말아요. 당신은 아무 생각 말고 그저 공부나 열심히 하세요."

"아버지가 공부를?"

기웅이 키득대고 강희도 따라서 손으로 입을 막으며 웃었다. 헤어지는 길목에 서자 조금 전까지 까르륵대며 웃던 강희가 갑자기 채봉의 치마를 잡고 훌쩍였다. 평우가 재빨리 강희를 번쩍 안아 올리며 속삭였다.

"강희야, 이제부터는 보고 싶으면 언제든지 만날 수 있어. 그러니까 씩씩하게 공부하다가 아버지 만나게 되면 재미있는 얘기 많이 해줘. 응?"

강희는 말없이 고개를 끄덕였다. 평우가 강희를 안은 채 바닥에 쭈그려 앉으며 기웅의 손을 잡았다.

"우리 기웅이는 정말 의젓하더라. 동생 잘 챙겨줄 거지?"

기웅은 대답 대신 평우의 가슴에 바짝 안겼다.

"아버지, 절대로 잡히지 마세요!"

나지막하게 말하는 기웅의 눈에서 석양을 가득히 담은 붉은 눈물이 뚝 떨어졌다.

* * *

밖에는 이미 하얀 눈이 소복이 쌓여 있는데 해가 진 다음부터 매화 꽃송이만 한 함박눈이 또다시 내리고 있다. 허운악은 1958년 12월 27일 제10회 고등고시 사법과 시험에 최종 합격했다. 향후 진로는 자신이 원하는 대로 사법관시보를 거쳐 변호사로 활동할 계획이다. 합격 소식을 먼저 알게 된 용화가 정복 차림으로 사진관에 달려가 모자를 벗어 던지고 양손을 펼친 채 실내를 빙빙 돈 다음 평우를 와락 끌어안고 소리쳤다.

"합격입니다, 합격! 시험은 역시 전문가를 따를 수 없네요. 축하해요, 형님!"

"고맙네. 이건 모두 자네 덕택일세!"

필기시험보다 최종 면접을 가장 많이 걱정해오던 평우도 기뻐서 어쩔 줄을 몰라 했다.

"천만의 말씀이세요. 대통령도 시험으로 뽑는다면 두말할 거 없이 형님이 되셨을 겁니다."

평우는 용화의 적극적인 지원에다 운도 좋았다면서 하늘이 이번에는 병 대신 약을 준 거라고 했다.

"오늘 어떤가? 자네 집에 가서 축하주 한잔 안 하겠는가? 모처럼 어머님이랑 함께 말여."

"그럼 오늘 일은 이만 끝낼까요? 가시지요, 변호사님!"

굵은 눈송이가 하늘을 가득 메우며 세상을 온통 하얗게 뒤덮을 것처럼 쏟아져 내리고 있었다. 용화는 하늘도 축하해주고 있나 보다며 눈발 속을 펄쩍펄쩍 뛰며 걸었다.

두 사람은 용화의 어머니가 차려주는 술상으로 밤늦게까지 기분 좋게 술을 마셨다. 그동안 책을 사다 나르는 것은 물론 틈나는 대로 사진관 일까지 암암리에 도와주는 등 온갖 지원을 아끼지 않던 용화는 뜻밖에도 경찰직을 그만두고 평우의 일을 돕겠다고 나섰다. 평우는 앞으로 어떻게 될지 모르는 고생길에 멀쩡한 사람 끌어들이기 미안하다며 좀 더 생각해보자고 했다.

용화가 먼저 누구보다도 기뻐할 채봉을 비롯하여 온 가족과 함께 축하파티를 열자고 제안했다. 평우도 좋아라 하며 의논 끝에 정월 대보름달 금산사에서 온 가족이 모이는 것으로 하자고 결론지었다.

이듬해 2월 22일, 일파 스님의 배려로 허운악의 사법고시 합격 축하 파티가 금산사 별당에서 이루어졌다. 참석자는 윤태섭과 정임, 재명, 이국헌 부부, 남정순, 인순과 기준, 남철우 부부, 김용화와 그의 어머니, 그리고 채봉과 그녀의 아이들이었다.

파티가 무르익어 한창 떠들썩할 때쯤 뒤늦게 도착한 한길이 별당 앞마당 한가운데 서서 상백 대신 기쁨의 눈물을 흘리고 있었다. 휘영청 밝은 보름달 위로 새털구름이 조용히 흘러가며 금산사를 대낮처럼 환하게 비추었다.

3권에서 계속

인물 소개·주요 인물 계보

인물 소개

남상백 자수성가한 인물로 마령에서 정미소와 주장을 운영한다. 체구는 작지만 어렸을 때부터 택견으로 몸을 단련하여 튼튼한 체력을 가지고 있으며, 뜻한 바가 있으면 반드시 이루어내는 강단을 가지고 있다.

김연옥 남상백의 부인. 막내아들 평우의 처형 소식에 매우 힘들어하며 결국 불행한 선택을 한다.

남정순 남상백의 맏딸. 혼인을 하지 않고 신앙생활에만 전념하면서 사는 마령교회의 장로이다.

남원우 남상백의 맏아들. 일본 유학을 마치고 상백을 도와 정미소와 주장을 운영한다.

남철우 남상백의 둘째 아들. 일본에서 공부를 마치고 대학 교수를 한다.

남근우   남상백의 셋째 아들. 경기고 재학 중 안창호가 이끄는 흥사단에 가입했으며 졸업 후 수양동우회 사건 관련자로 수배된다. 이후 미국으로 건너가 독립후원회 일을 돕다가 이승만을 후원하는 조직에 가담하여 이승만의 측근 밀사로 활동한다.

남평우   남상백의 막내아들이자 윤채봉의 남편. 동경대를 나와 사진작가로 활동하다 여순사건에 연루되어 처형당할 뻔하지만 구사일생으로 목숨을 건진 후 다른 사람의 이름으로 살게 된다.

윤태섭   많은 땅을 소유한 김제의 부농으로, 여러 가지 사업을 하는 고단수 사업가이다. 한국전쟁 중에 악덕 지주로 신고 되어 아들 재명, 재규와 함께 인민군에게 처형당할 위기에 처하지만 간신히 목숨을 건진다.

최정임   윤태섭의 부인. 항상 자식들 걱정으로 마음 편할 날이 없으며, 집안 대소사를 주로 금산사 주지승 일파 스님과 상의한다.

윤재덕   윤태섭의 맏아들. 서울에서 지물 공장을 운영한다.

윤재명   윤태섭의 둘째 아들. 서울에서 메리야스 공장을 운영하고 만주를 오가며 박하 장사로 많은 돈을 벌기도 한다. 동생 재중이 죽고 난 후 태섭의 사업을 돕는다.

윤재규   윤태섭의 셋째 아들. 서울에서 사업을 하다가 재중의 자살 후 태섭이 힘들어하자 전주로 내려온다.

윤옥봉   윤태섭의 큰딸. 공주로 시집을 가 평범하게 살아가지만 아이를 낳지 못해 어머니 최정임을 걱정하게 한다.

윤재중   윤태섭의 막내아들. 전주에서 제지 공장을 운영하다 해방 직후 공산
당이 유도하는 파업으로 인해 어려움에 처하자 공주에 사는 누나 옥
봉의 집에 가서 매형의 말을 타고 나가 평안산 절벽에서 떨어져 자살
한다.

윤채봉   윤태섭의 막내딸이자 남평우의 아내. 영민하고 예쁘게 자랐다. 남평
우와 결혼 후엔 남편에게 의지하며 오로지 가정뿐인 삶을 원하지만,
평우가 위기에 처해 가정을 돌보지 못하게 되자 혼자 네 아이를 키우
면서 강한 모습을 보여준다. 한국전쟁의 북한군 점령기에 부모를 구
하기 위한 방안으로 여맹위원장직을 맡는다.

이국헌   윤옥봉의 남편. 구한말 의정부 승지를 지낸 이장규의 외동아들로 만
주에서 독립운동을 하다가 팔에 부상을 입고 귀국했다.

이순실   윤채봉의 고녀 선배. 친언니 이상으로 채봉을 아껴준다. 남편이 해방
이듬해 북조선임시인민위원회 위원으로 선출된 직후 간암으로 사망
하자 양아들에게 모든 재산을 물려주고 친정이 있는 전주 정자나무집
에 내려와 혼자 산다. 인민군을 피해 도망친 채봉의 아버지와 오빠들
을 집에 숨겨준다.

조필구   채봉의 별당학교에서 공부를 했던 학생. 평우에게 민족과 역사에 대
한 가르침을 받고 큰 감명을 받은 후 자원입대하여 하사관 생활을 하
던 중, 사수로 차출되어 처형장에 갔다가 평우를 보고 극적으로 살려
준다.

권학순 남평우의 동경 유학 시절 친구. 전주에서 변호사로 활동하다 한국전쟁 중 북한군 점령기에 인민위원회 선전부장을 지낼 당시 윤태섭과 재명, 재규를 인민재판에서 구하고 사살당한다.

장한길 김연옥의 이모 아들. 한때 임실군 오수에서 살았었기 때문에 오수 장씨로 통한다. 남상백 집안의 일에 발 벗고 나서며 신의가 있고 책임감이 강하다.

허정달 운장산에서 화전을 하면서 혼자 사는 노인. 처형장에서 극적으로 탈출한 남평우를 우연히 만나 자신의 아들과 비슷한 생각을 가진 평우에게 아들 허운악의 이름으로 살 것을 권한다. 평우를 위해하는 인민군을 죽였다가 처형당한다.

허운악 허정달의 아들. 일본에서 대학과 대학원을 다니면서 은밀히 독립운동을 하고, 귀국 후 대학교 강사를 하면서 좌파 문화예술운동의 주도적 인물로 활동하던 중 강경우파에 의해 서울대 건물에서 떨어져 얼간이가 되고 만다. 아버지 정달과 운장산에서 살던 중 밤나무에 목을 매고 자살한다.

한인순 원우의 첫 번째 부인이 죽은 후 그와 결혼해 딸 셋과 아들 하나를 낳는다.

남기준 남원우의 첫 번째 부인이 낳은 큰아들. 작은아버지인 남평우와 숙모 채봉을 잘 따른다.

공씨 남상백의 집사로 남주장의 일을 맡아서 한다.

심정수   남상백의 정미소 책임자. 정미소 일뿐만 아니라 상백의 집안일에도
(심씨)   많은 일을 한다.

민기식   윤태섭의 집사.
(민 주사)

김순형   마령병원 원장이자 남원우의 친구.

장우산   부산에서 일본으로 유학 온 평우의 동창. 동경대 이 학년 시절, 실험실
          화재가 났을 때 동포인 평우를 구하고 대신 죽는다.

함춘식   남상백의 오랜 인연. 관촌역 근처에서 상백과 술을 먹던 중 사선대 자
          락에 있는 그의 집에 불이 나 부인과 두 아들이 죽은 후 다리가 원수
          라며 스스로 쇠망치로 무릎을 쳐서 앉은뱅이가 되어 평생 깔판을 끌
          고 다닌다.

오상순   조선문학가동맹 회원으로 활동하다가 미군정 포고령에 의해 공산당
          이 불법화되자 전북애향사진동호인의 모임인 배달산하(倍達山河)를
          만든 회장. 이승만이 남한 단독 정부를 수립하는 것에 반대하여 평우
          에게 은근히 공산당 활동을 할 것을 제의한다.

홍남   채봉의 식모. 살림을 잘 모르는 며느리를 위해 신혼살림을 차릴 때 시
          어머니가 보내주었다.

박영민   재중의 부인인 박영희의 큰언니로 성격이 남자다운 청수탕 주인. 채
          봉을 어려서부터 귀여워했으며 영찬과 함께 채봉의 귀향을 돕는다.

박영찬 영민의 동생이며 전주에서 누구나 다 아는 큰 주먹으로 대한청년단 전주지회 부회장이다. 채봉의 아이들을 마령에 데려다주고 채봉에게 마령 소식을 전해준다.

함춘호 마령지서장이며 함춘식의 동생. 춘식의 집에 숨어 있는 원우를 밀고해 붙잡히도록 한다.

우경석 육군 정보처에서 김창룡의 휘하로 근무했으나 은행원이던 친형이 월북하는 바람에 요주의 인물로 낙인찍혀 전주로 좌천되었다. 특수부 전북지구대에서 근무하던 중 평우에게 죄를 뒤집어씌워 사형을 선고받게 한 특수3부장으로 채봉과 대결을 펼친다.

하가일 전주도립병원 내과 의사이면서 평우와 일본 유학 동문이다. 채봉의 결핵 치료를 담당한다.

김용화 서산경찰서 해미지서 경장. 우연히 평우의 신분을 알게 되지만 애국의 의미를 되새기며 평우를 돕기로 한다. 평우가 사법고시를 준비하는 데에도 적극적으로 도우며 나중에 변호사 활동을 할 때 사무장이 된다.

주요 인물 계보

부부 ×
자녀 ↓

남상백 일가

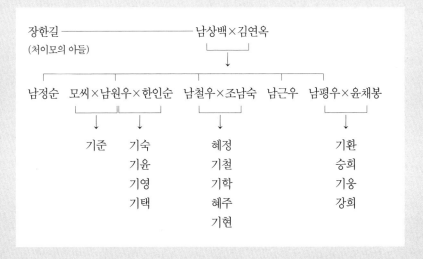

장한길 ———————————————— 남상백×김연옥
(처이모의 아들)

남정순 모씨×남원우×한인순 남철우×조남숙 남근우 남평우×윤채봉

기준   기숙   혜정   기환
        기윤   기철   승희
        기영   기학   기웅
        기택   혜주   강희
                기현

윤태섭 일가

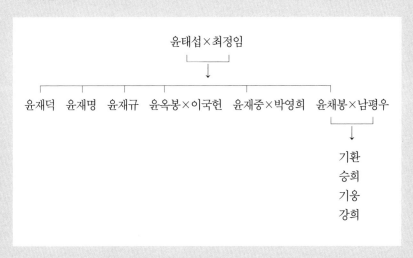

윤태섭×최정임

윤재덕 윤재명 윤재규 윤옥봉×이국헌 윤재중×박영희 윤채봉×남평우

기환
승희
기웅
강희

태양의 그늘 2

1판 1쇄 발행 2016년 1월 15일
1판 9쇄 발행 2017년 4월 14일
2판 1쇄 발행 2018년 5월 30일

지은이 · 박종휘
펴낸이 · 주연선

총괄이사 · 이진희
편집 · 심하은 백다흠 강건모 이경란 최민유 윤이든 양석한 김서해
디자인 · 이지선 권예진 한기쁨
마케팅 · 장병수 최수현 김다은 이한솔
관리 · 김두만 유효정 신민영

(주)은행나무
04035 서울특별시 마포구 양화로11길 54
전화 · 02)3143-0651~3 | 팩스 · 02)3143-0654
신고번호 · 제 1997-000168호(1997. 12. 12)
www.ehbook.co.kr
ehbook@ehbook.co.kr

잘못된 책은 바꿔드립니다.

ISBN 978-89-5660-974-4 04810
ISBN 978-89-5660-913-3 (세트)